TANNENFALL.
DAS ANDERE LICHT.

Dieses Buch ist ein Roman. Handlungen und Personen sind frei erfunden. Ähnlichkeiten mit lebenden oder toten Personen sind nicht gewollt und rein zufällig.

TANNEN

BERNHARD HOFER

Das andere Licht.

FALL

ROMAN

emons:

Bibliografische Information der Deutschen Nationalbibliothek
Die Deutsche Nationalbibliothek verzeichnet diese Publikation in der Deutschen Nationalbibliografie; detaillierte bibliografische Daten sind im Internet über http://dnb.d-nb.de abrufbar.

FSC
www.fsc.org
MIX
Papier aus verantwortungsvollen Quellen
FSC® C083411

Umschlagmotiv: Ebru Sidar/Arcangel Images
Umschlaggestaltung: Nina Schäfer
Gestaltung Innenteil: César Satz & Grafik GmbH, Köln; Nina Schäfer
Lektorat: Lothar Strüh
Druck und Bindung: CPI – Clausen & Bosse, Leck
Printed in Germany 2020
ISBN 978-3-7408-0709-2
Roman
Originalausgabe

Für alle, die an die Poesie der Blume glauben

Hintergründe zu Vorgeschichte und Teil 1 der Tannenfall-Saga
sowie einen Ausblick, wie die Saga weitergeht, finden Sie ab Seite 348.

Die einzige Art,
gegen die Pest zu kämpfen,
ist die Ehrlichkeit.
Albert Camus, »Die Pest«

ERSTE AUFZEICHNUNG

»Die Neue Ordnung.

Wie hat sie begonnen?«

»Mit dem Ende.«

»Hast du das Ende gebracht?«

»Nein. Sie war es. Greta.«

»Dann erzähl mir von ihr.«

DAS JAHR VOR DEM ENDE

Seit Wochen wüten Brände durch die großen Wälder unserer Welt. In Amazonien, im Osten Australiens, in Sibirien und selbst am Nordpol brennt es – es ist das Ende der Welt, und wir haben es herbeigerufen.

Von H. Selzberg

Der Himmel leuchtet orange. In hellem Gelb steht die Feuerwand und jagt fauchend durch den trockenen Wald. Die Feuerwehrmänner wirken mit ihren Helmen und Schläuchen wie hilflose winzige Statisten in einem aussichtslosen Kampf.

»Die Feuer rasen aus dem Nichts auf dich zu«, sagt ein Russe dem Staatsfernsehen. »Es ist schneller als der Wind. Es ist das Inferno. Die Hölle. Mein Nachbardorf: Es ist weg. Einfach weg. Was soll nur aus den Menschen werden?« Ähnliche Stimmen kommen aus anderen Ländern. Das Grauen ist überall dasselbe. Besonders schlimm sei, dass es für die Menschen kaum eine Möglichkeit zur Flucht gebe, denn die Feuer seien schneller, als man rennen könne, so ein Pressesprecher der australischen Behörden.

»Es wird von Jahr zu Jahr schlimmer«, sagt Reinhard M., Leiter der Katastrophenschutzbehörde in Deutschland und leidenschaftlicher Jäger. »Die Brände beginnen immer früher, oft schon im Winter. Und sie sind aggressiver und dringen in Regionen vor, wo wir niemals mit Feuer gerechnet hätten. Oder wer hätte gedacht, dass es je im Regenwald brennen würde? Und wer weiß«, fügt er später hinzu, »wie lange es noch dauern wird, bis die Berge zu brennen beginnen …?«

Besonders traurig macht die Menschen allerdings die Tatsache, dass viele Wildbestände und ohnehin schon gefährdete Tierarten durch die Feuer ausgerottet werden. Dabei sind es oft nicht die Feuer selbst, sondern die Seuchen, die in den rauchigen Glutnestern entstehen und die Luft vergiften. Wie Teer kriecht die klebrige Luft in die Lungen der Tiere und erstickt sie qualvoll. »Es ist wie eine große, stille Krankheit, bei der man zusehen kann, wie die Tiere qualvoll um die letzten Atemzüge kämpfen, als wäre deren Zahl begrenzt.«

In Russland etwa starben die letzten weißen Hirsche Sibiriens. Es gibt bei den Jägern einen Mythos, der besagt, dass man innerhalb eines Jahres sterbe, wenn man einen weißen Hirsch tötet. In einigen Regionen Deutschlands wie etwa im Norden Hessens sowie in Österreich in einem verborgenen Tal der Steiermark leben noch einige dieser wunderbaren Tiere. »Dort halten sich Umweltschützer und Jäger an eine stille Übereinkunft und schützen gemeinsam diese seltenen Geschöpfe«, meint der Experte weiter. »Wenn es so weitergeht, haben wir Menschen bald die letzten Hirsche auf dem Gewissen. Glaubt man dem Mythos, dürfen wir gespannt sein, was jetzt geschieht.«

»Es beginnt immer gleich. Zuerst Husten. Dann das Blut. Und mit dem Fieber kommt die Atemnot. Als hätte jemand die Zahl der Luftzüge begrenzt.«

Ich senkte die Arme und ließ die Blätter der Zeitung auf meinen Schoß fallen.

»Was meinst du?«

»Die große Krankheit. Sie tarnt sich zwischen den Feuern.«

»Es wird langsam Zeit fürs Bett.«

»Es ist meine Schuld.«

»Das ist es nicht.«

»Doch. Das ist es. Das war es immer.«

DIE HEILSTÄTTE

Dinge, die nichts wert sind, wirft man weg. Ich bin eine Weggeworfene. Eine aus der Welt geworfene Frau, die auf einem Bauernhof in der Nähe von Dresden unter hungernden, verwahrlosten Tieren und dürren leeren Feldern aufgewachsen ist. Eine Weggeworfene, die keinen Platz in dieser Welt hat und seit über zwanzig Jahren in einer Nervenheilanstalt darauf wartet, dass sie der nächste epileptische Anfall mit seinen schrecklichen Bildern endlich genügend krümmt, um aus diesem nutzlosen Dasein zwischen den Welten zu verschwinden.

Ich, Greta Erdsegen, bin wie faulige Erde. Auf meinem Grab wird nie eine Blume stehen – und wenn, dann nur eine unscheinbare, krumme.

Seit Ende des letzten Jahrtausends habe ich in der Heilstätte gelebt. Mein Vater hatte mich einweisen lassen. Ich hätte den krummen Ton, hatte er gesagt. Und dass er sich nicht mehr um mich kümmern könnte. Wenn ich zuckend am Küchenboden unseres Bauernhofes gelegen hatte, dann hatte ich so laut geschrien, dass selbst die Vögel innehielten und sich in der Stille vor mir versteckten.

Seitdem hatte er mich nie besucht. Ich hatte auch sonst von niemandem Besuch. Von wem auch? Ich war allein. Allein mit den vielen anderen, die hier lebten. Ich nannte sie meine Verbündeten, weil sie krank waren wie ich. Die Leitung nannte uns »Wirte«.

Wir lebten hier am Anfang der Sächsischen Weinstraße, umgeben vom warmen Rauschen des Elblandes. Die vielen kleinen Weinberge, die das Barockschloss umgaben, stahlen sich immer wieder in meine Träume und flüsterten mir zu, dass ich in Wahrheit woanders war. In den sanften Hügeln Italiens, in der Toskana oder in Frankreich oder noch weiter weg. Aber ich war in Sachsen.

Das Schloss Seußlitz lag rund vierzig Kilometer nordwestlich von Dresden. Eine sanft hügelige Landschaft aus Weinbergen und Gärten formte den Seußlitzer Grund, ein zart anmutendes Naturschutzgebiet in einem Seitental der Elbe. Ihr würziger Duft drang bis tief in die Weidenwälder vor, die von rotem Efeu umrankt waren. Versteckte Wege durch grüne Blätterdächer kreuzten schmale Rinnen, die in früheren Zeiten Wasser geführt hatten. Seit es die Mühlen in der Gegend nicht mehr gebe, seien diese Bäche verlandet, hatte mir meine Pflegerin Carlotta bei einem unserer ersten Spaziergänge erzählt. Hinter alten Linden versteckten sich idyllische Seen und funkelten in der milden Luft dieses versteckten Kleinods.

Der Schlossgarten selbst hielt sich an einen französischen Stil an der südlichen Seite und einen englischen an der gegenüberliegenden. Schwere Skulpturen umgaben den Park, welche die Jahreszeiten darstellten. An der Südseite erstreckte sich eine fünfzehn Meter hohe Terrasse, die mit Platanen besetzt war. Hohe Figuren aus Sandstein und mächtige Blumentöpfe umgaben die Terrasse, an deren Ende vier Stufen zum Gartenhaus, der Heinrichsburg, führten, die wie auf einer Pyramide über die Anstalt wachte. Dort standen zwölf Figuren, ebenfalls aus Sandstein, Verkörperungen der zwölf Monate. Vom Gartenhaus konnte man einen weiten Blick in das Elbtal werfen. Ich liebte diesen Anblick, da er mir das Gefühl gab, mit der Welt außerhalb der Anstalt verbunden zu sein.

Gegenüber dem Gartenhaus, auf dem kleinen Schlossweinberg, stand ein einstöckiges Winzerhaus. Es trug den Namen Luisenburg. Von dort erstreckte sich der englische Park aus Ginkgobäumen, Zypressen, Ziereichen und Silberahorn und umschloss einen unscheinbaren Teich.

Im Zentrum der Heilstätte lag die Schlosskirche, vor der das Herrenhaus thronte. Zwei Seitenflügel umfassten den Schlosshof. Dahinter befand sich der Kirchhof mit mehreren Grabdenkmälern, die ich von der Dusche aus sehen konnte.

Carlotta war jünger als ich. Ich hatte mich nie getraut, sie zu fragen, aber ich vermutete, dass uns etwa zehn Jahre trennten. Ich war ihre erste Patientin gewesen. Sie war damals noch jung. Vielleicht siebzehn. In ihren dunklen Augen lag noch immer eine Stille, die mich nach all den Jahren nach wie vor wärmte. Sie hatte mir beigebracht, den Vögeln zuzuhören, mit der Hand das Gras zu berühren und zu spüren, wie es wächst. Sie hatte mich aber auch angehalten, mich an die Regeln des Hauses zu gewöhnen, und – wenn mir das nicht gelang – vom Mond erzählt. Und dass man zu ihm singen konnte, damit die Träume einmal wahr würden. Denn der Mond, der würde einen eines Tages auf die andere Seite bringen, hatte sie mir einmal gesagt, und ich stellte mir dann vor, dass wir beide in Italien saßen, irgendwo unter einem warmen Himmel.

Als ich das Gelände zum ersten Mal betreten hatte, rieb ich meine Schuhe vor dem Tor sauber, aus Angst, diese adeligen Gebäude mit meinen schmutzigen Füßen zu verunreinigen. Die Wohntrakte säumten die beiden Seiten vor dem Schloss und waren die eigentlichen Heilstätten. Carlotta wartete damals an der Tür und fragte mich, ob sie mir mit meinem Gepäck helfen sollte. Als ich ihr sagte, dass die blassgelbe Bluse und die Cordhose, die ich am Leib trug, das Einzige waren, was ich besaß, beschloss sie, mich vorher in der Anstalt herumzuführen, um mir den neuen Abschnitt in meinem Leben einfacher zu machen. Carlotta war trotz ihrer jungen Jahre souverän in ihren Handlungen und strahlte schon damals diesen sicheren Stolz aus, der mich sie bald fest in mein Herz schließen ließ.

»Ich zeige Ihnen jetzt Ihr neues Zuhause. Die Formalitäten wie die Übergabe des Schreibens des Amtsrichters können wir auch später erledigen.«

»Ich sehe, Sie sind in guten Händen«, sagte die Leiterin der Heilstätte, als sie mich mit Carlotta auf dem Schlosspark antraf. Sie trug ein langes blaues Kleid mit vielen Schmetterlingen. Ich machte einen kleinen Knicks, da ich irgendwo gelesen hatte, dass man das in diesen Kreisen so machte. Die Leiterin war hübsch und jung, vielleicht Mitte dreißig, und sah aus wie eine wohlhabende Frau, die sich den ganzen Tag um den Garten ihres Hauses am See kümmern konnte.

»Ich leite die Heilstätten und bin mir sicher, dass Sie sich hier wohlfühlen werden. Freilich wird es ein wenig dauern. Ich weiß natürlich auch, was die Menschen im Dorf über die Anstalt sagen. Aber ich kann Ihnen versichern, dass es hier kaum anders ist als in einem anderen Institut. Hier tanzen sogar manche Patienten – wie Frau Marie. Oder Walter: Er trägt immer einen Wollumhang, auch im Sommer, wenn es hier sehr warm ist. Sie dürfen sich nicht wundern, wenn er Ihnen von seiner österreichischen Mutter erzählt und dass er selbst aus Italien kommt und dass sein Großvater im Krieg gegen die Deutschen gekämpft hat. Wenn Sie ihm keine Beachtung schenken, wird er rufen: ›Hilfe, ich brauche Hilfe!‹ Oder Frau Klara: eine reizende Frau. Sie steht immer oben am Gartenhaus. Gleich neben der Tür. Sobald Sie diese aber öffnen, versucht sie, sich vorzudrängen, und beschimpft Sie, wenn Sie ihr nicht den Vortritt lassen. Dennoch ist sie eine reizende Dame. Alle sind reizend. Aggressive Patienten haben wir nur wenige. Das liegt auch an unserem geschulten Personal, das auf jedes einzelne Bedürfnis unserer Gäste eingeht.«

Ich war sofort vom Charme der Leiterin betört, denn sie verstand es, mit ihrer Gestik jedes einzelne Wort so zu betonen, als würde man einem leichten, unterhaltsamen Film folgen. Sie verdrehte die Augen, wenn sie von den Leuten im Dorf sprach, sie ahmte das Lachen einer Comicfigur nach, wenn sie von einem Patienten sprach, der immerfort lachte, und sie bewegte sich im Stechschritt, wenn sie von amtlichen Vorgaben sprach. Kurz: Sie gab mir das Gefühl, nicht krank zu sein, sondern Teil einer anderen Welt, die voller Gesten, verstellter Stimmen und verschiedener Grimassen war. Und wenn der Wind in das lange, wellige brünette Haar der Leiterin fasste, so hatte ich das Gefühl, dass alles halb so schlimm war.

»Hat Carlotta Sie schon herumgeführt? Ja? Hat sie bestimmt. Es ist doch wunderschön hier, nicht? Aber, ich muss Ihnen leider sagen …«

Die Leiterin kam zu mir, suchte mit flinken Augen nach etwaigen Menschen, die sie belauschen könnten, und stellte sich wie eine Vertraute zu mir, bevor sie fortfuhr. »Auch, wenn es von außen nicht so aussieht – wer keinen Schlüssel hat, der kommt hier auch nicht mehr weg. Aber ich bin mir sicher, das verstehen Sie. Wir haben hier schon ein paar … sagen wir, Auffällige.«

Wieder schnitt sie eine Grimasse, lachte und drehte sich wie ein junges Mädchen. »Wir müssen auf euch aufpassen. Sie werden sehen: das Besteck, die Messer – alles weggeschlossen, die Fenster ausbruchsicher. Doppeltes Glas. Wir wollen, dass es uns allen gut geht.«

Als sie bemerkte, dass ich ein wenig unsicher wurde, wechselte sie wieder die Farbe ihrer Stimme, die mit einem Mal sachlicher klang. »Die Heilstätte ist wie ein geschützter Rahmen, ohne den die Patienten sich selbst oder andere gefährden würden. Aber sie brauchen keine Angst zu haben. Die Heilstätte gibt es seit fast zehn Jahren. Seit 1990. Wir haben nach der Wende gleich zugegriffen und dieses wunderbare Stück Land hier gekauft. Und seitdem hat es keine Auffälligkeiten gegeben. Auch wenn alle aus unterschiedlichen Gründen hierhergekommen sind, suchen sie im Grunde alle Hilfe. Heilung. Viele kommen mit einer akuten Psychose, andere wegen einer schweren Depression oder wegen massiven Drogenkonsums.

Aber auch Manisch-Depressive oder Menschen mit Schizophrenie und Wahnvorstellungen sind unsere Gäste. Manche finden von selbst zu uns, einige bringt die Polizei, andere werden von ihren Familien hier eingewiesen.«

Die Leiterin warf ihre Haare zurück, klatschte in die Hände und salutierte vor Carlotta, die mit ihrem höflichen Lächeln den Ausführungen ihrer Vorgesetzten gefolgt war. »So, aber jetzt: Genug geredet! Carlotta, übernehmen Sie!« Dann verabschiedete sich die Leiterin mit einem »Ciaoiiii« und ging mit fröhlichem Hüftschwung zurück in das Herrenhaus.

»Sie ist sehr ... nett«, sagte ich und sah zu Carlotta und dachte in diesem Moment, dass vielleicht alles gut werden würde.

»Dann wollen wir mal«, sagte Carlotta und hakte sich bei mir ein. »Ich will, dass Sie sich hier wohlfühlen. Für mich ist es auch das erste Mal, aber ich denke, wir beide machen das. Ich bin vom Konzept der Heilstätten überzeugt. Es macht uns am Ende alle zu kompetenteren Menschen.«

Ich lächelte Carlotta an oder versuchte es zumindest. Ich hatte außerhalb der Heilstätten noch nie so viel Aufmerksamkeit und Wärme erfahren.

»Ich weiß, dass Sie unter Wahnvorstellungen leiden, die von einer Epilepsie ausgelöst werden, aber ich werde Ihnen helfen und immer für Sie da sein, wenn Sie sich durch etwas bedroht fühlen.«

Ich nickte und sah mich vorsichtig in der neuen Umgebung um.

»Wollen wir einen kurzen Spaziergang machen, bevor wir zurück aufs Zimmer gehen? Wir werden in der nächsten Zeit viele Spaziergänge unternehmen. Aber davon erzähle ich Ihnen später. Oder ›Mensch ärgere Dich nicht‹ spielen. Oder gemeinsam mit den anderen unsere Mahlzeiten einnehmen. Wir haben hier Regeln, die auf drei Säulen aufbauen. Dem Lernen, dem Sehen und dem Siegen. Was es damit auf sich hat, erkläre ich Ihnen später. Aber zuerst zeige ich Ihnen noch alles.«

»Greta. Ich bin Greta.«

»Ich weiß nicht, ob das gut ist, wenn Wirtinnen und wir ... Ich meine ...«

»Wirtinnen?«

»Carlotta«, rief sie ihren Vornamen aus. »Aber diese Vertraulichkeit bleibt unser Geheimnis«, sagte sie dann und spitzte dabei ihre Lippen, ohne mir zu sagen, warum sie mich eine »Wirtin« genannt hatte.

Ich entschied mich für den angebotenen Spaziergang, und Carlotta begann zu erzählen. Im Jahre 1205 habe an dieser Stelle bereits ein Wasserschloss existiert, das aber um 1265 in ein Jagdschloss umgebaut worden sei, dort seien pompöse Feste gefeiert worden. 1268 habe der damalige Schlossherr seine Residenz und siebzehn weitere Dörfer dem Klarissenorden gestiftet. Mitte des 16. Jahrhunderts sei das Kloster wieder verkauft und zu einem Schloss umgebaut worden. Im Jahre 1722 folgte der nächste Ausbau, wobei das Schloss seinen barocken Charme erhalten habe. Danach habe das Schloss mehrfach die Besitzer gewechselt und sei im Jahre 1945 in ein Feierabendheim umgewandelt worden.

1990, fünfundvierzig Jahre später, hätten die Senioren dann allerdings ausziehen müssen, da auf private Initiative dort eine Nervenheilanstalt errichtet worden sei. Offiziell sei es noch weiter ein Altersheim gewesen, und es seien sogar Feste wie ein Hochzeitsmarkt veranstaltet worden. Nach und nach seien die Alten und die Feste verschwunden, gleichzeitig wurde die Heilstätte zu einem festen Bestandteil der Gegend. Darüber sprechen wolle jedoch niemand.

Vom einstigen Klarissenkloster sei außer der Westwand des Schlosses, an der sich noch ein gotisches Maßwerkfenster befand, nichts mehr erhalten. Und vom Verbleib der einstigen siebzehn Dörfer, die an den Klarissenorden übertragen worden waren, sei auch nichts mehr bekannt.

»Dies war immer schon ein besonderer Ort«, sagte Carlotta. Sie blieb vor der alten Mauer des Schlosses stehen und sah auf das große Fenster, das darin eingelassen war. Es zeigte eine Art Blume, die aus geometrischen Figuren geformt war, die geschickte Steinmetze in filigraner Handarbeit in den Stein geschlagen hatten.

»Hier war das Kloster. Diese Wand ist das Einzige, was noch übrig ist. Wenn die Sonne im Frühjahr tief über der Elbe steht, hat man den Eindruck, noch die alten Fresken erkennen zu können. Ich liebe diesen Ort. Er hat mich magisch angezogen. Gleich vom ersten Moment an. Durch dieses Fenster dort haben schon vor vielen hundert Jahren die Nonnen in den Himmel geschaut. Was haben sie gedacht? Was hat sie bedrückt? Hat sie der Blick durch dieses Fenster geheilt?«

Ich suchte auf der Fassade nach alten Fresken, fand aber außer Schatten und Rissen nichts. Carlotta sprach weiter und erzählte, dass sich unter den Schreien der Falken, die hoch über den Hügeln durch die Winde gezogen waren, auch das Klarissenkloster mit dem Wahnsinn befasst hatte. Es hatte sogar historische Berühmtheit erlangt. Denn es hieß, dass die letzte Babenbergerin, Gertrud von Babenberg, im Jahre 1288 hier am Wahnsinn gestorben sei. Carlotta erzählte mir, dass die Babenbergerin in der größten Schlacht des Mittelalters in Dürnkrut im heutigen Niederösterreich gegen die Habsburger gekämpft hatte. Allein. Gegen die größten Armeen der Welt. Ihr Schicksal war stark mit dem Schicksal Österreichs verknüpft gewesen. Durch ihren Tod seien die Habsburger an die Macht gelangt, deren Herrschaft siebenhundert Jahre angehalten habe und nur durch die Wirren des Ersten Weltkriegs fortgespült worden sei.

Vor meiner Ankunft hatte ich noch nie von dieser geheimnisvollen Babenbergerin gehört. Sie war aber anscheinend das genaue Gegenteil von mir gewesen. Sie war eine Monarchin gewesen, stark, selbstbewusst und mutig. Ich hingegen war eine Bäuerin, unnütz, schwach und feige. Und doch verband uns an diesem Ort etwas – der Wahnsinn –, dachte ich und starrte auf die steinerne Blume, die ich auf dem Fenster immer deutlicher erkannte.

»Diese Babenbergerin. Woran hat sie gelitten? Weiß man das?«, fragte ich Carlotta, die wie ich auf die Blume aus Stein blickte.

»Es soll hier ein Archiv geben. Wenn es Sie – dich – interessiert, kann ich sicher einiges über diese Zeit in Erfahrung bringen. Doch soweit ich weiß, hat die Babenbergerin geglaubt, dass sie die Welt in den Abgrund reißen würde …«

Ich erstarrte. Die Welt in den Abgrund reißen?

»Ich weiß nicht viel darüber. Die Leiterin hat mir bei meinem Bewerbungsgespräch davon erzählt. Ich weiß nicht mehr genau, wie sie es genannt hat ... Sie hatte eine eigene Form der Epilepsie, den ›krummen Ton‹ oder so ähnlich ... Mehr weiß ich leider nicht.«

»Den krummen Ton?«, fragte ich Carlotta, und mit einem Mal fühlte es sich an, als würde ich meine Zunge in Hafer tauchen.

Als Carlotta mich ansah, spürte ich, dass sie innerlich auf Distanz zu mir ging.

»Hatte sie auch die Bilder von Medora im Kopf? Diese Stimme, die ihr immer und immer wieder sagte, sie habe die große Krankheit in die Welt gebracht?«, fragte ich so leise, so zitternd, so unhörbar, dass Carlotta mich unmöglich verstehen konnte.

»Wir sollten jetzt zurückgehen. Dann verrate ich dir noch mehr über unseren Tagesablauf. Über das Sehen und Lernen. Über das Siegen will unsere Leiterin heute Abend selbst einige Worte verlieren. Sie passt das Siegen immer an. Verfeinert es. Du hast Glück: Sie wird uns heute eine neue, verbesserte Therapie vorstellen«, sagte Carlotta und fuhr sich mit der Hand durch die Haare, als wollte sie sie hochstecken.

»Wir alle besitzen Fähigkeiten, die uns stark machen.« Wir hatten uns damals vor der Westwand der Schlosskirche versammelt und folgten den Worten der Leiterin. Ich fühlte mich wie eine neu einberufene Soldatin, als wäre ich auserwählt gewesen, in einen Kampf zu ziehen. Wenn ich mich allerdings umsah und in all die verwirrten, leeren, verlorenen Gesichter der Menschen blickte, die vor der Leiterin standen, wusste ich, dass wir keine Soldaten waren.

»Selbstbewusstsein braucht Stärke. Selbstbewusstsein muss Schwäche akzeptieren sowie Stärke erkennen und aufbauen. Jeder von uns hat eine Stärke. Und ich meine damit keine im Geiste. Auch keine der Seele. Dafür ist das Sehen da – und das Lernen. Ich meine den Körper. Das Siegen soll diese Stärke in unserem Körper finden und zur Geltung bringen.«

»Nur in einem gesunden Körper wohnt ein gesunder Geist!«, rief Walter plötzlich, der Mann mit der Wolldecke, und unterbrach damit die Leiterin. Sie klatschte darauf in die Hände, beugte sich übertrieben nach hinten und ging fröhlich, fast hüpfend zu Walter, der sich sogleich für seine vorlauten Worte schämte und seinen Kopf zurückzog.

»Was ist Ihre Stärke?«, fragte ihn die Leiterin.

»Meine Mutter. Sie ist aus Österreich. Ich bin eigentlich aus Italien …«

»Und Ihr Großvater hat gegen uns Deutsche gekämpft?«

Die Leiterin fasste Walters Hand und führte sie zu ihrem Mund. Dann deutete sie einen Handkuss an und machte einen Knicks vor dem Mann.

»Und dafür bedanke ich mich, dass uns Ihr Großvater von der Tyrannei befreit hat. Das war seine Stärke. Was ist Ihre?«

Ein Raunen ging durch die Reihen vor der Mauer. Und ich spürte, wie jeder in sich kramte und sich dieselbe Frage stellte wie Walter, der leise begann, nach Hilfe zu rufen.

»Ich liebe den Tanz!«, rief Marie und trat mit einer sanften Bewegung nach vorn.

»Den Tanz«, sagte die Leiterin und klatschte in die Hände und sprang in einem Dreiviertelrhythmus zur schüchternen Frau mit den langen grauen Haaren.

»Es gibt eine Kampfkunst, in welcher der Körper den Fluss der Bewegungen nachahmt. Wie bei einem Tanz. Tanzen wie eine Kriegerin: Ist das Ihre Stärke, Frau Marie?«

Frau Marie stand wie erstarrt vor der Leiterin und nickte, und ich sah, wie eine Träne über ihre Wange floss.

»Das Schießen. Ich habe als Kind mit einem Bogen geschossen«, rief plötzlich Walter und trat wieder aus der Reihe.

»Ihre Stärke ist also, den Fokus auf das Wesentliche zu lenken. Sie treffen den Stein, der alles ins Rollen bringt und die stärkste Armee unter sich begräbt.«

»Wie mein Großvater, ja, das ist meine Stärke.«

»Und Sie, Greta? Die anderen sind schon viel länger hier und konnten sich schon an alles gewöhnen. Deshalb fällt es ihnen auch leichter, ihre Stärken zu nennen. Aber dennoch, auch wenn es Ihr erster Tag ist: Was ist Ihre Stärke, die Sie über all Ihre Schwächen hinweghebt?«

Ich bin wertlos. Eine Weggeworfene. Eine Krumme. Ich habe keine Stärke.

»Ich werde darüber nachdenken«, sagte ich leise und blickte

zu Boden. Meine Schuhe waren voller Erde. Es war mir nicht gelungen, sie vollständig zu reinigen.

»Sie sehen zu Boden, auf den Schmutz Ihrer Füße. Vielleicht sollten Sie lieber nach oben blicken. Als Sie dort gelegen haben, tief unten in diesem Erdloch Ihrer Kindheit und Jugend: Was war dort oben, was Ihnen Kraft gegeben hat?«

Ich schloss die Augen. Das Erdloch. Natürlich. Sie kannte meine Geschichte. Sie wusste alles. Ich konnte nichts vor ihr verbergen.

»Ein Falke. Er war oben. Er hat auf mich aufgepasst.«

»Falken sind Jäger. Sie stehen dort oben und fallen auf die Erde, so schnell wie kein anderes Tier auf dieser Welt. Sie sind Ihre Stärke. Die Falken, die Verbindung zu Ihnen. Ihre Waffen. Trainieren Sie sie.«

Falken. Ich dachte an früher. An meine langen, immer wiederkehrenden Blicke in den Himmel. Die Falken über mir: Sie hatten über mich gewacht. Hatten mir Halt gegeben. Und jetzt? Ich hob den Kopf und sah in den Abendhimmel. Es roch nach feuchtem Herbstlaub. Ich glaubte, über mir einen Falken entdeckt zu haben. Er flog auf den Schlossturm. Ein Weibchen. Es versorgte in einem verborgenen Nest seine Jungen. Mein Blick fiel tiefer, auf die Westwand, die Steinblume, die verschwundenen Fresken. Meine Vertrauten und ich warfen durch das Licht des Schlosshofes Schatten auf die alte Wand.

Dann sah ich sie. Ihren Schatten. Aber sie war kleiner. Bewegte sich anders als die Leute in der Heilstätte. Mein Körper begann zu zittern. Es war *sie*. Sie war wieder hier. Medora. Ich erkannte sie an ihren kleinen Schritten. Das Bild aus meinem Kopf: Es war wieder hier, und ich hörte sie sprechen. Sie sprach in ihrer Sprache. Der Sprache des Mittelalters.

Du wirst die große Krankheit bringen wie sie. Du wirst es nicht aufhalten können – so, wie sie einst die Pest nicht aufhalten konnte.

Ich fuhr herum. Die Leiterin hatte mir die Hand auf die Schulter gelegt.

»Die Pest? Mit wem sprechen Sie? Ist sie da? Ihre Halluzination?«

Ich schüttelte den Kopf, suchte den Boden.

»Der Schriftsteller Albert Camus sagte einst: ›Die einzige Art, gegen die Pest zu kämpfen, ist die Ehrlichkeit.‹ Denken Sie darüber nach!«

Meine Welt begann, sich zu drehen. Der Falke verließ den Turm. Ich fand Carlottas Hand. Sie war warm.

»Es wird langsam Zeit für das Bett.«

»Es ist meine Schuld.«

»Das ist es nicht.«

»Doch. Das ist es. Das war es immer.«

DIE KRANKHEIT, SIE ERHEBT SICH

Es war ein viel zu warmer Oktobermorgen. Nebel hing zwischen den wuchtigen Eichen vor meiner Terrasse. Ein Schwarm früher Gänse zog über den feuchten Himmel. Ich war wie jeden Tag sehr zeitig aufgestanden, jetzt saß ich mit meiner hellgrauen Wolldecke auf einem weißen Klappstuhl und wartete auf den Sonnenaufgang. Ich sah auf meine zitternden Hände. Sie waren alt geworden. Meine Gedanken und Erinnerungen hatten meinen Körper verändert. Sie hatten ihn zu einer zitternden Hülle gemacht, unter der ein wütender Sturm tobte, der nicht zur Ruhe kam und mich mit seinen strengen Böen immer wieder auf dem Boden krümmte.

Der entschlossene Flügelschlag eines Falken erschreckte mich. Ich folgte ihm mit meinen Blicken, wie er über den französischen Park hinauf zum Gartenhaus flog. Ich hielt den Atem an. Stand dort oben jemand? Eine Pflegerin mit ihrer Patientin? Um diese Uhrzeit? In den vielen Jahren, in denen ich hier lebte, begann das Sehen nie in den Morgenstunden. Die Amsel wagte sich mit drei leisen Tönen aus der Stille, und ich blies die Luft aus meiner Lunge. *Doch! Dort oben steht jemand.* Es war sie. Ich war mir sicher.

Ich erhob mich und ging zum Terrassengeländer aus mattem, geschwungenem Schmiedeeisen. Vorsichtig beugte ich mich vor und trat dabei auf die wackelige Steinplatte. Ich biss die Lippen zusammen, da ich nicht wollte, dass jemand meine Neugier entlarvte. Ich sah zu dem zweistöckigen Gebäude, das oberhalb von vier Stufenterrassen lag. Die Reste des Nachtnebels zogen darüber hinweg. Es war tatsächlich sie. Ich erkannte sie an ihrem luftigen, faltigen Rock mit den großen Schmetterlingen und Vögeln und ihren Stöckelschuhen aus blauem Leder mit Blumenmuster und einer kleinen roten Rose an der Schnalle. Sie hatte sie getragen, als ich sie zum ersten Mal getroffen und sie sich mir persönlich vorgestellt hatte.

Ich wollte ihr zurufen und ihr mit einem ausgestreckten Arm zuwinken. Aber ich hatte Angst, dass mich eine der Pflegerinnen sehen konnte, wie ich wie eine Verrückte mit meinem blassen Arm hin- und herwedelte. Das Gefühl in meinem Magen riet mir, dass ich sehr leise sein, mich wieder zurück auf meinen Stuhl setzen und warten sollte. Warten auf den Aufgang der Sonne. Wie jeden Tag. Jahr für Jahr.

Ich setzte mich auf meinen Platz zurück und faltete meine Hände. Doch meine Neugier kitzelte mich, also streckte ich, so gut ich konnte, den Hals durch das Terrassengeländer in Richtung des Gartenhauses. Sie musste wie alle anderen über den Pfad im Wald gelaufen sein, um zum Haus zu gelangen. Wäre sie über den sauber geschnittenen Park gekommen, hätte ich sie bemerkt.

Von hier sahen die Stufenterrassen aus wie eine Pyramide, auf deren Gipfel sie jetzt stand. Leiser Wind griff vom Wald her nach ihrem Rock und ließ die Schmetterlinge auf ihm tanzen. Eine Schwere verengte meine Brust, als ich erkannte, dass sie mit jemandem sprach. Sie schien wütend zu sein und fuchtelte mit ihren Armen. Ich streckte meinen Hals noch weiter vor, um zu erkennen, mit wem sie im Streit lag. Ich erkannte den Schatten einer Person, die sich über die Wand des Gartenhauses legte. Es war ein Mann. Ein großer, vielleicht alter Mann.

Ich hielt den Atem an. Konnte ich etwas hören? Ja: ihre Stimme. Sie war lauter. Und tatsächlich die eines Mannes. Sie schrie, und er – mir stockte der Atem – stieß sie mit einem Mal so kräftig von sich, dass sie auf den Rücken fiel. Ich wollte ihr schon zu Hilfe eilen, aber bevor ich mich's versah, stand sie wieder auf den Beinen, und der Mann schien verschwunden zu sein. Während sie mit einer Hand ihr Kleid säuberte, bemerkte ich, wie sie darum kämpfte, ihre Fassung zurückzugewinnen. Und da: Sah sie zu mir? Hatte sie mich entdeckt?

Ich zog den Kopf zurück und richtete meinen Blick wieder brav zu Boden. Es tat mir leid, ich hatte sie nicht beobachten wollen. Ich dachte, ich wollte …

Schritte. Sie kam vom Hügel herunter. Auf mich zu. Vorsichtig schielte ich nach vorn. Konnte ich jetzt noch zurück in mein Zimmer? Sie würde es bemerken, sie würde den Schatten auf der Terrasse sehen. Nein, ich musste sitzen bleiben und auf die Sonne warten. Wie jeden Tag. Jahr für Jahr. Ich schloss die Augen. Ihre Schritte. Ihr Atem. Ihr Husten. Sie hustete? Ich riss die Augen auf. Mein Herz schlug wie wild. War sie krank?

»Du hast sie gesehen?«, fragte Carlotta und zog die Wolldecke über meine Schulter, damit mich der heimtückische Oktoberwind nicht erkälten würde.

Ich schwieg und blickte ertappt zu Boden. Ich hatte Angst davor, Menschen in die Augen zu sehen. Ich blickte immer auf den Mund, wie er sich bewegte, aber in die Augen zu sehen, wagte ich nicht. Ich wollte weder in mein Gegenüber eindringen noch ihr oder ihm das Gefühl geben, von mir angestarrt zu werden wie von einer Schlange, die jeden Moment angreifen konnte.

»Weißt du, ob es ihr gut geht?«

»Wieso soll es ihr nicht gut gehen?«

Sollte ich Carlotta erzählen, dass ich sie husten gehört hatte? Oder von dem Streit?

»Unsere Leiterin ist eine starke Frau. Wir müssen uns nicht um sie sorgen.«

»Aber wenn sie morgen nicht mehr kommt, was soll dann aus uns werden?«, fragte ich Carlotta und ertappte mich dabei, dass ich kurz meinen Blick hob, als wollte ich nach ihr greifen wie eine Ertrinkende.

»Sieh dir unsere Falken an! Wir verhauben sie, damit sie glauben, es wäre Nacht. Unsere Falkner tauchen sie in eine dunkle Umgebung. Da Falken Taggreifvögel sind, gehen sie nicht auf die Jagd, solange sie die Haube tragen. Sie sind ruhig. Wie wir. Und unsere Leiterin ist wie die Haube. Wenn sie plötzlich weg wäre, müssten wir alle auf die Jagd gehen. Denn plötzlich würde der Tag anbrechen. Doch dazu wird es nie kommen. Aber du weißt das doch alles besser als ich.«

»Auf uns allein gestellt? Lässt du mich allein?« Ich suchte nach ihrer Hand.

»Hab keine Angst, ich denke, das war auch kein gutes Beispiel.«

Ich spürte, dass Carlotta lächelte, und meine Schultern gaben sich genussvoll ihren knetenden Fingern hin.

»Ich könnte das nicht. Allein zurechtkommen. Ich bin nicht mutig«, sagte ich und klang dabei wie ein schüchternes Kind, das mit fast fünfzig Jahren immer noch zur Schule ging.

»Aber wenn sie nicht wiederkommt: Wer übernimmt dann die Leitung?«

Ich fuhr zu meiner Pflegerin herum und suchte in ihren dunklen Augen nach Schutz. Dabei fiel mir auf, dass sie ihre schwarzen Haare diesmal nicht hochgesteckt hatte, weshalb sie ihr ins Gesicht hingen. Vermutlich war auch sie früher aufgewacht, vermutlich hatte auch sie gespürt, dass etwas anders war.

»Mach dir keine Sorgen! Sie ist gesund, und alles ist gut.«

Ich blickte zum Gartenhaus. Es war verlassen. Nur der Waldwind schlich noch um das alte Gemäuer. Mit zugeschnürtem Hals drehte ich mich zu Carlotta und fasste ihren Oberarm. »Und du versprichst mir, dass sie nicht krank ist und ... Hast du den Mann da oben auch gesehen? Er hat sie gestoßen. Ich dachte für einen Moment, dass er sie ...«

Ich legte mir die Hand vor den Mund, da ich das Beobachtete für mich behalten wollte.

Carlotta strich über meinen Kopf. »Alles ist gut. Es ist jetzt Zeit für deine Dusche und das Lernen.«

Ich sah empor zum Falken, der wie ein Bote vom Gartenhaus wieder zu uns herüberflog. Er hatte keine Haube auf. Er war keiner von uns.

»Sie hatte dasselbe Kleid an wie vor zwanzig Jahren. Ich bin mir sicher, es war dasselbe. Ich habe es an den Schmetterlingen erkannt. Sie hat es wieder angezogen, als hätte sie etwas Großes vor.«

»Du musst dich jetzt fertig machen für das Lernen. Wir können später noch darüber reden.«

Wir gingen zurück auf mein Zimmer. Ich hatte das Glück, einen direkten Zugang zur Terrasse zu haben. Carlotta schloss hinter mir die Tür und sah beim Eintreten die losen Zeitungsblätter auf dem Boden. Sie hob sie auf und warf einen kurzen Blick auf das, was dort geschrieben stand.

… Es ist wie eine große, stille Krankheit, bei der man zusehen kann, wie die Tiere qualvoll um die letzten Atemzüge kämpfen, als wäre deren Zahl begrenzt …

Ich bemerkte die Falte auf ihrer Stirn. Aber sie schüttelte nur kurz den Kopf und strich mit Zeigefinger und Daumen kräftig über den Falz, bevor sie die Zeitung zu den anderen auf den Stapel legte. Er reichte bis zur Decke.

»Wir müssen hier mal Ordnung machen«, sagte Carlotta und blickte auf die anderen Türme aus alten, staubigen Zeitschriften, vergilbten Büchern und zerknitterten Manuskripten. Vor dem quadratischen Fenster, das wie eine Schießscharte in die alten Mauern geschlagen worden war, stand mein kleiner Schreibtisch aus gehärtetem Eichenholz. Ich hatte mir immer vorgenommen, ihn aufzuräumen, aber die Abschriften hielten mich die ganze Nacht wach, weshalb ich einfach keine Zeit dafür fand.

Ich hatte die Erlaubnis erhalten, meine Bilder neben dem Fenster anzubringen. Ich brauchte sie. Für meine Arbeit. Manche waren gerahmt, manche hatte ich aus Zeitschriften ausgeschnitten, manche herausgerissen, manche hatte ich selbst gezeichnet. Ich kannte jedes einzelne. Sie hatten sich in den vielen Jahren in mein Gedächtnis gebrannt. Ich hatte sie nie gezählt, aber es waren sicher hundert. Vielleicht zweihundert. Vielleicht mehr. Die meisten zeigten sie, die alte Babenbergerin. Manche Bilder hatte ich mit einem Stift markiert, hatte im dunklen Hintergrund Gesichter umkreist, die ich darin erkennen wollte. Unter manche hatte ich Notizen geschrieben. Und wenn der Platz nicht gereicht hatte, hatte ich weitergeschrieben bis auf die Wand. Aber ich besaß auch andere Bilder. Bilder von Rittern, von Königen. Sie lagen in den Schubladen.

Wenn Carlotta mich beobachtete, wie ich die Geschichte der

alten Babenbergerin niederschrieb, verglich sie mich mit einem Mönch, der gebückt und weltvergessen im kalten Schatten seiner Klostermauern kauerte und mit seinem Griffel akribische schwarze Linien in ein aus Schafsleder gegerbtes Pergament kratzte. Mein Blick fiel auf ein Bild, das ich aus einem alten Geschichtsbuch hatte kopieren lassen. Es zeigte den Onkel der alten Babenbergerin, Herzog Friedrich II. von Österreich aus dem 13. Jahrhundert. Er hatte sich auf seiner Burg in Wien mit ausgestopften Tieren umgeben. Sie waren in dem schattigen bemalten Hintergrund des Bildes kaum zu erkennen. Aber ich sah sie. Ich sah sie alle. Auch die Hirsche hinter dem Schatten. Sie waren weiß. Daran hatte ich keine Zweifel.

»Ist alles gut?« Carlotta stellte sich hinter mich und strich mit dem Handrücken über meine Wange. Ich nickte und suchte zitternd ihren Blick. Sie sah müde aus. So wie ich.

»Jetzt noch duschen und dann geht's zum Frühstück, ja? Du musst weniger arbeiten. Du brauchst den Schlaf.«

»Ich muss noch schreiben«, sagte ich, löste mich von den Bildern und begann, meine bis an den Rand vollgeschriebenen Blätter zu ordnen.

»Es ist gut, wenn es dir hilft. Aber du musst achtgeben, dass du dich darin nicht verlierst.«

»*Qui scribere nescit, nullum putat esse laborem. Tres digiti scribunt. Duo oculi vident. Una lingua loquitur. Totum corpus laborat.* Wer nicht schreiben kann, denkt, das sei keine Arbeit. Drei Finger schreiben. Zwei Augen sehen. Eine Zunge spricht. Der ganze Körper arbeitet.«

Ich hatte in der Zeit, in der ich mich mit dem Leben der Gertrud von Babenberg beschäftigte, ein wenig Latein gelernt, um die Geheimnisse besser deuten zu können. Aber bisher war mein Wissen vergeblich.

»Ich mache mir Sorgen um dich. Medora, ist sie da?«

Ich kippte den Kopf zur Seite. Blickte zu Boden. Ich fühlte mich unwohl, wenn ich über sie sprach. Sie war der Beweis, dass ich verrückt war, dass mit mir etwas nicht stimmte, dass ich nach all den Jahren noch immer die Krumme war.

»War sie gestern da?«

Ich nickte.

»Willst du beim Sehen darüber reden? Willst du mir erzählen, was du gesehen hast?«

»Ich war weit weg, auf Bergen, mit ihr und anderen. Wir haben gegen Wölfe gekämpft, und da waren Menschen, so viele, ein dunkles Volk, es füllte die Täler und sah zu uns herauf …« Eine Träne lief über meine Wange.

»Wer waren die anderen?«

»Ich weiß es nicht«, flüsterte ich.

Carlotta stand auf und ging ans Fenster. In der doppelten Verglasung spiegelte sich ihr Gesicht. Das bruchfeste Glas war sicherer als die Gitterstäbe von früher.

»Ich glaube, sie kommt. Die große Krankheit. Ich habe sie geholt. Die Gipfel, die Hirsche und Wölfe, diese vielen Menschen und dann diese Brände überall.«

»Das alles geschieht nur in deinem Kopf. Da sind diese schrecklichen Brände, ja, aber es gibt keine große Krankheit.«

»Es beginnt immer gleich. Zuerst Husten. Dann das Blut. Und mit dem Fieber kommt die Atemnot. Als hätte jemand die Zahl der Luftzüge begrenzt«, flüsterte ich, als wollte ich Carlotta damit überzeugen. Aber es gelang mir nicht. Ebenso wenig wie all die Jahre zuvor.

»Es ist meine Schuld.«

»Das ist es nicht.«

»Doch. Das ist es. Das war es immer.«

»Wenn du uns mit der großen Krankheit anstecken könntest, dann müssten wir doch auch längst krank sein, oder?«, sagte Carlotta und verfiel dann in Schweigen. Mit einem lauten Klacken der alten Türklinke öffnete sie das kleine Bad und legte ein weißes Frotteehandtuch auf einen Hocker aus schwarzem Rattan. Sie strich mit der flachen Hand über die Oberfläche des Handtuches und platzierte eine kleine blaue Seife in Form einer Blume darauf, bevor sie das Wasser aus der Dusche ließ. Ich liebte das warme Rauschen. Den Duft der Seife. Die Brause war in die Decke eingelassen, damit ich mich nicht daran erhängen konnte.

Ich wickelte mich aus meiner grauen Decke und ging ins Bad. Während ich mich auszog, suchte ich im Badezimmerspiegel nach Carlotta. Sie verschwand immer mehr im Dampf des warmen Wassers, aber ich konnte noch erkennen, wie sie die Zeitung, die sie vom Boden gehoben und zusammengefaltet hatte, in die Hand nahm und sie dann achtlos hinwarf, bevor sie die Wolldecke auf mein Stahlrohrbett legte.

Als die Wasserfäden über meinen Kopf fielen, sah ich wieder durch das kleine Fenster nach draußen. Die aufgehende Sonne legte die Grabstätten der Anstalt in ein feurig rotes Licht. Ich schloss die Augen. Das Wasser prickelte auf meiner Kopfhaut und floss durch meine Gedanken.

Womöglich war niemand krank. Auch nicht unsere Leiterin. Hätte doch nur jemand gesehen, was ich gesehen hatte: den Streit mit dem Mann und das Husten! Sie hatte gehustet, da war ich mir sicher.

Frau Klara, natürlich! Sie hätte sehen müssen, was dort oben im Gartenhaus passiert war. Sie hätte den Mann, der mit der Leiterin gestritten hatte, sehen müssen. Ich setzte mich an meinen Tisch und säuberte an der rot-weiß karierten Tischdecke meine Hände, bevor ich die Gabel und das Messer aus Plastik in die Hände nahm, um das Spiegelei, das auf dem Teller lag, in zwei Teile zu schneiden.

Herr Walter saß mir gegenüber und starrte mich erwartungsvoll an. »Meine Mutter, weißt du, die kommt aus Österreich. Ich bin eigentlich aus Italien. Mein Großvater hat dort gekämpft. Gegen die Deutschen.« Dann blickte er sich verstohlen um, als hätte er Angst, dass ihm bei den Worten »die Deutschen« Konsequenzen drohten.

»Hast du Klara gesehen?«

»Klara. Sie hat auch jemanden in Österreich.«

Ich sah auf den Platz neben Walter. Er war leer. Die Frau, die jeden Tag oben beim Gartenhaus an der Tür stand, fehlte.

»Sie fühlt sich nicht gut«, sagte Marie und sah mich mit einem breiten Lächeln an.

»Bitte um Ruhe. Bereitet euch auf das Lernen vor!«, rief einer der Aufseher. Er hatte die Arme auf dem Rücken gekreuzt und ging zwischen den Tischen auf und ab. Im Speisesaal fanden hundert Menschen Platz. Doch auch wenn alle hier waren, war es meist so still, dass man gehört hätte, wenn ein Plastikmesser zu Boden fiel. Carlotta stand mit ihrer gelben Dienstkleidung hinter mir. Sie berührte meinen Rücken, um mich aufzufordern, meine Unterhaltung einzustellen oder zumindest leiser zu reden. Ich nickte kaum sichtbar und suchte mit meinen Blicken nach Marie, die neben mir mit dem Eigelb Kreise malte.

»Was hat sie? Klara. Ist sie krank? Hat sie Husten?«

Carlottas Finger bohrte sich immer tiefer in meinen Rücken. Wieder nickte ich und blickte zu den Ärzten, die an der Eingangstür des Speisesaals miteinander sprachen. Sie wirkten aufgeregter als sonst. Etwas war anders. Bestimmt machten sie sich Sorgen um die Leiterin. Sie wussten etwas.

Die Uhr schlug. Acht Uhr. Zeit für das Lernen. Alle Patienten standen gleichzeitig auf, und die Pfleger, die hinter ihnen standen, legten einem unsichtbaren Zeichen folgend ihre rechte Hand auf die Schulter ihrer Wirte.

Wir waren ihre Wirte und sie unsere Diener, denn nach der Überzeugung der Leiterin der Heilstätte musste das gewöhnliche Bild des Kranken, der von einem Pfleger betreut wurde, gedreht werden. Da unsere Welt verdreht war, müsste man sie nur wieder zurechtrücken, um wieder den Normalzustand herzustellen. Also sollten nicht die Kranken von den Gesunden lernen, wie man die Klarheit in seinen Gedanken wiederherstellte, sondern die Gesunden sollten von den Kranken lernen, wie diese dachten. Dadurch entstand ein gemeinsames Verständnis, das vom Bild des Kranken bestimmt wurde und nicht von dem der gesunden Menschen. Dabei war es wichtig, dass in der Zeit des Lernens nicht gesprochen wurde. Es ging darum, die Klarheit zurück in das Denken zu bringen. Erst wenn diese Klarheit bestand, konnte man mit der eigentlichen Behandlung beginnen. Carlotta hatte mir das damals so erklärt, dass das Lernen ähnlich war wie Meditieren. Nur dass man dabei nicht allein auf dem Boden saß, sondern gemeinsam mit den anderen Wirten. Dahinter standen unsere Diener und versuchten, ebenfalls in absoluter Stille in unsere Welt vorzudringen.

In einer langen, schweigenden Schlange gingen wir zur Schlosskirche, wo wir uns in zehn Zehnerreihen auf unsere Kissen vor dem Altar knieten. Ich erinnerte mich noch an das erste Mal, als ich die Anwesenheit Gottes in der Kirche so stark gespürt hatte, dass ich mich übergeben musste. Mein Verhältnis zu Gott war seit meiner Kindheit und Jugend gestört, und ich hatte Mühe, das Kreuz anzusehen. Ich wusste noch, dass ich die Nächte durchgeweint hatte, und glaubte, auch geschrien zu haben. Dann aber, als eines Tages alle Kreuze entfernt worden waren, war es besser geworden. Ich hatte gespürt, dass nicht nur ich erleichtert gewesen war, dass Gott diesen Raum verlassen hatte. Mit einem Mal waren auch die Gesichter der anderen Wirte weicher.

»Zuerst stirbt Gott, dann stirbt der Mensch.« Es war die verspielte Stimme der Leiterin, die damals plötzlich hinter mir aufgetaucht war und mir liebevoll diese Worte ins Ohr geflüstert hatte. »Jetzt ist alles gut. Er beobachtet dich nicht mehr. Niemand beobachtet dich jetzt noch. Du kannst loslassen.« Dann hatte sie mir über die Wange gestrichen, und ich – daran erinnerte ich mich noch immer genau – hatte sie dankbar angelächelt.

Das Lernen dauerte stets von zehn bis zwölf Uhr. In diesen zwei Stunden leerten wir unsere Köpfe und versanken in einer stillen Welt. Hinter uns legten unsere Diener die Hände auf unsere Schultern und glichen ihren Atem an unseren an. War es in den ersten Monaten schwer gewesen, Stille zu finden, da immer wieder ein vereinzeltes Lachen oder Kreischen oder sogar ein Erbrechen unsere Andacht gestört hatte, so war es mit der Zeit immer besser gelungen. Ich war überrascht gewesen, wie einfach mir das Lernen fiel. Vielleicht lag es daran, dass ich Stille gewohnt war. Immerhin hatte ich Stunden, Tage und Wochen in der Stille eines Erdloches zugebracht.

Nach dem Lernen gingen wir zurück in den Speisesaal, wo wir nach einem festgelegten Speiseplan wieder schweig- und achtsam unsere Teller leer aßen. Ich liebte den Donnerstag, denn dann gab es immer Erbsensuppe mit Thunfisch. Wieder war Klaras Platz leer.

Um dreizehn Uhr begann das Sehen. Oder wie Carlotta es nannte: das Umherwandern. Es gab so viele wunderbare Wege am Seußlitzer Grund. Die Wege führten durch die Wälder, aus denen Schatten rieselten und Wasser flüsterte. Oder sie schlichen über satte Felder mit weitem Blick und hinauf zu kleinen Hügeln, die nach Wein rochen und geschützt waren mit Dächern aus Blättern. Hätte man diese Wege von oben gesehen, vom Himmel, von dort, wo der Mond in der Nacht auf alles herabschaute, dann hätte man ein verspieltes Labyrinth gesehen, das sich im Seußlitzer Grund verbarg wie ein Geheimnis. Und auch wenn es seltsam klang, dachte ich, dass sich in diesen vielen Jahren des Umherwanderns die Wege verändert hatten. Wie eine verschlungene Welt, die immer mehr Weg gebar.

»Umherwandern heißt sehen. Achtsam wahrnehmen. Die Sprache ist beim Flanieren eine andere. Ebenso wie unsere Gedanken. Und unser Atem. Heilung ist ohne das Sehen nicht denkbar«, hatte mir Carlotta erzählt, als wir zum ersten Mal oben auf dem Gartenhaus gestanden und über das ganze Land gesehen hatten wie ein heimlicher Herrscher über seine Ländereien, die im Gold der Sonne funkelten.

Ich hatte immer das Gefühl, dass Carlotta mit dem Sehen einen anderen Plan verfolgte. Als hätte sie mich beobachtet, wenn ich in die Ferne blickte oder in die Wälder. Als hätte sie erwartet, dass die Bilder in meinem Kopf sich hier auf den Wegen zeigten und sie daraus einen tiefen Blick in meine wahre Seele erhielt. Aber ich wollte das nicht. Niemand durfte in meine Seele blicken. Es gab dort nach dem Tod meiner beiden Kinder auch nichts mehr zu sehen. Carlotta war all die Jahre immer so behutsam gewesen. Sie hatte sich wie ein sanfter Frühlingswind an den Ort meiner größten Wunde herangetastet und mir von dem Duft des Grases und den Gesängen der Bienen erzählt, bevor sie mit einer winzigen Frage, oft nur einem Wort oder einer Geste, ein Seil in meine Dunkelheit geworfen hatte.

»Diese wunderbare Welt der Natur: wie alles funktioniert, ineinanderpasst! Das Schöne, das Zauberhafte, das sich immer wieder neu Erschaffende, das Leben … das Sterben.«

Das Sterben.

Es beginnt immer gleich. Zuerst Husten. Dann das Blut. Und mit dem Fieber kommt die Atemnot. Als hätte jemand die Zahl der Luftzüge begrenzt.

»Du bist nicht schuld. Sie waren krank«, hatte Carlotta einmal gesagt.

Und ich hatte geschwiegen. Ich war schuld. Es war meine

Schuld. Ich hatte ihnen die Krankheit gebracht, ich hatte der Welt die Krankheit gebracht, die große Krankheit.

In der Ferne schlugen Glocken. Es war sechzehn Uhr.

»Zuerst stirbt Gott, dann stirbt der Mensch«, antwortete ich meiner Dienerin, die mit der Hand eine Mücke aus ihrem Gesicht wedelte.

»Warum sagst du das?«

»*Sie* hat das gesagt, als sie die Kreuze entfernen ließ«, sagte ich und ging zurück zum Schloss, da nach dem Abendessen das Siegen auf uns wartete.

Ich weiß nicht, woher das Geschrei kam, aber als ich mit Carlotta den Hof betrat, stand Walter mit gezücktem Bogen vor seinem Diener. Der Pfeil war mit einer stumpfen Spitze ausgestattet und sah aus, als hätte man ihn in einem Spielwarenladen erstanden. Doch für Walter war dieser Bogen eine tödliche Waffe, die er auf seinen Diener richtete. Der stand mit erhobenen Händen vor ihm.

»Ich will sofort zu ihr!«, schrie Walter.

Carlotta fasste von hinten meine Hand und flüsterte mir ins Ohr: »Seine Mutter ist gestorben.«

»Und warum lassen sie ihn dann nicht zu ihr?«

»Das geht nur in Ausnahmefällen.«

Walter spannte den Spielzeugbogen so weit, dass das dünne Holz durchzubrechen drohte.

»Wo ist sie? Die Leiterin. Ich habe sie doch heute hier gesehen. Sie würde es mir erlauben. Lasst mich gehen!«

Sie ist krank, Walter. Auch Klara ist krank. Wir alle werden bald krank sein.

»Senken Sie Ihre Waffe, Wirt Walter!«, sagte eine strenge Frauenstimme aus einem der vielen Lautsprecher, die überall in der Heilstätte auf uns gerichtet waren.

»Wo ist sie?«

Walters Diener griff langsam nach hinten und holte einen echten Bogen hervor. Er hatte über die Jahre immer mit seinem Patienten das Bogenschießen trainiert. Nun spannte er den Bogen, und mit dem scharfen Zerren der Sehne schlich eine schreckliche Stille über die Heilstätte. Der Diener zielte mit seinem Pfeil direkt auf den Kopf von Walter, der ihm gegenüberstand mit seiner kleinen Spielzeugwaffe.

»Hört auf!«, schrie ich plötzlich und erschrak vor meinen eigenen Worten.

Walter nutzte die Verwirrung und schoss seinen stumpfen Pfeil gegen die Brust seines Pflegers, der an der gelben Dienstkleidung abprallte wie ein geworfenes Stöckchen.

Doch plötzlich löste sich die Spannung. Aus Walters Hand fiel der Brief, der alles ausgelöst hatte. Er bückte sich heulend, hob den Umschlag wieder auf und streckte ihn seinem Diener entgegen. Dieser senkte seinen Bogen und nahm den Brief.

»Woher hast du den?«, fragte er Walter, der wieder begann, nach Hilfe zu rufen.

»Du hast ihn gestohlen! Du weißt, dass Stehlen hier streng geahndet wird. Jetzt gib den Brief seinem rechtmäßigen Eigentümer zurück!«

»Meine Mutter ist tot«, sagte Walter immer und immer wieder. Erst als sein Diener den Bogen erneut spannte und auf seinen Kopf zielte, lenkte Walter ein. Er drehte sich um und kam zu mir.

Ein Schauer lief durch meinen Körper.

Ein Brief. Für mich. Nach zwanzig Jahren.

Meine Hände zitterten.

»Mein Beileid«, sagte Carlotta mit leiser Stimme.

Mein Beileid. Der Tod war zurückgekehrt.

Ich presste die Augen zusammen. Ich spürte den Brief in meiner Hand.

»Ich habe Angst …«

»Es ist dein Vater. Du musst dich verabschieden. Auch nach allem, was geschehen ist. Oder gerade deswegen.«

»Aber es ist doch verboten.«

»Es gibt Ausnahmen, wie du weißt.«

»Aber ich bringe den Tod …«

»Das tust du nicht. Wir alle sind gesund. Ich begleite dich und passe auf dich auf, ja?«

»Und sie? Medora? Glaubst du, dass sie auch mitkommt?«, fragte ich meine Dienerin, so leise ich konnte, damit mich die anderen nicht hörten.

Carlotta nickte und nahm meine Hand. »Ich passe auf dich auf, ich verspreche es dir«, sagte sie zu mir und blickte in den Himmel, wo der Mond über uns stand.

»Sing zum Mond. Du kennst unser Lied. Solange er da ist, werde ich auf dich aufpassen.«

Sing zum Mond.

Ich legte meinen Kopf ebenfalls in den Nacken und blickte in den schwarzen, mit Sternen übersäten Abendhimmel. Und während auf dem Turm ein Falke flatternd seinen letzten Flug auf einem knarrenden Balken beendete, entschloss ich mich, meinen Vater noch einmal zu sehen.

EIN KRUMMER TON

»Es sollte blau sein. Hellblau«, sagte ich zur Verkäuferin, die mit mürrischer Miene Kleider von dem Ständer hob, auf dem »Reduziert um 70 %« stand.

»Das ist alles, was wir haben. Wenn Sie etwas anprobieren wollen: Dort hinten sind die Umkleiden.«

Die Verkäuferin legte mir die Kleider in die Arme und kehrte wieder zu ihrer Zigarettenpause vor dem Laden zurück. Das Geschäft war menschenleer, und in den Regalen lag Staub. Ich suchte in meinen Armen nach einem passenden Kleid, fand aber nichts. Weiter hinten im Laden sah ich einen Modeprospekt. Darauf war eine junge Frau in einem hellblauen Kleid zu sehen, das mit weißen Spitzen versehen war.

Carlotta hatte mir einmal beim Sehen erzählt, dass an einem Wallfahrtsort die Statue der Muttergottes mit einem hellblauen Kleid der wartenden Prozession präsentiert worden war. Vater war evangelisch gewesen. Er hatte nichts von der Jungfrau Maria gehalten. Aber ich dachte, dass er vielleicht am Ende seines Lebens seinen Frieden mit ihr gemacht hätte. Und so hatte ich beschlossen, als Zeichen der Versöhnung in einem hellblauen Kleid zu seiner Beerdigung zu gehen. In Wahrheit erinnerte es mich an das Kleid unserer Leiterin.

Als die Ladenbesitzerin, eine unsportliche Frau Mitte vierzig mit kurzen, stumpfen Haaren und einem schlecht aufgetragenen rosa Lippenstift, zurück in den Laden kam, zeigte ich auf den Modeprospekt.

»Darauf gibt es aber keine siebzig Prozent Rabatt«, sagte sie mürrisch und ging so dicht an mir vorbei, dass ich den kalten Rauch auf ihrem roten Strickpullover riechen konnte.

»Sind Sie nicht die Kleine vom alten Erdsegen?«, fragte sie und stellte den Karton, den sie vom Lager geholt hatte, auf den Verkaufstresen am hinteren Ende des Ladens.

Ich nickte vorsichtig und senkte meinen Blick, wo er unbeholfen über den hellbraunen Linoleumboden umhersprang. »Er war lange nicht mehr in der Kirche, hat mir mein Vater gesagt. Er soll mal wiederkommen. Sonst betet ja niemand mehr für uns, hat mein Vater gesagt. Wie geht es ihm denn? Lebt er noch draußen auf dem Hof?«

»Er ist gestorben.«

Betretenes Schweigen, dann sagte die Verkäuferin mit neu angekurbelter Stimme: »Das tut mir aber leid.« Ton und Blick trieften vor falschem Mitleid. »Wann denn? Ich habe gar nichts gehört.«

»Vor fünf Tagen. Heute ist das Begräbnis.« Ich schluckte und wagte, kurz hochzusehen. Hitze stieg mir in die Wangen, und ich hoffte, dass ich bald wieder den Laden verlassen konnte, zusammen mit dem blauen Kleid.

Die Verkäuferin blickte zwischen dem hellblauen Stoff, der aus dem Karton blitzte, und mir hin und her. Ich wusste, dass sie mich fragen wollte, wozu ich das Kleid brauchte, aber sie schwieg.

»Wie gesagt: Siebzig Prozent kann ich Ihnen nicht geben, aber sagen wir dreißig? Weil wir uns kennen. Ich drücke ein Auge zu.«

Ich zog meinen Mund auseinander, versuchte zu lächeln und machte eine Art Knicks, wie es Vater von mir immer verlangt hatte, wenn mir jemand etwas Gutes getan hatte. Dann trat ich an den Tresen, kramte aus meiner Hose aus hellbraunem Cord ein paar Münzen hervor und schob sie zur Verkäuferin. Sie sah mich an und musterte mich von oben bis unten. Ich zog meine hellgelbe, zerknitterte Bluse nach unten und wischte meine alten dunkelroten Schuhe an der Wade sauber.

»Mehr habe ich leider nicht«, sagte ich und bemerkte, wie meine Stimme zitterte.

»Weil du ein armes Ding bist«, sagte die Verkäuferin und schob die Münzen zu mir.

Ich bedankte mich mit einem schnellen Nicken und verließ den Laden, ohne das Kleid anzuprobieren.

Der Friedhof lag fünfundzwanzig Kilometer südlich von Heyda, links neben dem großen Laubbaum, der wie ein trauriges Denkmal auf den weiten Feldern stand. Hinter dem Baum fiel die Ebene ein wenig ab und mündete noch weiter hinten in einen lichten Wald. Dahinter konnte man die Windräder erkennen und die Türme des Industriegebietes.

Mein Vater hatte zu Lebzeiten darum gebeten, im Friedewald bestattet zu werden. Der Hain war der Rest eines zusammenhängenden Urwaldkomplexes, der sich in frühen Tagen von Seußlitz bis weit in das Elbsandsteingebirge erstreckt hatte. Inzwischen war der Friedewald ein Bestattungswald, wo zwischen Buchen und Eichen Menschen ihre letzte Ruhestätte fanden.

Ich kam zu spät. Das Urnenbegräbnis war bereits im Gange. Eine kleine Gruppe hatte sich um einen Geistlichen versammelt, der aus einem handlichen Buch vorlas. Überall hingen große Schilder aus Holz, die auf die einzelnen Ruhestätten hinwiesen. Ich näherte mich langsam der Gruppe und versuchte, nicht auf einen Zweig zu treten. Doch schon bei einem meiner nächsten Schritte lenkte das laute Knacken eines brechenden Astes alle Aufmerksamkeit auf mich, und ich starrte mit einem Mal in viele fragende Gesichter.

»Nicht die!«, sagte eine Frau, die gut genährt und mit dickem silbernen Schmuck behangen unter einem Trachtenhut zu mir hersah.

Schnell mischten sich ein paar Zischlaute unter die Trauernden. Sie waren nicht mehr als ein Grüppchen von zehn bis fünfzehn Menschen. Aber die ältere Frau ließ nicht locker. Ich kannte sie. Sie war die Mutter meines verstorbenen Mannes, Dimitri, des leiblichen Vaters meiner armen Kinder.

»Sie ist der Teufel. Bringt sie weg von hier!«, schrie die alte Frau und sah mich mit giftigen Blicken an. »Du gehörst hier nicht her.«

Ich erinnerte mich an die Bestattung meines Mannes. Er war nach kurzer, schwerer Krankheit gestorben. Zuerst war, quasi über Nacht, der Husten gekommen. Dann das Fieber und am Ende hatte er nach Atem gerungen. Eine besonders seltene Form von COPD, hatten die Ärzte gesagt.

Seine Mutter hatte das anders gesehen und mich für den Tod ihres Sohnes verantwortlich gemacht. »Du hast etwas Kaltes, etwas Dunkles an dir, vor dem alles Leben flieht. Du bist das Krumme in dieser Welt. Du bist das Schmutzige. Du gehörst nicht zu uns. Durch dich ist diese verfluchte Krankheit zu ihm gekommen!«, hatte sie mich immer wieder angebrüllt und war vor dem Baum ihres Sohnes zusammengebrochen. Dann hatte sie sich einen Ast gesucht, der in ihren Augen das Krumme in mir verkörperte, und versucht, mich damit zu schlagen. Und ich hatte es zugelassen. Ich hatte mich nicht gerührt, sondern nur still geweint, als der Ast über meinem blutigen Schädel zerbrochen war.

Als die Alte jetzt wieder nach einem Ast in ihrer Nähe suchte, nickte ich und floh aus dem Wald. Wieder versuchte ich, die Beisetzung so leise wie möglich zu verlassen. Ich beschloss, zu dem großen einsamen Baum zu gehen, wo früher mein Erdloch gewesen war. Von dort konnte man den Wald in der Entfernung sehen, und von dort wollte ich mit meinem hellblauen Kleid Abschied von meinem Vater nehmen. Meinem tyrannischen, brutalen Vater.

Ich suchte das Erdloch, das früher neben dem Baum gelegen hatte. Es war so groß gewesen, dass ich mich der Länge nach hineinlegen konnte, und so tief, dass mich niemand von der Straße aus gesehen hatte, wenn ich auf allen vieren gekauert hatte. Als ich den Platz gefunden hatte, begann ich, mit den Händen Erde aus der Wiese zu heben. Ich hörte erst damit auf, als ich ein kleines, knöcheltiefes Loch geschaufelt hatte. Ich fasste an den Stoff des blauen Kleides und setzte mich in die feuchte Kuhle. Dann wandte ich mich in Richtung des Waldes, wo mein Vater nun seine letzte Ruhe fand.

Ich suchte nach der Trauer in mir, aber ich fand sie nicht. Ich dachte an die vielen Wochen, die ich hier zugebracht hatte, um die Vergebung meiner Sünden zu erbitten. Als mein Mann gestorben war, hatte es sogar einen ganzen Monat gedauert. Mein Vater hatte beim Baum gewartet und mich mit dem Gürtel geschlagen, wenn ich auch nur einen Augenblick abgelassen hatte, Gott um die Vergebung meiner Sünden anzuflehen. Nur alle zwei Tage durfte ich aus einer Holzschale trinken. Das Essen hatte er mir ganz verboten. Ich magerte in der Zeit der Buße so sehr ab, dass wir anschließend ins Krankenhaus fahren mussten, wo mein Vater den Ärzten von einer Bulimie erzählte, die ich nie gehabt hatte.

Jetzt war er tot, und ich saß mit einem hellblauen Trauerkleid in dem Erdloch, das er für mich auserkoren hatte. Es begann zu regnen. Als ich nach oben blickte, verschwand der letzte Rest Himmel im dunstigen Grau. Über mir stand ein Falke. Es gab hier viele Falken.

Ich hatte den Wagen nicht gehört. Er hatte oben hinter den zwei Bäumen gehalten. Von dort konnte man das Erdloch ins Visier nehmen und mich beobachten. Ich war mir sicher, dass auch mein Vater oft dort gestanden hatte.

»Greta? Bist du es?«, rief eine junge Stimme durch den Regen.

Ich sah hoch und erkannte Anja.

Sie war mit mir in die Schule gegangen, und ich hätte gesagt, dass sie die einzige Freundin war, die ich je gehabt hatte. Anja war hübsch, hatte hellbraunes, gelocktes Haar und eine reine Haut. Sie hatte diese offenen Augen, in die sich Männer immer verliebten. Anja war mittlerweile mit einem aus dem Industrieviertel verheiratet. Sie hatte zwei Kinder und war immer noch sehr hübsch. Sie hatte mir einmal geschrieben und sich mit mir treffen wollen. Ich konnte mich nicht erinnern, warum ich damals nicht geantwortet hatte.

Anja war allein. Sie sperrte den Wagen ab und kam von der Straße zu mir. Sie reichte mir die Hand und half mir, aus dem kleinen Loch aufzustehen. Ich dachte an damals, als ich von den Mädchen in der Schule von einem kleinen Felsen hinter dem Friedewald gestoßen worden war. Anja hatte sich damals vor die wütenden Mädchen gestellt, die auf mich einschlagen wollten wie auf ein tolles Wild, das zähnefletschend auf dem Boden lag. Mit meinen schmutzigen Händen fasste ich nach Anjas Hand. Wie damals.

»Was machst du hier?«

Ich senkte meinen Blick und sagte: »Nur Luft schnappen.«

»Dein Vater wird heute beerdigt. Und sie lassen dich nicht zu ihm. Habe ich recht?«

Ich nickte.

»Komm. Ich bringe dich … nach Hause.«

Der Hof war alt. Der ständige Wind hatte an den Fassaden seine Spuren hinterlassen. Das zweistöckige Holzgebäude sah aus wie eine heruntergekommene Südstaatenvilla aus dem 19. Jahrhundert. An die durchbrochenen Zäune und die zerschlagenen Fensterscheiben hatte ich mich längst gewöhnt. Sie waren mir vertraut.

Anja stellte ihren Wagen vor der Eingangstür ab und ließ mich aussteigen.

»Ich … äh … danke dir! Ich würde dich gerne hineinbitten, damit wir einen Kaffee trinken oder so … aber ich befürchte, dass …«

»Schon gut, Greta.«

Ich wartete, bis Anja wieder den Wagen startete. »Warum gehst du nicht weg?«, fragte sie. »Ich kann dir helfen.«

»Ich bin Ende vierzig. Wo soll ich hin?«

»Es ist doch nie zu spät, irgendwo neu anzufangen.«

»Ach, das sind doch nur leere Worte.«

»Aber was willst du denn hier tun? Jetzt, wo dein Vater tot ist.«

Ich sah Anja an. Sie wusste nicht, wo ich die letzten zwanzig Jahre meines Lebens verbracht hatte. Ich spürte ihr Mitleid von damals.

»Ich kann doch nichts mit diesen Händen anfangen«, sagte ich und zeigte ihr meine schmutzigen Finger.

»Aber du bist doch klug. Geh doch in die Stadt, dann wird sich schon etwas ergeben! Hier bleiben kannst du nicht. Wovon willst du denn leben?«

»Ich kann mit ihnen nichts anfangen«, wiederholte ich meine Worte und blickte auf meine Hände. »Mein Kopf ist meist auch ganz schwer. Und ich weiß nicht, ob das, was ich darin sehe, immer wahr ist …«

Ich spürte die Träne, die über meine Wange lief. Wie gerne wäre ich in Anjas Auto gestiegen und fröhlich geworden.

»Weiß du was? Komm erst mal zu dir! Ich besuche dich am Wochenende, dann reden wir. Und ich bringe Kaffee mit. Ich muss jetzt leider los. Mein Mann und ich haben einen wichtigen Termin, und ich muss vorher noch zum Friseur. Aber ich komme, versprochen.«

Ich nickte und lachte dazu – und wusste, dass ich Anja nie wiedersehen würde.

Ich wartete, bis ihr Wagen verschwunden war, dann trat ich ins Haus. Vater hatte die Tür nie abgesperrt. Er hatte geglaubt, dass man das Böse nicht einfach aussperren konnte, indem man einen Schlüssel in einem Schloss dreht.

Modrige Luft und der Gestank von Müll empfingen mich. Ich ging durch einen dunklen Flur nach rechts und setzte mich an den Tisch, wo sonst mein Vater gesessen hatte. Ich nahm seine Körperhaltung ein. Nach vorne gebückt, den Kopf gesenkt, mit dem Blick nach unten, wo die gefalteten Hände lagen. Ich saß so lange in dieser Position und wartete, bis die Nacht kam. Dabei versuchte ich, Abschied von ihm zu nehmen. Ihn irgendwie zu verstehen.

Nach dem frühen Tod meiner Mutter hatte mein Vater mich immer in die Kirche mitgenommen, wo ich mit kerzengeradem Rücken neben ihm sitzen musste. Ich durfte meinen Blick nicht von dem großen Kreuz hinter dem Altar nehmen. Sobald ich es doch tat oder meine Augen vor lauter Müdigkeit zufielen, stieß er mir mit dem Fuß in die Wade. Und zwar so, dass es niemand bemerkte. In der Schule wurde ich dafür gehänselt. Dass ich mit meiner roten, gewalkten Jacke und meinen schmutzigen Händen immer still neben meinem Vater saß. Ich war das schmutzige Mädchen, das aussah wie ein blonder Junge und Angst hatte zu sprechen, da es den Gürtel seines Vaters fürchtete.

Vater gab mir damals die Schuld am Tod meiner Mutter. Eine fleißige Bäuerin mit kleinen, wachen Augen und ordentlichen Bewegungen. Ich erinnerte mich noch an die Zeit, als unter ihren Händen der Hof erblüht war. Überall hatten Blumen gestanden, und es hatte geduftet und in allen Farben geleuchtet. Sie hatte ein besonders Geschick gehabt, Dinge in Position zu rücken und

Wärme an Orte zu bringen, an denen sonst die Kälte gewohnt hätte. Früher hatten wir Pferde gehabt, und viele Leute waren von Dresden gekommen, um zu reiten. Und wir besaßen Kühe und sogar Falken, die von den Kindern, die ich ganz selten mit nach Hause brachte, mit großen, ängstlichen, aber neugierigen Augen bestaunt wurden.

Auch meine Mutter war sehr plötzlich gestorben. Zuerst war es nur ein Verdacht in seinem Herzen gewesen, dass ich die Schuld an ihrem Tod trug, aber je tiefer er in seinem Glauben nach Trost suchte, desto mehr gelangte er zu der Überzeugung, dass nur der Teufel ihm seine Frau hatte nehmen können. Der Teufel – seine Tochter.

Bei meinem ersten Anfall hatte ich gehört, wie er mit einem hohen Pfeifen den Gürtel aus seiner Hose zog, um ihn mir mit voller Wucht in mein verzerrtes Gesicht zu schlagen. Als sich mein Körper zum ersten Mal verkrampft hatte, hatte ich noch gedacht, dass es die verborgene Trauer um meine tote Mutter wäre. Doch der Arzt, ein alter Trunkenbold aus Heyda, wurde Zeuge, wie das zuckende Bündel Mensch auf dem Küchenboden mit verkrampften Zügen herumbrüllte, und nannte meinem Vater den Namen meiner Krankheit: Epilepsie.

Die eindeutige Diagnose konnte meinen Vater jedoch nicht umstimmen. Für ihn war ich ein krummer Mensch gewesen, der von dunklen Mächten besessen war. Und wann immer der Geschmack von Hafer meinen Mund berührte und ich deshalb wusste, dass die Krämpfe bald wieder nach meinen Armen und Beinen fassen würden, machte ich mich gleichzeitig darauf gefasst, dass er mich an den Haaren nach draußen zerren, mich schlagen und in das Erdloch ziehen würde, das er für mich ausgehoben hatte. Ich sollte darin Buße tun. So lange, bis das Krumme aus mir verschwunden wäre und ich nicht mehr den Tod über die Menschen brächte.

Ich war acht Jahre alt, als meine Mutter starb und das Krumme kam. Nachdem das Zittern in meinen Gliedern verschwunden war, schob sich das schwitzende Gesicht des Dorfarztes vor meine Augen, bevor seine Hand mein rechtes Lid nach oben zog. Der Arzt roch nach warmem Alkohol und dem süßen Rauch einer Pfeife. Auf seiner geschwollenen roten Nase stand ein dickes, langes schwarzes Haar senkrecht empor.

»Fallsucht«, sagte er und sah zu meinem Vater, der mit verschränkten Armen aus dem Fenster blickte. Ich sah an seinem Kiefer, dass er seine Backenzähne aneinanderrieb. Er wiederholte immer wieder die Worte des Arztes. *Fallsucht. Epilepsie.* Aber für ihn waren es nur Worte, denn insgeheim war ich für ihn von diesem Zeitpunkt an nur noch »die Krumme«.

Nach meinem ersten Anfall brachte mich der Arzt in mein Bett und befahl mir, vorerst Ruhe zu finden. Obwohl ich ihn abstoßend fand, fasste ich nach seiner Hand, da ich Angst vor dem hatte, was passieren würde, wenn er uns verließ. Angst vor meinem Vater.

Kaum war der Dorfarzt weg, kam mein Vater zu mir ins Zimmer und befahl mir, aufzustehen und mit nach draußen zu gehen. Er hatte eine Schaufel in der Hand. Ich hatte Angst, ihn zu fragen, wohin wir gingen. Meine Beine schmerzten von den Krämpfen. Ich hatte solche Angst, dass das Krampfen und Krallen und Schreien in mir wiederkommen würde. Aber der Schatten hinter mir trieb mich weiter nach draußen. In den Regen. Über den schmutzigen Weg zu den zwei Bäumen, von denen der größere mit dichtem Laub im Schwarz der Nacht auf mich wartete.

Mein Vater befahl mir, mich an den Baum zu stellen und ruhig zu sein, bis er mit der Arbeit fertig war. Ich gehorchte und stellte mich mit dem Rücken zum Baum. Lange noch spürte ich die raue Rinde auf meiner Haut. Ich zitterte am ganzen Leib, und der Regen lief mir über das Gesicht und fraß meine Tränen.

»Du hast den krummen Ton«, sagte er immer wieder und fluchte. »Du bist schuld, dass die große Krankheit uns findet. Sie wird uns am Ende alle töten.« Wütend stieß er die Schaufel in die Erde. Tiefer und tiefer. Bis endlich das Erdloch ausgehoben war. Mein Vater war ein großer Mann, doch hätte ihn jemand mit der Schaufel von hinten auf den Kopf geschlagen und wäre er in das Loch gefallen, dann wäre er darin verschwunden, und man hätte ihn nicht mehr gesehen. Aber da war niemand, der ihn schlug. Da war niemand außer dem Regen. Und mir.

Als Achtjährige stieg ich zum ersten Mal in das Erdloch.

Die Erde unter meinen Füßen war nass, weich und klebrig. Ich spürte kleine Wurzeln zwischen meinen Zehen. Dann befahl er mir, mich hinzulegen. Mit dem Kopf nach unten. Ich kniete mich hin und schob den Oberkörper so lange nach vorne, bis mein Gesicht die kalte Erde berührte. Der Geruch der Erde berührte meine Lippen. Ich schloss die Augen und fror. Ich hörte meinen Vater, wie er begann, mich zu verfluchen, wie er immer wieder sagte, dass ich den krummen Ton hätte und dass ich so lange in der Erde bleiben müsste, bis das Krumme aus mir verschwunden wäre. Aus krummen Wurzeln wüchsen krumme Bäume.

Und dann begann er mit den Psalmen. Mit den Gebeten. Ich musste sie wiederholen. Jedes einzelne. Es waren wirre Worte. Zornige Worte. Ich versuchte, jedes einzelne von mir zu stoßen, nur eines nicht. *Poenitentia.* Es drang in mich ein wie ein heißer Dolch. *Poenitentia.* Immer wieder. *Poenitentia.* Ich musste das Wort immer wieder sagen. Als ich zum ersten Mal in meinem Erdloch lag, musste ich das Wort so lange wiederholen, bis die Sonne den Himmel verfärbte. Dann erlaubte mir mein Vater, aufzustehen und mit ihm zurück ins Haus zu gehen. Mein Kleid war schmutzig und roch nach Urin, da ich mich im Loch hatte erleichtern müssen.

Zu Hause angekommen, strich mir mein Vater über die Wange und erlaubte mir, mich auszuruhen. Denn das Krumme sei nun fort, und die Menschen in meinem Umfeld würden aufhören zu sterben. Doch mein Vater hatte sich geirrt. Das Krumme kehrte zurück. Diesmal war der Anfall stärker, und ich blutete sogar an der Zunge, da ich sie beinahe abgebissen hatte. Wieder trieb mich mein Vater in die Dunkelheit und zwang mich in das Erdloch. Er stand hinter mir, und ich begann erneut, zu beten und um Buße zu bitten: »*Poenitentia.*« Immer wieder. Ich blieb die ganze Nacht und den ganzen nächsten Tag im Loch und rührte mich nicht, sondern wiederholte nur immer wieder dieses eine Wort. Ich hatte Hunger und Durst, und ich kniff die Beine zusammen, bis ich es nicht mehr aushielt und das angestaute Wasser einfach laufen ließ.

Manchmal, wenn Menschen mit Traktoren vorbeifuhren und sich wunderten, was mein Vater vor dem Loch trieb, sagte er, dass er auf der Jagd nach Wühlmäusen sei, Mäusen, die an den Wurzeln nagten. An den krummen Wurzeln.

Seit meinem ersten Anfall betete mein Vater jeden Tag in seinem kleinen Zimmer über der steilen Treppe, die von der Küche in den ersten Stock unseres Hofes führte, dass das Krumme in mir verschwinden möge. Aber es verschwand nicht. Es begleitete mich mein ganzes Leben. Zu Hause, in der Schule, draußen auf dem Feld, wenn ich meinem Vater half. Das Krumme war immer da. Und mit ihm meine Buße. *Poenitentia.*

Als mein Vater erkannte, dass er nicht mit Geld umgehen konnte und die Reiter aus der Stadt ausblieben, schmiedete er einen Plan. Er wollte mich mit einem Bauern verheiraten, der einer Kolchose nach sowjetischem Vorbild vorstand und dem ich bereits als Kind gut gefallen hatte.

Ich war sechzehn Jahre alt, als ich Dimitri heiratete. Im Grunde war die Ehe illegal, da ich das 18. Lebensjahr noch nicht vollendet hatte. Aber damals wusste ich es nicht, und niemand hatte es mir verraten. Warum auch? Ich war wertlos, und das Gesetz kümmerte sich nicht um mich.

Dimitri war unendlich groß und dick und kam ursprünglich aus Georgien. Er hatte immer nasse Lippen, und der untere Knopf seines hellgrünen Hemdes war ständig offen. Mein Vater erzählte Dimitri nie von unserem Geheimnis. Und in dieser Zeit, als ich Dimitris Frau war, verschwand auch das Krumme aus meinem Leben. Ich wusste nicht, warum, denn Dimitri war kein guter Mann. Er zwang mich zu meinen ehelichen Pflichten und verbot mir unter Androhung von Prügel das Sprechen in der Öffentlichkeit.

Doch dann kam die Wende. Und mit der neuen Freiheit kam das Krumme in mir zurück und brachte Dimitri den Tod. Und meinen beiden Kindern, die er mit Gewalt in mir gezeugt hatte. Zuerst kam der Husten, dann das Fieber, bald darauf atmete er immer schwerer und bald gar nicht mehr.

Ich war achtzehn Jahre alt, als mich mein Vater wieder in das Erdloch stieß. Diesmal hatte er es noch tiefer gegraben und Scherben hineingeworfen, damit das Krumme endlich und für immer verschwinden würde. *»Poenitentia. Poenitentia …«*, schrie er wie besessen.

Ich lag oft tagelang draußen in der Kälte. Ohne einen Tropfen Wasser, ohne einen einzigen Bissen zu essen. Und auch wenn mein Vater nicht wie ein Schatten hinter mir stand, wagte ich nicht, mich zu erheben, denn das Krumme würde mich wieder niederreißen und zurückstoßen in die Erde.

Seither waren fast dreißig lange Jahre vergangen. Jahre der Einsamkeit, der Buße, des Kummers, der Armut. Ich hatte mich selbst in ein kleines Verlies gesperrt und neben meinem Vater ein spärliches Leben geführt. Ich wusste nicht, wie oft ich in dem Erdloch gewesen war. Und wie viele Tage hintereinander. Ich wusste von dieser Zeit nur noch, dass mein Vater Musik gehört hatte, während ich geschrien und gebrüllt hatte. Wagner. »Tannhäuser«. Vielleicht hatte er so wie ich das Krumme akzeptiert und sich auch in seine Welt zurückgezogen, wo wir beide nur auf den Tod warteten. So wie Mutter, so wie Dimitri, so wie meine Kinder, die ich so sehr geliebt hätte, wären sie nicht auf brutale und abscheuliche Weise eingepflanzt worden. Vielleicht konnte er es auch nicht mehr ertragen und hatte mich deshalb in die Heilstätte geschickt.

Nun war mein Vater tot. Ich stand auf und blickte aus dem Fenster. Es war Nacht geworden. Ich dachte an Anja. Ich sollte einfach weggehen. Ein neues Leben beginnen. Vielleicht hatte sie recht, dachte ich und sah mich in meinem alten Zuhause um.

Ich stieg nach oben über die alten Treppen und öffnete das Zimmer meines Vaters. Es war klein, gedrungen und voller Bilder von Heiligen. An den Wänden hingen unzählige Kreuze, und auf einer kleinen Anrichte stand neben dem alten Plattenspieler ein Bild von der Jungfrau Maria in einem hellblauen Kleid. Ich trat näher und nahm das Bild in beide Hände. Die Muttergottes hatte eine gewisse Ähnlichkeit mit mir. Ich stellte das Bild zurück. Mein Blick fiel auf eine Schallplattenhülle – »Tannhäuser«. Dirigiert von Herbert von Karajan.

Ich zog die alte Platte heraus und legte sie auf den Teller. Die Nadel knisterte, und bald ertönten die ersten Hörner. Mein Vater hatte die Lautsprecher in voller Lautstärke aufgedreht. Als die ersten Streicher die Hörner ablösten, ergriff mich eine erhabene Gewissheit, die mir verriet, dass es Zeit war, dem allen ein Ende zu setzen. Ich nahm die Plattenhülle und drehte sie in meinen Händen. Dabei fiel mir auf, dass mein Vater eine Stelle mit einem schwarzen Stift markiert hatte. Er hatte die Worte »Sängerstreit auf der Wartburg« eingekreist. Und darunter hatte er mit kleinen Blockbuchstaben geschrieben: »Verfluchte Babenbergerin! Sie hat den krummen Ton hierhergebracht. Meine Greta wird daran zerbrechen.«

Ich trat zurück und hörte ein dumpfes Schlagen, das von unten heraufdrang. Ich runzelte die Stirn und schob die Plattenhülle zurück an ihren alten Platz. *Verfluchte Babenbergerin.* Ein Schauer lief über meinen Rücken. Hatte er sie auch gekannt? War es kein Zufall gewesen, dass mein Vater immer wieder »Tannhäuser« gespielt hatte, wenn das Krumme in mir nach außen getreten war? Und als ich dann die Hörner und die Streicher in der Erhabenheit des Tannhäusers wie Wasserfälle vom Himmel laufen hörte, schlug plötzlich wieder jemand gegen die Eingangstür.

Unter den tosenden Klängen Wagners schlich ich nach unten. Ein schmächtiger Priester mit schütterem Haar stand vor mir und hielt eine kleine blaue Schatulle in der Hand. Sie zeigte ein Bild des italienischen Malers Giotto. Tränen liefen über meine Wange, als mir der kleine Mann das Kästchen entgegenstreckte.

»Verzeihen Sie die späte Störung! Ich wollte Sie nicht ängstigen. Ich habe Sie bei der Bestattung nur kurz gesehen. Ich war ein Freund Ihres Vaters. Er unterstützte unsere Kirche auch in der schweren Zeit vor der Wende. Er hat mich gebeten, Ihnen dies im Falle seines Ablebens zu überreichen.«

Während der Priester mir die Dose in die Hand drückte, spürte ich, dass hinter ihm ein Wind in den alten Hof drang. Meine Hände zitterten, und ich fuhr mit dem Zeigefinger sanft über die blau verzierten Blumen. Als ich den Deckel nach oben klappte, fand ich einen Brief darin. Ich nahm ihn und faltete ihn auf. Meinen Besucher nahm ich kaum noch wahr, stattdessen begann ich zu lesen. Schon bald zitterte ich am ganzen Körper.

Der kleine Priester schien zu spüren, dass dieser Brief von immenser Bedeutung für mich war. Vielleicht spürte er sogar, dass er nicht nur mein Leben verändern würde, sondern alles. Jedenfalls sagte er in einem fürsorglichen Ton, den mir gegenüber noch niemand angeschlagen hatte: »Ihr Vater war im Unrecht, als er Sie bezichtigte, für den Tod anderer Menschen verantwortlich zu sein. Es war nicht Ihre Schuld. Es war eine Krankheit, die sie alle geholt hat. Ihre Mutter, Ihren Gemahl … Ihre beiden Kinder. Es war eine Krankheit. Eine große Krankheit. Ihr Vater glaubte, dass etwas Teuflisches in Ihnen wohnt, das diese Krankheit herbeiruft. Ich weiß, das entschuldigt nicht, was er Ihnen angetan hat, aber es soll Ihnen helfen, ihn zu verstehen. Und ihm zu verzeihen, dass er Sie nach dem Tod Ihres Mannes und Ihrer Kinder schließlich in die Nervenheilanstalt ins Kloster gebracht hat. Viele hier glauben, dass Sie all die Jahre hier waren, auf dem Hof, bei ihm. Aber ich weiß, wo Sie waren. Zwanzig Jahre ist es her … das ist eine lange Zeit. Es tut mir so leid …«

Ich nickte, dann las ich den Brief fertig. Anschließend starrte ich den Priester an. Fraglos fühlte er sich unbehaglich.

»Ich muss gehen«, sagte ich zu ihm. »Ihr Auto! Können Sie mir Ihr Auto leihen?«

»Ich verstehe nicht …«

»Ich bringe es Ihnen wieder zurück, aber ich muss dringend weg.«

Der kleine Mann sah zu Boden und nickte. Er kramte in der Tasche seiner Hose und legte mir den Wagenschlüssel und etwas Geld in die Hände.

»Drücken Sie, wenn Sie losfahren, die Kilometerzahl immer auf null! Ich weiß, es ist töricht, aber es soll Glück bringen.«

Ich schwieg und nickte.

»Und Sie bringen mir den Wagen wieder, ja? Stellen Sie ihn dann einfach bei der Kirche ab, wenn Sie –«

Als der Priester die Tränen in meinen Augen sah, wusste er, dass es besser war, mich jetzt allein zu lassen. Er nickte noch einmal und verabschiedete sich. »Ich werde zu Fuß gehen. Ein Spaziergang in der Nacht ist gut für die Gesundheit«, sagte er und trat zurück in die Dunkelheit.

Ich dachte an Carlotta. Sie hatte mich mit ihrem Wagen nach Heyda gebracht. Wir beide waren in den letzten zwanzig Jahren einer Routine gefolgt, die mich hätte heilen sollen. Doch ich war nicht geheilt. Vom ersten Moment an, als ich wieder in die schmutzigen Fußstapfen meines alten Lebens getreten war, wusste ich, dass ich nicht geheilt war. Ich war eine Krumme, wertlos und schmutzig, und ich brachte die große Krankheit. Alles war wie immer. All das Lernen, das Sehen und Siegen. Wertlos.

Doch der Inhalt des Briefes, der auf weichem, welligem Papier mit zittriger Hand geschrieben war, stellte alles auf den Kopf. Ich wusste, dass ich in einer Stunde wieder in Heyda sein sollte, wo mich Carlotta am Straßenrand aufsammeln und zurück auf meine Terrasse bringen würde. Und anschließend würde ich dort auf den Sonnenaufgang warten, um die nächtlichen Bilder in meinem Kopf verschwinden zu lassen. Aber ich konnte nicht zurück. Jetzt nicht. Ich würde morgen oder vielleicht den Tag darauf wieder in der Heilstätte sein. Ich würde mir eine Geschichte ausdenken, die erklärte, warum ich die Routine verlassen und dabei auf das mir entgegengebrachte Vertrauen gebaut hatte. Ich könnte sagen, dass ich mir Sorgen gemacht hatte um die Leiterin der Anstalt, weil ich sicher war, sie am Straßenrand gesehen und husten gehört zu haben. Dass ich dann aber doch zu dem Schluss gelangt war, dass ich mich geirrt haben musste. Und dass ich mich dann in meiner Verwirrung verfahren hatte. Oder ich könnte sagen, ich hätte Klara gesehen. Im Rückspiegel. Oder Medora …

Ich wusste nicht, ob der Priester an den beiden Bäumen vorbeikam, durch die man mein Erdloch sehen konnte. Ich wusste auch nicht, ob er den Falken sah, der im Dunkeln auf mich wartete. Aber ich war mir sicher, dass er den Schein des Feuers sehen würde, das mein altes Zuhause für immer in Asche verwandeln sollte. Und unter der Ouvertüre des »Tannhäuser« startete ich den Wagen und verließ den Hof meiner falschen Eltern.

ZWEITE AUFZEICHNUNG

»Wusstest du, dass Greta eine Lügnerin war?«

»Ich würde es nicht Lügen nennen.

Eher eine Variante von dem,

was hätte sein können.«

Ich war den ganzen Tag durchgefahren. Nur langsam hatte ich mich an die Geschwindigkeit gewöhnt. Dimitri hatte mir auf einem Feld gezeigt, wie man ein Auto fährt. Dabei hatte er seine Hand immer auf meinem Oberschenkel. »Du kannst schon Gas geben«, hatte er immer gesagt. »Zeig, was du kannst.« Dabei hatte er geifernd die Zähne gefletscht und immer wieder »Bravo, bravo!« gerufen, wenn ich das Gaspedal ein wenig tiefer durchdrückte.

Bravo, bravo, hatte ich vor wenigen Stunden selbst zu mir gesagt, als es mir unter größter Anspannung und mit kerzengerade aufgerichtetem Rücken gelungen war, den Wagen langsam auf eine Autobahnauffahrt in Richtung der tschechischen Grenze zu lenken. Erst nach einiger Zeit auf der Autobahn – ich hatte die rechte Spur nie verlassen und kein einziges Fahrzeug überholt – sank ich langsam nach hinten und lehnte mich in den Sitz. Nach und nach traute ich mich sogar, etwas mehr Gas zu geben, bis der Tachometer sich schließlich bei einhundert Stundenkilometern einpendelte.

Bravo, bravo, dachte ich auch jetzt wieder und starrte in die Welt vor mir, die wie eine Röhre auf mich wartete. Der Brief, den mir der Priester gegeben hatte, lag neben mir. In meinem Kopf spulte sich sein Inhalt immer wieder ab.

Habt keine Angst vor meinen Zeilen. Auch auf die Gefahr hin, dass ihr niemals diesen Brief erhalten mögt und dass ihr sogar die falsche Empfängerin seid, so bleibt doch dieser geschriebene Teil von mir als ein Vermächtnis über ein langes, vertanes Leben.
Ich habe dieses Tal und dieses Dorf nie verlassen. Hier glaubte ich alles zu finden, um glücklich zu sein. Als ich selbst die große Liebe meines Lebens in den Wirren des Krieges fand, hoffte ich, dass mein Leben unter einem guten Stern stand.
Doch meine Liebe hat mich mit meinem besten Freund betrogen, weil ich ein Feigling war. Ich hatte keinen Beweis für ihre Untreue, aber ich wollte mich rächen und

es ihnen beiden heimzahlen. Also umgarnte ich die Frau meines Freundes. Ich liebte sie keinen Augenblick. Aber ich war besessen von ihr.
Dieser Lust entsprangen vier Kinder. Vier wunderschöne Mädchen. Ich schämte mich so sehr. Aber die anfängliche Rache hatte sich schon bald mit der Sucht nach dem Körper dieser ebenfalls betrogenen Frau vermischt, und diese Sucht ließ mich nicht los. Niemand wusste, dass die vier Töchter meines Freundes in Wahrheit meine Kinder waren.
Doch dann begann auch sie mit den Experimenten. Sie war besessen davon. Alle waren davon besessen.
Ich musste euch retten. Aber wie sollte ich das anstellen, ohne meine eigene Familie aufs Spiel zu setzen? Welchen Plan sollte ein Feigling schmieden, um das zu retten, was er über alles liebt?
Ich befreite euch mit Hilfe eines ehemaligen Laborleiters, Dr. Merten. Er erhoffte sich Sühne, indem er mir half. Ich löschte eure vier Leben mit vier Schüssen in die Luft aus, und er brachte euch zu vier Pflegefamilien, verstreut in ganz Europa. Jeder sollte glauben, dass mein Freund seine Familie erschossen hatte, und mich verdächtigte niemand. Endlich waren meine Feigheit und mein vertanes Leben zu etwas nutze: euch zu schützen.
Kurz darauf ist eure Mutter verschwunden. Sie hat sich vermutlich im Wahn von der Bärenmauer gestürzt und sich so das Leben genommen. Aber es ist besser so. Niemand darf sich über Gott erheben und seine Schöpfung anzweifeln. Seit dem Verschwinden der Teufelin ließ mein Freund die Finger von meiner Frau, und ich konnte mein glückliches Leben voller Lüge weiterführen. Meine beiden Kinder, die ich mit meiner eigenen Frau hatte, wollte ich nie wieder von mir fortlassen. Nie wieder.
Heute weiß ich, dass das falsch war.
Gute Eltern wollen das Beste für ihre Kinder. Schlechte halten sie fest und ersticken sie.
Ich begrub die Liebe, die ich zu euch hatte, tief in meinem Herzen. Mit jedem Tag, den der Wahnsinn auch in mir zu toben begann, vergaß ich auch euch ein Stückchen. Bis zu

jenem Tag, als ich meine Frau mit Konrad, meinem besten Freund, *sah.*
Was dann geschah, ist nicht entschuldbar, denn etwas Böses begann in mir zu wachsen. Ich bin durch die Hölle gegangen und habe den Krieg auf diese Welt gebracht. Aber am Ende habe ich den Dämon in mir besiegt.
Das ist auch der Grund, warum ich diesen Brief schreibe. Vielleicht bist du eines meiner vier Mädchen. Da ich euch niemals in meinem Leben wiedersehen werde, sollt ihr zumindest so die Wahrheit über eure Herkunft erfahren.
Dieses Dorf hier wird sterben so wie ich. Es ist das Ende einer Epoche. Es ist das Ende des Aufstandes der Massen und der Beginn der Macht des Einzelnen über die Welt.
Es gibt keinen Unterschied, ob man das Deutsche Reich niederringt oder einen Hirsch jagt. Es ist ein Kampf. Ein Weg. Eine Entscheidung. Ich habe beides nicht geschafft. Aber dafür habe ich den Feind in mir selbst besiegt und mich somit befreit. Das allein macht mich stärker und mächtiger als alles andere.
Ich wollte euch vor etwas beschützen, das vielleicht noch gefährlicher sein könnte als das Dritte Reich. Aber vielleicht habe ich mich auch geirrt, und die Gefahr war nur ein Teil meines Wahns. Doch was es auch immer war, es ist besiegt.
Lebt euer Leben, jetzt, da ihr die Wahrheit kennt. Euer Vater war ein Feigling und Nichtsnutz. Aber mit diesem Brief will ich euch mein Geheimnis verraten:
Bringt die Tannen zu Fall und befreit euch! Geht fischen, tanzt, lacht oder jagt einen Hirsch! Es ist die Entscheidung, die euch stark macht. Die Entscheidung, frei zu sein.

Die Sprache dieses Briefes, seine Poesie, sie drang in mich, berührte mich. Ich hatte meine Sprache in den Heilstätten verloren. Hatte ich je eine gehabt? Eine eigene Sprache? Eine Poesie, die durchdrungen war von Wahrheit? Oder hatte ich alle um mich herum immer belogen? So wie er. Der zitternde alte Mann hinter dem Brief. Hatte ich mich selbst belogen? Das Lernen, das Sehen, das Siegen, hatte sich alles tatsächlich so abgespielt?

Hinter mir drängelte ein Wagen. Ich konnte nicht schneller fahren. Ich hatte Angst, jetzt, da ich spürte, dass da etwas Neues war, eine neue Ehrlichkeit, die mir zuflüsterte, endlich alles zu erzählen, wie es war. Endlich. Ich wollte mich nicht mehr drängen lassen. *Es ist mein Leben. Ich lasse mich nicht mehr von anderen leben.* Der Drängler überholte mich. Er fluchte. Ich aber lächelte. Was wusste er schon?

Nachdem ich Prag erreicht hatte, tankte ich den Wagen. Zwei Männer, die auf dem Parkplatz neben der Tankstelle Rast gemacht hatten, starrten mich an. Sie warfen mir merkwürdige Blicke zu, als sie mich in dem schmutzigen, ehemals hellblauen Kleid sahen. Ich sah tatsächlich schrecklich aus, also ging ich zu den Toiletten der Raststätte und schlüpfte hinter verschlossener Tür wieder in meine Cordhose und meine hellgelbe Bluse. Außerdem wusch ich mein Gesicht, das ich anschließend in dem zerbrochenen Spiegel über dem kleinen Waschbecken überprüfte, und rieb meine Hände mit stark riechender Seife sauber. Der Schmutz unter meinen Nägeln ließ sich nicht vollständig entfernen. Vermutlich war er schon zu lange dort; er hatte sich eingenistet.

Vielleicht bist du eines meiner vier Mädchen. Da ich euch niemals in meinem Leben wiedersehen werde, sollt ihr zumindest so die Wahrheit über eure Herkunft erfahren.

Vier Mädchen. Es gab also noch drei. Drei Schwestern. Das Kribbeln berührte meine Arme. Ich knüllte das blaue Kleid zusammen und warf es in den Mülleimer, der neben der nach Urin riechenden Toilette stand.

Als ich wieder in den Wagen stieg, waren die Männer verschwunden. So wie mein altes Leben. Es war plötzlich weg. Wie ein Alptraum, der einen mit einem wild schlagenden Herzen aus dem Schlaf reißt. Die lange, einsame Zeit der Erde, wo ich kauernd unter dem wachenden Flügelschlag des Falken nach Buße gerufen hatte, sie war vorbei. Das Schnalzen des Gürtels hinter mir, vorbei. Ich schloss die Augen. Die lange Zeit hinter diesen schrecklichen Mauern der Heilstätte. Vorbei.

Zuerst stirbt Gott, dann stirbt der Mensch. Die Warnung, die in der Heilstätte in großen Buchstaben an der Wand des Speisesaals gestanden war, hatte sich in mein Gehirn gebrannt. Hatte ich je davon erzählt?

Jetzt schob sich das Gesicht meiner Dienerin in Gedanken vor meines. Carlotta.

Geht es dir nicht gut?, fragte sie.

Nein, es geht mir nicht gut.

Ich atmete tief aus. Legte die Hände auf das Lenkrad. War es so einfach? Meine Dienerin hatte mich in den letzten zwanzig Jahren nie aus den Augen gelassen. Sie hatte in Heyda auf der anderen Seite gestanden, als ich das hellblaue Kleid gekauft hatte. Im Bestattungswald hatte sie bei den Schildern mit den Namen meiner Kinder gestanden, und als ich zurück ins Erdloch meiner Jugend kriechen wollte, hatte sie am Waldrand gestanden und mich mit ihrem Blick daran gehindert. Gekleidet in ihren langen gelben Umhang. War sie überrascht gewesen, als ich das Feuer gelegt hatte? Hatte ich es tatsächlich geschafft, im Rauch, der durch die Nacht gestiegen war, zu entkommen? In einem geliehenen Wagen? War es so einfach, der Hölle der Heilstätte zu entfliehen, in der ich zwanzig Jahre gefangen gewesen war? Die Hölle. So pathetisch. Ich musste andere Worte wählen. Falsche. Unterwürfige. Wertlose.

Ich sah in den Rückspiegel. Suchte nach meiner Dienerin. Sie war weg. Ich spürte das Vibrieren der Freiheit in mir und konnte mich nur mit Mühe davon abhalten, laut aufzulachen. War ich frei? Tatsächlich frei? War ich entkommen? Ich startete den Wagen und rollte langsam vom Raststättenparkplatz. Das Navigationsgerät, das ich nach einigen Fehlversuchen schließlich doch gebändigt hatte, zeigte an, wie viel ich noch vor mir hatte: vierhundertfünfundsiebzig Kilometer. Mein einprogrammiertes Ziel: LKH Hochsteiermark. Neurologische Abteilung. Bruck an der Mur. Steiermark. Österreich. Zwar war die handschriftliche Notiz, die mein falscher Vater auf den Brief geschrieben hatte, schwer zu lesen gewesen, doch ich, Greta mit den schmutzigen Fingernägeln und dem krummen Ton, hatte es dennoch bewerkstelligt.

Deine Mutter, deine wahre Mutter, sie ist am Leben. Aber dir bleiben nur mehr wenige Tage, sie zu sehen und alles zu verstehen. Sie werden dir erlauben, zu meinem Begräbnis zu kommen. Der Priester ist mein Freund. Nimm seinen Wagen und fahr zu ihr, bevor es zu spät ist. Sie ist in der Station C. Dort wirst du auch die anderen treffen. Gib auf dich acht. Vergib mir. Bitte.

Ich brachte den Wagen zurück auf die Straße und fuhr in Richtung Süden, bis die Nacht kam. Mein tyrannischer falscher Vater hatte alles gewusst. Hatte er sich am Ende das Leben genommen, um mein Leben zu retten? Ohne seinen Tod wäre ich nie aus der Heilstätte gekommen. War sein Tod seine Buße?

Meine Augen wollten immer wieder in einen kurzen Schlaf fallen, als ich sechs Stunden später das erste Mal das Massiv der österreichischen Voralpen sah. Die Nacht hatte ihre dunkelsten Vorhänge gesenkt und verjagte die letzten Lichter. Deshalb fiel es mir immer schwerer, mich am Steuer wach zu halten.

Draußen regnete es in Strömen. Ich steuerte den Wagen durch die schmale Klamm von Schottwien – hundert Kilometer südlich der österreichischen Hauptstadt. Auf beiden Seiten ragten hohe Felswände auf und gaben mir das Gefühl, durch ein Tor in ein fremdes Land zu fahren. Über Schottwien führte eine große Autobahnbrücke. Die hatte ich allerdings gemieden, vor lauter Angst, wegen meiner Müdigkeit die Kontrolle über meinen Wagen zu verlieren. Die Landstraßen schienen mir sicherer und vertrauter.

Kaum hatte ich die Talenge durchfahren, tauchte der Hirschenkogel vor mir auf. Ein Berg, der aussah wie ein spitzer Hut. An den Schildern am Straßenrand konnte ich erkennen, dass es sich um ein Skigebiet handelte. Und dass die Bewohner diesen Berg den »Zauberberg« nannten.

Ich versuchte mir vorzustellen, wie grelle Lichter den schneebedeckten Berg in der Nacht zum Leuchten brachten. Jetzt war er nur ein grauer, nasser Berg hinter schnell wischenden Scheibenblättern.

Das auftreibende Gefühl in meinem Bauch, meiner Brust, meinem Rücken hatte sich gelegt. Als würde ich hochgezogen, emporgetrieben wie ein Taucher, der zu lange zu tief ins Meer hinabgestiegen war. Die Straße drehte sich immer weiter in das Land. Ich hatte nichts gegessen, und meine Augen brannten so sehr, dass ich sie kaum mehr offen halten konnte. Das Navigationsgerät verriet mir, dass ich in vierzig Minuten am Ziel sein musste. Ich wollte aber nicht völlig übermüdet aus dem Wagen fallen. Also beschloss ich, eine kurze Rast einzulegen.

Ich stieg aus und streckte mich durch. Dabei sah ich zum Zauberberg, der hinter dichten Regenwänden wie ein Wächter vor der Grenze zwischen Niederösterreich und der Steiermark wartete. In der Tankstelle brannte Licht. Eine junge Frau sortierte etwas in einem Regal. Ihre hauptsächlich schwarzen Haare waren vorne rot gefärbt. Der Anblick wirkte auf mich wie ein Versprechen, dass auch mir in Zukunft Freiheiten zustanden. Mein Volvo war der einzige Wagen auf der dazugehörigen Raststation. Ich überlegte, ob ich volltanken sollte, entschied mich aber dagegen. Ich war so sehr in mich versunken, dass ich mit niemandem sprechen wollte. Ich ging ein paar Schritte. Der Regen war kalt, er klebte förmlich an eisigem Wind. Als ich von Dresden losgefahren war, war es wärmer gewesen, erinnerte ich mich.

»Fahren Sie über den Semmering?«

Ich fuhr herum. Ich hatte gedacht, ich wäre allein auf dem großen Parkplatz gewesen.

»Ich bin mir nicht sicher – wegen des Kennzeichens«, sagte der Mann und zeigte auf das Nummernschild meines Wagens. Er lächelte unter der Kapuze seines Parkas. Ich ging ein wenig auf ihn zu und versuchte, sein Gesicht zu erkennen. Gutmütige, schüchterne Augen, blasse Haut, rötliches, kurzes Haar. Er war vermutlich Ende vierzig. Wie ich. Ein wenig übergewichtig.

»Ich nehme keine Menschen mit, die ich nicht kenne«, sagte ich.

»Kann ich gut verstehen. Man hört ja immer wieder schreckliche Dinge. Ich wollte Sie auch nicht … also … ich will Sie nicht belästigen … also … es tut mir leid, verzeihen Sie, dass ich Sie angesprochen habe!«

Er verabschiedete sich mit einem ausdruckslosen Gesicht, wandte sich von mir ab und ging in Richtung der Autobahnabfahrt.

Alles war dunkel. Mit klitschnasser Bluse ging ich zurück zum Wagen. Ich fror, und meine Nase lief. Noch vierzig Minuten, dachte ich.

Der Wald reichte bis nah an die Autobahn. Als ich meinen Blick etwas zur Seite lenkte, meinte ich, inmitten der Bäume eine Frau zu sehen. Mit einem langen gelben Umhang, und sie schien mich anzustarren. Das brachte mich so aus der Fassung, dass ich auf die Bremse trat und fast stehen geblieben wäre.

Ein Schauer lief mir über den Rücken. War sie mir gefolgt? Konnte das sein? Nein. Carlotta würde mir nicht im Wald auflauern und mir einen derartigen Schrecken einjagen. Sie würde zu mir kommen, sich in meinen Arm einhaken und mit mir reden. Es war diese schreckliche Müdigkeit, die mich glauben lassen wollte, dass dort jemand gestanden hätte in den Wäldern.

Schließlich erreichte ich die Passhöhe des Semmering. Ein mystischer Ort voller Nebelschwaden, die durch verlassene Villen zogen. Die schmale Straße schlängelte sich den Berg hinauf, bis ich auf der rechten Seite erneut die Ahnung eines weiten Ausblicks auf die Berge dahinter erhielt. Der Schatten großer Viadukte einer Eisenbahn warf sich unter dem Regenmond über ferne Felsen.

Der Mann von der Tankstelle ging am rechten Straßenrand. Der Regen hatte ihn in einen dicken, nassen Mantel gehüllt. Ich bremste den Wagen ab und ließ die Seitenscheibe herunter.

»Wo wollen Sie hin?«

»Spital am Semmering. Das liegt gleich da unten.«

»Steigen Sie ein!«

Er brachte den Geruch von feuchtem Holz mit in den Wagen. Als er die Kapuze nach hinten schob, bemerkte ich, wie müde er aussah.

»Hermann Rosenthal«, sagte er und streckte mir die Hand entgegen.

»Greta …« Meinen ganzen Namen wollte ich ihm nicht sagen.

»Freut mich. Es ist sehr nett von Ihnen, dass Sie es sich anders überlegt haben.«

»Sie holen sich ja den Tod«, sagte ich und fuhr zurück auf die Straße. »Was machen Sie so spät da draußen?«

»Medizin holen. In Schottwien war die einzige Nachtapotheke, die noch offen hat.«

Mit einem Mal war ich hellwach. Die große Krankheit. Hatte sie mich verfolgt? Ich wollte ihn schon anstarren, doch stattdessen zermalmte ich meine Nervosität mit den Backenzähnen.

»Sind Sie … krank?«

Meine Stimme klang selbst in meinen Ohren verzagt. Ich

zögerte weiterhin, ihn anzusehen. Hatte ich Angst, dass mein krummer Ton bereits vor meinem Eintreffen das Tal hinter dem Pass erreicht hatte? Wie ein Späher der großen Krankheit? Ich schüttelte den Kopf. Das war Unsinn. Kompletter Unsinn.

»Meine Frau.«

Eine Schlange kroch durch meinen Magen. »Das tut mir leid. Ich bin mir sicher, dass es ihr bald wieder besser gehen wird.«

»Sie wird sterben.«

Ich schwieg und sah heimlich zu meinem Beifahrer. Sein Gesicht war bleich und kraftlos. Ich umklammerte das Lenkrad so fest, dass die Knöchel auf meinem Handrücken weiß wurden.

»Sie dürfen die Hoffnung nie aufgeben«, sagte ich.

»Zuerst schien es ein harmloser Husten zu sein. Bis ich das Blut gesehen habe. Und sie immer heißer wurde und keine Luft mehr bekam.«

Es beginnt immer gleich.

Ich dachte an meine Kinder. An ihre Gesichter, als sie um Luft gerungen hatten. Als würde jemand wie mit Geisterhand ihre Atemzüge begrenzen. Und ich dachte an Dimitris Gesicht. Der staubige Geschmack von Hafer kehrte in meine Mundhöhle zurück, und mein Körper zitterte.

»Was sagen die Ärzte?«, täuschte ich ganz normales Interesse vor. Dabei wusste ich, dass Ärzte, wenn es die große Krankheit war, keine Hilfe sein konnten.

»*Die Ärzte!* Ich war bei jedem Arzt. Ich bin bis nach Deutschland gefahren. Nichts.«

»Vielleicht eine besondere Form von COPD?«, sagte ich so leise, dass das Rauschen, das von draußen in den Wagen drang, meine Worte beinahe verschluckte.

»COPD? Eine chronische Bronchitis, meinen Sie? Kennen Sie sich damit aus?«

Ich schloss die Augen und schämte mich, etwas gesagt zu haben. Kurz darauf erreichten wir hinter einem Tunnel Spital am Semmering.

»Gibt es hier denn kein Krankenhaus, wo Sie Ihre Frau hinbringen können?«, fragte ich, um von meiner vorherigen Äußerung abzulenken.

»Hier stand im Mittelalter einmal ein Hospital. Ein Hospiz.

Ich habe viel darüber gelesen.« Hermann Rosenthal sah aus dem Fenster. Es schien, als konnte er sein Gesicht in der Scheibe nicht ertragen.

»Sie interessieren sich für das Mittelalter?«, wechselte ich erneut das Thema, um mich aus meiner Hilflosigkeit zu holen.

»Dort liegt der Schlüssel. Der Schlüssel zu allem.«

In den Augen Rosenthals schimmerte ein vergessenes Licht. »Das Mittelalter mit seiner Mystik war eine Zeit voller Magie. Die Menschheit weiß alles und nichts darüber. Das Mittelalter ist wie eine verborgene Matrix der wahren Erkenntnis. Jeder Forscher versinkt darin mit seiner eigenen Bedeutungslosigkeit.«

Das Mittelalter. Ich wusste, was er meinte. Ich war in meiner Kammer darin versunken wie in einem dampfenden Marschland, wo nur ferne Reiher hinter Schildgras nach mir riefen, als wären sie Ritter und suchten nach mir.

»Da hinunter?«, fragte ich mit brüchiger Stimme.

Er nickte, und ohne mich anzusehen, sagte er plötzlich: »Geht es Ihnen gut?«

Ich schluckte und presste meine Lippen zusammen. »Ich weiß es nicht«, sagte ich.

»Dann wird es Zeit. Sie müssen erkennen, dass es Ihnen bald gut gehen wird. Das Leben ist zu kurz.«

Hermann Rosenthal wandte sich mit einem Mal zu mir und berührte meine Hand, die über der Gangschaltung lag. Ich wollte sie schon wegziehen, doch die Wärme seiner Haut fühlte sich gut an. »Was auch immer Sie hier in dieser Gegend suchen: Passen Sie auf sich auf!«

Ich nickte und folgte Rosenthals Kopfbewegung, die mich an eine Abzweigung von der Hauptstraße führte. »Von hier aus kann ich laufen«, sagte er und stieg, nachdem ich an den Rand gefahren war, aus dem Wagen. Ich sah in der Ferne die ersten Siedlungen.

»Kommen Sie zurecht?«

»Meine Frau und ich, wir schaffen das schon«, sagte er, doch ich spürte, dass er nicht mehr daran glaubte.

»Das Landeskrankenhaus Hochsteiermark. Abteilung C. Wissen Sie, wo das ist?«, fragte ich ihn auf einen Impuls hin.

Zwar war dieser Mann ein Fremder, aber ich hatte plötzlich das Gefühl, in diesem neuen Leben, das ich erst vor wenigen Stunden betreten hatte, einen Freund zu brauchen. »Wenn Sie wollen, kann ich Sie und Ihre Frau dorthin mitnehmen.«

»In den Herrenhof? Die Nervenheilanstalt? Nein, nein.«

Eine Nervenheilanstalt. Ich presste erneut die Lippen zusammen. Wieder. Eine Anstalt. Ich musste achtgeben, dass ich dort nicht auffiel, dass sie mich nicht als eine von ihnen erkannten, eine Vertraute. Vertraute haben ein Gespür dafür.

»Nicht weit von hier. In Bruck an der Mur. In einem kleinen Seitental im Wald. Sie müssen dort nur den grünen Schildern folgen. Was wollen Sie dort?«

Ich schwieg, und er bohrte auch nicht weiter nach, sondern nickte nur stumm und schloss die Beifahrertür. Bevor ich losfuhr, ließ ich die Scheibe nach unten fahren. »Das mit Ihrer Frau tut mir so leid …«

»Es ist doch nicht Ihre Schuld …«

Natürlich ist es meine Schuld. Das war es immer.

Der Motor lief. Ich blickte wieder nach vorne, musste sichergehen, ich konnte nicht wieder in Vermutungen umherirren. »Diese Krankheit. Gibt es außer der Atemnot noch ein anderes Symptom? Etwas Ungewöhnliches?«

Hermann Rosenthal hatte die Kapuze wieder aufgesetzt. Für einen Augenblick sah es aus, als würde er eine Pestmaske tragen, mit einem großen schwarzen Schnabel. Ich bemerkte erst jetzt, dass seine Hände schmutzig und voll Erde waren. »Warum fragen Sie? Sie wissen doch mehr darüber, als Sie mir verraten.«

Ich schwieg erneut und legte den ersten Gang ein.

»Wie eine aufgequollene Ader in den Augen. Es sieht aus wie …«

»… eine kleine Schlange.«

Ich stieg aufs Gas und fuhr los.

»Wissen Sie was darüber? Wissen Sie, wie man diese schreckliche Krankheit heilt? Bitte, so helfen Sie uns doch!«, schrie Rosenthal verzweifelt aus meinem Rückspiegel.

Die Frau. Am Waldrand. Sie stand plötzlich wieder da. Ganz nah. Ich spürte das unheilvolle Grummeln in meinem Magen. Die Lichter eines Anfalls beugten sich über mich. Wie das Gesicht von Carlotta. Meine Dienerin. Eine Einbildung. Es war sicher wieder eine Einbildung. Es musste eine sein.

Ich trat das Gaspedal durch. Ich muss die Wahrheit meines Lebens erfahren, dachte ich. Damit das Krumme in mir nicht die große Krankheit in unsere Welt bringt, wie ich es an den Wachtürmen gesehen habe.

DAS TREFFEN

Bruck an der Mur. Die Straßen waren leer, und es hatte aufgehört zu regnen. Am Himmel trat der Mond hinter Wolken hervor, als wollte er mir den Weg leuchten. Ich bog links in eine Seitenstraße und schlug mit dem Wagen auf einem Schlagloch auf, sodass ich mit einem Mal wieder hellwach war. Ich spürte, dass sich mein innerer Körper wieder aufrichten wollte, und stemmte mich mit Macht und Erfolg gegen den nahenden Anfall.

Ich lenkte den Wagen auf eine Schotterstraße, kurz darauf blieb ich vor einem großen Gebäude stehen. Es lag mitten im Wald. Die Villa war von einem wilden Park umschlossen, in den Schatten der Nacht wirkte er bedrohlich. Statuen und Steinbänke versteckten sich in der Dunkelheit. Auf einem schwach beleuchteten Schild stand »LKH Hochsteiermark. Station C. Neurologische Abteilung«.

Ich fuhr auf einen großen Platz neben dem Park. Ein Porsche wartete im Dunkeln. Ich parkte daneben. Mein Herz begann, schneller zu schlagen. Ich wagte nicht, auszusteigen. Eine Frau saß am Steuer. Sie sah zu mir herüber. Hellblaues Neonlicht beleuchtete den Eingang. Über dem Boden verlief eine Linie, die zu einer Art Kompass führte, dessen Zacken in alle Himmelsrichtungen zeigten.

Die Lichter eines dritten Wagens blitzten durch den Wald. Als er den Parkplatz erreichte, blendete mich der Scheinwerfer. Ich glaubte, zwei Frauen darin zu sehen. Tränen liefen über meine Wangen. Konnte das sein? Waren das tatsächlich meine Schwestern?

Die Lichter erloschen. Die Frau im Porsche stieg aus und

ging auf den anderen Wagen zu. Sie war klein und zierlich, ihre Haut braun gebrannt. Brünette Locken fielen über ihre Wangen. Für einen Augenblick schämte ich mich für meine abgetragene Kleidung.

Ich stieg ebenfalls aus. Die beiden anderen Frauen hatten ebenfalls den Wagen verlassen. Die eine wirkte selbstsicher und erinnerte mich an eine Ärztin. Die andere war blass und trug ein versteinertes Gesicht. Ihr Haar war kurz geschoren. In ihrem zu großen Mantel sah sie aus, als wäre sie aus einer Kriegsgefangenschaft geflohen.

Ich ging auf die drei zu und konnte sie beim Näherkommen hören.

»Ich habe da ein großes Problem«, sagte die Frau im Mantel mit gebrochener Stimme. »Ich bin ziemlich hinüber und habe diese Bilder in meinem Kopf ...«

Als die Kleinere der Frau im Mantel die Hand reichte, begann sie zu weinen. Sofort musste auch ich schluchzen. *Meine Schwestern.*

All die Jahre war ich nicht allein gewesen, all die Jahre hatte ich eine Familie gehabt, eine *echte* Familie, all die Jahre eine Lüge. Doch plötzlich hielt ich inne, denn ich spürte eine seltsame Vertrautheit, als hätte ich meine Schwestern schon einmal gesehen. Oder als hätte ich ihr Wesen schon einmal gespürt.

Ich dachte an meinen letzten Tag in der klösterlichen Heilanstalt. Den Tag, bevor ich die Nachricht vom Tode meines Vaters erhalten hatte. Ich hatte auf meinem Bett aus Stahlrohren gesessen und meinen Kopf so fest umschlungen gehalten, als fürchtete ich, er könnte sonst abfallen oder davonfliegen. Es war Abend gewesen, und ich hatte kaum die Kraft gefunden zu duschen. Ich war nicht einmal in der Lage gewesen, aus meinen weißen Stoffschuhen aus Leinen zu schlüpfen, die wir in der Heilstätte getragen hatten.

Auch mein letzter Tag war der Routine gefolgt: Ich stand wie jeden Tag vor Sonnenaufgang auf, ging auf die Terrasse und wartete auf das Tageslicht. Dann wusch ich mich. Dabei sah ich zwischen den fallenden Wasserstrahlen der Dusche durch das kleine Fenster mit den doppelten Gläsern nach draußen und beobachtete, wie die Blätter vom hohen Laubbaum unmittelbar vor meiner Kammer abfielen. In all den Jahren hatte der Baum mir immer wieder den Kreislauf der Natur gezeigt: das Austreiben der Knospen, das Blühen der Blätter, ihr Fallen und ihren Tod. Für mich war der Baum meine Uhr, die deutlich langsamer schlug als die Uhren der Menschen außerhalb dieser Mauern.

Ich genoss die Zeit unter der Dusche. Dabei waren Selbstgespräche oder gar Singen oder Summen strengstens verboten. Wir müssten unsere Gedanken rein halten, hieß es, damit wir unseren Geist nicht mit unnötigen Dingen vernebelten.

Nach dem Duschgang, der nicht länger als fünf Minuten dauern durfte, kam Carlotta und reichte mir das Handtuch aus Frottee. Carlotta hatte die Angewohnheit, jeden Tag mit einem warmen Lächeln zu beginnen. Nur wenn ich das kleine Seifenstück, das sie mir immer auf das Handtuch legte, nicht benutzte, schüttelte sie den Kopf und warf mir einen bösen Blick zu. Ich war schmutzig, ich musste mich waschen, jeden Tag. Aber ihr Ärger verflog so schnell, wie er gekommen war. Es sei denn, die Unordnung auf meinem Schreibtisch nahm überhand oder der Boden war übersät von Blättern oder Zeitungsausschnitten, die bei meiner nächtlichen Arbeit heruntergefallen waren – dann dauerte ihr Ärger länger, und sie strafte mich mit Schweigen, bis sie schließlich streng die schon tausendmal wiederholte Formel aufsagte: »Du musst Ordnung halten. Ordnung ist eine Essenz.«

An diesem Morgen war sie schon zurechtgemacht und hatte ihre Haare mit einer blauen Klammer hochgesteckt. Sie roch nach dem süßlichen Duft frischer Mandeln. Da der Gebrauch von Pflegeprodukten – außer Seife – ebenfalls verboten war, ging ich davon aus, dass der Körper meiner Dienerin selbst diesen süßlichen Duft aussandte.

Nachdem die Dienerinnen ihre Wirtinnen aus den Kammern geholt hatten, nahmen wir das Frühstück ein. Dann brachten sie uns in den großen Kirchenraum des Schlosses.

Nach dem Morgensegen der Leiterin begann die Dreiteilung des Tages. Das Lernen. Das Sehen. Das Siegen.

Das Lernen, die Meditation. Die Kissen, die wir anfangs benutzen durften, wurden uns bald weggenommen, und wir mussten uns auf den kalten Steinboden setzen und vier Stunden regungslos verharren. Dabei war es unsere Pflicht, unsere Atemzüge zu kontrollieren. Die Dienerinnen saßen mit ihren langen gelben Umhängen hinter ihren Wirtinnen, legten ihre linke Hand auf deren Hinterkopf und durften sich ebenfalls nicht bewegen. Die herkömmliche Dienstkleidung trugen sie nur, wenn Besuch kam – aus Berlin oder Rom oder einer anderen Stadt. Dann, wenn die Konferenzen stattfanden und den Teilnehmern und Vertretern die Heilstätte gezeigt wurde. Dann durften wir auch frei atmen. Sonst nicht.

Gesprochen werden durfte nur, wenn die Bilder in unseren Köpfen von den Dienerinnen empfangen wurden. Dann mussten sie die empfangenen Bilder sofort in Worte fassen. So entstand jeden Vormittag ein seltsames Stimmengewirr, das eine Welt aus Wahnbildern beschrieb. Die Stummen, so hießen die Männer, die in grauen Mänteln an den marmornen Wänden der großen Halle standen, hatten die Aufgabe, die Beschreibungen aufzuzeichnen.

Das Ziel des Lernens bestand darin, die Welt der Wirtinnen zu verstehen. Natürlich gab es auch Männer. Wirte. Wie Walter. Der arme Walter. Nutzlos wie eine männliche Biene. In den Heilstätten ging es nicht darum, herauszufinden, wie es neurologisch zu den Krankheitsbildern gekommen war. Sie wollten wissen, *welche* Bilder und Erfahrungen in den Gehirnen der Wirtinnen entstanden. Die Ärzte kontrollierten die Einhaltung der Regeln. Bei einem Verstoß schlugen sie der betreffenden Wirtin so lange mit einem dünnen Stab auf den Kopf, bis sie sich übergeben musste.

Ich hielt mich stets an die Regeln. Schließlich war ich es gewohnt, zu schweigen und zu gehorchen. Ich hatte nie etwas anderes erfahren.

In der kurzen Pause nach dem Lernen hatten wir zunächst unsere Notdurft zu verrichten und durften anschließend im Speisesaal schweigend essen und trinken. Natürlich schwiegen wir nicht. Wir flüsterten, schließlich waren wir Vertraute.

Beim Sehen gingen wir auf einem exakt vorgeschriebenen Weg. Die Zuordnung der Wege wechselte jede Woche. So wussten wir nie, welchen dieser vielen um das Land geschlungenen Wege wir in den folgenden Wochen gingen. Nach all den Jahren entdeckte ich aber auch hier bald eine Regelmäßigkeit und kannte am Ende jeden einzelnen Pfad.

Am liebsten mochte ich den Weg zum Gartenhaus. Von dort aus glitzerte das Elbland, als wäre es eben erst erschaffen worden. Der nahe, würzig riechende Wald, durch den ein frisch gurgelnder Bach zog, knisterte und raunte und wisperte, wenn wir dort oben standen. Ich nannte das Gartenhaus meinen Turm, weil es mich an eine Art Wachturm erinnerte. Und manchmal, wenn ich dort oben war, spürte ich die Anwesenheit meiner Träume.

Beim letzten Mal hatte ich mich gegen Wölfe kämpfen gesehen und gegen eine schreckliche Frau, eine Schwarze Frau auf hohen Bergen. Ich hatte gesehen, wie in der Ferne Rauchsäulen aufgestiegen waren und Hirsche sich erhoben hatten. Ich hatte gekämpft mit Medora, der Frau in meinem Kopf, und mit anderen, die ich nicht kannte. Jakob, Elias, Lya. Medora hatte sie so genannt. Ich hatte Carlotta nichts davon erzählt. Nur, dass ich einen Traum gehabt hatte. Von Bergen, Wölfen und Hirschen. Irgendetwas in mir hatte mir gesagt, dass ich diesen Traum für mich behalten sollte. Wie ein Geheimnis, das ich wegsperren musste, verschließen in eine Schatulle hinter meinem Herzen. Ich hatte das Wesen dieser anderen hier am Gartenhaus gespürt, ich hatte ihr Wesen in meinen Träumen gespürt, und ich spürte ihr Wesen in diesem Augenblick.

»Geht es dir gut?«, fragte die Frau, die aussah wie eine Ärztin.

»Wart ihr das dort oben auf der Höhe? Ich meine, habt ihr dasselbe gespürt?«

Die Frau im Mantel nickte.

»Ich habe dort oben, an einem dunklen Ort hinter den Wäldern, meine Tochter verloren. Sie ist in die Tiefe gestürzt, als ich gegen all die Wahnbilder in meinem Kopf gekämpft habe.«

»Gegen Wölfe und Hirsche? Und gegen eine Schwarze Frau?«, fragte ich mit zitternder Stimme.

»Woher weißt du das?«

»Ich befürchte, dass nicht nur du den Verstand verloren und diese Bilder im Kopf hast. Lya, Jakob, Elias … kennt ihr diese Namen? Seid ihr mit ihnen auf eine Art verbunden?«

Wieder begann die Frau im Mantel zu weinen. Dann fasste sie

sich und sah uns an. Eine nach der anderen. »Warum sind wir hier? Ich meine, wir vier: Wieso treffen wir uns nach so langer Zeit hier?« Sie versuchte zu lächeln und sah uns alle drei an. Sie sah aus, als wäre sie auf der Flucht.

Niemand antwortete ihr, nur die Frau, die aussah wie eine Ärztin, fasste sich und blickte auf das unheimliche Gebäude. »Unsere Wege haben uns wieder zusammengeführt, und ich denke, wir müssen jetzt da hinein, habe ich recht?«

Wind kam aus den Wäldern. Er trug harzigen Geruch mit sich. Der ferne Schrei eines Falken. Mit ihm trat eine Erinnerung aus ihrem Versteck.

MUTTERHIMMEL

Das Foyer war kühl und leer. Es erinnerte mich an die große Säulenhalle in der Heilstätte. Der Duft feuchter Erde trat mir entgegen. Sie roch anders als die Erde, die ich kannte. Mehr nach Stein, nach Kalk. Der Geruch kam vom Keller. Ich folgte meinen Schwestern in das untere Geschoss.

»Wir sollten Bescheid geben, dass wir hier sind, sonst hält man uns am Ende noch für Einbrecher«, sagte die Ärztin.

»Sollen sie! Wir sind ja auch welche …«, sagte meine Schwester im Mantel.

Ich war keine Einbrecherin. Ich war eine Ausbrecherin. Das Gefühl, wieder in eine neue Anstalt einzudringen, obwohl ich erst vor wenigen Stunden entkommen war, beunruhigte mich. Ich ging eine Treppe mit niedrigen, breiten Stufen nach unten. Es wurde wärmer, und ich hörte Vögel. Wann immer ich zum Gartenhaus gegangen war, hatte ich auch viele Vögel gehört. Nach all den Jahren hatte ich gelernt, ihre Stimmen voneinander zu unterscheiden. Darunter erkannte ich auch seinen Ruf. Ein Ti-ti-ti. Wie eine helle klingende Schelle. Der Turmfalke. Seit dem Tag, an dem mein falscher Vater mich als Kind in das Erdloch gestoßen und der Falke als einziger Freund über mir am Himmel gestanden hatte, war er mein Lieblingsvogel. Ich erkannte seinen vertrauten Ruf unter Tausenden anderer.

Meine Schwester im Mantel – es war meine Schwester, alle waren meine Schwestern, aber ich hatte Schwierigkeiten, sie so zu nennen – blieb vor einer Tür stehen und drückte die Klinke vorsichtig nach unten. Ich sah mich immer wieder um, da ich fürchtete, einer der Fachärzte oder einer der Sozialpädagogen würde mit einem gehobenen spitzen Stock auf uns zulaufen. Natürlich war das hier anders. Das war keine Heilstätte. Ein klammes Gefühl überkam mich, als ich das kahle Zimmer hinter der Tür sah. Ich trat näher und schob meinen Kopf über die Schultern meiner Schwester nach vorn.

Da lag sie. Eine alte Frau, am Ende ihres Lebens. Wie eine greise Bettlerin, die abgemagert wie eine Strafgefangene auf ihren Tod wartete. Mein Herz schlug schneller, als ich sie sah. Meine Mutter! Meine wahre Mutter! Warum hatte ich nicht an ihrer Seite leben dürfen? Mir fiel das Bild auf, das über ihrem Bett hing. Es zeigte einen Hirsch, der von Wölfen gejagt wurde. Ich dachte an den weißen Hirsch und die Legende, dass man innerhalb eines Jahres sterben würde, wenn man einen tötete.

Ich stellte mich mit meinen Schwestern um unsere sterbende Mutter, und es war, als würde ein schwerer Ton den kleinen Raum erfassen. Auch ich suchte nach ihren zerbrechlichen Händen und wollte sie noch einmal spüren, solange sie warm waren. Was hatten diese Hände alles getan? Waren sie so unnütz gewesen wie meine?

»Es tut mir so leid«, sagte unsere Mutter plötzlich mit einer Stimme, die so fern klang, als hätte sie der Wind von weit her über ein karges Feld getragen. Ich legte ihre Hand zurück auf das weiße Laken, das bereits wie ein Totentuch über ihren Körper gebreitet war.

»Ich trage die größte aller Sünden in mir. Aber ihr seid da, und jetzt kann ich endlich tun, wofür ich so lange gebetet habe. So lange.«

Die größte aller Sünden. Der nahe Tod der Welt, meine Schuld. Könnte es eine größere geben?

»Wir sind hier, Mutter«, sagte die Frau mit den wunderschönen Haaren und setzte sich ans Bett.

»Es tut mir so leid, dass ich euch das angetan habe. Dass ich euch mitgenommen habe nach unten und dass ich euch diese

Bilder in eure Köpfe gepflanzt habe. Ich war so töricht, so besessen, es tut mir so leid!«

»Alles ist gut, Mutter«, sagte ich und konnte mich in dem Augenblick, in dem ich diese Worte aussprach, nicht mehr bewegen. Nichts war gut. Nichts war jemals gut gewesen.

»Ich hatte solche Angst, dass sie mich eines Tages holt und ich mit ihr ziehe, mit gesenktem Kopf im Nachtvolk. Aber jetzt seid ihr hier, meine wunderbaren Töchter. Ihr seid so schön geworden.«

Mir schauderte. Das Nachtvolk. Sie hatte Angst, mit ihm durch die Wälder ziehen zu müssen, mit gesenktem Blick. Carlotta hatte mir einmal erzählt, dass es in den Bergregionen viele Sagen um das Nachtvolk gab. Konnte es sein, dass es wirklich existierte? Nein, Mutter lag in einer Nervenheilanstalt. Sie war krank. Wie ich. Wie wir.

Ich sah in den Augen meiner Schwestern, dass auch sie innerlich zurückgewichen waren, als Mutter das Nachtvolk erwähnt hatte. Wussten sie mehr darüber?

Wir folgten den Worten unserer Mutter und schwiegen. Die Frau, die aussah wie eine Ärztin – Dorothea, ja, das war ihr Name –, durchbrach als Erste die Stille. »Warum hast du uns weggegeben? Warum hast du uns getrennt und unseren Tod vorgetäuscht?«

»Ich habe euch nicht weggegeben. *Er* hat es getan. Er hat euch mir weggenommen. Er hatte alles vorhergesehen. Ach, wie sehr ich ihn gehasst habe. Aber heute bin ich ihm dankbar. Was wäre aus euch geworden, wenn ihr bei mir geblieben wärt? Schatten? Wind, Sturm, Donner, Schnee …?«

Ein krummer Ton. Das war aus mir geworden. Das Krumme. Ich hätte die alte Frau für das hassen sollen, was sie mir angetan hatte. Aber es gelang mir nicht, da ich jetzt, in ihren offensichtlich letzten Stunden, mehr Mitleid mit ihr hatte und eher Güte für sie empfand als Wut.

»Es ist alles gut, Mutter«, sagte ich und versuchte vergeblich, den krummen Ton aus meiner Stimme zu verbannen.

Sie spürte, was aus mir geworden war. Das sah ich in ihren Augen.

»Wer hat uns weggebracht?«, fragte die Frau im Mantel.

»Marlene? Bist du das?«, fragte Mutter, und die Frau im Mantel, die ihre Tochter verloren hatte, nickte.

Marlene. Der Name katapultierte mich für einen Augenblick zurück in die früheste Kindheit. *Meine* Kindheit?

Mutter nahm Marlene an der Hand und bedankte sich bei ihr, dass sie als Kind auf uns aufgepasst hatte. Sie wäre damals die Tapferste gewesen, sagte sie.

Dann erzählte sie von ihm. Unserem Vater. Von ihm stammte der Brief in der Schatulle, die mir der Priester überreicht hatte. Mutter erzählte, dass sie ihn geliebt hatte. Sein Name war Viktor gewesen. Viktor Castor. Ein Sonderling, der sein ganzes Leben lang in einem verlassenen Tal mit seiner Frau gelebt hatte. Er habe sein ganzes Dasein vertan und versucht, es allen recht zu machen. Sich selbst habe er immer hintangestellt. Seinen Traum, einmal in seinem Leben auf die Jagd zu gehen, habe er nie gelebt. Bis zu den letzten Tagen seines Lebens. Da habe er aber nicht einen Hirsch gejagt, wie er es immer vorgehabt hatte, sondern seinen alten Freund Konrad, der ihn mit seiner Frau betrogen hatte. Er habe ihn wie Wild gejagt und ihm doch am Ende verziehen. Dabei sei unser Vater nicht unschuldig gewesen. Er selbst habe schon lange gewusst, dass seine Frau ihn mit seinem Freund betrogen hatte. Also habe er sich rächen wollen und sich seinerseits an Konrads Frau vergangen. Unserer Mutter. Das alte Bündel Mensch, das nun vor uns auf dem Bett lag.

Beiden Liebschaften entsprangen Kinder. Viktor Castor und seine Frau hatten zwei Kinder, und unsere Mutter gebar vier Töchter. Vier Schwestern. Ob wir alle denselben Vater hatten? Waren wir alle Kinder von Viktor Castor, oder trugen einige von uns das Blut seines Freundes Konrad in sich? Sicher schien nur, dass wir alle dieselbe Mutter hatten.

Während ich in die Gesichter meiner Schwestern blickte, die im Halbdunkel des Zimmers auf unsere Mutter blickten, suchte ich in ihren Zügen Ähnlichkeiten zu meinem Gesicht. Wir waren alle so unterschiedlich.

Marlene: Sie wirkte so erhaben und kühl, hatte eine weiße Haut wie aus Marmor und hohe Wangenknochen. Ich konnte mir nicht vorstellen, dass sie jemals gelacht hatte. Und die andere, die Frau, die aussah wie eine Ärztin: Dorothea. Sie hatte ihre braunen Haare hochgesteckt, sodass sie entfernt aussah wie Carlotta, und trug roten Lippenstift. Ich suchte an ihren Füßen Mokassins, fand aber feste Schuhe für die Berge. Sie strahlte jede Menge Selbstsicherheit aus und hatte eine feste Stimme. Meine dritte Schwester trug ihre Haare offen, sodass ihr die weichen Locken über die Schultern fielen. Ihre Haut war braun gebrannt und duftete süß. Ihre Augen funkelten vor Lebenslust. Sie trug edlen Schmuck und teure Kleidung und schien darauf bedacht, dass diese hier in dieser unwirtlichen Kammer nicht schmutzig wurde. Sie war die Schöne von uns und ich die Hässliche: die Dürre, die Große mit kurzem blonden Haar, mit Händen, die nichts zustande brachten, und mit Augen, die dauernd zu Boden blickten, da ich ständig Angst hatte, etwas falsch zu machen. Doch so unterschiedlich unsere Gesichter auch waren, so verband uns doch unser Blut.

»Er hat ein großes Geheimnis gefunden, und es ist an euch, es zu bewahren. Lasst nicht zu, dass die Welt zerfällt! Passt auf die Natur da draußen auf! Sie ist so viel schöner, als wir denken. So viel schöner. Passt auf sie auf, auf den letzten Rest dort oben!«

Ich konnte nicht glauben, was die alte Frau mit der letzten Kraft ihrer Stimme erzählte. Sie sprach vom Himmel auf Erden. Sie sprach davon, dass der Duft einer blauen Blume den Weg zum Paradies öffnen könnte, indem der Duft den Geist anreicherte, damit man ihn sehen konnte, den Weg dorthin. Wir hätten als Kinder an dieser Blume gerochen. Das erklärte auch, warum wir seither Halluzinationen von einer anderen Welt in uns trugen.

Ihr Mann Konrad sei kein Sonderling gewesen, der in einem abgeschiedenen Tal lebte wie Viktor, erzählte sie weiter. Die beiden seien ganz unterschiedlich gewesen. Viktor in seinem Handeln so unbedeutend, Konrad so einflussreich und mächtig. Ich dachte an Gertrud, die letzte Monarchin der Babenberger. Unsere Krankheit verband uns, obwohl wir so ungleich waren wie unsere Väter.

Konrad, so erfuhren wir weiter, war Teil einer großen Familie, der Familie Khalberg. Der Schwarzen Familie. Mir schauderte bei dem Namen. Diese Familie sei so mächtig, dass sie seit Jahrhunderten alles darangesetzt habe, den Weg ins Paradies zu finden. Weil sie, unsere Mutter, jedoch Angst gehabt habe, dass man uns etwas antun und an uns Experimente durchführen würde, habe ein Freund der Familie ihr geholfen. Ein Wegbegleiter der Khalbergs hatte sich den Plänen der Schwarzen Familie widersetzt und uns vier kleine Mädchen an vier unterschiedliche Orte gebracht, wo wir getrennt voneinander aufwachsen sollten. Getrennt bis zum heutigen Tag.

Als uns unsere Mutter von der Schwarzen Familie berichtete, sah ich in den Reaktionen meiner Schwestern, dass sie in ein Wespennest gestoßen hatte. Marlene, die anscheinend Juristin oder Staatsanwältin war, sprach davon, dass sie in vielen Fällen gegen die Schwarze Familie gekämpft hätte. Und die Frau, die aussah wie eine Ärztin, war ebenfalls wie vor den Kopf gestoßen. Denn anscheinend hatte sie für die Schwarze Familie gearbeitet und sich dann gegen sie gerichtet. Und selbst meine kleine, hübsche Schwester war betroffen. Denn ich hörte, wie sie leise in sich hineinsprach, dass ihr Familienname Khalberg sei, der Name der Familie. Und ich? Mein Name war Erdsegen. In mir war nichts von Bedeutung.

Ich wusste nichts über die Khalbergs. Auch der Begriff »Schwarze Familie« war mir fremd. Noch hatte ich jemals von einer blauen Blume gehört. War diese blaue Blume hier wirklich gefunden worden? Diese geheimnisvolle Blume, welche die Sinne veränderte? Hatten wir vier als Kinder daran gerochen? Und konnten wir vier gemeinsam in die andere Welt gehen? In die Welt … des Nachtvolkes? Ich dachte an die Bilder in meinen Träumen und an das Gefühl am Gartenhaus, meinem Wachturm. Ein Schauer berührte mich wie ein nasses Tuch.

»Du willst sagen, dass wir alle Khalbergs sind? Teil der Schwarzen Familie?«, schrie Dorothea, und ich blickte in ihr Gesicht, als wäre sie eine Vertraute.

Die Schwarze Familie. Steckte sie hinter der Heilstätte? Hatten wir auf den verschlungenen Wegen durch die Blätterdächer und über die Weinhügel, die wir mit unseren Dienerinnen gegangen waren, den Weg ins Paradies gesucht? War – mir stockte der Atem – die Leiterin der Heilstätte Teil eines bösen Spiels? Aber ihr Lächeln, ihre Gesten – das war nicht das Gesicht eines bösen Menschen. Hatte sie sich aufgelehnt? War das der Grund für den Streit in den Morgenstunden am Gartenhaus gewesen?

Der Grund für ihr Verschwinden? Nicht die Krankheit, die ihr das Leben aushauchen wollte? War es am Ende gar nicht meine Schuld gewesen, dass sie nicht mehr da war?

Und Frau Klara? War sie Zeugin gewesen und hatte deshalb verschwinden müssen?

Marlene hielt ein altes Foto in der Hand. Ich war so tief in meinen Gedanken versunken gewesen, dass ich nicht mitbekommen hatte, wie und wann es dort hingekommen war. Es war das Foto eines Mannes, den sie Paul nannte – vermutlich ihr Ehemann – und der anscheinend auch Teil der Schwarzen Familie war, was Marlene nicht gewusst habe, wie sie jetzt sagte.

Vor dem Zimmer tauchte plötzlich ein Scheinwerfer auf. Ich ging zum Fenster und schob mit dem Handrücken den Vorhang ein wenig zur Seite. Er war steif und voll Staub.

»Findet ihr das nicht seltsam, dass wir hier einfach so hereinspazieren können? Dass niemand hier ist? Keine Pfleger, keine Ärzte, keine Therapeuten? Niemand?«, fragte ich.

In die Heilstätten wäre niemals jemand unbemerkt gelangt. Auch wenn die Schwarze Familie offenbar nicht wusste, dass unsere Mutter hier im Landeskrankenhaus in der Nähe von Bruck an der Mur lag, so hätte es doch zumindest eine Nachtschwester geben müssen.

Ich sah angespannt aus dem Fenster. Der Lichtkegel war wieder verschwunden. Hinter meinem Rücken hörte ich, wie unsere Mutter in einem alten Karton nach einem Foto suchte. Sie wollte uns den Mann zeigen, der ihr damals geholfen hatte, uns von hier wegzubringen. Mit einem Mal erstarb das Rascheln, und eine gespenstische Ruhe breitete sich aus. Ich drehte mich in den Raum und sah, wie meine Schwestern auf ein Bild starrten. Sie alle waren entsetzt. Doch ich konnte nicht sehen, wer auf dem Bild war, da das Knirschen eines Steins meine Aufmerksamkeit wieder nach draußen lenkte.

»Irgendetwas stimmt nicht«, sagte ich und dachte an die Schritte, die ich in der Heilstätte immer vor meinem Fenster gehört hatte, wenn die Stummen ihre Nachtpatrouille gingen. Doch die Neugier war stärker, deshalb drehte ich mich vom Fenster weg und ging leise zurück zu den anderen, wo mir Marlene das Foto mit ausdruckslosem Gesicht überreichte.

»Ich kenne diesen Mann! Er ist ein Freund meines Großvaters. Sie waren im Krieg«, sagte ich. »Lebt er noch? Er muss doch mindestens hundert sein.« Ich log. Ich hatte den Mann noch nie in meinem Leben gesehen. Walters Großvater hätte so aussehen können. Ich musste lügen, denn ich wollte dazugehören, obwohl ich niemals zuvor etwas von der Schwarzen Familie gehört hatte oder der Blume.

Stille. Nur der alte Atem unserer Mutter.

»Er hat alles in die Wege geleitet«, sagte sie schließlich. Er weiß, was die Blume mit eurem Gehirn gemacht hat. All die Dinge da draußen. Die wahre Welt, die wahre Schöpfung. Er weiß, dass ihr sie seht und den Königsweg zur Unsterblichkeit kennt. Die Untersterblichkeit, die mir versagt ist, da ich gesündigt habe. An euch.«

Ich schloss die Augen.

»Wenn ein einziger Hund damit beginnt, einen Schatten anzubellen, dann folgen die nächsten und die nächsten, und bald machen Hunderte Hunde daraus eine Wirklichkeit«, sagte Marlene mit leiser Stimme.

»Hat er uns hierhergeführt?«, fragte ich und sah wieder nach draußen.

Hatte dieser Mann auf dem Foto dem Priester den Brief gegeben und auch allen anderen, damit wir hierherkamen? War mein falscher Vater vielleicht gar keines natürlichen Todes gestorben?

»Du hast recht. Warum sind wir hier?«, fragte Leonora, wie Mutter die Vierte von uns angesprochen hatte, und stellte sich zu mir ans Fenster. Als sich unsere Schultern zufällig berührten, fühlte es sich an, als sei ich in ihrer Nähe ein wenig wertvoller. Ich schlüpfte unter ihren Duft wie unter ein Laken, das uns unsichtbar machte.

»Warum jetzt?«, fragte sie und suchte draußen nach etwas Auffälligem.

»Weil wir sie noch einmal sehen sollten, bevor sie stirbt«, sagte Marlene und blickte zu Mutter, die um ihre letzten Atemzüge kämpfte.

Plötzlich explodierten Scheinwerferkegel in meinen Augen, und das Rotorengeräusch eines Hubschraubers schlug gegen den Nachthimmel, als wollte man ihn zum Einsturz bringen. Aus den Wäldern krochen rote Lichter, und für einen Augenblick dachte ich, dass sich die Bäume jeden Moment entzünden würden, da die Lichter aussahen wie Feuer.

»Oder weil es eine Falle ist«, sagte ich und zog die Vorhänge zu. »Sie ist da, sie ist mir gefolgt, und jetzt ist sie hier.«

»Wer?«, rief Dorothea.

»Die große Krankheit.«

Ich duckte mich unter das Fenster, damit die Feuer, die aus dem Wald auf uns zukamen, mich nicht fanden. Doch da waren keine Feuer, es war Licht, das in einem riesigen Fächer aus Strahlen in den Raum fiel. In der Tür stand plötzlich ein Mann. Ich kannte ihn nicht, aber er sah aus wie der auf dem ersten Bild, das Marlene in der Hand gehalten hatte. Es musste Paul sein, Marlenes Ehemann, der sich gegen sie gewandt hatte. Ich verstand nur wenig von dem, was sie sprachen, da ich immer wieder nach draußen aus dem Fenster sah und Angst vor den Feuern hatte, die doch jeden Moment kommen mussten.

»So sehen wir uns also wieder, Marlene. Und wie ich sehe, seid ihr endlich vereint.« Er lächelte uns an und warf einen besorgten Blick zu unserer Mutter. Sie atmete schwer, und ich spürte, wie ihr altes Herz schneller schlug. Sie hatte Mühe, sich aufzusetzen. Dennoch tat sie es, als wollte sie uns vor dem Mann beschützen, der eben den Raum betreten hatte.

»Es freut mich, dich wohlauf zu sehen«, sagte Paul zu Marlene und ging durch das Zimmer. Dabei blickte er jedem von uns tief in die Augen, als wollte er unseren Geisteszustand überprüfen.

Draußen schwankten Lichter.

Marlene und Paul sprachen über Dinge, die ich nicht begriff. Erst als er mit einem Räuspern seine Stimme festigte, begann ich zu verstehen.

»Es hat doch eben erst begonnen«, sagte er. »In ein paar Jahren, wenn wir die Geißel des Todes endlich besiegt haben, werdet ihr alle dankbar sein, dass ihr einen großen Beitrag leisten durftet. Der Mensch ist weit mehr als das, wofür er sich hält. Die Schöpfung ist vielfältiger und wunderbarer. Liquid Asset Management hat das erkannt. Sie haben erkannt, dass der Weg nicht in der Technik und Wissenschaft liegt, sondern in der Natur. Im Geist.«

»Und das rechtfertigt die Experimente an Menschen?«

Ich hörte die Wortfetzen. Experimente an Menschen … Liquid Asset Management. Ich dachte an die Besuche, wenn die Konferenzen stattfanden. Hatte ich nicht öfter am Revers eines Anzugs ein Logo prangen sehen und mich gefragt, was es bedeutete? Hatte dort »LAM« gestanden? War ich vielleicht selbst Teil eines Experiments gewesen? Schon die ganze Zeit? War das Lernen, Sehen und Siegen in Wahrheit nicht zu unserer Heilung bestimmt, sondern für Forschungszwecke, für die wir die Versuchskaninchen spielten?

Ich blickte weiter nach draußen, hörte aber genau zu, was im Raum vor sich ging. Ich erfuhr vom »Spektrum«. Einem Projekt, bei dem Experimente an entführten Frauen durchgeführt worden waren. Marlene war sicher das Opfer gewesen, und Dorothea, die Ärztin und selbst an dem Projekt beteiligt, hatte Skrupel bekommen und Marlene gerettet. Mein Herz schlug immer schneller. Ich wusste nicht, was ich tun sollte, wir saßen in der Falle. Alle vier. Umgeben von den Männern dieser sogenannten Firma.

»Was willst du von meinen Kindern? Die Neue Ordnung?«

Unsere Mutter. Ihre Stimme klang unheimlich. Die Neue Ordnung. Das klang so endgültig aus ihrem Mund. Paul, der in einen Mantel mit schwarzem Pelzkragen gekleidet war, beugte sich zu unserer sterbenden Mutter.

»Wir bringen den Menschen das ewige Leben.«

Das ewige Leben? War das die Neue Ordnung?

Draußen im Wald bewegte sich etwas. Mehrere Männer schlichen mit Waffen zur Anstalt. Warum waren es so viele? Wir waren doch nur vier Frauen und eine Sterbende. Warum hatte man solche Angst vor uns?

»Meine Welt ruht auf der Kraft der Dinge in ihrem Zentrum.« Die Stimme unserer Mutter klang, als wäre sie bereits hinter einen Vorhang getreten. »Eine Kraft, die ihr nicht seht, da ihr blind seid, stumm, taub und unempfindlich. Nur wenige sehen das wahre Sein der Dinge. Sie sind es, die uns aus der dunklen Zeit führen werden. Nur wenige hören ihn, den Ruf des Seins, mit seiner Kraft, die wahre Welt zu erneuern.«

Der Ruf des Seins? Was war diese Kraft, die wahre Welt zu erneuern? Magie?

Unsere Mutter stützte sich mit einem gequälten Ächzen auf ihre Ellbogen, als wollte sie sich noch einmal erheben. »Es ist die Kraft der Natur und der Poesie. Keine Magie. Ihr gilt es zu folgen und jenen, die dies begriffen haben. Denn sie werden die Herrscher von morgen sein.«

Ohne mich zu rühren, sah ich vom Fenster zu ihr. Halb saß, halb lag sie auf dem Bett, aber sie hatte den Arm erhoben, und ich spürte ihren früheren Einfluss und ihre noch immer gegenwärtige Macht.

»Die Systeme der Menschen sind zerbrochen. Nun ist die Zeit für den dritten Weg gekommen. Das ist der wahre Königsweg. Das ist der Weg meines Mannes. Das ist der Weg der Familie. Das ist ihr Wesen. Die Suche nach Unsterblichkeit ist darin so unbedeutend wie du und dein blinder Glaube an die Wissenschaft.«

Ich spürte, dass der Tod seine Sense über der Anstalt bereits tief in den nächtlichen Himmel hob, als Paul wie von Sinnen brüllte: »Verdammt, dann zeig uns diesen richtigen Weg!«

»Er liegt in den tiefen Ebenen. Dem Nährboden deiner Gefühle. Es ist die Angst. Die mächtigste Kraft im Menschen.«

»Und sie führt zum richtigen Weg?«

»Die Furcht vor dem Tod führt dich auf den Weg.«

Ich hörte ein Fauchen, das tief aus den Wäldern kam. Ich suchte zwischen schattigen Baumkronen und den Lichtern nach dem Grund für dieses unheimliche Geräusch. Dann hörte ich, wie unsere Mutter auf das Bett zurückfiel, da der Tod den Hauch des Lebens aus ihrem Körper gezogen hatte.

Sie starb mit den letzten Worten, die sie uns, ihren Kindern, noch zurief, von drüben, von der anderen Seite. »Ich habe euch immer geliebt. Verzeiht mir! Bitte verzeiht mir! Und habt keine Angst! Auch nicht vor dem Tod. Dann seid ihr frei.«

Es begann in den Fingerspitzen. Eine sanfte Berührung. Ein Geruch. Rosmarin. Erst jetzt sah ich, dass Mutter die ganze Zeit über ein kleines Säckchen mit Kräutern in der Hand gehalten hatte. Sie hatte es fallen lassen. Im Augenblick ihres Todes. Der Geruch berührte unsere Gedanken, formte sie, verdrehte sie. Und aus dem Herrenhof wuchs ein Gebilde, das so schrecklich war, das so unheimlich und dunkel war, dass die Männer – sie waren mittlerweile in das Krankenzimmer eingedrungen – davon abließen, Paul zu folgen. Wie benommen starrten sie aus dem Fenster. Der Wahn, den der Duft in ihre Köpfe pflanzte, war so schrecklich, dass sie ihre Waffen fallen ließen und zu beten begannen. Paul, der sich lange gegen das gewehrt hatte, was sich vor ihm auftat, verlor ebenfalls seine Welt und verirrte sich im Wahngebäude, das unsere Mutter als Mahnmal über dem Herrenhof erschaffen hatte.

Ich hatte Mühe zu atmen. Ich hatte das Gefühl, als würden meine Schwestern und ich gleichzeitig dasselbe empfinden, dasselbe denken, dasselbe sehen.

Aus den Wänden krochen Nebelschwaden, von der Decke fielen Schlangen. Draußen vor dem Herrenhof füllte sich der Platz mit Menschen. Tausenden. Sie hatten ihre Köpfe gesenkt. Sie kamen aus den Wäldern, um Abschied zu nehmen von der Dunkelheit der Furcht. Ein ohrenbetäubender Lärm tobte durch das Tal – und selbst wenn die Männer draußen nicht vom duftenden Schleier der Blume erfasst wurden, so pflanzten die angstverzerrten Gesichter der anderen die Angst fort und stießen sie wie einen Stock tief in die Herzen.

Wir sahen einander an und verstanden, ohne ein Wort zu sprechen. Wir mussten fort von hier, in den Wald – dorthin, wo unsere wahre Heimat lag. Marlene beugte sich über unsere tote Mutter und küsste sie auf die Stirn. Wir taten es ihr gleich. Dorothea, Leonora und ich, Greta.

Dann verließen wir den Herrenhof und folgten Marlene, die zielsicher in den Wald lief. Der Platz vor der Anstalt war dicht gedrängt von Menschen. Es stank bestialisch, und ein tiefes Brummen erschütterte den Boden. Ich wusste, dass all das eine Einbildung war, die unsere Köpfe blendete, ausgelöst durch diese seltsamen Kräuter aus Mutters Säckchen.

»Ihr bleibt verdammt noch mal hier!«, rief Paul. Er hatte schreckliche Angst, doch seine Besessenheit zwang ihn, nicht nachzugeben. Er brüllte wie am Spieß und verfluchte uns, Lya – die Tochter, die er mit Marlene hatte – und Mutter.

Ich blieb stehen und starrte auf diesen Mann, der mitten in den Menschenmassen stand und kreischte.

»Ich habe Lya geliebt. Sie war auf der Suche. Sie war eine Wanderin. Sie hat es nicht verdient zu sterben«, schrie Marlene. Sie hatte von einer Tanne einen Ast abgebrochen und stürmte auf ihren Mann zu. Als sie den Stock wie eine Metallklinge tief in sein Herz bohrte, spürte ich einen lauten Aufschrei in mir. Er röchelte, hustete, dann kam das Blut.

Marlene zog den Stock aus dem Herzen des Mannes und stieß noch einmal fest zu. »Für Lya.«

Der Mann spuckte Blut.

»Für Jakob«, rief Dorothea und stieß ebenfalls einen Stock in seine Brust.

»Für Elias«, sagte Leonora.

Ich war meinen Schwestern gefolgt und hatte einen abgebrochenen Ast auf dem Boden gefunden. Ein Sturm musste durch den Wald gewütet haben. Ich nahm den Ast. Er war gebogen. Krumm.

»Für mich.«

Dachte ich. Und sagte »Medora«, ohne zu wissen, warum.

Vier Schwestern. Vier Stöcke, die wie Pfähle in Pauls Herz steckten. Wir hoben unsere Köpfe und blickten auf das Wahngebäude unserer Mutter. Es war ein riesiges Panoptikum. Wie ein übermächtiger schwarzer Turm war es aus der Erde gewachsen und berührte den tiefen Himmel. Ein ringförmiger Bau umgab diesen Turm und zog durch alle Täler und Wälder, die ich einst meine Heimat genannt hatte. Über dem Turm stand der dunkle Planet, das Mahnmal des Wahns, das Firmament der Furcht.

Wie eine riesige Befestigungsanlage zog das Panoptikum seine Mauern durch die Wälder und über die Bergrücken bis hinauf zu den Höhen, wo die Rauchsäulen emporstiegen.

»Wir müssen gehen«, sagte ich, da ich eine Frau sah, die auf dem Parkplatz der Anstalt in ihrem Wagen saß und den Kopf hob. Tatsächlich, es war ein Streifenwagen. Als wäre sie herbeigeeilt in Erwartung eines Gewaltverbrechens. Die Polizistin schien unbeeindruckt. Als wüsste sie, dass es in Wahrheit kein Panoptikum gab, kein Nachtvolk, keinen Planeten. Nur einen Mann, getötet von vier Frauen, die jeden Augenblick in den Wäldern verschwunden sein würden.

»Leb wohl, Mutter!«, sagte Marlene und kehrte dem Herrenhof den Rücken.

»Du kennst den Weg?«, fragte Leonora.

»Ich kenne ihn. Wir gehen nach Hause.«

»Wir sollten dort nicht hingehen«, sagte ich. »Es ist eine Falle. Eine Falle in der Falle. Es ist die große Krankheit, der Tod: Er wartet auf uns. Er ist mir gefolgt. Ich weiß es.«

Doch niemand hörte auf mich.

DAS ANDERE LICHT

Ich folgte meinen Schwestern. Der Anstieg war beschwerlich, ich fror und rieb mit den Händen an meinen Oberarmen. Die Kälte klebte in meiner Nase. Vor meinem Gesicht tanzten kleine Luftwölkchen. Der Geruch gefrorenen Holzes umhüllte uns. Von manchen Stellen drang der würzige Duft von Moos zu uns vor, das sich in der Erde verbarg. Doch je tiefer wir in den Wald eindrangen und je höher wir stiegen, desto mehr hatte ich das Gefühl, als würde die Welt um uns vor einer eisigen Kälte erstarren, die jeden Duft in einen gläsernen Käfig sperrte.

Wir erreichten die erste Anhöhe. Im Mondlicht sah ich Schilder, auf denen »Teichalm« stand. Ich wusste nicht, wo wir waren. Ich folgte stumm Marlene und meinen beiden anderen Schwestern, die vor mir gingen. Wir blickten in das Tal, das sich hinter uns auftat, und am Ende der Nacht konnten wir das erste Licht des neuen Tages erahnen, der wie das feurige Ensemble eines Theaters hinter einem dunklen Vorhang wartete.

Marlene zeigte in Richtung Norden, dorthin, wo die Nacht noch dunkler war, und sagte, dass wir am Morgen den Pass erreichen würden. Am Morgen. Das waren sicher noch Stunden. Wir durften nicht stehen bleiben oder uns umsehen, wir mussten weiter, immer weiter, bis nach Hause. Und so verlor ich bald meine Gedanken und setzte nur noch einen Fuß nach dem anderen in den gefrorenen Waldboden, der von Pfaden und steinigen Hängen durchkreuzt war und sich immer wieder in schiefen Wiesen und zerfurchten Ebenen wiederfand. Manchmal tauchten Schilder auf, denen Wanderer im Tageslicht folgten. »Alpl«, stand auf einem oder »Waldheimat«. Erst als wir zum »Almbauern« kamen, erreichten wir auch den Morgen. Hohe Windräder standen wie surreale, dünne Spinnenwesen auf dem einen Almrücken. An dessen Ende lag der Pass, von dem Marlene gesprochen hatte.

Ich konnte kaum mehr laufen, meine Fußsohlen brannten, gleichzeitig waren sie eiskalt. Ich konnte meine Finger nicht mehr bewegen und hatte Hunger. An einer kleinen Quelle ließen wir uns nieder, tranken Wasser, das so kalt war, dass ich Angst hatte, ich könnte mich an ihm schneiden. Und als wir im Kreis um die Quelle hockten und tranken, sahen wir aus wie Kerle aus einem Western, die auf der Flucht waren. Ich ertappte mich sogar dabei, dass ich meine Nase mit dem Handrücken säuberte.

»Dort drüben. Auf der anderen Seite ist es. Dort sind die Höhlen. Von dort gehen wir heim.«

Ich sah zu Boden, meine Kräfte waren am Ende. Der gefrorene Almrasen knirschte bei jeder Bewegung. Das unheimliche Surren der Windräder, die den Bergrücken überzogen, klang wie das Flüstern fremder Wesen. Wesen, die Marlene in ihrem hier durchlebten Wahn gesehen hatte. Wesen wie uns.

Wir stiegen durch einen Graben und wechselten nach einem Tal zwischen zwei Dörfern den Berg. Der Tag war mit spürbar feuchtem Nebel aus der Nacht getreten und zeigte unsere müden Gesichter. Wir tauchten erneut in einen Wald hinein, der im gespenstischen Licht des Nebels rötlich schimmerte.

Marlene zeigte auf einen Baum. Er hatte zwei Stämme, die sich wie ein bizarres Gewächs gegen den Willen der Natur gerichtet hatten. »Das ist der Zweibaum, und darüber, was aussieht wie ein felsiger Damm, ist die Bärenmauer.«

Ein krummer Baum. Eine Wand aus Stein. Meine brennenden Augen sahen den ersten Schnee fallen. Hier an dieser Stelle, erzählte Marlene, habe sie zwei Wesen gesehen. Elias und Medora. Zwei Wesen, die aussahen wie Menschen. Sie hätten sich dort mit Jakob getroffen, einem dritten Wesen, auf der Suche nach dem verlorenen vierten Geschöpf. Nach Lya.

Ich dachte an die kleinen Schritte meiner Halluzinationen. An Medora. Wie sie auf mich zukam und in ihrem mittelalterlichen

Gewand ihre Hand gegen mich richtete wie eine Magierin. Vier Schwestern. Vier Halluzinationen.

Über uns hörte ich einen Falken. Das Geräusch war unverwechselbar. Ich blickte zum Himmel und dann in die Gesichter meiner Schwestern. Wieder hockten wir da und sahen einander an, wieder sprachen wir wenig, da wir nicht wussten, was wir sagen sollten, weil alles unwirklich und fremd war. Aber im Herzen spürten wir wohl alle, dass ein Teil von uns vor wenigen Tagen schon einmal hier gewesen war, um Marlene zu helfen. Wir hatten uns so viel zu erzählen, so viele Fragen, die in uns brannten, aber wir wollten zuerst dorthin, um für immer Abschied zu nehmen von unserer alten, verschwundenen Welt.

Ich sah zu Marlene, die in eine tiefe Trauer gehüllt war, und wusste, dass sie in diesem Augenblick dasselbe dachte.

Marlene zeigte uns eine verborgene Höhle, deren Eingang sie mit den Armen von wild wucherndem Gestrüpp befreite. Sie duckte sich und verschwand darin. Dabei rutschte sie beinahe auf dem felsigen Boden aus. Wären wir Elemente, so wäre Marlene das Wasser, das in der Trauer gefroren war. Dorothea wäre der Wind, da ihre Blicke immer umherschweiften, als suchte sie andere Wege, als würde eine ständige Neugier sie antreiben. Und Leonora? Sie war das Feuer, das alles vernichten konnte, wenn es einmal entfacht war. Noch war die Flamme ruhig und glühte still in ihrem rötlich schimmernden Haar. Ich war die Erde. Nichts weiter. Erde. Dreck.

Ich folgte den dreien und betrat als Letzte die Höhle. Für einen Moment dachte ich daran, umzukehren. Zurück zur Anstalt, wo mein Wagen stand. Dabei war es gar nicht mein Wagen. Was würde ich sagen, wenn ich wieder in Seußlitz war? Dass ich jemanden getötet hatte? Jemanden, den ich nicht einmal kannte? Ich hatte zugestochen, weil meine Schwestern zugestochen hatten. Was würde die Leiterin sagen? Würde sie es verstehen? Ob sie wieder zurück war? Und Klara? Sie sorgten sich sicherlich um mich. Das Feuer am Bauernhof war bestimmt auch längst entdeckt worden. Man würde Schlüsse ziehen. Womöglich würde ich ins Gefängnis kommen. Ich wollte nicht ins Gefängnis. Ich wollte nach Hause in mein kleines Zimmer, in meine Dusche, zu meinem Schreibtisch, meiner Arbeit. Ich wollte wieder auf den Sonnenaufgang warten und die Routine beginnen. Die ewige Routine. Ich hatte mich daran gewöhnt. Die Schläge. Die Strafen. Die Hölle: War man sie gewohnt, dann nannte man sie Zuhause. Wie damals mein Erdloch. Es würde immer dasselbe sein.

Ich schloss die Augen, konnte nicht mehr laufen. Ich hatte Angst, in das steinige Labyrinth aus unterirdischen Röhren und Höhlen hinabzusteigen. Ich hatte Angst vor der Wahrheit, die ich dort vielleicht entdecken würde. Aber ich hatte keine Wahl.

Sollte ich mich meinen Schwestern anvertrauen? Ich kannte sie doch nicht wirklich. Sie würden mich verstoßen, wenn sie wüssten, dass ich die Schuld am Untergang der Welt in mir trug. Genau wie alle anderen. Ich musste weiter meine Rolle spielen. Andächtig, gebückt. Ich musste mich vor mir selbst verstecken, denn dann, ja, dann fand mich die große Krankheit vielleicht nicht durch die schmalen Ritzen dort unten. Ich nahm einen tiefen Atemzug, der bestäubt war vom ersten Schnee, und verschwand wie meine Schwestern in der Tiefe.

Still folgte ich ihnen in das steinerne Labyrinth, bis wir bei einer kleinen felsigen Kammer waren. Sie kam mir bekannt vor. Als wäre ich schon einmal hier gewesen. Ich rang nach Luft. Tauchte in Gedanken in einen stickigen Rauch, der vor mir schwebte wie ein giftiger Schwarm wütender Kräuterdämpfe. Eine alte Träne kroch aus meinen Augen, und ich berührte mit der Hand den dunklen, feuchten Boden, als wollte ich meine Fußabdrücke als Kind darin suchen. Ein diffuses Netz aus Licht durchzog die Höhle. Es drang aus schmalen Luftlöchern und unbekannten Ritzen zu uns. Oder war es gar kein Licht? So wie das Blitzen in den Augen, wenn man sie schloss?

Wie auf ein stummes Kommando hin gingen wir ganz nah aufeinander zu, legten die Köpfe aneinander und uns gegenseitig die Arme auf die Schultern, als wollten wir so zu einem einzigen Wesen verschmelzen. Niemand von uns sprach, zu unwirklich war die Welt geworden – und doch fühlte sie sich auf einmal so nah und erdverbunden an.

Marlene hockte sich mir gegenüber und war die Erste, die sprach. »Es ist Zeit, dass wir diese Dunkelheit verlassen«, sagte sie. »Dass wir sie gemeinsam verlassen.«

Dorothea nickte. Ich nickte. Und Leonora ebenfalls.

»Ich will hinauf zu den Höhen und euch zeigen, was ich im Wahn gesehen habe. Es ist ein langer Weg, aber ich muss noch einmal dorthin, um mich von ihr zu verabschieden. Von Lya. Meiner Lya, zu der ich nur noch im Wahn finden kann, da sie von mir gegangen ist.«

Es war tatsächlich ein langer Weg nach oben. Wir gingen gebückt, zwängten uns durch enge Rohre, und je höher wir stiegen, desto mehr Angst bekam ich, wir könnten zwischen den Felsen stecken bleiben. Es roch nach fauliger Erde und ersticktem Rauch. Aber auch nach verfaulten Kräutern und nassem braunen Laub. In meinem Kopf hämmerten Schmerzen. Es waren dieselben Schmerzen wie nach einem Anfall.

Ich wusste nicht, wie lange wir in den unheimlichen Rohren gefangen waren. Sie mussten sich langsam nach oben drehen, wie eine große, weite Spirale, bis hinauf zum Gipfel, bis dicht unter den Himmel. Mein Magen schien sich zu drehen, und ich fühlte mich, als wäre ich auf einem schwankenden Schiff. Doch als ich endlich nach draußen trat, verschlug es mir augenblicklich den Atem.

Unmittelbar vor uns breitete sich eine unendliche Weite aus. Etwas derart Schönes hatte ich noch nie gesehen. Wuchtige Bergketten erhoben sich wie steile Küsten fremder Kontinente. Das strahlend blaue Tuch des Morgenhimmels spannte sich über uns, und wäre es nicht Winter gewesen, hätten Tausende, Millionen, Milliarden von Schmetterlingen die Luft füllen können und tanzen, tanzen, tanzen.

Marlene löste sich von uns und ging an den Rand der Höhen, wo sie an einem dunklen Fleck auf der Erde niederkniete. Wir blieben im Hintergrund und senkten ebenfalls unsere Blicke, da wir fühlten, was Marlene fühlte.

Dorothea war die Erste, die zu ihr ging und mit ihr sprach. Ich konnte ihre Worte nicht verstehen. Doch als es wieder zu schneien begann, ging ich näher zu den beiden. Sie sahen in die Ferne, als hätten sie dort etwas gefunden. Und tatsächlich: Dort hinten lag ein kleines Dorf mit glitzernden Dächern. Wir hätten es doch auf unserem Weg sehen müssen. Hatte die Nacht es die ganze Zeit über vor uns versteckt? War das Edden? Der Name dieses magischen Ortes, den ich von Marlene aufgeschnappt hatte?

Ich bemerkte, dass ich mich kaum mehr auf den Beinen halten konnte. »Lasst uns gehen!«, sagte ich und zerbrach einen Ast, den ich zuvor von einem Baum gebrochen hatte. Meine Hände rochen harzig. Ich stieß einen Teil des Stockes an die schwarze Stelle auf dem Boden vor Marlene. Dann zog ich einen Schnürsenkel aus meinem Schuh und knotete einen anderen Ast, den ich am Boden gefunden hatte, waagerecht an ihm fest. Ich hatte nie gelernt, meine Schnürsenkel richtig zu binden, denn mit meinen Händen war ich ungeschickt. Aber ich wollte mit dieser Geste mein Mitgefühl zum Ausdruck bringen, und tatsächlich schien das Kreuz zu halten, auch wenn es im Wind leicht schwankte.

Als sich Marlene davorkniete, glaubte ich zu spüren, wie sie daraus Hoffnung schöpfte. Ich beneidete sie darum. Mir war es nie gelungen, Kraft zu schöpfen nach dem Tod meiner Kinder. Er hatte ein tiefes Loch in mich gerissen, das wie eine schwarze Sonne mit ihrem dunklen Licht alles in mir verbrannte.

»Was wollen wir jetzt tun? Zurück können wir wohl kaum mehr nach dem, was wir getan haben«, sagte Leonora. Der Schnee ließ ihre Haare rot schimmern. »Oder kann jemand von euch weitermachen wie vorher? Wir kommen doch alle ins Gefängnis.«

Ich schwieg. Aber wollte ich wirklich nicht zurück? Wollte ich für immer hier oben bleiben?

»Dann lasst uns nicht reden, sondern handeln! Wohin gehen wir?«, fragte Dorothea, und als alle zu lachen begannen, lachte ich auch, obwohl ich nicht wusste, warum.

Dann trat Marlene vor uns – so, wie sie es wahrscheinlich auch als Kind getan hatte – und sprach mit uns. Ich versuchte, mir vorzustellen, wie es damals wohl war, suchte nach irgendetwas, woran ich mich hätte erinnern können. Aber ich fand nichts.

»Es gibt einen Ort, einen versteckten Ort«, sagte Marlene. »Viele sagen, dass er gar nicht existiert. Aber ich war dort. Ich kenne den Weg. Und wenn wir uns befreien von unseren Ängsten, dann werden uns auch die Wölfe nicht finden.«

»Dann lasst uns dort hingehen! Nach Tannenfall«, sagte ich mit einer von Stille verwehten Stimme.

Tannenfall. Ein Ort, der nicht existierte. Ein angemessener Platz für eine Wertlose wie mich. Meine Schwestern folgten Marlene, die auf einen schmalen Pfad im Norden zuging, wo zwei Tannen wie krumme Wächter einer verbotenen Stadt dem scharfen Wind der Höhen trotzten. Ein Ort, den es nicht gab. Den niemand fand. Der nur uns gehörte. Vielleicht war es der Ort, den nicht einmal die große Krankheit gefunden hätte. Ein Ort, an dem die Menschen vor ihr sicher gewesen waren. Bis heute. Bis zu diesem Moment, an dem ich Marlene folgte. Und mir die Krankheit folgte mit ihren dunklen, geräuschlosen Schwingen.

DER UNBEKANNTE ORT

Marlene führte uns nicht wieder in die Höhlen, sondern brachte uns über einen schmalen Felssteig zurück ins Tal. Ich war erleichtert, als wir wieder den Wald erreichten. Ich sah in der Ferne den Baum mit den zwei Stämmen und warf noch einmal einen Blick auf die hohe Bärenwand, die beinahe senkrecht wie eine unüberwindbare Mauer zu den Höhen emporführte. Ich dachte an die schmalen Höhlenröhren, durch die wir nach oben gelangt waren, und war froh, dass der Abstieg uns weniger abverlangen würde.

Es war Mittag, als wir ein kleines Dorf im Tal erreichten. Wir kamen bei einigen leeren Villen vorbei. Sie schienen aus einer Zeit gefallen zu sein, in der wohlhabende Mitglieder des österreichischen Adels hier ihre Sommerfrische verbracht hatten. Jetzt standen sie leer wie die Straße des Ortes. Marlene führte uns entlang des Waldrandes, der wie ein raunender Strand von den Hängen ins Tal schwappte.

»Das ist Spital am Semmering«, sagte Marlene. »Dahinter ist eine weitere Siedlung. Noch einmal hinauf, dann sind wir da.«

Ich blickte auf den Berg, der sich gegenüber der Bärenmauer erhob. Bevor sich der Boden unter uns wieder erhob und wir ein letztes Mal aufsteigen würden, nahm ich einen tiefen Atemzug und wandte mich noch einmal um. Es war ruhig hier. Nichts rührte sich. Ich fühlte mich, als wäre ich in eine fremde Welt eingedrungen. Nur ein Falke stand hoch über uns und beobachtete, wie wir das Dorf verließen und über einen tiefen Graben einen geschwungenen Weg zurück in unsere alte Heimat gingen. Tannenfall.

Der Tag kippte schon allmählich in die Nacht, als wir den Pfaffensattel erreichten. Einen dunklen Ort ohne Farben. Aus einer leeren, verfallenen Gaststätte drang das Quietschen nicht geölter Fensterläden, die von der unsichtbaren Hand eines klammen Windes bewegt wurden. Wir verließen die Straße und gingen einen Pfad empor zum Stuhleck, bis wir die Baumgrenze überwanden und den Gipfel erreichten, wo wieder der weite Blick in die im Abendlicht wartenden Bergmassive auf uns wartete. Wir ließen das Haus auf dem Gipfel des Semmerings hinter uns und näherten uns der Stelle, wo wir zuvor ins Tal gestiegen waren, um zu den Höhen auf der anderen Seite zu gelangen.

Es war Abend geworden, als wir Tannenfall erreichten. Es lag in einer kleinen Senke. In Richtung Süden erhob sich ein Plateau, das weiterhin steil abfiel. Zu unserer linken Seite sahen wir einen kleinen See, hinter dem bereits der Nachtnebel wie ein magischer Schleier auf der Lauer lag.

Auf dem Wasser glitzerte eine fast schon untergegangene Sonne und beleuchtete so die kleine, im Dunst trotzdem kaum sichtbare Insel. Seit wir uns auf den langen Weg gemacht hatten, spürte ich eine Vertrautheit. Tannenfall war eingebettet in die Kulisse einer Bergwelt, die den versteckten Ort in der Ferne beschützte.

Marlene, die mittlerweile zu hinken begonnen hatte, ging zum Ufer des verschleierten Bergsees und zog ein Boot aus ins Wasser wachsenden Latschen. »Da drüben, auf der Insel, dort sind wir sicher«, sagte sie zu uns, die wir hinter ihr hockten und Mühe hatten, die Augen offen zu halten. Dann stiegen wir in das kleine Holzboot und fuhren mit stillen Ruderschlägen auf die Insel. Wie Fährmänner setzten wir über das eiskalte, dunkle Wasser, und vor uns tauchte die Insel nur langsam aus der Dunkelheit.

Hohe Bäume umringten das kleine einstöckige Haus. Als der Bug des Bootes an das Ufer stieß, sprang ich als Erste auf die Insel, da das Boot verdächtig zu schaukeln begann. Über eine kleine, aber steile Böschung erreichte ich das Haus. Ich griff nach der Türklinke, zog daran und betrat das niedrige Gebäude. Es roch nach alten Blättern und fauligem Wasser. Wie sollte man hier leben können, dachte ich und öffnete von innen das erste Fenster. Das letzte Licht des Tages drang in das feuchte und staubige Innere.

»Wie sollen wir hier denn leben?«, fragte Leonora, die als Letzte das Haus betrat. »Hier hält es doch kein Mensch lange aus. Und was wollen wir essen?«

Ich sah mich um. Es gab eine kleine Küche und einen Schlafraum. Draußen würde sich Platz für einen Garten finden. Wenn im See Fische waren, könnte ich fürs Erste versuchen, welche zu fangen. Dimitri hatte mir beigebracht, wie man mit bloßen Händen Fische aus dem Wasser zog und ihnen mit dem Daumen das Genick brach. Dorothea hatte begonnen, in allen Laden und Regalen nach Essbarem zu suchen. Doch vergebens. Nur alte Pfannen und Töpfe, die aus der Zeit des Zweiten Weltkrieges stammen mussten, kamen zum Vorschein. Draußen hatte es aufgehört zu schneien, und die sterbende Sonne hüllte die Insel in ein warmes Winterlicht.

Drinnen mussten wir trotz der niedrigen Decken nicht fürchten, uns den Kopf zu stoßen. Ich duckte mich dennoch jedes Mal, wenn ich von einem Raum zum anderen wechselte. Es waren nicht viele. Ein großes, schattiges Wohnzimmer, eine Küche mit tiefer liegendem Boden und zwei kleine Schlafkammern mit winzigen Fenstern. Alles war leer. Keine Betten. Nur ein Tisch, eine Bank und Stühle, die neben dem Herd in der Küche standen.

Ich stellte mir vor, wie wir hier als Kinder mit unserer Mutter gelebt hatten. Ich war mir sicher, dass es meinen Schwestern ähnlich ging. Und für einen Moment hoffte ich, einen verborgenen Keller oder ein verstecktes, verwinkeltes Dachgeschoss zu finden, in dem unsere Mutter vielleicht alte Spielsachen von uns versteckt hatte.

Die Nacht kam und brachte Kälte mit. Zum Glück hatten wir bereits ein Feuer im Kamin gemacht, das laut knisterte. Ich hatte vier Fische gefangen, die wir nun schweigend aßen. Ich fühlte mich meinen Schwestern plötzlich näher. Die Sicherheit, die sie ausstrahlten, als ich sie zum ersten Mal gesehen hatte, war

Müdigkeit gewichen, und ich hatte meine Müdigkeit weit genug besiegt, um etwas für uns alle zu tun. Das gab mir das Gefühl, ihnen ebenbürtig zu sein. Zumindest für den Moment.

Wenn ich mit Carlotta draußen gewesen war und wir die Leute gesehen hatten, die in den umliegenden Dörfern lebten, dann hatte ich immer den Blick gesenkt, da ich Angst gehabt hatte, sie würden mich verspotten. Einmal, als wir auf einem unserer Spaziergänge einen Anwalt getroffen hatten, der mit seiner Familie den Sonntag im Freien verbrachte, hatte mich seine kleine Tochter angestarrt und mir immer wieder die Zunge rausgestreckt. Ich hatte es bemerkt, obwohl ich zu Boden geblickt hatte, wie es sich für mich gehörte.

Ich wusste nicht viel über meine Schwestern, aber jetzt, da auch sie in ihrer Müdigkeit zu Boden blickten und kaum mehr aufrecht sitzen konnten, war ich es, die bewusst ihren Blick hob und zu ihnen sah. Dabei ertappte mich Leonora und strahlte mich mit ihren tanzenden Augen an. Sie wirkte wie ein Kind, das von einem Moment zum anderen lebte, das wutentbrannt brüllen konnte, wenn es etwas nicht bekam, aber im nächsten Augenblick überglücklich über einen tanzenden Schmetterling lachen konnte.

»Wollen wir uns vielleicht endlich erzählen, wer wir so sind? Ich meine … wir kennen einander ja gar nicht«, sagte Leonora mit kindlicher Stimme.

Einander erzählen, wer wir sind? Mein Herz schlug mit einem Mal bis zum Hals. Wer war ich? Eine Wirtin. Eine Frau, die einer Irrenanstalt abhandengekommen war. Eine Frau, die davor in einem Erdloch gekauert und nichts vorzuweisen hatte als raue, schmutzige Hände, einen zu groß geratenen, dünnen Körper und ein paar Sommersprossen auf ihrer großporigen Haut. Eine Frau, die niemand je beachtete. Selbst bei der Abschlussfeier in der Schule hatte es niemanden gegeben, der mit ihr sprach. Nur Anja. Aus Mitleid. Sie hatte sich immer für die Schwachen eingesetzt, da sie wusste, dass es sie attraktiv machte. Zu einem besseren Menschen. Ich hatte sie dafür gehasst, aber ich hatte es nicht zugegeben und zu Boden geblickt. Damals schon.

»Sind wir hier denn sicher?«, fragte ich plötzlich und gab vor, ein Geräusch zu hören, da ich hoffte, unsere Vorstellrunde damit ein wenig hinauszuzögern.

»Hier liegt meist ein Nebel vor dem See, sodass niemand das Haus vom Ufer aus sieht. Zudem ist der Weg nach Tannenfall so verschlungen und versteckt, dass ihn nur wenige finden«, sagte Marlene. »Ich denke, fürs Erste sind wir hier sicher.«

Ich dachte an unseren Weg hierher. Würde ich ihn wiederfinden?

»Und die Tiere? Die Wölfe?«, fragte Leonora und hob die Augenbrauen.

»Ich habe keine Angst vor Wölfen«, sagte Marlene und sah mich vollen Mutes an, als würde sie in mir eine Vertraute im Kampf gegen wilde Tiere sehen.

»Ich auch nicht«, log ich.

»Vielleicht machen wir es reihum. Jede sagt kurz, wer sie ist und was sie zum Herrenhof geführt hat.«

Leonora nickte und begann.

»Ich bin Leo. Leonora Khalberg.«

Khalberg. Der Name der Schwarzen Familie. Ich hatte bis vor Kurzem nie von ihr gehört.

»Das ist mein Künstlername. Er ist mir ins Ohr geflüstert worden von meinen Musen. Ich bin Künstlerin. In mehreren großen Museen der Welt stehen Installationen von mir. Dank der Bilder in meinem Kopf habe ich versucht, eine Verlängerung der Wirklichkeit zu entwerfen, und hatte das Glück, damit erfolgreich zu sein.«

»Welche Bilder in deinem Kopf? Deine Halluzinationen?«, fragte Marlene.

Leo nickte. »Elias. Der Auslöscher. Ich habe ihn in der Schweiz getroffen. Damals lebte mein Mann noch. Es war Elias, der mir sagte, ich soll hierherkommen. Elias weiß alles. Aber das ist eine andere Geschichte. Und du?«, fragte sie und sah dabei mich an.

Ich erschrak, doch dann holte ich tief Luft und begann zu erzählen.

»Mein vollständiger Name ist Greta Erdsegen. Ich bin Grundschullehrerin. Ich lebe – lebte – mit meiner Familie auf einem kargen Bauernhof in der Nähe von Dresden. Ich habe lange gegen die Bilder angekämpft. Zuerst mit harter Arbeit. Dann aber stieß ich auf die Geschichte einer Frau, die im Mittelalter in einem Kloster dem Wahnsinn verfallen war. Ich beschäftigte mich mein halbes Leben lang mit dieser Frau. Sie war die letzte Babenbergerin. Gertrud von Babenberg. Ich spürte sofort eine Verwandtschaft zu ihr, die ich mir nicht erklären konnte, deshalb wollte ich alles über sie herausfinden. Schließlich erschien mir ihre Gefährtin in meinen Halluzinationen und bat mich um Hilfe.«

So vereinfacht war diese Geschichte eine Lüge. Deshalb verkrampfte sich mein Körper, und meine Arme wurden steif. Ich spürte die Spannung in meinen Schultern. Ich malte mir aus, wie meine Schwestern mit mir umgingen, wenn sie von der Heilstätte erführen. Einer Anstalt. Einem Irrenhaus. Wenn sie erführen, dass ich zu nichts nutze war und dass ich in einem Erdloch gelegen hatte, unterworfen von meinem Vater. Meinem falschen Vater. Was, wenn sie erführen, dass ich Kinder hatte sterben lassen, weil ich sie nicht zu retten vermocht hatte vor der Krankheit? Und Dimitri. Und Klara. Und die Leiterin. Was, wenn sie herausbekämen, dass ich den Tod brachte?

Was mich selbst überraschte, war, dass ich meine Halluzination als Gefährtin der Babenbergerin bezeichnet hatte. War sie das denn tatsächlich? Ich hatte so viele Jahre über meinen Abschriften zugebracht – in den Zeilen der Geschichte hatte ich nichts über diese Figur gefunden. Konnte es denn sein? Dass sie die Dienerin von Gertrud von Babenberg gewesen war? So wie Carlotta meine war? War Gertrud eine Wirtin gewesen? Ein Schauer lief über meinen Rücken.

Dorothea schien zu bemerken, dass sich etwas in mir regte, fragte aber nur: »Medora?«

Ich nickte. »Ich habe nie herausgefunden, was sie wollte. Erst als sie mir sagte, dass ich hierherkommen sollte …« Wieder sagte ich nicht die Wahrheit.

Dorothea runzelte die Stirn. Hatte ich mich verraten?

»Und deine Familie?«, fragte sie.

»Sie hat mich verlassen. Weil sie mit mir nicht mehr leben konnte.«

Wir alle schwiegen eine Weile, dann ergriff Dorothea das Wort.

»Dorothea Almer. Neurologin. Ich bin eine von den Bösen.

Die Halluzinationen in meinem Kopf haben mich zur Medizin getrieben. Gehirnforschung. Ich habe Dr. Almer geheiratet, eine Koryphäe. Er leitete ein Institut in den italienischen Alpen. Es liegt ganz abgeschieden hoch oben in den Bergen und war schon bei den Nazis sehr gefragt für ihre heimlichen Experimente. Dort habe ich Marlene gefunden. Sie war zu uns gebracht worden, und wir sollten unsere Tests mit ihr machen. Für mich war sie am Anfang nichts weiter als eine gewöhnliche Patientin. Obwohl ich nach dem Tod meines Mannes das Institut leitete, habe ich mich viel zu wenig darum gekümmert, wer dort ein und aus ging. Wir hatten einen Vertrag mit LAM. Liquid Asset Management, ihr erinnert euch ja sicher. Immer wieder kamen neue Menschen. Ich fragte nicht, warum ...«

Der Herrenhof, wo unsere Mutter starb, die Heilstätten und jetzt das Institut in den Bergen. Gab es einen Zusammenhang?

Wir schwiegen. Wieder. Dann begann Marlene, ihre Geschichte zu erzählen.

»Ich war Staatsanwältin. Aufgewachsen in der DDR. Ich gehörte zur Elite. Dann habe ich die Seiten gewechselt und damit beide Seiten verraten. Den Rest kennt ihr. Ich war besessen vom Fall Spektrum. Seit Jahrzehnten waren Kinder und junge Frauen verschwunden. Sie waren nie wieder aufgetaucht. Man hatte immer dem organisierten Verbrechen die Schuld gegeben. Organhandel. Prostitution. Kinderpornografie. Doch in Wahrheit missbrauchte man die Frauen und Kinder für Experimente. Was wirklich dahintersteckt, weiß bis heute niemand so ganz genau. Ich suchte nach den vielen, vielen Vermissten und wurde dabei immer verbissener. Dabei vergaß ich meine Tochter und bin jetzt selbst verschwunden. Und mein Mann war die ganze Zeit über mein eigentlicher Gegner.«

Staatsanwältin. Leiterin eines Institutes. Renommierte Künstlerin. Und ich? Ich blickte zu Boden, schämte mich, dass ich es in meinem Leben zu nichts gebracht hatte. Auch meine Schwestern waren unter anderen Vorzeichen aufgewachsen, aber sie schienen dennoch alle ihren ganz eigenen Weg gefunden zu haben. Ich hatte keinen gefunden. Ich hatte mich damit zufriedengegeben, möglichst nicht aufzufallen. Und war auch damit gescheitert.

Kurz überlegte ich, mich heimlich in der Nacht aus dem

Staub zu machen. Ich gehörte nicht dazu. Ich sprach eine andere Sprache als meine Schwestern. Ich bewegte mich anders und trug andere Kleider. Ich war das hässliche Entlein. Als ich gesagt hatte, ich wäre eine Grundschullehrerin: Hatten sie da die Augen gerollt? Oder eine abschätzige Bemerkung gemacht? Was, wenn sie die Wahrheit gewusst hätten? Spürten sie das Wertlose in mir? Hörten sie den krummen Ton in mir oder die Krankheit, die sie vielleicht schon mit ihren klebrigen Fingern berührte?

Leo griff nach meiner Hand. Natürlich: Sie spürte es, sie hatte Mitleid mit mir. Ich überlegte noch, ob ich mich dagegen wehren sollte, gegen dieses Mitleid, das mir nicht half, als plötzlich ein Mann mitten im Raum stand. Ich hatte ihn nicht hereinkommen gesehen, auch die anderen blickten erstaunt auf. Es war der Mann auf den alten Bildern, die unsere Mutter uns gezeigt hatte. Dort hatte ich ihn nicht erkannt. Jetzt tat ich es. Ich erkannte ihn an seiner Statur, seinen Bewegungen. Es war derselbe Mann, der vor Tagen mit der Leiterin der Heilstätte gestritten hatte. Ich hatte es gesehen. Er hatte sie gestoßen. Ich war mir sicher. Er war es.

EINE ALTE HOFFNUNG

Er war alt und dürr und sein Mantel schneebedeckt. Er wirkte wie aus der Zeit gefallen und trug eine mir unbekannte Eleganz in sich. Trotz seines hohen Alters waren seine Bewegungen fast tänzerisch, und er achtete sogar in dieser gottverlassenen Gegend darauf, dass er den Schnee von seinen Schultern strich und den Mantel am Revers zurechtrückte. Der Duft eines schweren Parfüms füllte die dunkle Hütte, die nur durch schwaches Kerzenlicht erhellt war.

Dorothea war mit einem Mal kreidebleich, sprang auf und lief zum Fenster, als wollte sie daraus fliehen.

»Ich dachte, hier würde uns niemand finden«, fluchte sie.

»Keine Sorge, ich bin allein, und auch nur ich kenne den Weg.«

Die Stimme des Mannes war warm und hatte diesen tiefen, beruhigenden Ton.

»Was wollen Sie hier?«, fragte Marlene, die aufgesprungen war. Auch in ihrem Gesicht stand ein Schreck, als hätte sie einen Geist gesehen.

»Ich wollte mich bei euch bedanken und … um Verzeihung bitten.«

Ich bewegte mich nicht und saß ruhig am Tisch. War der Mann tatsächlich den weiten, beschwerlichen Weg heraufgekommen? War er wirklich allein, oder hatten sich in den Bäumen auch Scheinwerfer versteckt? Ich sah zu seinen Schuhen: Sie waren handgemacht und aus feinem Leder mit hohem Schaft – und sie waren schmutzig. Ich ließ meinen Blick nach oben in sein Gesicht wandern. Seine kleinen Augen lagen tief in faltigen Höhlen und waren voll Kummer und Reue. Auch wenn meine beiden anderen Schwestern den Mann fürchteten, spürte ich eine überraschende Vertrautheit. Wie war das möglich? Hatte er sich im Streit nicht gegen die Leiterin der Heilstätte gestellt? Hatte er sie nicht gestoßen? Ich beschloss, auf der Hut zu sein.

»Eure Mutter hat euch schon alles gesagt … aber ich selbst wollte dazu noch etwas vorbringen. Ihr werdet es nicht gleich verstehen, doch ich musste tun, was ich getan habe. Ich habe entdeckt, was in euch wuchs, und ich musste euch fortbringen von ihr, sonst hätte sie euch mit ihrem Wahn zerstört. Ich hatte dort oben mein Labor und unterstützte Marius Khalberg und später seinen Sohn Konrad.«

Dr. Merten. Das war sein Name. Dorothea hatte ihn zuvor erwähnt. Oder war es Marlene gewesen? Als er sagte, dass er einst hier ein Labor hatte, zeigte er aus dem Fenster, wo sich im Schatten des Abends ein weiterer hoher Pass erhob. Ich hatte noch keine Zeit gehabt, die Gegend genau zu erkunden, aber in meinen Gedanken malte ich das Bild eines flachen Berges, der hinter dem See über einen Pfad zu erreichen war. Von dort musste man die Windräder und die Höhen auf der anderen Seite sehen können. Wenn das Wetter mitspielte, musste es sogar möglich sein, den Herrenhof in der Ferne zu erkennen und das kleine, strahlende Dorf, dieses … Edden. Obwohl ich diesen Pass bei unserer Ankunft nicht wahrgenommen hatte, fühlte er sich in Mertens Erzählung wie ein magischer Ort an.

»Ich drang in meiner Arbeit in Gebiete vor, die noch nie ein Mensch zuvor gesehen hatte. Zum Kult des Peyote und am Ende auch zum Mithraskult zur Huldigung des römischen Sonnengotts Sol.«

Labore, Institute, alte Riten. In welche Welt war ich da geraten? Ich dachte an meinen falschen Vater. Hatte er davon gewusst? Hatte er mich deshalb in die Erde gezwungen? Hatte man in den Heilstätten von alldem gewusst?

»Aber das war doch immer, was ihr wolltet. Die Schwarze Familie. Einfluss, Macht, Unsterblichkeit«, sagte Marlene und warf dem alten Mann einen wütenden Blick zu. Ich sah in Gedanken spärlich beleuchtete Räume, in denen spätnachts in alten Villen zur vorletzten Jahrhundertwende geheime Treffen stattfanden.

»Und warum dann das alles? Warum reißen Sie uns von unserer Mutter weg, wenn Sie uns am Ende wieder zu ihr führen?«, fragte Marlene.

Ich blickte Dorothea an und sah, dass in ihr ähnliche Gedanken tobten wie in mir.

»Weil ich den Tod nicht mehr fürchte.«

Wir schwiegen und sahen einander an.

»Ich war der Einzige, der die Wahrheit kannte. Nicht einmal eure Väter wussten, wohin ich euch gebracht hatte.«

Unsere Väter? Wen meinte er? Den starken und den schwachen?

»Auch wenn es seltsam klingt: Ich wollte euch beschützen. Deshalb habe ich mich in eure Leben geschlichen und sie an der einen oder anderen Stelle ein wenig gelenkt, damit ihr in Sicherheit seid. Doch dann habe ich erfahren, dass eure Mutter im Sterben liegt …«

»Und da ist Ihr Herz weich geworden und Sie wollten uns zusammenführen, damit wir gemeinsam Abschied nehmen können?«, fauchte Dorothea Merten an. Über ihr Gesicht flog ein wütender Schatten.

»Mitnichten! Paul ist mir auf die Spur gekommen. Ich hatte es ihm ja auch nicht zu schwer gemacht. Hatte immer Hinweise fallen lassen und ihn in die richtige Richtung geschubst. Er war besessen von der Schwarzen Familie. Das machte es einfacher.«

Vor meinem geistigen Auge tauchte der Stock auf, den ich in die Brust des Mannes gerammt hatte. Marlenes Gatten. Des Mannes, der die Neue Ordnung bringen wollte. Was auch immer sich dahinter verbarg.

»Er hat Spektrum geleitet. Er ist viel umhergereist und stieß unterwegs auch auf mein altes Heimatdorf. Dort fand er mein wahres Wesen. Das machte ihn stutzig, und er begann, Fragen zu stellen. Ich wusste, dass ihr in Gefahr wart. Also fasste ich einen Plan, um euch zu retten – und ja: auch, um euch von eurer Mutter Abschied nehmen zu lassen und euch wieder zusammenzuführen.«

»Und jetzt?«, fragte ich. Als mich alle mit einem Mal anstarrten, zog ich meinen Kopf ein wenig zurück und schämte mich für meine vorlaute Frage.

»Jetzt werde ich für euch sorgen. Ich werde euch Lebensmittel zukommen lassen und alles tun, damit ihr nicht gefunden werdet.«

»Sie machen das, um Ihr Gewissen zu beruhigen?«, fragte Leonora, die die ganze Zeit über still neben mir gesessen war.

»Nicht ganz.«

»Wozu dann?«

»Ich brauche euch. Wir schließen alle Institute und lassen all die verschwundenen Mädchen und Frauen wieder frei. Auch wenn ein Teil der Schwarzen Familie protestieren wird, werde ich dem Generalstaatsanwalt ein paar Hinweise geben. Allerdings ist das erst der Anfang.«

Alle Institute. Es gab also viele. Auch die Heilstätten? Waren sie ein Teil davon? Ich dachte an Walter, wie er mit seinem Spielzeugbogen in der Hand das Schloss verließ und niemand da war, der auf ihn wartete. Oder an Marie, die tanzend auf den Bus wartete, der niemals kam. Oder an Klara, die mit totem Gesicht im Bachbett lag. Ich schreckte hoch. Warum dachte ich, dass Klara tot war?

»Der Anfang von was?«, fragte Marlene.

»Ich zeige es euch.«

Merten erhob sich und ging aus dem Haus. Wir folgten ihm.

Vor dem Boot blieb er stehen und deutete auf den Nebel, der sich langsam über dem Wasser zu bilden begann. »Dort hinten sind die Ebenen. Die sechs Wege nach Edden. Könnt ihr sie sehen?«

Ich kniff die Augen zusammen und starrte konzentriert in die angezeigte Richtung. Meine Schwestern traten neben mich, versuchten ebenfalls, in dem nahezu blickdichten Nebel etwas zu erkennen. Aber da war nichts.

Doch dann sah ich es. *Wir* sahen es. In unserer gemeinsamen Halluzination. Edden. Das Dorf mit den glitzernden Dächern. Hier war es wieder. Ein Kribbeln umfasste mich, und in mir erklang ein Ton. Er klang wie ein altes, schmutziges Rad aus Kupfer, das klopfte und quietschte, da es voller Rost war und an manchen Stellen nicht einmal mehr rund. Er schwoll in mir an. Verband sich mit den Tönen meiner Schwestern. Sie klangen anders. Ich konnte nicht spüren, wer zu welchem Ton gehörte. Aber diese Töne in mir, in uns, formten sich zu einem Gebilde, verstrickten sich wie Fäden, die wieder zueinanderfanden.

Die in der Abendsonne glitzernden Paläste der Schneehexen, die Geschwader der dunklen Sauger, die Armeen der Windreiter und die Wachtürme. Aber dahinter tat sich eine große schwarze Weite auf. Eine Dunkelheit, wie ich sie noch nie zuvor gesehen hatte, wie ein schwarzes Loch, das tief ins Universum reichte. Etwas bewegte sich darin.

»Was ist das?«, fragte Leo.

»Die Königin. Die Königin des Nachtvolkes«, sagte Merten. »Das ist der Grund, warum ich euch wegbringen ließ, das ist der Grund, warum wir alle abgelassen haben von unserer Suche.«

»Und was sollen wir tun?«

»Ihr seid die Einzigen, die das Tor kennen. Wenn sich die Schwarze Familie erhebt und ihre Pläne von der Neuen Ordnung weiterverfolgt, dann ist das, was ihr dort seht, das Einzige, was sie aufhalten kann. Vereinigt die Völker der vergessenen Schöpfung und besiegt die Königin! Führt die Rebellion an und bereitet die Invasion vor. Die Invasion gegen die Schwarze Familie! Bevor sich die Schwarze Familie gegen uns Menschen richtet.«

Meine Beine begannen zu wanken. Die Übelkeit kroch mit ihrer Faust aus meinem Magen und presste meine Kehle zusammen. Ich, die Wertlose, war auserwählt, eine der mächtigsten

Familien zu stürzen, deren Teil ich auf irgendeine Weise war. Wir vier Frauen, die einander vollkommen unbekannt waren, sollten das aufhalten, was Merten die Neue Ordnung nannte? Was machte sie so gefährlich? Was machte uns so stark? Diese Töne in uns? Die gemeinsamen zitternden Bilder?

Und was war diese schreckliche Dunkelheit dort?

Ich sehnte mich nach meinem Zimmer. Den Abläufen. Dem Lernen, Sehen und Siegen. Und nach Carlotta. Ihren kleinen Seifenstücken auf dem warmen Handtuch aus Frottee. Und ich sehnte mich nach der Leiterin, ihrem ewigen Lachen und ihren Grimassen und Gesten. In der Heilstätte hatte ich gewusst, dass ich aus der Welt gefallen war. Die Vertrauten um mich herum hatten das bezeugt. Ich war eine Wirtin gewesen, die nicht in die gewöhnliche Welt gepasst hatte. Aber jetzt? In dieser gewöhnlichen Welt merkte ich, dass sie sich in den letzten zwanzig Jahren verändert hatte. Alles hatte sich verändert, und niemand hatte es bemerkt. Weil alles im Schatten passierte?

»Ich werde jetzt gehen und nehme immer wieder Kontakt zu euch auf. Ihr könnt mir vertrauen. So, wie eure Väter mir vertraut haben. Lest in dem Tagebuch! Dort findet ihr genug Beweise dafür, dass ich einer von euch bin.«

Das Tagebuch? Es gab ein Tagebuch? Ich blickte meine Schwestern an und erkannte in Marlenes Gesicht, dass sie mehr wusste, als sie zugab.

Merten verabschiedete sich und ging hinter das Haus, wo er in ein zweites Boot stieg, mit dem er vorhin über den See gesetzt hatte.

Wir blickten ihm nach, als er im Osten verschwand. Rudernd. Noch einmal sah er zu uns, und dann verblasste er nach und nach in der Dunkelheit. Kurz bevor er uns allein ließ, hob er noch einmal die Hand zum Gruß.

Er, Merten, der Mann, der uns einst gerettet hatte, indem er uns voneinander trennte, und der uns jetzt erneut gerettet hatte, indem er uns wieder zusammenführte. Vier Mädchen, aus denen Frauen geworden waren, die sich gegen die gewöhnliche Welt erheben und dafür eine Welt betreten sollten, die durchflutet war von der Wahrheit der Natur, der Wahrheit der Schöpfung. Die Worte unserer Mutter klangen noch in meinen Ohren.

Vier Frauen. Dorothea, Marlene, Leonora. Und ich. Und als ich ihn hörte, war ich die Einzige, die ihren Blick von Merten abwandte und nach oben sah, zu ihm, dem Falken. Er war hier. War es mein Falke? War er mein neuer Vertrauter? Doch als mein Blick vom Himmel herunterfiel wie vorher die Sonne, da sah ich sie. Die kupferne Farbe auf der Haut, die smaragdgrünen Striche. Lya. Das musste Lya sein. Sie stand abseits von den anderen. Auch sie waren gekommen und hatten sich uns gezeigt. Jakob. Elias. Und Medora. Meine Medora. Mit den kleinen Schritten. Ihre Dienerin. Sie zeigte in das Tal, aus dem wir gestern heraufgekommen waren. Dort lagen die ersten Schleier. Der Abend hatte sie gebracht.

Es war eine Einbildung. Alles war eine Einbildung. Carlotta hatte recht gehabt. Sie hatte immer recht gehabt. Es gab keine Medora. Keine Lya, keinen Jakob und keinen Elias. Ich schüttelte den Kopf und brachte das holpernde, quietschende Rad in mir zu Fall. Jäh verstummte der krumme Ton, und die Welt in meinem Kopf kippte krachend nach vorn wie eine mittelalterliche Kutsche, die an einem Schlagloch hängen blieb.

Merten war verschwunden, und unsere Töne verstummten.

»Habt ihr das auch gesehen?«, fragte Leonora. »Habt ihr das gespürt und gehört? Diese Klänge überall? Aber jetzt, jetzt ist alles weg.«

Bevor meine Schwestern das Wort ergreifen konnten, trat ich nach vorn und senkte den Kopf. »Nichts. Ich habe nichts gesehen.«

»Du hast nichts gesehen?«, fragte Leonora und sah mich mit einem Mal auf eine abschätzige Weise an, die mich überraschte. Ich hatte sie mit ihren teuren Kleidern und ihren duftenden Haaren und lebenslustigen Augen immer als diejenige wahrgenommen, die von uns allen am besten mit der neuen Situation umgehen konnte. Sie war zwar immer bedacht darauf, ihre Schritte so zu wählen, dass ihre Schuhe nicht zu sehr in Mitleidenschaft gezogen wurden, hatte dies aber unterlassen, als wir in die Höhle gestiegen waren, um nach oben zu den Höhen zu gehen. Ein tiefes Seufzen war alles gewesen, was ich von ihr in der Dunkelheit gehört hatte. Und selbst als sie oben angekommen ihre schmutzige und zerrissene Kleidung betrachtet hatte – sie musste ein Vermögen gekostet haben –, war es wieder nur dieses Seufzen. Ich war Schmutz gewohnt, Leonora nicht. Aber ihre Gelassenheit hatte mir das Gefühl gegeben, dass wir uns vielleicht näher waren, als es von außen den Anschein hatte.

»Ich will das nicht mehr«, sagte Leonora unvermittelt, und ich sah, dass ihr Gesicht voller Tränen war. Unten beim Herrenhof schien sie noch vor Kraft zu sprühen. Ihre Energie hatte etwas von Lampenfieber, wie ich es mir vorstellte: Man verließ sein gewöhnliches Umfeld, betrat eine Bühne und stürzte sich kopfüber in ein Abenteuer, in das man sich fallen ließ mit der Gewissheit, am Ende die Bühne wieder verlassen zu können. Egal ob das Stück beim Publikum durchfiel oder nicht.

Leonoras Energie erinnerte mich an Wirtin Marie, wenn sie aus ihrem Zimmer in der Heilstätte getreten und mit ein paar Pirouetten durch den Flur geschwebt war. Aber so, wie Marie aus einem unerklärlichen Grund unter den kritischen Blicken ihrer Pflegerin plötzlich stehen geblieben war und mit verlorenen, doch durchaus wütenden Zügen über die Balustrade nach unten geblickt hatte, so war es auch bei Leonora. Irgendetwas hatte ihr gesagt, dass das Stück real war und dass sie diese Bühne nie wieder verlassen konnte. Und das feurige Lampenfieber war einem echten Fieber gewichen, das aggressiv in einer dunklen Ecke hockte.

Ich suchte ihre Augen, aber sie wich meinem Blick aus. Ihre Wut schien uns auf Distanz halten zu wollen. Mein erster Eindruck von Leonora als die Strahlende, Muntere von uns verkehrte sich gerade ins Gegenteil. Ihr gepflegtes Gesicht hatte alle Farben des Make-ups verloren und zeigte sich, wie es war: voll Sorgen und Kummer. Dort, wo das ständige Lächeln gewohnt hatte wie auf einer Dauerparty, klebte jetzt ein verzerrter Mund, der zerbrochen war am ständig fröhlichen Spiel.

Leonora hatte uns erzählt, dass sie eine Künstlerin mit internationalem Ruf und ihr Mann verstorben sei. Sie hatte von Elias erzählt, der alles wisse. Sie hatte ihn den »Auslöscher« genannt. Vor meinem geistigen Auge war Leonora mit ihrem Mann – groß gewachsen, mit Anzug und grauen Schläfen – durch mondäne Ballsäle geschwebt, hatte mit flammenden Reden Galerien eröffnet und mit einem stets erhobenen Champagnerglas auf wundervolle Gärten geblickt, hinter denen das Meer glitzerte und weiße Schiffe tanzten und auf sie warteten.

Ich verstand nichts von Kunst. Den inneren Drang, etwas schaffen zu müssen, die Reaktion des Publikums, das es rühmte oder darauf spuckte, das einen auf Händen trug oder mit Füßen trat, davon wusste ich nichts. Diese Welt war mir verborgen geblieben. Dennoch glaubte ich, in diesem Augenblick durch ihre Augen, die ich einen kurzen Moment doch gefunden hatte, in einen tiefen Abgrund zu blicken. Einen Abgrund, in dem die Dämonen einer großen Angst sie von innen zerfraßen. Sie hatte die Kunst zu ihrer Waffe, ihrer Stimme, ihrer Haltung gemacht. Jetzt spürte ich bei Leonora zum ersten Mal, dass wir Schwestern waren. Denn ohne ihre Kunst hätte sie sich im selben Erdloch wiedergefunden wie ich.

»Was hätte ich sehen sollen?«, fragte ich leise und versuchte so, Leonora ein Seil hinzuwerfen, an dem sie sich wieder aus dem Abgrund ziehen konnte. Und tatsächlich griff sie danach, suchte ihre Haltung und fand ihre Schönheit wieder – ganz so, als würde sie eine Maske aufsetzen.

»Ach, nichts. Diese Bilder in meinem Kopf. Ich muss nur wieder meine Medikamente nehmen, und … ich hoffe, dass wir bald wieder hier weg sind.«

»Wir kommen hier nicht weg«, sagte Marlene. »Wir können hier nicht weg. Du hast doch gehört, was Merten gesagt hat.«

»Das ist doch absoluter Irrsinn. Ich bin hierhergekommen, weil ich mich von Mutter – meiner leiblichen Mutter – verabschieden wollte. Aber doch nicht, um gegen Schwarze Familien und Nachtvölker zu kämpfen«, sagte Leonora.

»Und die Neue Ordnung?«, fragte Marlene. In ihrer Stimme klang die herausfordernde Sicherheit jener Staatsanwältin, die sie gewesen war, bevor sie den Halt verloren hatte.

»Das wird ja immer besser. Die Neue Ordnung. Wenn uns jemand sehen und hören könnte, der würde sich doch an den Kopf greifen. Das ist Irrsinn. Alles Irrsinn.«

»Wir sind ja auch wahnsinnig«, sagte Dorothea, die sich seit dem Verschwinden von Merten im Hintergrund gehalten hatte.

Stille.

Leonora wandte sich von uns ab. Ich beobachtete, wie sie sich umsah, als würde sie einen Weg suchen, der sie von hier wegbringen würde.

Vor uns standen die großen Nadelbäume. Dazwischen hatten verschiedenen Arten von Laubbäumen längst ihre Blätter im Wind der Berge verloren. Zwischen den Bäumen stand unsere kleine Hütte, unser Zuhause, in dem wir Zuflucht gefunden hatten. Kerzenschein kämpfte mit der Finsternis in dem Gebäude. Obwohl wir vor der Hütte standen, knarrten die Dielen. Sie schienen sich erst an die neuen Gäste gewöhnen zu müssen.

Als Leonoras Blick auf das Holzboot fiel, das angeleint an einem schmalen, steil abfallenden felsigen Ufer auf dem Wasser schaukelte, ahnte ich, was sie dachte. Sie folgte den Wellen, die wie ein Trichter die letzte Fahrt von Merten auf das Wasser zeichneten und nach und nach verschwanden. Er war ebenfalls mit dem Boot gekommen. Er musste es auf der anderen Seite gefunden haben, vermutlich unter den tiefen Ästen der Tannen, die gleich hinter dem Ufer die beiden Wege nach Tannenfall aufnahmen.

Plante Leonora tatsächlich ihre Flucht? Ich blickte zum schmalen Weg hinter dem Ufer. Er führte zurück zum Pfaffensattel, über das Stuhleck. Der Weg verblasste im schwachen Mondlicht und verlor sich in der weiten schwarzen Stille einer schneebedeckten Alm. Leonora hätte aber auch in die andere Richtung laufen können. Zu den Windrädern. Über das eisige Moos, den sonst weichen Boden, der jetzt gefroren war und sich in ein knirschendes Meer verwandelt hatte, in das man immer wieder stürzen konnte, wenn man die Schritte nicht kannte. Oder sie traf dort, wo der Weg sich an den Tannen verzweigte, die Entscheidung, hinauf zu diesem dunklen Pass zu gehen, den man in der Dunkelheit zwar nicht sah, dessen Anwesenheit man aber spürte. Und ich war mir sicher, dass selbst der Schnee an dieser Stelle eine andere Richtung einschlug, wenn er vom Himmel fiel.

Aber wie weit würde sie kommen? Es war Nacht! Sie würde sich verlaufen oder abstürzen. Der Weg vom Stuhleck zur Teichalm war wie das Rückgrat eines riesigen Wals, an dessen einer Seite tiefe Gräben wie Rippenbögen in das Tal führten, aus dem wir übergesetzt hatten, um auf die Höhen zu gelangen. Dort, wo auch Edden lag, dieses leuchtende unbekannte Kleinod.

»Ich bin nicht wahnsinnig«, sagte Leonora plötzlich. Vermutlich hatte sie soeben begriffen, dass eine Flucht in der nächtlichen Finsternis und der Kälte des Winters lebensgefährlich war. Und dabei dachte ich noch gar nicht an die Tiere, die in dieser dunklen Stille hinterhältig auf ihre Opfer warteten.

»Aber du hast doch selbst gesagt, dass du es gehört hast. Diese Töne, das Zirpen, Scharren, Ächzen. Oder?«

»Nichts. Wie Greta. Ich habe nichts gehört. Und ich bin auch nicht wahnsinnig«, sagte Leonora und begann, auf und ab zu gehen wie eine Löwin in einem zu engen Gehege.

»Wir alle haben sie gespürt, die andere Welt«, sagte Dorothea. »Wir alle haben diese Verbindungen in uns gefühlt. Dass sie jetzt weg sind, heißt nicht, dass sie nicht da waren.«

Ich fand in Marlenes Augen für einen Moment die Augen meiner kleinen Schwester. Sie hatte erzählt, dass sie als Staatsanwältin gegen das Spektrum gekämpft hatte. Eine Art Organisation eines Pharmakonzerns, die Mädchen und Frauen entführte, um an ihnen Experimente durchzuführen. Am Ende war sie gescheitert und selbst ein Opfer geworden. Ob das Spektrum tatsächlich aufgelöst würde? Merten hatte es gesagt. Dorothea hatte den Mut gehabt, sich dagegen zu erheben. Ich blickte zu ihr. Sie stand hinter Marlene. Sie hatte sich schuldig gemacht, da sie ihrer Neugier gefolgt war. Wie unsere Mutter. Sie war zu weit gegangen und wollte am Ende alles korrigieren. Hatte sie außer ihren eigenen Schwestern sonst noch jemanden retten können? Oder hatte sie allen den Tod gebracht? Im weißen Kittel, im Dienst der Wissenschaft, mit hochgesteckten Haaren? War der Tod auch in die Versuchslabors der italienischen Alpen gekommen? Kannte sie ihn? So wie ich?

»Ich will wieder nach Hause«, klagte Leonora.

»Du kannst nicht so einfach gehen«, sagte Dorothea und suchte bei Marlene und mir nach Zustimmung.

»Doch, kann ich. Sieh uns an! Wie wir aussehen! Wir haben hier nichts. Wir haben heute Fisch gegessen, den Greta mit der Hand gefangen hat. Wir haben nichts. Wir können hier nicht bleiben. Ich kann hier jedenfalls nicht bleiben.«

»Merten hat doch gesagt, dass er uns etwas bringt. Essen, Kleidung …«, sagte ich leise und ließ meine Stimme am Ende immer leiser werden.

»Dieser alte Mann. Der konnte sich doch kaum mehr selbst auf den Beinen halten.«

»Aber warum bist du dann mit uns gekommen? Statt dich in deinen Porsche zu setzen und dorthin zu fahren, wo du hergekommen bist«, sagte Marlene wütend, und auf ihrer Wange zitterte eine Träne.

»Ihr wart doch dabei. Es ging alles so schnell. Wir haben einen Mann getötet. Deinen Mann. Was hätte ich denn tun sollen? Natürlich bin ich mit euch mitgekommen.«

»Und jetzt willst du abhauen? Jetzt lässt du uns allein, nach all dem, was wir erfahren haben?«, fragte Marlene.

»Du glaubst das alles doch selbst nicht, oder?«

Stille. Ein ferner Wind zog rauschend durch ein Tal.

»Glaubt ihr es denn?« Leonora schaute uns an. Eine nach der anderen.

»Was siehst du?«, fragte Dorothea und blickte in Richtung der weiten Bergketten, die in der Ferne die Dunkelheit im Süden erwarteten.

»Ich sehe nichts. Ein kaltes, feuchtes, windiges Nichts.«

»Sieh genau hin! Der Mond erhellt ihre Gipfel. Siehst du sie?«

Wir blickten alle dorthin, wohin Dorotheas Arm zeigte. Und tatsächlich. Es war, als würde man in der Mitte einer verschlossenen Muschel sitzen und von innen auf den Rand blicken, der wie ein leicht geöffneter, welliger Mund offen stand. Es sah aus wie ein leuchtender Faden, der sich in Zacken über den Horizont legte.

»Und wie weit kannst du gehen? Wie weit kommst du? Zu diesem Gipfel dort: Kannst du dorthin gehen?«, fragte Dorothea.

»Natürlich kann ich das.«

»Und dort? Was ist dort? Kannst du dort den Arm hochstrecken, wenn du auf dem Gipfel stehst, und den Himmel berühren?«

Leonora runzelte die Stirn. Sie wunderte sich anscheinend über Dorotheas Wortwahl.

»Wenn ich will, dann kann ich auch das«, sagte sie, und ich spürte eine wilde Entschlossenheit in ihr, die sie vermutlich für ihre Werke nutzte.

»Aber wir sollten es nicht tun«, sagte Dorothea und senkte ihre Stimme.

»Und warum nicht? Willst du mich aufhalten?«

»Weil wir unfrei sind. Noch. Merten hat uns gesagt, dass wir hierbleiben sollen. Wir sollten achtgeben, dass uns die Schwarze Familie hier nicht findet.«

Ich bemerkte den Ton, mit dem Dorothea den Ausdruck »Schwarze Familie« einfärbte.

»Die Schwarze Familie. Das ist doch alles ein Hirngespinst«, sagte Leonora mit künstlichem Lachen.

»Der Angriff im Herrenhof? Die Falle, der wir nur durch Glück entkommen sind?«

Ich dachte an das Wahngebilde unserer Mutter. Der starke Geruch dieser Kräuter hatte diese Bilder des Panoptikums ausgelöst und unsere Widersacher kurz in Schach gehalten.

Leonora wandte sich von Dorothea ab und sah in Richtung Norden, wo die Nacht selbst die Sterne verschluckt hatte.

»Du kennst sie doch am besten, diese Schwarze Familie. Und Marlene. Wenn wir hier unvorsichtig herumlaufen, was wird dann geschehen? Sie werden uns doch finden.«

»Die Schwarze Familie ist wie ein System. Ein für uns unsichtbares System. Es geht darum, ob wir in diesem System mitspielen oder nicht«, sagte Dorothea.

»Ich verstehe nicht, was du meinst«, sagte Leonora.

»Ich nehme nochmals das Beispiel mit dem Gipfel dort. Wenn dir jemand sagt, du sollst nicht auf den Gipfel dort gehen, und du tust, was man dir sagt, dann folgst du den Regeln dieses Systems. Du machst dich selbst unfrei – und das, obwohl dich niemand hier ankettet.«

»Soll ich jetzt gehen oder nicht?«, fragte Leonora, und ich spürte, dass sie immer wütender wurde. Sicher auch, da der Hunger und die Erschöpfung an ihr nagten wie an uns.

»Wir haben einen von ihnen umgebracht«, sagte ich so leise, dass ich mich kaum selbst hörte. »Wir würden im Gefängnis landen.«

Dorothea lachte. »Frag doch Marlene, wie in der westlichen Welt mit Gesetzen umgegangen wird! Kommt der Mörder ins Gefängnis oder der, der sich ins Gefängnis sperren lässt?«

»Ich weiß nicht, was du mir sagen willst«, erwiderte Leonora und presste ihre Lippen zusammen.

»Wir alle haben das Blut der Khalbergs in uns«, antwortete Dorothea. »Glaubst du, dass man uns jemals in ein Gefängnis steckt?«

Ich sah zum Gipfel, den Dorothea immer erwähnte, und stellte mir vor, wie ich dort oben stand und versuchte, mit ausgestreckter Hand den schwarzen Himmel zu berühren.

»Wir haben uns selbst unserer Freiheit beraubt. Dabei können wir doch über unseren Geist und unseren Körper verfügen. Wir lassen es nur nicht mehr zu. Wir sind nicht mehr frei, weil wir unseren Wahnsinn nicht zulassen.«

»Stopp, stopp, stopp!«, rief Leonora aufgebracht. »Du willst, dass wir tun, was der alte Narr von uns verlangt? Uns verbinden und Völker da draußen vereinen – Völker, die keiner sieht, weil es sie nicht gibt –, um damit die Neue Ordnung der Schwarzen Familie zu verhindern? Du glaubst das wirklich?«

Ein Schauer lief mir über den Rücken. *Wahnsinn.* Hier oben klang dieses Wort auf einmal so anders. So kraftvoll und … gefährlich.

»Ich bin nicht wahnsinnig. Ich habe Epilepsie«, sagte ich leise und wiederholte mich, als meine Schwestern mich verdutzt ansahen.

»Medora war genauso dort oben und hat sich gegen die Wölfe gestellt wie Elias, Jakob und Lya. Du bist genauso wahnsinnig wie wir alle.«

Ich schüttelte den Kopf.

»Wir müssen es zulassen. Wir müssen unserem Wahnsinn den nötigen Raum geben. Wahnsinnig heißt nicht, dass wir den Verstand verloren haben. Nur sind wir in der Lage, uns dem zu öffnen, was andere als nicht real abtun. Der Wahn – die Welt unserer Halluzinationen – ist wie ein siebter Sinn. Unsere spezielle Fähigkeit.«

Mir wurde kalt.

»Und was willst du jetzt tun?«, fragte ich Dorothea mit einem bangen Gefühl.

»Ich will frei sein. Ich will dort oben auf dem Gipfel stehen und den Himmel berühren. Ich will jenes Tannenfall sehen, von dem Marlene erzählt hat. Ich will den Königsweg sehen. Und diese verdammte Familie stürzen.«

»Du machst mir Angst«, sagte ich.

»Freiheit macht dir Angst? Was ist mit deiner Heldin, dieser Herzogin, wie heißt sie noch?«

»Gertrud von Babenberg.«

»War sie frei? Bewunderst du sie dafür? Ist das der Grund, warum du wieder und wieder alles über sie wissen willst, weil du dich in ihr suchst? Dabei suchst du deine eigene Freiheit.«

»Gertrud von Babenberg starb am Wahnsinn in einem Klarissenkloster im Jahre 1288. Mit ihr endete die Dynastie der Babenberger, weil sie eine Frau war und kein Mann. Sie hatte alles verloren. Ihr Volk, ihr Reich. Sie war alles andere als frei.«

»Aber du glaubst es nicht. Dabei kennst du die Welt des Wahns genauso wie sie. Das ist die Verbindung. Du weißt, dass es der Wahn ist, der dich befreien wird, weil nur er die Fesseln löst.«

»Das ist absurd. Ich bin nicht wahnsinnig!«, schrie ich und wandte mich von Dorothea ab.

»Du bist es. Ich bin es. Wir alle sind es. Aber wir lassen es nicht zu. Wir haben hier noch niemanden von ihnen gesehen – und doch fürchten wir uns vor ihnen und vor ihrer Rache für Paul. Nicht die Schwarze Familie ist unser Gegner. Unsere eigene Angst ist es. Unsere Angst vor der wahren Freiheit. Der wahren Welt. Der *wesentlichen* Welt.«

»Das ist mir zu viel. Ich muss erst mal versuchen zu schlafen«, sagte Leonora und sah zur Hütte. »Ach! Wir haben keine Betten, keine Klamotten, nichts zum Essen. Aber wir sind frei. Und unser Wahnsinn ist in Wirklichkeit unsere Superheldenkraft. Großes Kino! Nein, meine Lieben. Morgen, wenn es hell wird, gehe ich nach unten. Es gibt Anwälte da draußen und so etwas wie ein Rechtssystem. Auch wenn du nicht mehr daran glaubst, Marlene: Ich tue es. Vielleicht warst du auch nur mit den falschen Menschen im Bett.« Mit diesen Worten drehte Leonora sich um und ging in die Hütte.

Ich blickte ihr nach. Dorothea umarmte Marlene und drückte sie fest an sich.

»Ich habe einen Mann kennengelernt, als ich hergekommen bin«, sagte ich. »Hermann. Er lebt in Spital am Semmering. Dort unten. Ich könnte am Morgen hinunter zu ihm. Vielleicht hilft er uns. Er war nett. Seine Frau ist krank, sie hat … ich meine … vielleicht hat er Kleider für uns und etwas zu essen.«

»Das ist viel zu gefährlich. Wir müssen tun, was Merten gesagt hat. Und nichts anderes«, sagte Dorothea.

»Vielleicht sollten wir jetzt alle versuchen zu schlafen. Und morgen sehen wir weiter«, sagte Marlene.

Wir blickten sie nur an und schwiegen. Sie hatte recht. Und auch, wenn der klamme Boden in der Hütte hart war und wir nichts hatten, womit wir uns wärmen konnten, mussten wir schlafen.

Wir folgten ihr ins Haus. Sie strich mit dem Fuß über eine Stelle im Wohnraum, an der wir unser Nachtlager aufschlagen konnten. Sie legte sich hin und bettete ihren Kopf auf einen Arm. Dorothea legte sich neben sie und rückte ihren Körper dicht an den von Marlene. Sie umarmte ihre Schwester, so würde nicht alle Körperwärme in den kalten Raum entweichen.

Ich war die Nächste. Ich zögerte ein wenig, legte mich aber dann vor Marlene, damit sie auch von der vorderen Seite geschützt war. Als ich ihren Arm an meiner Schulter spürte, nahm ich ihre kalte Hand, zog sie zu mir und hielt sie ganz fest. Ich wusste nicht, warum, aber mit einem Mal begann ich zu weinen. Still, sodass die anderen es kaum hörten, aber ich weinte, und die warmen Tränen flossen über meine eiskalte Haut. Ich wusste nicht, ob es mein Schluchzen war, das Leonora überzeugte, sich zu uns zu legen, zu mir. Ich umarmte sie so fest, wie Marlene mich umarmte, und ich drückte sie zu mir und flüsterte ihr ins Ohr, dass alles gut werden würde, alles, und ich war mir sicher, dass auch sie weinte.

Der kalte Rauch der Küche kroch in unser klammes Schlaflager, und während draußen der See still gurgelte und die Wälder raunten und der Wind rauschte, flüsterte mir Marlene ins Ohr: »Hörst du sie? Ihre Klänge? Ihre Rhythmen?«

Sie meinte »die Sprache der Natur«, wie sie die Klänge genannt hatte. Und tatsächlich spürte ich das Rauschen des Wassers tief in mir, als wäre es mein Blut. Und bei diesem Rauschen, den Geräuschen der Welt da draußen, die uns so unbekannt war, sank ich in einen tiefen, wenn auch nur kurzen Traum.

Es war ein viel zu warmer Oktobermorgen. Nebel hing zwischen den wuchtigen Eichen vor meiner Terrasse. Ein Schwarm früher Gänse zog über den feuchten Himmel. Der entschlossene Flügelschlag eines Falken erschreckte mich. Ich folgte ihm mit meinen Blicken, wie er über den französischen Park hinauf zum Gartenhaus flog. Ich hielt den Atem an. Stand dort oben jemand? Eine Pflegerin mit ihrer Patientin? Um diese Uhrzeit?

Ich stand auf und ging zum Terrassengeländer aus mattem, geschwungenem Schmiedeeisen. Vorsichtig beugte ich mich vor und trat dabei auf die wackelige Steinplatte ... sah zu dem zweistöckigen Gebäude, das oberhalb von vier Stufenterrassen lag ... Es war tatsächlich sie. Ich erkannte sie an ihrem luftigen, faltigen Rock mit den großen Schmetterlingen und Vögeln und ihren Stöckelschuhen aus blauem Leder mit Blumenmuster und einer kleinen roten Rose an der Schnalle.

Eine Schwere verengte meine Brust, als ich erkannte, dass sie mit jemandem sprach. Es war ein Mann, ein großer, vielleicht alter Mann. Sie schrie, und er – mir stockte der Atem – stieß sie mit einem Mal so kräftig von sich, dass sie mit dem Rücken zu Boden fiel. Ich fasste mit der Hand vor meinen Mund und wollte ihr schon zu Hilfe eilen. Aber bevor ich mich's versah, stand sie wieder auf den Beinen, und der Mann schien verschwunden. Sie säuberte mit der Hand ihr Kleid, und ich bemerkte, wie sie ihre Fassung suchte. Und da: Sah sie zu mir? Hatte sie mich entdeckt?

Schritte. Sie kam vom Hügel herunter. Sie kam auf mich zu. Ich schloss die Augen. Ihre Schritte. Ihr Atem. Ihr Husten. Sie hustete? Ich riss die Augen auf. Mein Herz schlug wie wild. War sie krank?

»Du hast sie gesehen?«, fragte Carlotta und zog die Wolldecke über meine Schulter, damit ich mich im Zug des heimtückischen Oktoberwindes nicht erkältete.

»Hast du sie gesehen?«, fragte Carlotta immer lauter. »Hast du sie gesehen? Die Vögel? Es sind so viele. Schau! Dort! Dort sind sie!« Ihre Stimme wurde immer lauter.

»Was hast du nur zu uns gebracht?«, schrie sie plötzlich so laut, dass ich hochschreckte und in Dorotheas verdutztes Gesicht starrte.

»Was ist los?«, fragte ich und sah, wie Carlottas Gesicht, das sich im Traum über mich gebeugt hatte, hinter Dorotheas verschwand.

Dorothea nickte in Richtung Fenster. »Da draußen. Die Vögel. Ich bin davon aufgewacht.«

Ich löste mich von den Armen meiner beiden anderen Schwestern. Sie schliefen noch. Vorsichtig stieg ich über ihre zusammengekauerten Körper und blickte durch das kleine Fenster nach draußen. Tatsächlich. Ein großer Schwarm schwarzer Vögel schwebte wie eine Wolke über den Tannen, die am Rande des Seeufers standen. Sie waren ein wenig größer als Krähen, vermutlich Bergdohlen. Aber es waren viele. Vielleicht fünfzig. Ein paar von ihnen stoben immer wieder in die Höhe, als würde der Wind, der vom Tal nach oben schwappte, sie erfassen.

»Was ist das?«, fragte mich Dorothea und sah zu dem seltsamen Schwarm dunkler Vögel, die wie Fliegen über totem Fleisch …

Ich blickte zu ihr. Wir wussten, dass wir dasselbe dachten. Merten!

Wir setzten über den See und erreichten mit wenigen Ruderschlägen das Ufer. Die Kälte des Morgens erfasste mich, und ich hatte Mühe, zu sprechen, da meine Zähne so stark aneinanderschlugen. Als das Boot ans Ufer krachte, sprang ich hinaus und lief zu den Tannen. Der gefrorene Boden knirschte unter meinen Schuhen. Dort sah ich ihn. Zusammengebrochen. Ich blieb stehen, fasste mit der Hand zum Mund und zögerte, den Toten zu berühren. Alter Schnee lag auf seinem Mantel. War er wirklich tot? Ich hatte Angst, das Blut zu sehen, das aus seinem Mund kam. *Es begann immer gleich.* Hatte er gehustet? Hatte er Fieber gehabt? Ich versuchte, mich zu erinnern, ob seine Haut geglänzt hatte.

»Er lebt! Wir müssen ihn ins Haus bringen! Er glüht und bekommt kaum Luft.«

Es beginnt immer gleich. Zuerst Husten. Dann das Blut. Und mit dem Fieber kommt die Atemnot. Als hätte jemand die Zahl der Luftzüge begrenzt.

Ich trat zurück. Sie war hier, die große Krankheit. Sie war hier. Sie hatte uns gefunden.

»Jetzt hilf mir! Ich kann ihn nicht allein tragen«, schrie Dorothea.

Ich folgte ihr, stolperte wie betäubt vor mich hin, versuchte, mit meinen krummen Händen zu helfen, zerrte an ihm, hob ihn an wie in Zeitlupe. Dorothea wies mich immer wieder an, richtig zuzupacken, doch ich konnte nicht. Schließlich zog sie ihn allein ins Boot.

Wir ruderten zurück. Wie Fährfrauen des Todes, der alte Mann zwischen uns, der bleiche Morgenhimmel mit dem unheimlichen Vogelschwarm über uns. Und dann: Leonora und Marlene. Sie standen an der Tür des Haues. Sie schrien. Folgten Dorotheas Befehlen. Die Vögel schrien. Die ersten Falken. Ich hörte sie.

Meine Schwestern trugen ihn ins Haus. Legten ihn dorthin, wo wir geschlafen, wo wir uns umarmt hatten.

»Ich hole Hilfe«, sagte ich und stand an der Tür. »Es tut mir leid, es ist meine Schuld. Aber ich mache es wieder gut. Ich hole Hilfe. Essen. Etwas zu essen. Und Decken und Kleider. Kleider. Schöne Kleider.«

Niemand hörte mich. Meine Stimme war verschwunden, erstickt unter den Rufen der Falken. Und so stieg ich von meinen Schwestern unbemerkt ins Boot zurück und ruderte leise ans andere Ufer. Als ich dort angekommen war, kletterte ich hinaus und stieß mit dem Ruder kräftig das Boot an, in der Hoffnung, dass es wieder zurücktreiben würde zum Haus. Sie mussten fliehen können, wenn das Fieber auch zu ihnen kam, sie mussten fliehen können, wenn ich es nicht schaffen würde, rechtzeitig zurückzukehren.

Ich blickte zu den Pfaden, die sich an den Tannen teilten. Ins Tal. Nach Spital am Semmering. Ich musste Hermann finden. Er konnte mir sicher helfen. So, wie er seiner Frau sicher hatte helfen können. Ich musste ihn finden, bevor meine Schwestern begriffen, was ich zu ihnen gebracht hatte.

DRITTE AUFZEICHNUNG

»Was ist es, das den
Menschen zu Fall bringt?«
»Das, was wir zu wissen
glauben, ist das Gefährliche.«
»Und du kennst die Wahrheit?«
»Nein. Nur Greta kennt sie.«

Auf meinem Weg ins Tal blickte ich noch einmal zum Pass hinauf, der hinter einer Wand aus Bäumen verschwand. Die Sonne stand über Tannenfall wie ein glühender Leuchtturm, und ich hatte das Gefühl, als würde ich den riesigen Rücken eines steinernen Ungeheuers hinabklettern. Meine eiskalten Schuhe trugen mich scheinbar sicher über das wellige Meer aus Wurzeln, das über den Boden schwappte. Dennoch hatte ich Mühe, nicht darauf auszurutschen. Doch je tiefer ich stieg, desto mehr verschwand die Kälte, und ich freute mich, als ich meine Zehen wieder bewegen konnte. Dennoch war der Abstieg anstrengender als erwartet, denn jetzt wurde es immer wärmer. Als würde ich in eine große Wanne aus heißer Luft tauchen. Wo ich vorher fror, so begann ich nun zu schwitzen.

Immer wieder glaubte ich, die Dächer von Häusern zu sehen, aber ich irrte mich. Erst nachdem die Sonne sich eine Handbreite weiter nach Westen geschoben hatte, gelangte ich auf eine Lichtung, wo sich zwei Wege vereinten. Der eine, den ich gegangen war, kroch aus zwei schroffen Bergbacken hervor, die mich bei meinem Abstieg bewacht hatten. Der andere führte in ein flacheres Land, wo verfallene Villen bei einer Futterkrippe für Rehe warteten. Ich hatte sie von der Bärenmauer auf der anderen Seite des Tals gesehen. Wollte ich ins Dorf, musste ich nur meinen Weg fortsetzen, den beschwerlichen, der aber immerhin durch die Schatten führte. Ich erhoffte darin ein wenig Abkühlung, doch vergebens.

Ich machte eine kurze Rast und sah nach oben. War es richtig, meine Schwestern mit dem alten Narren allein zu lassen? Die große Krankheit wütete bereits ihn ihm, und ihm würde nicht mehr viel Zeit bleiben. Ich hatte seine Atemzüge nicht gezählt, aber ich glaubte nicht, dass er bei meiner Rückkehr noch leben würde. Natürlich war es verrückt, einfach loszulaufen und einen Fremden um Hilfe zu bitten. Aber sie war da, die Krankheit, und ich konnte doch nicht hilflos zusehen, wie sie alles verschlang.

Hermann Rosenthal. Was hatte er gedacht, als er ins Auto gestiegen war? Hatte er gezögert, als er mich gesehen hatte? Hatte er den Schmutz unter meinen Nägeln gesehen? Ich hatte seinen gesehen. Wir hatten uns gut verstanden, nachdem er zu mir ins Auto gestiegen war. Und ich hatte ihn nur mitgenommen, weil ich mir sicher gewesen war, ihm vertrauen zu können. Woher kamen dieses Vertrauen und das gegenseitige Verständnis? Lag es an dem Schweigen, das uns beide umgab? Die Abgewandtheit von der Welt? Er kämpfte um das Leben seiner Frau, mit all seiner Kraft. Hatte er auch begonnen, ihre Atemzüge zu zählen?

Als wir über den Pass auf den Semmering gefahren waren und die ersten leer stehenden Villen gesehen hatten, hatte er mir erzählt, dass er Angst hatte, seine Frau könnte tagelang und von ihm unbemerkt tot im Bett liegen, da er in eine andere Welt entrückt war, die er in einem Buch über das Mittelalter betreten hatte. Er hatte mir erzählt, dass er dort etwas gesucht hatte. Etwas, was alles verändern würde. Die Heilung gegen die große Krankheit. Er habe immer zu seiner Frau gesagt, dass alles gut werden würde. Erst wenn ihr Atem langsam versiegen würde, kämen die Tränen, denn dann müsste er sich eingestehen, dass seine Suche erfolglos war.

Hatte er das gesagt? Oder hatte ich mir das alles nur zurechtgelegt? Ich wusste es nicht mehr.

Ich hatte den Wagen über den Pass nach Spital am Semmering gelenkt, wo er in einem Seitental in einem kleinen Dorf lebte. Er hatte mir erzählt, dass kaum jemand davon wusste. Und bald würde auch das Dorf verschwinden, da nur noch wenige Menschen dort lebten. Er war in jungen Jahren mit seiner Frau dorthin gezogen, um Künstler zu werden. Aber gefunden habe er nicht die Kunst, sondern die Wahrheit über sein eigenes Unvermögen. Seine Frau habe sein Leid nicht mit ansehen können. Also habe sie sich in den Krebs geflüchtet.

Für ihn war es aber nicht der Krebs. Für ihn war es die »große Krankheit«. Er wusste, dass sie es war, davon war ich überzeugt.

Ich hatte ihm wenig von mir erzählt. Nur, dass ich ihn verstehen konnte, dass ich wüsste, was Verlust bedeutete und welcher heimliche Ruf vom Mittelalter ausging. Er hatte mir vom Hospital erzählt. Es habe dem Ort Spital am Semmering seinen Namen gegeben. Aber vieles, was man darüber zu wissen glaubte, stimme nicht. Hatte er gehustet, als er am Rande des Dorfes ausgestiegen war? Ich hatte in die kleine, schmale Straße hineingeblickt. Hatte ich beobachtet, in welchem Haus er verschwand?

Die Sonne brannte über mir. Das war unmöglich. Als würde der Sommer mit einem Wimpernschlag den Winter verscheuchen. Unmöglich. Oder war ich schon so lange unterwegs? Nein. Ich sah das Dorf, in dem ich ihn hatte aussteigen lassen. Es sah von hier anders aus. Dort, wo früher der zähe Nebel zwischen dem Regen gehangen hatte, flimmerte jetzt die Luft. Und auch als ich mit meinen Schwestern durch das Tal gezogen war, war es in Dunkelheit getaucht gewesen und hatte den Geruch von altem, feuchtem Holz in den leeren Gassen versteckt. Ich fühlte ein Unbehagen. Je näher ich dem Dorf kam, desto mehr spürte ich die Angst.

Irgendetwas stimmte nicht. Auf dem Weg von der Insel ins Tal hatte ich nichts Verdächtiges bemerkt. Kein Blitzen, das die Sonne im Fernglas eines Jägers erzeugte, keine Stimmen, keine Schritte, die mich verfolgten. Es war still. Fürchterlich still. Nur mein tiefer Atem begleitete mich. Und die Hitze.

Ich dachte an Mertens Warnung. Die Schwarze Familie. Die Neue Ordnung. War ich zu unvorsichtig? Eine Irre, die durch die Wälder lief? Aber wer würde denken, dass ich eine von ihnen war, eine von den Schwestern?

Etwas bewegte sich hinter mir. Ich spürte es. Ich drehte den Kopf, sah aber nichts. Doch. Nur den Falken über mir. War es der, der die Dohlen gejagt hatte? Er stand ruhig dort oben. Seine Flügel rüttelten kaum sichtbar in der aufgeheizten Luft. Ich dachte an die Heilstätte. An das Siegen. An meinen Falken und die Beizjagd.

Dann sah ich den Hirsch. Er kam aus dem Wald. Langsam. Konnte kaum laufen. Seine Beine krampften, und er trug sein Haupt seltsam schief. Das Geweih war an einer Stelle abgebrochen. Es war ein schrecklicher Anblick. Das kranke Tier war früher sicher groß und mächtig gewesen, aber was nun dort mit dem Tod kämpfte, war abscheulich und bedrohlich. Es wirkte, als würde der Hirsch an unsichtbaren Fäden gezogen, die seine Glieder immer wieder zuckend nach vorne bewegten. Hätte ich geträumt, so hätte ich dieses Wesen für eine untote Schreckensgestalt gehalten. Ich dachte an die Legende. An die Legende der weißen Hirsche. Dieser Hirsch war nicht weiß. Oder doch. Hinter dem Schmutz, der Erde, den Blättern auf seinem Fell leuchtete das Weiß, wie ein versunkener Schatz auf dem Grund eines dunklen Gewässers. *Ein Jahr.* Nach dem Tod eines weißen Hirsches blieb dem Jäger noch ein Jahr zu leben. Ich hatte es gelesen. Aber es war kein Jäger. Es war ich. Ich wusste, dass es die große Krankheit war, die er in sich trug. Sie hatte zugeschlagen. Aus ihrem Versteck heraus. Wie eine Schlange hatte sie den Hirsch angesprungen, ihn vergiftet.

Plötzlich bewegten seine Beine sich schneller, hektischer. Und er kam direkt auf mich zugelaufen. Immer wieder knickte er vorne ein und krachte schnaubend in die Erde, doch eine verborgene Wut trieb ihn an, und er schob seinen verzerrten Unterkiefer geifernd nach vorn, hievte sich wieder hoch und steuerte mit den gesenkten Resten seines zerbrochenen Geweihs auf mich zu. Als ich seine leeren, fürchterlichen Augen sah, begann ich zu rennen. Das Tier benahm sich, als wäre es tollwütig. Ich lief ins Dorf und steuerte auf das erste Haus zu. Glücklicherweise war es unversperrt. Ich tauchte in eine dunkle, noch stickigere Wärme und schloss die Tür, lehnte mich mit dem Rücken dagegen.

»Hallo?«, rief ich in die Dunkelheit. Schließlich war ich in ein fremdes Haus eingedrungen. Ich hielt den Atem an. Hörte ich etwas? Ein Husten? Draußen? Dort: ein Schatten hinter den vernagelten Fenstern! Dem Schatten nach zu urteilen, war der Hirsch deutlich größer. Er musste mich überragen. Ich hielt weiter den Atem an. So lange, bis sich der fremde Atem in mir wieder aufrichtete. Würde der Hirsch mich wittern? Ich suchte in der Dunkelheit nach einer Art Waffe, mit der ich mich im Notfall gegen das Tier wehren konnte. Aber außer den verborgenen Schatten von Rehtrophäen fand ich nichts. Langsam schleppte sich der Hirsch durch das Dorf. Ich hörte das leise Röcheln seiner Lungen, das Schleifen seiner Hufe. Und dann … war es wieder still.

War er weg?

Ich wartete, zählte. Bis hundert. Vorsichtig schob ich meinen Kopf nach draußen. Der Hirsch war verschwunden. Ich war erleichtert. Ich muss trotzdem auf der Hut sein, dachte ich und schlüpfte aus meinem Versteck nach draußen. Der Himmel leuchtete in einem seltsamen Gelb, und vor meinen Augen verschwamm immer mehr die Welt. Die Hitze war unerträglich. Ich musste weiter. Zu Hermann. Aber wo wohnte er? Würde ich sein Haus finden? Gab es Spuren? Oder ein Geräusch? Husten?

Wieder horchte ich. Nichts. Wieder nichts.

Kein Geräusch. Mir schauderte. Ich dachte an die Stille, als ich in das Dorf hinabgestiegen war. Hatte ich etwas gesehen? Ja, den Falken. Und den Hirsch. Mehr nicht. Ich versuchte, mich zu erinnern. Konnte ich mich an das Gezwitscher von Vögeln erinnern? Oder hatte ich beim Überqueren der Wiese Bienen, Wespen und Schmetterlinge gesehen? War es das, was mir vorhin Angst gemacht hatte? Die Stille?

Ich schaute mich um. Suchte auf dem Boden nach Käfern, an den Häusern nach Spinnen. Sah nach oben in den Himmel. Wo waren die Schwalben? Die Spatzen? Die Tauben? Nur der Falke stand nach wie vor an derselben Stelle. Konnte es sein, dass alles Leben verschwunden war? Nein, es war die Achtsamkeit, die ich erst wiederfinden musste. Carlotta hatte mich die Achtsamkeit gelehrt. Ich hatte gelernt, das Gras atmen zu hören und die Erde.

Plötzlich roch es nach Rauch. Ich erstarrte. Feuer. War das die Stille vor einem Waldbrand? Waren deshalb alle Tiere geflohen? Ich hatte gelesen, dass die Feuer immer früher kämen. Sie waren die Vorboten der Apokalypse. Und in den Flammen tarnte sie sich. Die große Krankheit. Ich musste zu Hermann. Ich musste sein Haus finden. Ich musste mich beeilen. Ich spürte, dass die Feuer jederzeit zuschlagen würden und die große Krankheit sich aufbäumen würde wie eine Plage voller Heuschrecken, die den Himmel verfinsterten.

Ich versuchte, mich an das Gespräch mit Hermann zu erinnern. Es verschwamm immer mehr. Hatte er irgendetwas gesagt, was auf den Standort seines Hauses hinwies? Sollte ich ihn nicht einfach rufen? Ich entschied, es nicht zu tun, denn in meiner Vorstellung kamen dann mit einem Mal die versteckten Menschen mit leeren Gesichtern aus ihren Häusern und liefen schreiend auf mich zu. Hustend, blutend und mit glühender Hitze auf ihrer Haut. Was für ein schrecklicher Gedanke!

War es klug, dem Gerede eines Fremden zu folgen und hier

in diesem Dorf nach Hilfe zu suchen? Wollte ich am Ende gar nicht helfen, sondern nur fliehen? Trieb mich meine angeborene Feigheit? Ich schämte mich. Nein, ich musste zurück. Aber ich durfte nicht mit leeren Händen kommen. Ich suchte die Berggipfel ab. Kein Rauch, kein Schimmern, kein Leuchten.

»Haben Sie Ihr Heil gefunden?«, hatte er gefragt. Und später hatte er meine Hand berührt, die auf dem Schalthebel lag, und gesagt: »Dann wird es Zeit, dass Sie danach suchen.« Waren das seine Worte gewesen?

Plötzlich drängte sich ein Symbol in meine Wahrnehmung und ließ mich erstarren. Eine Linie mit zwei Kreisen. *Das Proto-Objekt.* Marlene hatte mir davon erzählt. Auf dem Weg von der Teichalm in Richtung Norden. Als die Windräder aufgetaucht waren. Sie hatte mir dieses Symbol beschrieben, das sie ständig in ihrer Halluzination gesehen hatte. Aber wie konnte das sein? Halluzinierte jetzt ich? Verband sich Marlenes Wahn mit meinem?

Nein, ich war völlig klar bei Verstand. Ich hatte gelernt, den Unterschied zu erkennen. Das Lernen, das Sehen, das Siegen. Ich wusste, wenn ich abdriftete. Das Symbol musste echt sein. Jemand hatte es an die Hauswand gemalt. Ich setzte mich wieder in Bewegung und lief darauf zu. Das Haus stand ein wenig abseits. Davor lag eine Wiese. Ich konnte von hier das Ortsschild sehen. »Spital am Semmering«. Und dahinter war ein anderes. »Steinhaus am Semmering«. Das Haus stand genau dazwischen.

An der Tür angekommen, klopfte ich leise. »Hermann?«

»Diese große Krankheit damals. Wie hat man sie besiegt?«, hatte ich Hermann Rosenthal bei unserer ersten Begegnung gefragt.

Er hatte die Kapuze wieder aufgesetzt und gesagt: »Erzähl du es mir!« Dabei hatte er mit einem erdverkrusteten Finger über meine Hand gestrichen, und ich war mir sicher, dass er unter der Kapuze eine Pestmaske getragen hatte.

»Hermann?«, rief ich jetzt noch einmal.

Dann hörte ich es. Das Husten.

Die Kammer war klein. Ich schob meinen Kopf in den kargen Raum. Ein schmales Bett, ein Nachtkästchen. Bilder von Hirschen. Es roch nach Unrat. Auf dem Boden lagen blutverschmierte Stofftücher.

»Herr Rosenthal?«

Das Kissen war noch warm. Er musste irgendwo in dem kleinen Haus sein. Ich spähte in die Küche, die sich nebenan hinter einer niedrigen Tür verbarg. Schmutziges Geschirr und der Geruch von Schimmel ließen mich zurückweichen.

»Hermann?«

Aus dem Vorraum führte eine Wendeltreppe nach oben. Vorsichtig stieg ich die knarrenden Stufen nach oben. Niedrige Holzbalken stützten den baufälligen Dachboden. Die stickige Hitze von schwirrendem Holzmehl kroch in meine Nase. Durch eine Dachluke fiel grelles Sonnenlicht. Überall lagen Bücher, Zeitschriften und Notizen herum, zwischen zerrissenen Schutzhüllen historische Schriften über das Mittelalter. Dazwischen Türme loser Stapel an Manuskripten. »Das Mädchen im Moos«, las ich auf einem der Bücher. An den Wänden hingen Skizzen von Grundrissen alter Gebäude. Das muss das Hospital sein, von dem mir Hermann im Auto erzählt hat, dachte ich, während ich weiter seinen Namen rief.

Doch wo war Hermann Rosenthal? Ich hatte doch sein Husten gehört.

War er es, der gehustet hatte?

Ich stieg wieder hinunter. Duckte den Kopf durch den niedrigen Abgang und ging zurück in das Wohnzimmer mit dem zerwühlten Bett. Ein alter Fernseher war vor die Schlafstatt geschoben.

»Hermann? … Herr Rosenthal?«

Auf dem Nachtkästchen stand ein Glas. Speichelfäden klebten am Rand, durchwoben mit Blut. Hinter dem Vorhang, der an der linken Seite neben dem Bett hing, versteckte sich Wind. Und erst jetzt bemerkte ich, dass auf der anderen Seite des braunen, filzigen Tuches der Ausgang in den Garten lag. Ich schob den schweren Vorhang zur Seite und trat ins Freie.

Hermann Rosenthal stand mit dem Rücken zu mir vor einer mannshohen Hecke, die den kleinen Garten wie eine Mauer umgab. Er bewegte sich nicht, wie hypnotisiert von der grünen Wand vor ihm. Vorsichtig ging ich auf ihn zu. Ich wollte ihn nicht erschrecken. Mein Herz schlug immer schneller, und ich presste die Lippen zusammen. Während meine Füße über die seltsam feuchte Wiese gingen, bemerkte ich, dass Hermann Rosenthal einen kleinen Baum anstarrte. Er war etwa einen Meter hoch und trug zierliche Äste, aus denen mühsam die ersten grünen Knospen trieben.

»Hermann?«, flüsterte ich. »Geht es Ihnen gut? Bitte nicht erschrecken! Ich will nur sehen, ob mit Ihnen alles in Ordnung ist. Ich bin es: Greta. Greta Erdsegen aus Deutschland. Ich habe Sie mitgenommen. Mit dem Auto. Sie erinnern sich, ja?«

Hermann schwieg. Er rührte sich nicht. Ich trat näher zu ihm und fasste ihm vorsichtig an die Schulter. Plötzlich drehte er sich um und fiel mir heulend in die Arme. Sein Körper glühte. Er hatte Mühe, sich auf den Beinen zu halten.

»Wir müssen sofort ins Krankenhaus. Sie haben sicher über vierzig Grad Fieber.«

»Ich kann nicht. Ich kann sie nicht allein hier zurücklassen.«

Ich sah auf das Bäumchen. Es wuchs aus einem anderthalb Meter langen und etwa schulterbreiten Beet.

»Ihre Frau, sie ist … tot? Haben Sie sie hier …?«

Hermann nickte. »Bitte sag es niemandem! Ich weiß, dass es verboten ist, aber ich konnte nicht anders. Es ist so kalt dort drüben auf dem Friedhof, so kalt. Der Mond. Er ist so kalt.«

»Wann ist sie gestorben? War sie schon tot, als …?«

Er war wieder in Schweigen verfallen und zitterte am ganzen Körper.

»Du kannst hier nicht bleiben«, sagte ich eindringlich. Die vertraulichere Anrede erleichterte es mir, meine Zurückhaltung aufzugeben und ihn wie einen Freund zu behandeln, als wäre er ein Vertrauter. »Du bist schwer krank.«

Hermann blickte zum Grab seiner Frau und dann in das Innere seines kleinen Hauses. »Ich kann nicht. Meine Liebe, meine Arbeit – alles, was hier ist: Das kann ich nicht im Stich lassen.«

Ich wusste, dass ich Hermann Rosenthal sofort ins Krankenhaus hätte bringen müssen. Doch wie sollte ich das anstellen, ohne Gefahr zu laufen, entdeckt zu werden? Aber ihn hier sterben lassen? Ich hatte keinen Verfolger bemerkt. Keine Spur dieser seltsamen Familie. *Meiner* Familie. Vielleicht hätte ich frei durch die Welt laufen können, und niemand hätte mich erkannt.

Dennoch zögerte ich. Zumindest konnte ich Hermann im Krankenhaus abliefern. Es würde ihn sicher jemand entdecken und ihm helfen. Aber er könnte erzählen, dass ich ihn hingebracht hatte, und dann würde man uns finden. Ich brauchte eine Lösung. Ich musste ihm helfen. Das Blut, das er ausspuckte, machte mir Angst.

Bei Dimitri hatte es genauso begonnen. Dann bei meinen Kindern. Warum ich gesund geblieben war, wusste ich nicht. Ich erinnerte mich an manche Nächte, in denen ich vor meinen kranken Kindern gekniet und Gott angefleht hatte, mich mit ihrer Krankheit zu infizieren. Damit ich mit ihnen in den Tod gehen konnte. Ich hatte ihre blutigen Lippen geküsst und ihren fauligen Atem in meine Lungen gesogen.

»Vergifte mich!«, hatte ich geflüstert an ihrem Bett. »Vergifte mich!«, hatte ich geflüstert an ihrem Grab.

Ich war gesund geblieben. Als würde ein fremder Atem mich am Leben halten.

Ich fasste Hermann unter den zitternden Arm und führte ihn zurück ins Haus. »Ich werde dich retten, ich werde Gott zeigen, dass wir stärker sind, wir zwei. Ich werde uns alle retten.«

Er sah mich mit erloschenen Augen an. Tränen flossen über seine schmutzigen Wangen. Ich ging ins Haus und suchte entschlossen nach den wichtigsten Habseligkeiten, die er auf der Insel brauchen könnte. Medizin. Kleider von seiner toten Frau? Konnte ich das wagen? Decken, sollte es wieder kalt werden, Schuhe, Konserven. Messer? Alles, was ich finden konnte.

»Ich kann nicht!«, schrie Hermann und fiel im Fieberwahn zu Boden. »Ich lasse sie nicht hier.«

Als ich Hermann gekrümmt daliegen sah, wusste ich, dass ich zu drastischen Mitteln greifen musste, um ihn von hier wegzubringen.

»Ich habe versagt. Ich habe dich an sie verloren. An diese verfluchte, verfluchte Seuche!«, jammerte er.

»Ich weiß, ich weiß«, flüsterte ich ihm tröstend zu. Dann ging ich nach draußen und zog den kleinen Baum mit einem Ruck aus dem Boden. Würde ich ihn in ein paar Stunden oben auf der Insel in die Erde pflanzen, dann könnten die Wurzeln bald wieder Halt finden. Bei der Hitze konnte man sogar mit bloßen Händen ein Loch in die Erde graben.

Als mich Hermann mit dem Bäumchen in der Hand sah, hörte er mit dem Schluchzen und Wimmern auf. Er begriff offenbar, dass ich es ernst meinte. Er nickte und versuchte, sich am Bettrand hochzuziehen, was ihm nur mit meiner Hilfe gelang.

»Du hörst mir jetzt gut zu!«, sagte ich zu ihm und blickte in seine zitternden Augen.

Er hatte Mühe, mich anzusehen. Mir war schon bei der Fahrt auf den Semmering aufgefallen, dass er immer zur Seite blickte, wenn ich mit ihm sprach. War es diese Schüchternheit, die mich mit ihm verband?

»Sie liegt im Licht«, sagte Hermann und versuchte, meine Augen zu finden.

»Wer liegt im Licht?«

»Die Heilung. Das alles. Dieser Husten. Die Seuche. Das Ende der Welt. Nur das Licht bringt die Heilung.«

»Wovon sprichst du?«

»Ich habe versucht, es zu finden. Das andere Licht, es führt uns zur Blume. Und diese Blume heilt uns. Ich war so nah dran, aber es war zu spät. Ich habe versagt.«

»Das andere Licht?«

Plötzlich ein tiefes Grollen. Ich ging in die Küche und sah hinaus. Nichts. Stille. Selbst der Wind wagte nicht, sich zu rühren.

»Was war das?«

»Mach nicht auf, dann glauben sie, dass ich weg bin!«, rief Hermann, der wieder auf dem Boden kauerte.

»Wer ist das?«

»Sie haben uns alle enteignet. Sie wollen das ganze Land. Die Bauarbeiten im Tunnel. Damit hat alles begonnen. Alle anderen sind schon weg. Sie haben mir eine Frist gesetzt …«

»Pst.« Ich sah wieder nach draußen. Da war nichts. Keine Menschenseele. Ich blickte zum Waldrand. Bewegte sich dort etwas? Eine Frau? Ein Schauer lief mir über den Rücken. Ich sah in den Himmel. Über dem Wald stand der Falke. »Schnell!«, rief ich. »Wir müssen los.« Ich klemmte den kleinen Baum unter den Arm und half Hermann vom Boden auf. Dann gingen wir durch die Tür. Wenn wir uns beeilten, würden wir in wenigen Minuten den Wald hinter dem Dorf erreichen. Ich hatte ein seltsames Gefühl. Ich wusste nicht, warum, aber ich spürte, dass wir keine Zeit verlieren durften.

»Wir müssen alles mitnehmen. Meine Arbeit. Das Licht. Ich war so nah dran.«

»Wir können nicht alles mitnehmen. Wir müssen los.«

»Lass mich nach oben. Ich muss … wenigstens das Nötigste …«

»Du hast eine Minute.«

Hermann schleppte sich mit letzter Kraft nach oben unter das Dach. Ich hörte es poltern bei seiner verzweifelten Suche. Dabei ließ ich den Waldrand nicht aus den Augen und kontrollierte aus den Augenwinkeln die Straßen. Gleichzeitig waren meine Sinne hellwach. Wie ein Tier achtete ich auf jede Veränderung. Jedes Geräusch. Jeden Windstoß. Aber ich hörte nichts. Nur die bleierne Stille, die sich wie eine Zwischendecke vor den Himmel schob.

»Beeil dich!«, rief ich nach oben, und tatsächlich kam Hermann im nächsten Moment schwer atmend die Treppe herunter. Er hatte alles, was er zu fassen bekommen hatte, unter die Arme gepackt. Ich nahm ihm noch ein paar Bücher ab, dann verließen wir das Haus und liefen, so schnell wir nur konnten, durch das Dorf. Unterwegs geriet Hermann immer wieder ins Keuchen, doch er schleppte sich tapfer weiter. Als wir die Wiese erreichten, fielen mir die toten Vögel auf, die zwischen den Gräsern lagen. Mir war, als wäre die Wiese in den letzten Minuten vor meinen Augen verfault. Doch es lag sicher an der Hitze, die mit jedem Augenblick unerträglicher wurde.

Wir erreichten die Weggabelung. Beide Pfade würden nach Tannenfall führen. Würde es mir gelingen, Hermann mit all der Last über den schweren Weg hinaufzubringen? War der andere, der weniger steile, nicht zu gefährlich? Durch die leeren Villen? Sie wären eine ideale Falle.

Ich zog Hermann zu mir, und wir nahmen den beschwerlichen Weg. Dabei rutschte ein Blatt unter seinem Arm auf den Boden. Wir durften nichts verlieren, sonst wäre es ein Leichtes geworden, uns zu folgen. Ich hob das Blatt auf und warf einen kurzen Blick darauf, aber ich hatte keine Zeit weiterzulesen. Wir mussten laufen. Laufen.

Doch was ich gesehen hatte, machte mir Angst. Dort stand ein Datum: 21. Juli 1976. Und dahinter:

»Eines Tages wird es zwei Gesellschaften geben. Eine, die führt, und eine, die dient … Das wird sie sein. Die Neue Ordnung.«

KETTEN

Wir erreichten den oberen Pfad und bahnten uns einen Weg durch die Äste der Tannen, bis wir es nicht mehr weit zur Insel hatten. Ich hatte Mühe, die Aufzeichnungen nicht zu verlieren oder das kahle Bäumchen, das unter meiner Achsel klemmte. Immer wieder stützte ich Hermann. Er hatte vollkommen die Orientierung verloren und folgte mir taumelnd durch die tropische Hitze. Wie konnte es nur so heiß werden? Dann endlich, endlich tauchte der kahle Pass hinter den Bäumen auf, der wie ein flimmernder Vorhang vom strahlend blauen, wolkenfreien Himmel fiel.

Nachdem wir keuchend die Baumgrenze überwunden hatten, lief uns Dorothea über die windige Ebene entgegen. Als sie bemerkt hatte, dass ich die Insel verlassen hatte, musste sie über den See gesetzt und mich überall gesucht haben. Es war eisig kalt gewesen, als ich in die Tiefe gestiegen war, und jetzt, als ich wieder zurückkehrte, war es heiß. Und doch lagen nur wenige Stunden – vielleicht fünf, vielleicht sieben – dazwischen. Ich stellte mir vor, wie in dieser Zeit Dorothea zum Pass emporgelaufen war und meinen Namen gerufen hatte. Oder wie sie zu den Windrädern gelaufen war oder zurück zum Stuhleck.

Und immer wieder hatte sie meinen Namen gerufen. Was hatte sie gedacht, als sie begriff, dass ich weg war und die Hitze kam? Der Begleiter der großen Krankheit. War sie deshalb so wütend, als sie mich sah? Spürte sie, dass ich ihr Untergang war?

»Was tust du da?«, fauchte sie. »Wer ist das? Du kannst ihn doch nicht hierherbringen!«

Hinter Dorothea tauchten Marlene und Leonora auf. Auch sie trugen besorgte Mienen. Auch sie hatten die Insel verlassen. Waren sie nicht bei Merten? War Merten ... tot?

»Dort unten würde er sterben. Was hatte ich denn für eine Wahl? Und hier, ich habe uns etwas mitgebracht. Essen und etwas zum Anziehen ...«

Als ich den Beutel über die Schulter zog und Dorothea entgegenstreckte, bemerkte ich, wie töricht ich gewesen war. Ich hatte unten in Hermanns Haus alles, was ich zu fassen bekommen hatte, in den Leinensack gestopft. Niemand würde mit den Kleidern, die wie verwelkte Blumen aus dem Beutel hingen, etwas anfangen, aber vielleicht waren die Konserven und Nudeln und die Packung Reis für etwas nütze. Ich sah auf meine schmutzigen Hände. Wieder hatte ich versagt.

»Wer ist das?«, fragte Dorothea.

»Er hat seine Frau verloren. Sie ist auch gestorben ... Er ist Künstler und interessiert sich für das Mittelalter, und vielleicht kann er uns ja helfen.«

Meine Schwestern schwiegen. Sie sahen auf den todkranken Mann, den ich neben mir auf den warmen, moosigen Boden der Alm gelegt hatte.

»Woher weißt du, dass er nicht einer von ihnen ist?«

»Er ist krank. Er ist keiner von ihnen. Er kann uns helfen. Er sucht das Mittel gegen die große Krankheit. Er weiß davon.«

»Die große Krankheit?«, rief Dorothea, und in ihr Gesicht trat Entsetzen.

»Wir haben alles mitgenommen, was wir konnten. Ich weiß nicht, was genau er weiß. Es sind so viele Blätter und Aufzeichnungen. Aber er ist keiner von ihnen.« Keiner von der Schwarzen Familie, dachte ich.

Marlene trat zwischen uns und nahm mir den Papierstapel ab, den ich – wie den dürren Baum – unter meinen Arm geklemmt hatte. Nach und nach fielen die Blätter zu Boden, bis ich am Ende auch den Baum nicht mehr halten konnte. Wenn mich jemand beobachtet hätte, wie ich vom Tal heraufgestiegen war, den kranken Mann nach oben zerrend, die Blätter und zerschlissenen Bücher unter dem Arm und den Baum und den Beutel. Wie eine Verrückte. Ja, wie eine Verrückte musste ich ausgesehen haben.

»Lasst uns zurückgehen und überlegen, was wir jetzt tun«, sagte Marlene und wandte sich zur Insel, ohne ihren Blick von den losen Blättern und alten Büchern zu lösen.

»Das können wir nicht machen«, sagte Dorothea wieder aufgebracht. »Wir wissen noch gar nicht, was hier genau vorgeht. Da können wir uns nicht um einen Fremden kümmern, der uns am Ende womöglich verrät.«

»Er ist kein Fremder. Ich kenne ihn. Er wird uns helfen. Wir müssen herausfinden, was er weiß.«

»Das kann alles eine Falle sein. Oder steckst du mit ihm unter einer Decke? Hast du dich deshalb weggeschlichen, um ihn zu holen?«

»Ich wollte uns helfen. Es war doch so kalt …«

»Wir sollten ihn auf die Insel bringen und dann weitersehen«, sagte Marlene. Sie hatte in den Blättern etwas entdeckt, was ihre Aufmerksamkeit erregt und ihre Stimme verändert hatte.

Dorothea schwieg und fügte sich. Ich ging zu Hermann, packte ihn unter der Achsel und schleppte ihn in Richtung des Sees, der hinter der Kuppel auf uns wartete. Als Dorothea sah, wie sehr ich mit dem Gewicht des Mannes kämpfte, fluchte sie zwar, half mir dann aber doch, Hermann hinüberzutragen, bis wir ihn gemeinsam ins Boot hieven konnten. Leonora hatte die ganze Zeit über im Abseits gestanden und uns mit einem ständigen Kopfschütteln beobachtet. Sie hatte sich zurechtgemacht und sah wieder jünger aus als in der letzten, kalten Nacht, als ich meinen Arm um sie gelegt hatte.

Nachdem wir Hermann ins Haus gebracht hatten, beruhigte sich Dorothea. Statt zu wüten, wurde sie wortkarg. Sie wirkte nachdenklich. Irgendwann verkündete sie, dass sie ein Lager oben auf dem Pass aufschlagen wollte. Wir wären jetzt nicht mehr sicher. Wenn ich recht hätte und Hermann Rosenthal nur ein verzweifelter, verwirrter Künstler sei, dann würde nichts weiter geschehen. »Aber was, wenn nicht?«, fragte mich Dorothea. »Was, wenn es wirklich eine Falle war?«

Es war schon Abend geworden, als Dorothea wieder über den See setzte und den schmalen Pfad zum Pass hinaufging. Ich sah noch einmal nach Hermann. Nachdem Dorothea ihn trotz Protesten untersucht hatte, so gut sie konnte, hatte sie kalte Wickel, die sie im kühlen Seewasser getränkt hatte, um seine Beine gerollt. Sie sollten verhindern, dass sein Fieber weiter stieg.

»Wir können jetzt nur warten und hoffen«, hatte Dorothea gesagt, und ich wusste, dass wir beide unterschiedliche Dinge meinten.

Leonora betrat die Stube und erzählte, dass sie den Baum an der östlichen Seite der Insel eingepflanzt hatte. Dort würde er gleich das erste Licht finden, sobald der Tag begann.

Ich starrte sie an. Leonora. Ihre hübschen, zarten Hände. Sie waren schmutzig.

»Wo ist Merten? Wo habt ihr seine … Leiche?«

»Wir haben ihn begraben. Dort, wo jetzt der Baum steht«, sagte Leonora. Ich stellte mir vor, wie Dorothea und die anderen Schwestern den alten toten Mann aus dem Boot gezerrt und am Ufer, das im Osten erhöht war wie ein Damm, ein Loch ausgehoben hatten, um seinen Leichnam darin zu versenken. Sie mussten die Paddel der Boote als Schaufel benutzt haben. Mir war vorhin aufgefallen, dass die Ruderschläge Spuren im Wasser hinterlassen hatten. Als wäre es Blut. Doch es war Erde. Erde aus einem Erdloch. Erde, die meine Schwestern über den Mann geworfen hatten, der über unser Leben bestimmt hatte. Warum hatten sie nicht auf mich gewartet? Natürlich. Sie hatten nicht gewusst, ob ich wieder zurückkommen würde. Ich war verschwunden gewesen. Einfach abgehauen. Wie aus der Heilstätte.

»Wie geht es ihm?«, fragte Marlene, die gerade erst hinter mich getreten sein musste. Sie hatte die ganze Zeit nebenan gesessen und ihren Kopf nicht aus den Unterlagen gehoben.

»Ich weiß es nicht«, antwortete Leonora.

»Es ist die große Krankheit«, sagte ich leise, fast lautlos.

»Die große Krankheit?«, fragte Leonora. »Was ist das?«

»Nichts«, sagte ich und zuckte mit den Achseln und dachte an meine Kinder und ihre letzten Atemzüge.

»Wird er uns infizieren?«

Leonora war mit einem Mal voller Angst und sah mich mit großen, geweiteten Augen an.

»Ich weiß es nicht«, sagte ich und sah zu Hermann. »Was hätte ich denn tun sollen? Ich konnte ihn doch nicht unten -«

»Diese Aufzeichnungen: Sind da unten noch mehr?«, unterbrach mich Marlene.

Ich nickte. »Der ganze Dachboden war voll davon. Er wollte unbedingt, dass ich einen Teil davon mitnehme.«

»Hat er gesagt, warum?«

»Er hat gesagt, dass das ›andere Licht‹ die Heilung bringe. Das ›andere Licht‹ bringe uns zur Blume. Sie würde uns heilen.«

»Was heißt, sie würde uns heilen? Sind wir denn krank? Ist Merten an dieser Krankheit gestorben, von der zu erzählst?« Leonoras Stimme klang immer schriller. Wieder schüttelte sie den Kopf und starrte mich mit einem Mal an.

»Wer bist du? Bist du wirklich eine harmlose Grundschullehrerin?«

Ich schwieg und blickte zu Hermann. Seine Lungen rasselten, und seine Pupillen sprangen hinter den halb offenen Lidern hin und her.

»Er hat gesagt, dass er versuche, das Licht zu finden. Und dass er nah dran sei.«

Marlene sah wieder auf die Aufzeichnungen.

»Weißt du, was er damit gemeint hat?«

Ich schloss die Augen. Der Gedanke an ein Heilmittel, das meine Kinder gerettet hätte, machte mich traurig. Wenn es tatsächlich eines gab: Würde es Hermann retten? Würde es mich und meine Schwestern retten, wenn die Krankheit uns ansah, bevor sie in uns hineinkroch? Aber dabei war ich es ja, die die Krankheit brachte, den krummen Ton, der alles vernichtete und tötete. Wie sollte ich dann ein Heilmittel finden? Ein Heilmittel gegen mich selbst?

»Hast du gesehen, was er mitgenommen hat?«

»Ich wollte so schnell wie möglich hierher zurückkommen.

Es waren Einträge von der Neuen Ordnung, so viel konnte ich sehen. Vielleicht hat er unsere Mutter gekannt.«

»Es sind die Proto-Objekte.«

Ich dachte an das Zeichen auf Hermanns Haus. Warum hatte ich ihr davon nicht erzählt? Hatte ich Angst? Wovor? Angst vor dem Wahnsinn, der dann nach mir fassen würde wie ein Wolf mit gefletschten Zähnen?

»Es sind die Symbole, die mich durch meinen Wahn geführt haben«, sagte Marlene. »Aber die sind Teile meiner Psyche, meiner Vergangenheit. Es ist unmöglich, dass sie außerhalb meiner inneren Welt existieren.«

Marlenes Augen verrieten, dass sie Angst hatte, wieder den Kontakt zur Realität zu verlieren. Und damit die Realität selbst.

Ich ging zu ihr und nahm ihre Hand. »Das alles hier ist echt. Wir sind nicht mehr verrückt. Unsere Bilder, unsere Halluzinationen sind weg. Alles ist … gut.«

»Aber diese Symbole. Wie kommen sie in diese Blätter dort?«, fragte Marlene zitternd.

»Es sind die Ketten. Jedes Glied gleicht dem vorigen. Und doch ist jedes einzigartig. Nichts ist in der wahren Welt reproduzierbar. Nichts ist immer gleich.« Die Stimme eines Mannes.

Wir erstarrten. Marlene, Leonora, ich. Und drehten uns zu Hermann um.

Er hatte die Augen geöffnet und sah uns mit leeren Blicken an.

»In den Ketten liegt das Licht. Ihr müsst es finden. Sie zeigen euch, wo sie liegt. Die Blume. Die Blume, die alles wieder heilt. Nichts ist immer gleich. Jedes Kettenglied hat ein Glied davor und eines danach. Das ist die Wahrheit.«

»Welche Ketten?«, fragte ich und setzte mich zu ihm ans Bett.

»Sie war hier. Die, die auch dich in ihren Bann gezogen hat. Sie war hier. Im Hospital. Die Ketten sagen es. Die Ketten sagen so viel. Sie wissen alles. Nur: Wir können es nicht verstehen.«

»Wer war hier?«

Hermanns Stimme versank im Fieberwahn. »Du kennst sie. Die Blutherzogin. Das 13. Jahrhundert. Sie wusste so viel. So viel mehr als wir heute. Sie wusste, wie wir die große Krankheit heilen können. Gertrud von Babenberg. Sie ist der Schlüssel. Du hast es immer gewusst.«

Ich wankte. Suchte nach Gleichgewicht. Wie konnte das sein? Waren wir tatsächlich wieder in einer Wahnwelt gefangen?

Ich ging nach draußen. Der Abend hatte uns eingehüllt. Ich blickte zum Pass. Hatte Dorothea recht?

Dorothea? Ich kniff die Augen zusammen. War sie das? Rannte sie gerade den Weg vom Pass herunter? Natürlich, es muss Dorothea sein, sagte ich mir. Und dann hörte ich ihre Stimme, die sich gegen den heulenden Wind durchgesetzt hatte. »Sie sind hier!«, schrie sie. »Sie sind hier!«

Ich lief sofort zu den anderen, um sie zu warnen.

VERLORENE STERNE

Dorothea zog das Boot auf die Insel, sie war außer Atem. Als ich Anstalten machte, ihr dabei zu helfen, stieß sie mich weg. »Das ist alles deine Schuld!«

»Was ist los?«

»Sie haben uns gefunden. Du hast ihnen verraten, wo wir sind.«

Dorothea blickte sich verängstigt um, als würde sie erwarten, dass hinter den Bergrücken, die uns im schwülen Abendlicht umarmten, feindliche Armeen auftauchen. Armeen der Schwarzen Familie.

»Wer hat uns gefunden?«, fragte ich und ließ mich von ihrer Aufregung anstecken. Und als wollte ich meine Schwestern beschützen, stellte ich mich vor sie, damit sie hinter meinem Rücken in die Hütte schlüpfen konnten.

»Das ist doch Irrsinn. In der Hütte suchen sie uns doch zuerst. Wir hätten nie hierbleiben sollen«, rief Leonora und warf uns allen einen abfälligen Blick zu.

»Wen hast du gesehen?«, fauchte Marlene Dorothea an.

»Einen Mann, dort oben. Er hat uns gesucht«, sagte Dorothea mit einer ängstlichen Stimme, die ich so von ihr noch nie gehört hatte.

Ich blickte zum Pass. Ein Mann. Womöglich ein Wanderer. Oder ein Einheimischer aus den Gräben. Ich hielt den Atem an.

Konnte ich etwas Verdächtiges hören? Nichts. Das leise Schlagen der Wellen des Sees. Die Atemzüge meiner Schwestern. Meinen Puls.

Die Sonne hatte sich in eine Abendsonne und den Pass in eine flimmernde Höhe verwandelt, auf der die Luft zitterte.

»Siehst du etwas?«, fragte Marlene leise, während Dorothea sie in die Hütte zog.

»Kommt endlich herein, vielleicht ist es ja wirklich nur ein harmloser Bergsteiger oder –«

Ich hob den Arm. Dorothea verstummte.

Was war das? Ein leises Schlagen. In der Luft. Über mir. Ich sah nach oben. Ein Falke. Er stand über uns. Ich hörte seinen Flügelschlag.

»Geht ins Haus!«, rief ich. »Geht sofort ins Haus!«

Ich wusste nicht, warum, aber mein Instinkt sagte mir, dass es besser war, wenn meine Schwestern in der geschützten Hütte waren. Irgendetwas würde dort oben über den Pass kommen, etwas, was uns gefunden hatte, etwas, was mir gefolgt war. Die Krankheit. Mit ihrer Pestmaske und ihrem langen staubigen Mantel und ihrer scharfen Sense.

Doch es war nicht sie, die kam. Es war er. Und ich kannte ihn.

»Meine Mutter, weißt du, die kommt aus Österreich. Ich bin eigentlich aus Italien. Mein Großvater hat dort gekämpft. Gegen die Deutschen.«

Ich konnte seine Stimme hören. Er wiederholte die Sätze immer und immer wieder. Wie in der Heilstätte. Es war Walter. Er tauchte über dem Pass auf und ging verwirrt durch das gelbe Licht des nahen Abends. Mit seinem Wollumhang sah er aus der Ferne aus wie ein Ritter. In der Hand hielt er den kleinen Spielzeugbogen, den er immer wieder auf ein neues Ziel richtete, als wäre er umgeben von unsichtbaren Gegnern.

»Wer zur Hölle –«

Ich gab Dorothea ein Zeichen, ihren Kopf, den sie aus dem Fenster gestreckt hatte, zurückzuziehen.

»Ich kenne ihn. Er ist harmlos. Ich werde mit ihm sprechen.«

»Du kennst ihn? Du bist gar keine Grundschullehrerin, habe ich recht?«

Natürlich hatte Leonora recht. Ich spürte das Gift in ihren Worten, das Gift, das nach meinen Lügen griff.

Wieder gab ich meinen Schwestern ein Zeichen, sich ruhig zu verhalten. Ich sah weiterhin zu Walter. War er allein? Warum war er hier? Nachdem ich nicht mehr in die Heilstätte zurückgekommen war, war er dann ebenfalls ausgebrochen? Aber Walter? Wie hätte er das zustande bringen können? Nein. Es musste einen anderen Grund geben.

Ich beschloss, ins Boot zu steigen und ihm entgegenzugehen. Wenn er mich sah, würde er vielleicht die kleine Hütte auf der Insel des Bergsees nicht entdecken. Ich stieß die Ruder so leise ich konnte ins Wasser. Ich wollte die Stille nicht stören.

»Meine Mutter, weißt du, die kommt aus Österreich. Ich bin eigentlich aus Italien.«

Ich stieg aus dem Boot und blickte hoch zum Pass. Ich war den schmalen Pfad, der hinaufführte, noch nie gegangen. Mein Herz schlug plötzlich ganz schnell. Dorothea hatte gesagt, dass sie nur einen Mann gesehen hatte. Trotzdem zögerte ich einen Moment. Doch es war zu spät. Walter hatte mich erblickt.

»Greta. Die vermisste Greta. Da ist sie. Ich habe sie gefunden. In Österreich. Meine Mutter kommt aus Österreich. Ich bin eigentlich aus Italien.«

Dann lief Walter los und stolperte mit seinem Spielzeugbogen in der Hand auf mich zu. Dabei fiel er am Ende in meine Arme und strahlte mich mit großen Augen an. Ich drückte ihn fest an mich und blickte gleichzeitig hoch zum Pass, da ich sichergehen wollte, dass er allein war.

»Was machst du hier? Wie bist du hierhergekommen?«

Walter lachte und schüttelte den Kopf.

»Alles ist anders, seit du weg bist. Sie alle suchen dich.«

»Alle? Bist du nicht allein? Carlotta: Ist sie hier? Wer sucht mich? Die Leiterin? Hat sie dich hierhergebracht?«

»Tot. Tot. Alle sind tot. Der Husten. Alles ging so schnell. Tot. Tot.«

Ich erstarrte. Ich hatte recht gehabt. Die Leiterin, sie hatte gehustet, als sie unter der Terrasse vorbeigegangen war. Ich hatte mich nicht geirrt.

Vor meinem geistigen Auge tauchte die Heilstätte auf, dann

das Schloss, die Weinberge, die Kirche. Die Flammen waren rasend schnell aus allen Himmelsrichtungen auf die Heilstätte zugerast. Schwere Rauchschwaden wälzten sich unter dem orange leuchtenden Himmel und brachten die Krankheit. Sie kroch aus den Glutnestern, zwängte sich durch die Ritzen der Türen, hinter denen sich die Wirtinnen vor dem Feuer versteckten. Sie lauerte hinter den Bäumen, durch die die vielen Wege führten, und überfiel hinterhältig die flüchtenden Diener und Ärzte. Sie wartete im Gartenhaus und legte ihre giftige Hand von hinten um den Mund der Leiterin, die qualvoll um Atem ringend auf die Knie fiel. Tot. Tot. Alle waren tot.

Ich verjagte das schreckliche Bild der in Flammen stehenden Heilstätte aus meinem Kopf und wandte mich von all den toten, verzerrten Gesichtern, den vielen Leichen ab. Ich hatte alle gekannt. In den Bildern in meinem Kopf waren sie tot. Erstickt durch die Hand der großen Krankheit. Meine Krankheit – der krumme Ton –, sie hatte sich erhoben.

»Sie suchen dich. Alle suchen dich. Sie wollen dich töten. Weil du das Unheil gebracht hast.«

Ich starrte Walter fassungslos an. Er hatte es ausgesprochen. Ich hatte das Unheil gebracht. Meine Hände zitterten. In meinem Mund versammelte sich der Geschmack von Hafer. Und über mir schwankte der Falke, als hätte ihn etwas Ungewisses aus seinem Gleichgewicht gebracht.

»Die große Krankheit … sie ist in der Heilstätte? Tot … sind wirklich alle tot?«

»Die Leiterin und Klara. Tot. Sie waren oben im Gartenhaus. Ihre Augen, sie waren so aufgequollen, als hätten Schlangen in ihnen gewütet.«

Schlangen. Ich fasste Walter an den Schultern und schüttelte ihn, damit er mir alles erzählte, was passiert war.

»Wir mussten dich suchen, damit es aufhörte. Dieses Husten. Das Fieber. Die Feuer. Marie. Sie sucht dich auch. Alle, die noch am Leben sind, sie suchen dich.«

»Aber wie hast du mich gefunden?«

Walter lächelte, und sein Gesicht sah aus, als würde ein Kind auf einen umgestürzten Turm von Bauklötzen starren.

»Aber wir sind doch Wirte. Das Lernen, das Sehen. Du weißt

doch, wie das Sehen funktioniert. Greta, hast du es vergessen? So haben wir dich gefunden.«

»Wir?«

Walter nickte. Vorsichtig. Dann bewegte sich sein Mund. Als wollte er etwas sagen, was aber niemand hören sollte. Ich versuchte, seine Lippenbewegungen zu lesen.

Der Pfeil glitt lautlos, aber mit voller Wucht von hinten durch Walters Brust. Er riss noch einmal weit die Augen auf und sah mich mit flehenden Augen an. Noch einmal formte sein Mund sein ständiges Mantra, bevor er für immer verstummte.

»Meine Mutter, die kommt aus Österreich …«

Walter kippte nach vorne und starb in meinen schmutzigen Händen. Ich sah nach oben, in die Richtung, aus welcher der Pfeil gekommen war. Walters Diener senkte den Bogen. Er stand oben auf dem Pass. Wie ein stolzer Bogenschütze aus einer anderen Zeit. Sie hatten mich gefunden. Und womöglich irrten die anderen Wirtinnen irgendwo in den Wäldern und Tiefen und suchten nach meiner Spur. Es war nur noch eine Frage der Zeit.

Walters Diener holte aus dem Köcher auf seinem Rücken einen neuen Pfeil und spannte ihn in den Bogen. Ich hörte das Knarren der Sehne. Es war ein scharfes, kurzes Geräusch, als würde man Papier zerreißen. Als würde man die Welt zerreißen.

Ich hob die Hand. Vielleicht hätte ich es geschafft, mich mit einem gewagten Sprung hinter einem Felsen zu verstecken, aber der Pfeil wäre schneller gewesen.

»Ich ergebe mich!«, rief ich hoch zum Pass, wo der groß gewachsene Diener mit gespanntem Bogen stand. Der Abendhimmel hatte sich in ein leuchtendes Rot verwandelt, als würden die Berge dahinter glühen, als würden sie auf das große Feuer warten.

»Ich ergebe mich.«

Dann schloss ich die Augen und wartete auf den Tod. Den Tod, den ich mehr verdient hatte als alle anderen. Ich hatte so viel Unheil gebracht, ich, die Wertlose, die nun endlich ausgelöscht würde. Ich, die die große Krankheit durch den krummen Ton anzog wie ein Magnet. Ich, die stets alle schützen wollte, doch nur den Tod brachte. Meine Kinder, meine lieben Kinder, mein strenger Mann, mein falscher, ungerechter Vater, meine Schwestern, mein verwahrloster Künstler, meine geliebte Leiterin, meine verwirrte Klara … Es tat mir leid, es tat mir so leid … aber jetzt, durch meinen nahen Tod, war es gut, war bald alles wieder gut …

Es war ein dumpfer Schlag. Als würde jemand mit einem Stock auf einen Fels schlagen. Ich hielt den Atem an. Die warme Bergluft ging in meinen Lungen in Deckung.

Langsam öffnete ich die Augen wieder. Der hochgewachsene Bogenschütze war gefallen. Und an der Stelle, an der zuvor mein gerechter Henker gestanden hatte, stand nur Dorothea. In ihrer Hand das schwere Ruder. Sie sah mich an. Sagte kein Wort. Sie stand einfach nur da, und ich wusste, dass sie Fragen hatte. Viele Fragen. Ich blickte auf Walter. Sein lebloser Körper lag vor meinen Füßen. Ich musste mein Schweigen brechen und meinen Schwestern alles erzählen. Vom Lernen, vom Sehen und vom Siegen. Ich durfte nicht mehr schweigen, denn jetzt, da es nur noch eine Frage der Zeit war, bis die große Krankheit nach uns fasste oder meine Vertrauten, die Wirtinnen, mich fanden, mussten meine Schwestern wissen, wer ich war. Wer ich wirklich war.

VIERTE AUFZEICHNUNG

»Was sind eure Schwächen?
Was kränkt euch?«
»Anerkennen zu müssen,
dass unsere Welt doch nicht
im Zentrum des Kosmos steht.«

Wir hatten sie begraben. Dort, wo die Erde weich war. Neben Merten. Den verrückten Walter und seinen groß gewachsenen Diener. Dorothea nutzte das Ruder, mit dem sie den Schädel des Dieners eingeschlagen hatte, als Schaufel. Sein Blut klebte noch am nassen Holz. Marlene und ich hatten die beiden Toten in das Grab geworfen. Wir hatten geschwiegen. Wir hatten alle geschwiegen. Selbst Leonora. Sie sah krank aus. Ihre Augen lagen in dunklen Schatten, und ihre Haut glänzte im untergehenden Abendlicht.

Obwohl sie es nicht aussprachen, wusste ich, dass alle Fragen hatten. Ich sah es an ihren Blicken, die immer wieder kurz zu mir sprangen. Marlenes Blicke, als wir die Leichen in die Grube warfen. Dorotheas Blicke, als sie die warme Erde zurück in das Loch schaufelte. Leonoras Blicke, als sie uns mit verschränkten Armen zwei Armlängen entfernt beobachtete. Erst als sie den kleinen Spielzeugbogen, den Walter immer bei sich getragen hatte, aufhob – er war von Walters totem Körper gerutscht, als wir ihn mit letzter Kraft vom Pfad hierhergetragen hatten –, brach sie das Schweigen.

»Wer bist du wirklich, Greta Erdsegen?«, fragte sie mit heiserer Stimme, und in ihrer Hand drehte sie den Plastikbogen.

Ich sah zu Boden, starrte auf Walters regungsloses Gesicht. Für einen Moment glaubte ich, darin ein letztes Lächeln entdeckt zu haben. Aus den Augenwinkeln heraus sah ich, wie Marlene und Dorothea innehielten und mich anstarrten und warteten. Würden sie mich verstoßen, wenn sie die Wahrheit erfuhren? Ich hätte sie nie belügen dürfen. Aber dafür war es jetzt zu spät.

»Ich bin krank. Ich habe Epilepsie. Mein Vater – das heißt der Mann, den ich für meinen Vater gehalten hatte – glaubte, dass ich durch meine Krankheit den krummen Ton in die Welt bringen würde.«

»Den krummen Ton?«, fragte Dorothea und stützte sich auf das Ruder, das sie vor sich in die Erde gerammt hatte wie eine Leichenschaufel.

»Er nannte es so, weil ich mich am Boden nach hinten krümmte, als wollte ich meinen Körper zerbrechen, wie einen dürren Ast. Ich weiß nicht genau, was dann passiert, wenn der Anfall kommt. Ich weiß nur, dass ich in meinem Mund Hafer schmecke, bevor es beginnt.«

»Du Arme«, sagte Leonora leise, und ich warf ihr ein schüchternes Lächeln zu, da ich mich freute, dass gerade sie mich verstand und mit mir fühlte. Aber auch meinen beiden anderen Schwestern blickten mich betroffen an, und ich spürte, dass sie mich alle vor ihren geistigen Augen auf dem Boden liegen sahen, gekrümmt, verdreht und zum Himmel schreiend.

»Mein Vater meinte, dass der krumme Ton schuld sei am Tod seiner Frau, meiner Mutter – meiner falschen Mutter. Er sagte, dass ich mit meinem krummen Ton die große Krankheit geholt hätte. Sie habe dann meine Mutter berührt und mitgenommen. Weit weg, dorthin, wo sie niemand mehr finden konnte.«

»Das tut mir so leid«, sagte Marlene und legte ihren Arm um meine Schultern.

»Ich war immer eine Außenseiterin. Der krumme Ton hat mich immer begleitet. Er war wie ein Fluch. In der Schule setzte sich nie jemand neben mich, und selbst die Lehrer gingen immer einen Schritt zurück, wenn ich zur Tafel musste. Ich hatte keine Freunde. Nur Anja, ein Mädchen aus besserem Haus, ihr Vater war bei der Bank, hatte Mitleid mit mir.«

»Ich weiß nicht, ob sie mich wirklich mochte. Mich, das dürre, große, blasse Mädchen mit den ungeschickten Händen. Oder ob sie es nur vorgab, um andere mit ihrer selbstlosen Nächstenliebe zu beeindrucken. Denn einmal, als mir meine Mitschülerinnen auflauerten und mich wieder mit Steinen bewarfen, meinte ich, sie hinter einem Baum zu sehen, selbst mit einem Stein in der Hand.«

Marlene drückte mich fest an sich, und ich schloss die Augen und fühlte, wie die alten Tränen flossen.

»Warum hast du uns das nicht erzählt?«, fragte Dorothea, legte das Ruder zu Boden und kam ebenfalls zu mir.

»Weil ich kein guter Mensch bin«, sagte ich mit weinerlicher Stimme. »Mein Vater hat gesagt, dass alles meine Schuld sei. Dass Mutter fort war. Und dass ich Buße tun musste, damit es wegging, das Krumme. Damit es verschwand, das Verderben.«

»Aber du kannst doch nichts dafür. Epilepsie ist eine Krankheit, kein Fluch«, sagte Leonora aus dem Dunkel, das die Nacht heimlich von den Bergen brachte.

»Für meinen Vater war ich schuld. Er zwang mich, in ein Erdloch zu kriechen, wo ich ausgestreckt liegen musste. Für ihn war das das einzige Mittel, um mich von dem Fluch zu befreien.«

»Ein Erdloch?«, fragte Marlene, und ich nickte.

»Er nannte es *Poenitentia*. Die Buße. Die große Überwindung der Schuld.«

Poenitentia. Allein der Name verursachte in mir ein Grauen, und ich dachte an die besessenen Augen des Tyrannen, der mich aus dem Himmel angestarrt hatte, wenn ich im nassen Loch gelegen und stumm und zitternd gewimmert hatte.

»Und was ist dann geschehen?«, fragte Dorothea »Bist du wegen der Epilepsie behandelt worden? Er muss doch mit dir zu einem Arzt gegangen sein.«

»Er glaubte, dass mich ein strenger Ehemann zur Vernunft und zu klaren Gedanken bringen würde. Sein Name war Dimitri. Und ich war sechzehn. Dimitri hatte diesen Akzent. Er war aus Georgien. Wie seine Mutter. Sie hatte viel Land hier geerbt. Er war so groß und so dick. Wenn er auf mir lag, hat er mich immer beinahe erdrückt, und ich bekam kaum Luft.«

»Oh mein Gott«, sagte Leonora leise hinter mir und drückte meine Hand.

»Dann wurde er krank. Zuerst der Husten. Dann das Blut und das Fieber. Nach ein paar Tagen war er tot. Als ich ihn auf dem alten Sofa fand mit aufgequollenen Augen, wusste ich, dass es die große Krankheit war, die ihn getötet hatte. Und dass es der krumme Ton war, der ihn geholt hatte. Als ich den untersten Knopf seines hellgrünen Hemdes ein letztes Mal geschlossen hatte – der ist immer aufgesprungen, und Dimitri hat es nie für nötig befunden, ihn zu schließen –, hörte ich sie im Nebenzimmer husten. Meine Kinder. Sie waren die Nächsten. Meine kleinen, süßen Kinder.«

»Das ist so unendlich traurig«, sagte Marlene. »Warum hast du uns das nicht erzählt? Ich weiß, wie schrecklich es ist, wenn man sein Kind verliert. Es tut weh, so unendlich weh.«

Ich sah in Marlenes Augen. Ihre Pupillen zitterten, und ich spürte, wie sich ihr Schmerz mit meinem verband.

»Was hast du dann gemacht? Ich meine, du musstest doch irgendwo um Hilfe bitten«, sagte Leonora.

»Er hatte viel Geduld mit mir. Viele Jahre. Dann hat er mich in die Heilstätte gebracht. Eine Anstalt. Für besonders schwierige Fälle.«

»Eine Nervenheilanstalt?«, fragte Dorothea. »Du warst in einer Nervenheilanstalt? Wie Mutter?«

Ich nickte. »Zwanzig Jahre lang. Ich habe euch belogen. Ich bin keine Grundschullehrerin.«

»Und dieser Mann mit dem Spielzeugbogen? War der auch aus dieser Anstalt?«, fragte sie weiter.

»Ja. Das war Walter. Ich kannte ihn gut. Er war einer meiner Vertrauten. Und der Mann, der ihn getötet hat, war sein Diener.«

Marlene runzelte die Stirn, was mich endgültig davon überzeugte, dass ich mehr von der Heilstätte erzählen musste, als ich wollte.

»Das Konzept der Heilstätte bestand darin, uns Patienten als eine Art Wirte zu sehen. Und die Diener, die in Wahrheit Pfleger waren, sollten von uns lernen. Damit wollte man versuchen, unsere verrückten Welten zu verstehen und dann, wenn man einen Zugang fand, uns zu heilen.«

»Und dieser Spielzeugbogen? Der gehörte zur Therapie?«, fragte Leonora und drehte ihn in der Hand.

»Es gab das Lernen, das Sehen und das Siegen. Das war unsere Routine. Und beim Siegen mussten wir das wählen, was wir am besten konnten. Das sollte unser Selbstbewusstsein stärken. Und das Bogenschießen war Walters Stärke.«

Wir sahen in das offene Grab, in dem Walter auf seinem Diener lag. Dessen Pfeil ragte noch immer aus seiner Brust.

»Und was war deine Stärke?«

Ich blickte zu Dorothea, die ihren Kopf bei der Frage ein wenig schief gelegt hatte. Dann sah ich nach oben in den grauen, warmen Himmel der frühen Nacht. Er war hier. Der Falke. Er stand die ganze Zeit über uns und beobachtete uns von oben.

»Falken. Die Jagd mit Falken. Das ist meine Stärke.«

Wir schwiegen. Nur der See gurgelte, und die Nacht atmete mit ihren tiefen steinernen Lungen. Ich blickte in Richtung Westen, zu den letzten hellen Streifen des alten Tages, der langsam hinter dem feurig roten Band der Berggipfel verschwand.

Meine Geschichte zu erzählen, erleichterte mich. Ich schämte mich zwar für alles, was geschehen war, genoss aber das Mitgefühl meiner Schwestern. Es machte es mir ein wenig leichter, ihnen ins Gesicht zu blicken. Sie hatten mir meine Lügen vergeben, da meine Wahrheit sie traurig machte. Ihre Arme, ihre tröstenden Blicke, das Verständnis in ihren Augen waren wie unsichtbare Bänder, die uns aneinanderketteten. Ich war von ihnen die Schwächste, die Ausgestoßene, die Vertriebene. Die, auf die man achten musste wie auf eine seltene Blume. Nein, nicht wie eine seltene, sondern wie eine gewöhnliche Blume. Oft war es das Gewöhnliche, das erst dann seinen Wert erhielt, wenn es zerbrochen war.

Ich schloss die Augen, zufrieden für einen Moment, bis Hermanns Husten mich in die schwüle Bergwelt der österreichischen Voralpen zurückholte.

Wir sahen zur Hütte. Sie lag im schattierten Grau der müden Bäume. Der Mond hatte begonnen, sein Licht auf die Welt zu werfen, und tanzte im zitternden Wasser des Sees. Wo früher vielleicht Grillen oder später Rufe von Dohlen die Nacht willkommen geheißen hatten, war es jetzt sein Husten. Es klang schabend, blechern. Als würde man Steine und Sand in einen Topf aus Eisen legen, den man dann kräftig schüttelte.

»Wie geht es ihm?«, fragte ich Dorothea, die wieder das Ruder ergriffen hatte und so schnell sie konnte die restliche Erde in das Grab schaufelte.

»Vorhin stand es nicht gut um ihn. Ich sehe gleich wieder nach ihm. Du hättest ihn ins Krankenhaus bringen müssen, dort hätten sie ihm vielleicht helfen können.«

Ich senkte meinen Blick wieder.

»Es war richtig, was du getan hast«, sagte Marlene und schickte sich ebenfalls an, zurück zum Boot zu gehen, um nach Hermann zu sehen.

»Warum haben sie dich gesucht? Der Verrückte … verzeih mir … dieser Walter. Wieso sind sie hinter dir her, und wie haben sie uns gefunden? Gibt es da noch mehr?« Leonora sah zum Pass, und mit einem Mal spürte ich, dass ihre Frage auch meine anderen beiden Schwestern aufschreckte. Sie gesellten sich wieder zu uns.

»Wieso haben sie dich gesucht? Dieser Walter hat doch mit dir gesprochen, bevor er gestorben ist. Was hat er gesagt?«, fragte Leonora, und sofort spürte ich wieder eine Distanz zwischen uns.

»Mein Vater, mein falscher Vater, ist gestorben, erst vor wenigen Tagen«, stotterte ich. »Sie wollten mich nicht bei seinem Begräbnis dabeihaben. Aber der Priester, er hat mir einen Brief gegeben. In dem stand, dass ich hierherkommen soll. Zu unserer Mutter. Und da bin ich los. Ihr hättet das doch auch getan, oder?«, fragte ich und suchte in den müden Gesichtern meiner Schwestern nach Zustimmung. »Ich bin einfach los und habe nicht Bescheid gegeben, ich wollte ja zurück, aber als Mutter gestorben war, dachte ich, dass ich bei euch bleibe. Und nach all dem, was dann passiert ist ...« Meine Sätze brachen ineinander zusammen wie ein Kartenhaus.

»Sie haben dir Ausgang gewährt, um beim Begräbnis deines Vaters dabei zu sein, und bist dann einfach geflohen?«, fragte Leonora. In ihrer Stimme schwang ein wenig Stolz. Stolz, dass ich trotz meiner Schüchternheit einen kleinen, wenn auch zaghaften Rebellen in mir trug. »Dieser Walter hatte einen Pfleger, einen Diener, wie du ihn nennst. Hattest du auch einen? Kann es sein, dass er oder sie jeden Moment hier auftaucht, um dich zu holen?«

Ich nickte.

»Verdammt, Greta! Warum hast du uns wieder belogen?«, fluchte Dorothea. »Was, wenn -«

»... Carlotta«, sagte ich.

»Was, wenn Carlotta zur Polizei geht? Sie haben uns schon einmal gefunden. Sie werden es wieder tun. Mein Gott, wie konntest du nur so unvorsichtig sein?«

Ich schlug meine Hände vors Gesicht. Nur Marlene berührte mich noch. Sie strich mir über den Rücken, als wollte sie mich aufrichten für einen Kampf, den ich noch nicht kannte.

»Wir brauchen einen Plan. Wir müssen nachdenken. Am besten aber ist, wenn du, Greta, auf den Pass gehst und Wache hältst. Von dort oben siehst du alles ein. Und wenn der Mond weiterhin so hell ist, dann wirst du auch sehen, wenn jemand kommt. Verdammt, verdammt! Wie konnten wir nur so unvorsichtig sein?«, fluchte Dorothea.

»Diese Heilstätten und das Spektrum: Ist das dasselbe?«, fragte plötzlich Marlene. Unsere Mutter hatte gesagt, dass Marlene als Kind immer die Stärkste von uns gewesen war. Nach dem Tod ihrer Tochter war diese Stärke offenbar in ihrer Trauer ertrunken. Doch jetzt, in diesem Augenblick, spürte ich, was Mutter gemeint hatte.

Dorothea stand im Boot und sah im Dunkeln aus wie ein Fährmann. »Ich weiß es nicht. Ich kenne nicht alle Zweige der Schwarzen Familie. Ich weiß nur, dass viele Herrenhöfe von ihnen unterhalten werden. So wie mein Hof, den ich in den italienischen Alpen geleitet habe. Aber ich weiß nichts von Heilstätten. Die Strukturen der Schwarzen Familie sind komplex.«

»Ich habe keine Lust mehr auf diesen Unsinn. ›Die Schwarze Familie‹. Verrückte, die über Berge laufen. Nein, ich gehe jetzt. Ich gehe jetzt da hinunter und fahre nach Hause«, sagte Leonora.

»Wir wollen alle zurück nach Hause«, sagte Dorothea. »Aber wir müssen zuerst verstehen, wie alles zusammenhängt. Wir müssen da gemeinsam durch. Wir sollten jetzt nichts überstürzen. Insofern schlage ich vor, dass Greta auf den Pass geht und wir versuchen, in der Hütte zu schlafen. Wir brauchen einen klaren Kopf. Wir sind alle übermüdet und verwirrt.«

Leonora schüttelte den Kopf. Sie sah nicht gut aus. Blass. Krank. Ihre Augen waren glasig. »Ich habe Hunger«, sagte sie und hielt ihre Hand vor den Mund, da sie husten musste.

»In meinem Institut in Italien gibt es Verbündete«, setzte Dorothea ihre Erzählung fort und ignorierte Leonora. »Denen kann ich trauen. Ich muss versuchen, mit ihnen Kontakt aufzunehmen. Vielleicht können wir mit ihnen einen Pakt schließen, damit sie uns helfen.«

»Einen Pakt«, wiederholte Marlene und starrte Dorothea an. Ich spürte, dass sie an den Wahn dachte, durch den sie die letzten Tage geirrt war. »Ich begleite Greta. Wir wechseln uns ab. Ich komme mit auf den Pass.«

»Wie ihr wollt«, sagte Dorothea. »Morgen, wenn es wieder

hell ist, werden wir einen Weg finden. Aber ich will nicht noch eine böse Überraschung erleben.«

Sie sah mich an. Ich wich ihrem Blick aus, denn sie hatte recht. Ich war schuld.

»Ich mach das nicht mehr mit. Ich will etwas essen. Den Mist, den du von unten mitgebracht hast, kann niemand essen.« Leonora sah mich giftig an. Doch bevor ich mich verteidigen konnte, fuhr sie fort. »Der ganze Müll ist abgelaufen. Seit Jahren. Ich brauche etwas zum Essen. Wir alle. Sonst gehen wir drauf in dieser verlassenen, verfluchten Gegend.«

Dorothea sah mit kritischen Blicken zu Leonora. Sie wankte ein wenig, und wir alle hatten Angst, dass sie jeden Moment umkippen könnte. Oder dass sie losbrüllen würde. Beides wollten wir nicht.

»Gut eine halbe Stunde von hier ist das Güntherhaus«, sagte Dorothea. »Das Gipfelhaus des Stuhlecks. Als wir hierhergekommen sind, hat es ausgesehen, als wäre es verschlossen. Aber vielleicht gelingt es mir ja, dort etwas Essbares zu besorgen. Und vielleicht auch andere Medikamente als Hustenbonbons.«

Wieder nickten wir, wieder schämte ich mich. Aber sie hatte recht. Warum war ich nicht auf diese Idee gekommen? Warum war ich ins Tal gegangen? War es wegen Hermann gewesen?

»Das heißt, wir haben einen Plan«, fuhr Dorothea fort. »Leonora ruht sich in der Hütte aus, Greta und Marlene gehen zum Pass und schieben Wache, und ich versuche, uns etwas zu besorgen, was uns auch noch für die nächsten Tage auf den Beinen hält. Etwas anderes als trockenen Fisch. Morgen sieht die Welt sicher anders aus«, sagte sie und versuchte zu lächeln, was ihr nicht gelang.

Als Leonora immer mehr zu husten begann, verabschiedeten Marlene und ich uns von den anderen beiden und gingen hinauf zum Pass. Und als wir den See umrundet hatten und an den Tannen vorbeikamen, bemerkte ich, dass ein seltsamer Geruch von Rosmarin in der Luft lag.

Wir erreichten den Pass. Obwohl meine Füße brannten und ich kaum mehr Kraft in mir trug, empfand ich ein erhabenes Gefühl. Als ich die Ebene des Passes betrat, richtete sich mein Rückgrat auf, und ich blickte, die Hände in die Hüften gestemmt, in das geheimnisvoll im Dunkeln liegende Tal, umringt von gewaltigen Schatten aus Bergketten, die wie verborgene Flottenverbände einer Eroberungsarmee den Pass bewachten. Von hier aus glaubte ich, Spital am Semmering zu erkennen, doch ich war nicht sicher, da in den Häusern nur wenige Lichter brannten. Daneben vermutete ich Edden, dieses unbekannte Dorf, von dem Marlene erzählt hatte, sie habe es besucht in ihrem Wahn.

Vom Pass führten zwei Wege hinab. Einer fiel steil ab und schlich durch einen dichten Wald. Er glich dem Weg, der vom Stuhleck aus nach unten ragte, als wären die Gräben gefaltet wie scharfes steinernes Papier. Dieser Weg aber dürfte direkt in Edden münden, vielleicht vorbei am nördlichen Ende von Spital am Semmering. Der andere Weg war derjenige, den wir hergekommen waren. Über das Stuhleck hinauf zum See und dann weiter bis zum Pass. Überall duckten sich Latschen und Bergkiefern ins Dunkel. Vermutlich herrschte hier oben meist Wind, doch jetzt war alles still, nichts bewegte sich. Ich ging zum Rand der Anhöhe. Im Dunkel des Westens glaubte ich, ein Haus zu erkennen. Schlicht. Robust. Wie eine Festung in fremden Kriegen. Oder waren es seine Schatten, die in den Bergkiefern klebten?

Aus der Nähe erkannte ich, dass ich mich geirrt hatte, denn ich sah nur einen weißen Pfosten, der wie eine Wache vor dem Schattengebäude wartete.

»Ich war schon einmal hier«, sagte Marlene. Ich erschrak, als ich ihre Stimme in der Stille hörte. »Ich befürchte, dass ich damals nicht ganz bei Verstand war … Die Bilder in meinem Kopf …«

Ich sah zu ihr. Was musste sie hier Schreckliches gesehen haben. Plötzlich erkannte ich ein weißes Rechteck mit hellem Dach und ungewöhnlichen Rohren. Es stand weiter hinten und war kaum auszumachen. Als Marlene sich umdrehte und ebenfalls meinen Blicken folgte, drückte sie meine Hand.

»Was ist das?«, fragte ich.

»Ich hatte mich darin versteckt mit Lya. Als ich vor Paul geflohen war. Früher war es eine Art Labor. Später haben es Jäger zur Tierfütterung verwendet.«

»Jäger?«

»Ja, dieser alte Mann war hier. Er soll hier einen Hirsch gejagt haben. Ich habe sein Tagebuch gelesen. Und dort unten, wo der See ist, soll in Wahrheit ein großer Hirschfriedhof sein. Mit Hunderten mannshoher Geweihe, die mit Schnee bedeckt sind, und Schädeln so groß wie Höhlen und Rippen wie gebogene Fahnenstangen. Von überall sollen die Hirsche hierherkommen, um zu sterben. Wie Elefanten.«

»Weiße Hirsche?«, fragte ich, doch Marlene schwieg. Ich blickte zu ihr und machte mir Sorgen, dass sie wieder in eine andere Welt in ihrem Kopf stürzte.

»War das Tagebuch, das du gelesen hast, das Tagebuch unseres Vaters? Ich meine nicht diesen Khalberg, sondern den anderen.«

»Viktor Castor. Ja. Das heißt, nein, es waren mehrere, die hineingeschrieben haben. Mehrere Handschriften. Ich habe nicht alles verstanden.«

Marlene verstummte für einen Moment. Dann streckte sie den Hals und sah nach hinten zum verborgenen Bergsee. Man konnte von hier die kleine Insel und unseren Unterschlupf zwischen den Bäumen im fahlen Mondlicht gut erkennen. »Seine Frau, die er mit unserer Mutter betrogen hat, ist dort unten am See gestorben«, setzte Marlene fort. Dann blickte sie wieder nach vorn zu dem Abgrund, wo ein weißer Pfeiler aus der Erde ragte. »Dort haben seine Eltern gewohnt. Die vom alten Castor. Vielleicht war dort der Hof unserer Großeltern. Väterlicherseits«, sagte sie.

»Dieses Tagebuch? Weißt du, wo es jetzt ist?«

Marlene schüttelte den Kopf.

Ich setzte mich auf den Felsen, der gleich neben dem weißen Pfeiler aus der Erde ragte, und blickte wieder in das finstere Tal. Dorothea hatte recht, von hier aus hatte ich trotz der Dunkelheit einen guten Überblick und würde jede Bewegung im Mondlicht sehen. Marlene setzte sich neben mich und folgte meinen Blicken. In Richtung Norden glaubte ich, das Gipfelkreuz des Stuhlecks zu erkennen. Es sah aus wie ein Gemälde. Und das Güntherhaus. Es lag ein wenig darunter. Unter einem bizarren Nachthimmel voller wartender Wolken. Ob Dorothea schon dort war?

»Glaubst du wirklich selbst, dass du schuld am Tod deiner Lieben bist? Deiner Kinder? Glaubst du, dass du diese große Krankheit bringst?«

Von Marlenes Frage regelrecht überrumpelt, überlegte ich,

was ich antworten sollte. Und sagte dann: »Ich mache mir Sorgen um euch. Die große Krankheit. Ich habe sie zu euch gebracht. Sie ist da. Ich hoffe nur, dass sie euch in Ruhe lässt.«

Ich starrte auf den rot glühenden Streifen im Westen. Dort schien die Sonne nicht untergehen zu wollen, es wirkte, als würde dort ein verheerendes Feuer toben.

»Die große Krankheit. Was ist das genau? Ein Virus?«

»Ich war unten. Überall liegen sie herum, die toten Vögel. Und dann dieser abscheuliche kranke Hirsch und diese Stille, diese verdammte Hitze.«

Ich blickte in Marlenes Gesicht. Ich dachte daran, als ich sie zum ersten Mal gesehen hatte. Ihre Züge waren versteinert gewesen. Jetzt war sie ein wenig aufgeblüht, da sie Hoffnung schöpfte. Vielleicht glaubte sie, dass sie gemeinsam mit mir in diese andere Welt abtauchen konnte, in der sie Lya immer noch zu finden hoffte. Ich spürte, dass sie mich ausfragen wollte, was es mit dem Sehen in den Heilstätten auf sich hatte. Aber sie fragte nicht, und ich hätte ihr auch nicht die Wahrheit erzählt.

»Ich habe schon einmal meine ganze Familie verloren. Ich will meine neue nicht auch verlieren.«

Marlene nahm meine Hand und strich mit dem Daumen über deren Rücken. »Ich weiß, was es heißt, eine Familie zu verlieren. Aber ich schwöre dir, dass wir immer zusammenbleiben.«

»Aber es ist die Krankheit. Sie ist da«, flüsterte ich.

»Vielleicht bildest du dir das auch nur ein?« Marlene formulierte die Frage vorsichtig, ganz leise und behutsam. Dann hüllte sie sich wieder in Schweigen und betrachtete wortlos mit mir den Mond. Ich dachte an das Lied, das Carlotta immer mit mir gesungen hatte. Das Lied, in dem ich zum Mond singen sollte, wenn ich auf die andere Seite gelangen wollte.

»Was hat denn Hermann gesagt? Woran ist seine Frau gestorben?«, fragte Marlene. Offenbar nagte derselbe Zweifel an ihr wie an mir.

»›Die Bluthherzogin. Das 13. Jahrhundert. Sie wusste so viel. So viel mehr als wir heute. Sie wusste, wie wir die große Krankheit heilen können. Gertrud von Babenberg. Sie ist der Schlüssel‹«, sagte ich und wiederholte Hermanns Worte, die er im Fieberwahn gesagt hatte.

Marlene fasste mich wieder an der Hand, als suchte sie unbewusst Halt. »Es muss eine tiefere Bedeutung geben«, sagte sie. »Alles muss mit allem zusammenhängen. Wie sonst kommt das Symbol, das mich durch meinen Wahn getrieben hat, an diese verdammte Hauswand in dem Dorf dort unten?«

Ich dachte an meine Abschriften. An die alte Babenbergerin. Ja, es musste einen Zusammenhang geben. Einen, den ich seit zwanzig Jahren suchte.

»Wir müssen jetzt ganz logisch vorgehen. Was hat Hermann noch gesagt?«, fragte Marlene und sah wieder zum Mond, der wie ein Fremdkörper auf dem schwarzen Himmelsgewölbe hing.

»›Es sind die Ketten. Jedes Glied gleicht dem vorigen. Und doch ist jedes einzigartig. Nichts ist in der wahren Welt reproduzierbar. Nichts ist immer gleich‹«, zitierte ich Hermann.

Marlene spitzte die Lippen und sah mich an. »Du machst doch auch Abschriften.«

Hatte ich ihr wirklich erzählt, dass ich Abschriften gemacht hatte? Ich musterte sie, während sie fortfuhr.

»Die Geschichte dieser Gertrud … Du produzierst eine Nacherzählung nach der anderen. Eine Fassung nach der anderen.«

»Jedes Glied gleicht dem vorigen. Und doch ist jedes einzigartig«, wiederholte ich und sah Marlene an, als hätte ich eine heiße Spur entdeckt.

»Genau. Das kann kein Zufall sein«, sagte Marlene. »Warum tust du das? All diese Fassungen?«

»Ich lege damit die Wahrheit frei. Wie ein Archäologe die Staubschichten entfernt. Oder wie ein Schriftsteller, der mit jeder Fassung tiefer in die Wahrheit seiner Geschichte vorstößt. Vieles sieht man zuerst nicht. Das Bedeutende ist meist auf den ersten Blick unsichtbar.«

Ich dachte an das Sehen in der Heilstätte. Wie oft musste man einen Weg gehen, um seinen wahren Sinn zu entlarven?

Marlene blickte in Richtung Westen. War es am Ende gar kein Feuer? Wagte die Sonne, dort aufzugehen? Oder war es eine zweite Sonne? Unsinn. Marlene legte ihre Hand auf den Felsen, auf dem wir saßen, als wollte sie die Welt davon abhalten, nach hinten zu kippen.

»Ich will nicht, dass es wieder beginnt. Wir müssen die Wahrheit finden«, sagte sie und fasste erneut meine Hand, schien sich daran festzuhalten.

»Glauben wir Hermann, dann wusste Gertrud von Babenberg, was die große Krankheit ist und wie man sie besiegt. Und anscheinend war sie hier, in dem historischen Hospital, das irgendwo da unten in den Wäldern lag. Dort geschah etwas, was in den Ketten steht. Die Ketten ...«

»... wissen so viel. Sie wissen alles. Nur: Wir können es nicht verstehen.«

»Und in den Ketten liegt das Licht«, sagte ich. »Wenn wir das Licht finden, weist es uns den Weg zur Blume, die zur Heilung führt.« Ich erhob mich und sah erneut zum Mond.

»Lya liebte Foucault. Und Nietzsche. Und beide sagen im Prinzip, dass dort, wo Zeichen sind, der Mensch nicht sein kann. Und dort, wo man Zeichen zum Sprechen bringt, der Mensch schweigen muss.«

Ich starrte Marlene an. »Was willst du damit sagen? Dass die Ketten mehr wissen als wir Menschen?«

»Vielleicht müssen wir die Vergangenheit ohne uns Menschen denken. Vielleicht gibt es ein Archiv des Wissens, das nicht von Menschen erdacht wurde.«

Ich schloss die Augen. Nicht von Menschen erdacht. Der Mensch. Sein Streben nach dem Paradies. Die ständige Suche nach der Erkenntnis. Konnte es eine Wahrheit geben ohne ihn? Ein Wissen ohne ihn? Wer sollte dieses Wissen haben? Und wenn das stimmte, mussten wir dann nicht die Welt gänzlich neu denken?

Marlene räusperte sich. Sie sah im Mondlicht blass aus, wie eine Gefangene, geflohen nach langer Haft.

»Du glaubst mir nicht, habe ich recht?«, fragte ich. »Die große Krankheit, du glaubst nicht daran.«

»Natürlich glaube ich daran«, sagte sie, und ich wusste, dass sie log. Wieder räusperte sie sich. »Aber wir alle haben doch diese Bilder im Kopf. Diese Halluzinationen. Und da könnte es doch auch sein, dass du dir diese Krankheit ... nur ausdenkst?«

Ich schloss die Augen. Sah die toten Gesichter meiner Kinder. Ihre offenen, weit aufgerissenen Augen. Ihre verzerrten Münder, die vergeblich nach den letzten Atemzügen schnappten. In Gedanken legte ich meine flache Hand über ihre Augen und schloss ihre Lider. In den Ketten lag das Licht. Es tat so weh. Die Erinnerung daran. Ich kehrte sie weg mit meinem eisernen Besen und öffnete meine Augen wieder. Sie brannten. Und Marlene hustete.

Es beginnt immer gleich. Zuerst Husten. Dann das Blut. Und mit dem Fieber kommt die Atemnot. Als hätte jemand die Zahl der Luftzüge begrenzt.

Ich begann, nervös zu werden, da ich spürte, dass die Zeit um uns knapper wurde.

»Welche Ketten kennst du?«, fragte ich Marlene, die müde auf dem Felsen hockte. Ich ignorierte ihre Zweifel. Ich kannte die große Krankheit. Sie war hinterlistig.

»Die Kette als Schmuckstück. Jemanden in Ketten legen«, begann sie.

»Eine Menschenkette. Ablauf. Eine Eimerkette. Eine Rettungskette. Eine Informationskette.«

»Desoxyribonukleinsäure. Kurz: DNS. Eine Nukleinsäure. Sie setzt sich als Polynukleotid aus einer Kette von vielen Nukleotiden zusammen. Die menschliche DNA.«

Wir starrten Dorothea an, die plötzlich vor uns aus dem Dunkel trat. Wir fragten sie, ob sie erfolgreich gewesen war und etwas Nützliches gefunden hatte. Doch sie schüttelte nur den Kopf und schien auf merkwürdige Art verändert, als hätte sie etwas Schreckliches gesehen. Sie sah aus, als wäre sie vor jemandem auf der Flucht. Abgehetzt. Nervös. Sie rang nach Luft, hatte rote Flecken im Gesicht. Still setzte sie sich neben uns und blickte in das weite, in Schwarz gehüllte Tal. Sie roch nach Schweiß.

»Was ist geschehen?«, fragte ich vorsichtig, doch Dorothea antwortete nicht.

»Oder eine Blockchain«, unterbrach Marlene und unterdrückte mit einem weiteren Räuspern einen Hustenreiz.

»Eine Blockchain?« Ich hatte den Begriff zwar zuvor gehört, wusste aber nicht, wie ich ihn einordnen sollte. Bevor Marlene antworten konnte, lieferte uns Dorothea eine einfache Erklärung. Ihre Stimme klang monoton. So, als wollte sie etwas sagen, nur um nicht im wirren Strom ihrer Gedanken zu versinken. Als würde sie uns ein Seil zuwerfen, nach dem wir fassen sollten, um sie damit herauszuziehen aus dem schrecklichen Strom ihrer Bilder, in denen sie vor unseren Augen zu versinken drohte.

»Eine Blockchain ist eine digitale und dezentrale Datenbank, die chronologisch und linear regelmäßig um neue Daten erweitert wird. Es ist wie eine Kette, die ständig länger wird.«

»Eine Fassung der Wahrheit folgt der anderen. Immer und immer wieder«, sagte Marlene und ließ mich nicht aus den Augen.

»Die neuen Informationen werden immer geprüft, bevor man sie in die Kette einfügt. Sie bauen sozusagen aufeinander auf. Nichts geht verloren. Wie ein Stille-Post-Spiel, bei dem jeder von überall auf dieser Welt jede Information, die je weitergegeben wurde, einsehen kann.«

Dorothea klang apathisch. Etwas war geschehen. Etwas, was sie uns nicht erzählen wollte.

»Ich verstehe das nicht«, sagte Marlene.

»Ich flüstere dir eine Zahl ins Ohr. Zwölf. Du verstehst aber elf. Und sagst Greta die Zahl Elf weiter. Wird sie gefragt, um welche Zahl es sich handelt, sagt sie elf. Das ist ihre Wahrheit. Wenn Greta aber die ganze Kette einsehen kann, dann sieht sie, dass die Zahl vor elf die Zwölf war. Also weiß sie, dass du entweder die Zahl falsch verstanden oder sie bewusst falsch weitergegeben hast. Das ist die Blockchain. Absolute Transparenz. Die Wahrheit aller Wahrheiten, da die Lüge darin sichtbar wird. Banken streben nach diesem System. Die sogenannten Kryptowährungen basieren darauf. Das ist wie eine neue Ordnung. Zurzeit ist allerdings der Energieaufwand enorm.«

Eine neue Ordnung. Ein Schauer lief mir über den Rücken.

»Das Ende der Lüge. Das wahre Archiv des Wissens«, sagte Marlene und blickte wieder nach Westen, wo das Licht immer stärker aus der Dunkelheit drängte. »Kann es sein, dass es im Mittelalter eine Art Blockchain gab?«, fragte sie Dorothea. Doch Dorothea schwieg und starrte mit bleichem Gesicht in das unheimliche Licht.

»Auf welcher Grundlage? Blockchains sind digital«, sagte sie schließlich. Noch monotoner als zuvor.

»Aber kann es sein, dass Hermann von diesen Ketten spricht?

Einer geheimen Blockchain?«, fragte ich und legte meine Hand in ihre.

»Die Ketten sagen es. Die Ketten sagen so viel. Sie wissen alles. Nur: Wir können es nicht verstehen«, sagte Marlene und fing wieder an zu husten.

»Er hat ja auch gesagt, dass jedes Glied dem vorigen gleicht. Und doch ist jedes einzigartig. Nichts ist in der wahren Welt reproduzierbar. Nichts ist immer gleich. Das ist es«, sagte ich und spürte, dass ich recht hatte.

»Und was wollen wir jetzt tun?«, fragte Marlene, dabei sah sie abwechselnd Dorothea und mich an.

»Dorothea? Was ist los?«, fragte ich sie. Jetzt bemerkte auch Marlene, dass Dorothea kreidebleich war.

»Dort. Im Haus. Ich war drinnen. Sie sind alle tot. Ihre Augen. Aufgequollen, als wären alle erstickt.«

Stille. Ein Raunen. Von tief unten. Als würde das Tal, die Welt, der Berg atmen. Wie ein großes Geschöpf.

Tot. Sie sind alle tot. Ich dachte an Walters Worte und schloss die Augen. Zitterte.

»Was auch immer das ist, diese große Krankheit, von der du uns erzählt hast: Jetzt ist sie hier«, sagte Dorothea und starrte mich mit einem Mal direkt an. Sie hatte ihre Fassung verloren, und ihre frühere Selbstsicherheit schien komplett verschwunden.

»Ich werde diese Ketten finden. Sie müssen in diesem Hospital sein. Ich werde es finden. Dort liegt eine Wahrheit. Dort liegt der Schlüssel«, stammelte ich und suchte in meinen eigenen Worten nach Halt.

»Wie willst du das machen? Das Hospital gibt es seit dem Mittelalter nicht mehr. Wenn du recht hast mit dieser Krankheit, dann ist das eine Pandemie. Eine verdammte Seuche. Dann müssen wir andere Maßnahmen treffen, ganz andere. Wir müssen die Behörden informieren«, sagte Dorothea.

Ich sah sie an. Die Stille der Berge schwappte wie leise Wellen über ihre Worte. Und ihr Gesicht verriet, dass sie nichts tun konnte.

»Es ist der einzige Weg, ich habe mich in der Heilstätte so viele Jahre mit ihr beschäftigt, vielleicht ist jetzt der Moment gekommen, in dem ich alles zu Ende führen muss. Alles hängt mit allem zusammen.«

»Der Blutherzogin?«, fragte Marlene.

Ich nickte und dachte an die vielen Bilder in meiner Kammer. Stellte mir vor, wie sie vielleicht vor Hunderten von Jahren an derselben Stelle gesessen hatte wie ich. Vielleicht war jetzt der Moment gekommen, in dem ich zeigen konnte, dass ich doch nicht wertlos war.

»Aber wie willst du diesen *Schlüssel* finden?«, fragte Marlene mit besorgtem Blick in Richtung Dorothea, die noch immer erschrocken ihre Hand vor den Mund hielt.

»Du hast recht. Ich habe ihn nicht, aber vielleicht kenne ich jemanden, der ihn hat. Eine Frau, die schon lange tot ist …«

»Die alte Babenbergerin«, sagte Marlene und sah mich an, als erkannte sie in mir eine Nachfahrin des österreichischen Herrschaftsgeschlechtes. Oder als wollte ich mit einem Spielzeugbogen gegen einen großen feuerspeienden Drachen kämpfen. Ich wusste, dass sie mich nicht ernst nahmen, aber ich hatte keine andere Wahl.

Und so begann ich, meinen Schwestern mein Wissen über die Blutherzogin zu erzählen. Doch mit jedem Wort, das aus meinem Mund kam, spürte ich, wie mein Körper sich aufrichtete und der Geschmack nach Hafer sich in meinen Speichel mischte. Und ich spürte: Wenn ich zu den Wäldern sah, würde sie dort stehen, die Frau, über der der Falke schwebte. Nein, nicht Carlotta, meine Dienerin. Ihre. Medora. Meine Halluzination.

DIE FARBEN DER VERGANGENHEIT

»Eines Tages kam ein Ritter in diese gottverlassene Gegend östlich von hier. Er war auf der Suche nach einem siebzehnjährigen Mädchen, das von seiner Mutter großgezogen worden war. In einem kleinen, niedrigen Haus aus grob gehauenem Stein hatte es eine gute Bildung genossen und die Regeln des höfischen Benehmens gelernt. Zudem hatte die Mutter dem Mädchen alles beigebracht, was eine Frau von Stand beherrschen musste:

Musik und Tanz, französische und lateinische Sprachkenntnisse sowie die gängigsten Gesellschaftsspiele wie Dame und Schach. Natürlich musste Gertrud lesen und schreiben können und auch ein profundes Wissen über die Literatur der Zeit besitzen. Vor allem aber hatte ihre Mutter Wert darauf gelegt, dass die junge Gertrud fromm war. Gottesfürchtig.«

Ich gab mir Mühe, den Spott in meinen Worten zu verbergen.

»Gertruds Mutter versuchte, dem Mädchen ein gutes Vorbild zu sein. Obwohl sie um einiges älter war, bemühte sie sich dennoch, sich wie ein junges Mädchen zu bewegen, damit ihre Tochter von ihr lernen konnte. So machte sie nur kleine Schritte und bewegte die Arme nicht zu heftig. Ebenso vermied sie es, sich zu neugierig in der Umgebung umzublicken.«

Marlene sah mich an und runzelte die Stirn. »Die Arme nicht zu heftig bewegen?«, wiederholte sie meine Worte.

»Es gab strenge Regeln damals. So musste man lange Kleider und Mäntel richtig raffen und durfte niemals die Beine übereinanderschlagen. Ebenso war es verpönt, fremde Herren zuerst anzureden. Sie anzustarren war ebenfalls verboten. Oder beim Essen: Die Mahlzeiten durften nur mit zwei Fingern angefasst werden. Dabei musste man darauf achten, dass es zierlich aussah und scheinbar nebensächlich. Wichtig aber war, dass ein junges Fräulein in der Gesellschaft unsichtbar blieb. Bis zur Eheschließung war dies das oberste Gebot.«

Ich machte eine kurze Pause und sah in die Gesichter meiner Schwestern. Wir alle hatten in der Vergangenheit unsere Kämpfe austragen müssen – und der Kampf, den man als Frau zu schlagen hatte, hatte sich durch die Jahrhunderte nur wenig verändert. Ich erkannte in ihren Gesichtern die Entschlossenheit, dagegen anzukämpfen.

»Wir sind jetzt auch unsichtbar«, sagte Leonora plötzlich und tauchte aus dem Dunkel. Sie hustete und achtete darauf, dass wir es nicht bemerkten. Als sie meine Sorgen sah, gab sie mir gleich zu verstehen, dass Hermann schlief und sie nur Angst gehabt hatte dort unten, allein auf der Insel.

»Erzähl weiter!«, sagte Dorothea und sah mit festem Blick in Richtung Westen, wo das unheimliche Licht sich von unten an den Horizont presste.

»Gertrud war zwölf Jahre alt, als ihre Mutter ihr von ihrer Familie erzählte. Sie wollte sie in dieser Abgeschiedenheit davor so lange wie möglich bewahren.«

Marlene sah zu mir her. Sie erkannte darin wohl eine Parallele zu unserem Leben. So wie ich.

»Und sie erzählte dem Mädchen von der Geburt Österreichs, dem *›mirabilia mundi‹*, dem Weltwunder Otto III., dem Taufpaten Österreichs. Sie erzählte von Ernst dem Tapferen und von Luitpold III., dem Heiligen. Sie erzählte von den Beziehungen der Babenberger zu den in Konstantinopel regierenden Kaisern, von Theodora Komnena und von Heinrich Jasomirgott und von dessen Großmutter, Itha von Formbach-Rathelnberg, die um das Jahr 1099 das erste österreichische Kreuzfahrerkontingent angeführt hatte. Und sie erzählte von Leopold V., dem Erpresser, der den englischen König Richard I. Löwenherz gefangen genommen hatte, da er die Fahne der Babenberger vom Turm einer eroberten Festung gerissen und in den Schmutz getreten hatte. Sie erzählte auch, wie Leopold daraufhin so unter den gottlosen Muselmanen gewütet hatte, dass sein weißer Mantel, der über und über mit Blut bedeckt war, nur noch unter dem Schwertgurt einen weißen Streifen zeigte. Sie erzählte also von den Farben der Mark Österreich und dem Panther der Mark Steier, beides Teile des Wappens der Babenberger, eines Hauses, dem sie angehörte. Zu guter Letzt erzählte sie ihrer Tochter von dem glorreichen Genie, Leopold VI., Gertruds Großvater, und von ihrem Onkel, Herzog Friedrich II., dem Streitbaren, dem verhassten Schwager. Und sie erzählte vom Tod ihres Vaters …«

»So viele … Namen …«, sagte Leonora. Wieder verbarg sie den Husten.

»Die Babenberger waren eine große Familie.«

Erneut spürte ich, dass wir alle vom selben Gedanken beseelt waren. Dem Gedanken, dass auch wir Teil einer großen Familie waren, die wir nicht kannten, aber die hinter uns her war. Ich dachte, in der Stille etwas zu hören, hielt kurz meinen Atem an und fuhr nach einem Augenblick fort.

»Der zwölfjährigen Gertrud war all das aber egal. Sie hatte sich so sehr an die Einsamkeit dort draußen im Osten gewöhnt, dass sie das Blut, das in ihren Adern floss, nicht beeindruckte.

Vielmehr waren es die geistlichen Bewegungen zu dieser Zeit, die sie beschäftigten. Als sie etwa von den Pönitenten von Assisi hörte, galt ihr ganzes Interesse dieser neuen Bewegung.«

»Pönitenten?«

»Menschen, die in Buße lebten für eine begangene Sünde.«

Marlene schloss die Augen.

»Ein Mann in zerfransten Lumpen zog einst ganze Heerscharen von Menschen in seinen Bann. Sie folgten seiner einfachen Botschaft und wurden Tag für Tag mehr.«

Marlene hob den Kopf und blickte in die weite Dunkelheit. Sie hatte das Nachtvolk in ihren Bildern gesehen. Meine Erzählung erinnerte sie daran.

»Doch es war nicht dieser Franz von Assisi, zu dem sich Gertrud von Babenberg hingezogen fühlte. Es war Klara. Ihre Botschaft wich nicht weit von der des Franz von Assisi ab. Gertrud erkannte in dieser Botschaft ein neues Leben, das vor allem mit dem Wort Buße einherging. *Poenitentia.* Das war das Modewort dieser Zeit. Buße. Viele, vorwiegend Adelige und Frauen, waren von der Einsamkeit fasziniert. Sie stellte ein neues Selbstwertgefühl dar. Für die junge Gertrud war es die Krone der Schöpfung.«

Eine gespenstische Stille drang vom Tal herauf.

»Du hast von einem Ritter gesprochen«, sagte Dorothea.

»Ja, der Ritter … er war auf der Suche nach der jungen Gertrud, die mittlerweile siebzehn Jahre alt geworden war. Doch sie lebte nicht mehr in ihrem kargen Zuhause. Sie war hinausgegangen ins Feld, wo der Wind des Ostens still von seiner Reise erzählte. Vier Jahre zuvor waren hier Mongolen durch die Wälder geschlichen. Späher des großen Mongolensturms, der die östliche Welt in kurzer Zeit unterworfen hatte. Damals hatten sie plötzlich haltgemacht und die Invasion abgebrochen. Bis heute weiß niemand, warum. Dennoch hatte Gertruds Mutter Angst, dass ihre Tochter von einem Späher aufgegriffen und verschleppt werden könnte. Gertrud aber fürchtete sich nicht. Schließlich hatte sie sich gänzlich Gott und Jesus Christus zugewandt. Diesen Idealen wollte sie nacheifern – selbst wenn es sie das Leben kostete.«

Ich unterbrach für einen Moment meine Erzählung, da ich

meinte, einen Schrei gehört zu haben. Doch ich hatte mich wohl geirrt.

»Dort saß sie also, Gertrud von Babenberg. In einem kleinen Verschlag, der über ein Erdloch gezimmert worden war. Sie lebte das Leben des Verzichts, des Gebetes und der Einkehr, um nach ihrem eigenen Heil und dem der ganzen Menschheit zu suchen. Sie hatte sich in eine schmutzige, ausgefranste Kutte aus grobem Sackleinen gehüllt, hatte sich einen Strick um ihren Leib gebunden und wanderte barfuß über die trockene Erde. Am Anfang hatte Gertrud sich geweigert, feste Nahrung zu sich zu nehmen, was allerdings in einem Schwächeanfall endete. Es wird erzählt, dass sie nach zähem Ringen mit ihrer Mutter jeden zweiten Tag Brot und Wasser zu sich nahm. Zudem durfte ihre Mutter auch jeden zweiten Tag nach ihr sehen. Dabei schickte die Mutter meist eine Bedienstete, die den zweistündigen Weg auf sich nahm. Meist fand die Dienstbotin sie nackt vor, da Gertrud es vorzog, ohne Kleider zu Gott zu beten. In den Aufzeichnungen der Bediensteten hieß es, dass man Gertrud im dunklen Innenraum des Verschlages kaum sehen konnte. Hinter einem zerrissenen Tuch lag sie inmitten der hölzernen Höhle. Erst die weißen Füßchen, die eingebettet waren im kühlen Schwarz, ließen ihren Körper erahnen, der ausgestreckt am feuchten Lehmboden lag. Die Dienerin ging jeden zweiten Tag diesen Weg und stellte Brot und Wasser in den Holzverschlag. Danach wandte sie sich, ohne ein Wort zu sagen, wieder nach Westen und ging zurück in ihre zugige, dunkle Stube bei Gertruds Mutter.«

Ich sah meine Schwestern eine nach der anderen an, ob sie mir noch folgten. Sie alle blickten in die Ferne und lauschten der Vergangenheit, als wäre sie Teil unseres eigenen Lebens.

»Doch dann kam der Ritter. Es gibt keine Aufzeichnungen darüber. Nur Vermutungen. Aber es heißt, dass die Bedienstete, die jeden Stein und jede Wurzel des Weges kannte, den Fremden auf Geheiß ihrer Mutter zu Gertrud führte. Dabei soll sie versucht haben, dieselben Schritte zu wählen wie all die Jahre zuvor, in dem Versuch, ihren eigenen Spuren zu folgen. Der Fremde soll schwer in seiner Rüstung geatmet haben und immer wieder über die Wurzeln gestolpert sein. Die Dienerin blieb dann immer stehen, wandte ihr Gesicht ab und wartete, bis er wieder ihren kleinen Schritten folgte. Die letzten Meter des Weges führten über eine Böschung auf eine weite Ebene, an deren Anfang ein kleiner Laubwald wuchs. Zwischen sperrigen Ästen und Stämmen hockte Gertrud in ihrem Versteck. Als der Fremde die Böschung hinunterstieg, soll er sich umgesehen und Folgendes gesagt haben: ›Ihr lebt sehr gefährlich hier.‹ Ob er mit der Gefahr die Mongolen meinte, die vermutlich immer noch durch die östlichen Wälder schlichen? Oder etwas anderes? Schließlich lag der Verschlag an der Grenze zum Königreich Ungarn. Oder gab es eine andere Gefahr?«

»Und dann? Was wollte der Ritter von Gertrud?«, fragte Marlene, und ich sah eine dunkle Vorahnung in ihren Augen.

»Es schien, als hätte die junge Gertrud den Fremden bereits erwartet. Sie tauchte aus ihrer selbst gewählten Dunkelheit und trat dem Ritter zerlumpt entgegen. Ihr Haar glich einem dichten Buschwerk, ihre Haut war grau, und ihre Hände und Füße ähnelten Wurzeln, wie sie kleine Bäume in die Erde trieben. Zudem soll sie nach Kot und Erbrochenem gerochen haben. Nur ihre Augen waren verschont geblieben vom Schmutz, der sie in der Einsamkeit heimgesucht hatte. Sie sollen in einem hellen, aber müden Glanz gestrahlt haben, sodass der Ritter einen Schritt zurückwich. Dann zog der Ritter ohne Vorwarnung sein Schwert und zielte auf Gertruds nackten Hals. Dabei soll er einen Laut ausgestoßen haben. Einen pfeifenden, ächzenden Laut. Dann taumelte er, verlor das Schwert und stürzte zu Boden. Drei Pfeile steckten in seinem Kopf. Einer hatte sein linkes Auge durchbohrt und ragte wie ein roter Ast aus seinem bleichen, entsetzten Gesicht.«

»Woher kamen die Pfeile?«, fragte Dorothea ungeduldig, als suchte sie eine Verbindung zu dem Angriff auf uns vorhin.

»Es hieß, dass Gertrud gekreischt habe. Unwirklich und mit fremder Stimme. Auf ihrem Gesicht klebte das Blut des Fremden. Es lief über ihr Kinn und tropfte auf ihre Brust, die aus den Lumpen hervorschimmerte. Dann soll sie gebrüllt haben: ›Dass der Teufel dich schände! Du aussätziger Bastard! Den Veitstanz auf dich! Dass Gottes Leichnam dich schände!‹«

Plötzlich erstarb meine Erzählung. Ich hatte die Geschichte so oft geschrieben und wollte immer wieder andere Worte wählen.

Aber letztendlich benutzte ich immer dieselben. Der Fluch, der aus Gertruds wütendem Mund drang, klang stets gleich.

»Weißt du Sohn einer dreckigen Ausgeburt nicht, wer vor dir steht? Das Fieber auf dich! Dass dich Gottes fünf Wunden schänden!«

Das Fieber auf dich!

»Das Fieber auf dich«, wiederholte Dorothea meine Worte. »Meinte sie damit die große Krankheit?«

Ich schwieg.

»Und was geschah dann?«, fragte Leonora.

»Als Gertrud die zehn Ritter sah, die aus dem Laubwald kamen, versuchte sie, Haltung zu bewahren. In ihren Händen trugen sie Schwerter und einer eine Armbrust. Die Dienstbotin hatte Verdacht geschöpft. Ihr Trippeln auf dem Weg war das Signal für die Ritter gewesen. Sie waren außer Atem und trugen das Wappen des Herzogs von Österreich. Doch dahinter, so heißt es in den Aufzeichnungen der Bediensteten, soll ein Mann gewartet haben. Versteckt im Laubwald, hatte er seine Augen auf Gertrud gerichtet. Er soll jung gewesen sein, und seine Kleider sollen fremd gewirkt haben – wie die eines Sarazenen. Und über dem Wald wurde angeblich ein Falke gesehen.«

»Aber diese fromme Frau, die dort im Osten ihr Heil gesucht hat, warum hat Hermann sie dann die ›Blutherzogin‹ genannt? Mal ungeachtet ihrer Flüche«, sagte Marlene und starrte in den Wald, als würde sie jemanden beobachten.

»Gertrud war nicht immer gottgläubig«, sagte ich.

Die Stille, die aus den Wäldern zu uns drang, klang immer unheimlicher. Ich hatte Angst, fortzufahren.

»Die zehn Ritter überbrachten Gertruds Mutter die Nachricht, dass jemand um die Hand ihrer Tochter angehalten hatte. Der Kaiser. Der Kaiser des Heiligen Römischen Reiches. Das Staunen der Welt, das sich in Jerusalem selbst die Krone aufgesetzt hatte. Der Weltenwandler. Oder wie ihn der Papst zu jener Zeit nannte: der Antichrist. Friedrich II. von Hohenstaufen.«

Meine Schwestern schwiegen. Das Licht des Westens kroch durch ferne Baumstämme.

»Doch die gottesfürchtige Gertrud lehnte ab. Sie erschien nicht zu ihrer eigenen Hochzeit. Der Kaiser war erzürnt und jagte sie. Sie floh, und vermutlich führte ihr Weg sie hier durch. Durch das Hospital am Semmering. Gertrud wurde eine Gejagte. Aber als der Kaiser im Jahre 1250 starb, wendete sich das Blatt. Sie, hinter der die Armeen des Kaisers her waren, hielt inne und stellte sich ihnen entgegen. Denn es schien, als hätte sie in jener Zeit dort im erdigen Verschlag etwas gefunden, was ihr eine innere Stärke verlieh, die es mit allen Armeen dieser Welt aufnehmen konnte. Aus der gejagten, gottesfürchtigen Frau wurde plötzlich eine gottlose Jägerin, die nur ein Ziel hatte: die erste römische Kaiserin zu werden. Dafür war ihr jedes Mittel recht.«

»Gertrud von Babenberg eine Kaiserin?«, fragte Dorothea und starrte mich an.

»Die Blutherzogin«, fügte Leonora leise hinzu.

»Ihr Leben war fortan durchzogen von Mord und Intrigen und führte sie bis zur größten Schlacht des Mittelalters, nach Dürnkrut. Vielleicht hundert Kilometer nördlich von hier. Dort wurde um die Nachfolge des Kaisers gekämpft, und Tausende Ritter zogen in den Krieg für den größten weltlichen Thron. Doch das Geschlecht der Babenberger ging dort auf dem Schlachtfeld unter, und die Dynastie der Habsburger drängte in die Welt. Eine Herrschaft, die sieben Jahrhunderte lang andauern sollte. So war auch die Frau, die einst nach dem Kaiserthron gegriffen hatte, nur ein Wimpernschlag der Geschichte und endete im Wahnsinn in einem Klarissenkloster, wo sie vielleicht ein großes Geheimnis mit in den Tod nahm.«

»Aber warum hatte dieser Ritter sie töten wollen?«, fragte Marlene.

»Die innere Kraft, die sie entdeckt hatte, war für viele gefährlich. Damals wäre es noch einfach gewesen, sie zu töten. Je mehr diese Kraft in ihr wuchs, desto schwerer wäre es geworden, sie aus dem Weg zu schaffen. Damals hätte ein einziger Ritter gereicht, um sie niederzuringen. Später wichen die stärksten Armeen vor ihr zurück. Das ahnte auch der damalige Auftraggeber.«

»Wer war das?«

»Ich weiß es nicht.«

»Wo ist dieser Ort? Dieser Verschlag?«

»Irgendwo im Osten. Es gibt keine Spuren mehr davon. Vielleicht aber auch im Norden. Es existieren keine Aufzeichnungen darüber.«

»Auch keine Wege?«, fragte Marlene.

»Was meinst du?«

»Vielleicht ist dieser Ort, an dem Gertrud die Krone der Schöpfung entdeckt hat, der Beginn des Königswegs, der sich bis hier heraufzieht. Und vielleicht ist dieses Hospital wichtiger, als wir denken.«

Das Husten. Es war laut.

»Diese Dienerin«, sagte Leonora plötzlich. »Wer war sie? Ist das deine Halluzination? Ist das Medora?«

Ich konnte ihr nicht antworten, da das Husten immer lauter wurde. Es war keine Einbildung. Das Husten war da. Und es kam von der Hütte.

DAS GEHEIME ZENTRUM

Er rang nach Luft. Dorothea hatte ihm neue Wickel um die Waden gelegt. Ich legte meine Hand auf seine Stirn. Sie glühte. Dorothea hatte weiße Laken im Raum gespannt, um Hermann das Gefühl zu geben, in einem abgetrennten Krankenzimmer zu liegen.

»Ich werde dich retten«, flüsterte ich ihm ins Ohr und wusste, dass ihm nur noch wenig Zeit blieb. Wir alle wussten das.

Er hatte Mühe, Luft in seine Lunge zu ziehen. Ich strich ihm über die Brust, als wollte ich so den Sauerstoff besser über seine Lungen verteilen. Ich streichelte über seinen Kopf. Hinter seinen geschlossenen Lidern tobten die Pupillen. Wie zwei wilde Panther, die eingesperrt in ihren Käfigen hin und her jagten und ihren Tod bereits in den Gliedern spürten. Ich schob das rechte Lid nach oben. Die Blutfäden hatten eine Art Schlangennest gebildet. Es war dasselbe Mal wie bei Dimitri. Dasselbe wie bei … Bilder von meinen mit dem Fieber kämpfenden Kindern erschienen in meinem Kopf. Ich stellte mir ihre Gesichter vor. Die Züge waren verschwunden. Als hätte der Wind ihren Charakter geraubt. Als hätte ich vergessen, wie sie aussahen. Wann würde das Fieber bei meinen Schwestern ausbrechen? Wann bei mir? Wann würden wir verschwinden?

Ich sah zu Dorothea. Wir beide wussten, dass die Zeit drängte. Mein Herz schlug schneller.

»Was ist das? All die Toten, wir werden alle sterben.« Ich spürte, dass Dorothea an die Bilder im Güntherhaus dachte und an die offenen Münder und Augen, die vermutlich den Fratzen meiner Kinder ähnelten. Sie begann, auf und ab zu gehen. Vermutlich wollte sie nicht weiter abwarten, sondern endlich handeln.

»Wir müssen ins Krankenhaus«, sagte ich zu Dorothea, als wollte ich sie beruhigen, und verlor immer wieder den Klang meiner Stimme.

»Hermann würde den Transport nicht überleben.«

»Dann müssen wir einen Arzt holen.«

Dorothea schwieg. Sie ging zum Fenster. Der Morgen erhob sich, und ich wunderte mich, wie schnell die Nacht verschwunden war. Wann würde sich die Krankheit in ihr, Dorothea, aufrichten? Sie blickte zum Güntherhaus. Es ragte wie ein Geisterschiff aus dem nassen Nebel, der über dem Stuhleck hing.

»Es ist eine Seuche. Wir sind hier gefangen.«

»Es ist die große Krankheit«, sagte ich. »Ich werde alles tun, damit –«

»Es gibt keine große Krankheit.« Dorothea hatte ihre Selbstsicherheit wiedererlangt, zumindest klang sie bestimmend.

»Aber die Toten. Du hast sie doch selbst gesehen!«

»Es ist ein Virus. Ein künstliches. Ich habe gehört, dass sie daran arbeiten. Aber ich habe es ausgeschlossen, dass sie es je einsetzen werden.«

Ich war wie vom Blitz getroffen.

»Es gab damals am Herrenhof viele Gerüchte. Ein Virus, welches das Licht bricht.«

»Und die Neue Ordnung vorbereitet? Ein Virus?«

Ich schüttelte den Kopf. Die große Krankheit ein künstliches Virus? Nein. Gertrud hatte die Pest gebracht. War das auch ein künstliches Virus? Unmöglich. Nein, es war der krumme Ton in mir, der die Krankheit brachte, nicht ein Labor irgendwo in den Bergen.

»Wir sollten versuchen, uns irgendwie nach Italien durchzuschlagen. Wenn meine Vermutung stimmt, dann dürfen wir niemandem mehr trauen und müssen auch jedem aus dem Weg gehen, damit wir nicht infiziert werden. Wenn wir eine Heilung finden, dann nicht hier. Dann müssen wir zurück in meine Festung in den italienischen Alpen.«

Ich dachte an Dorotheas Worte auf dem Pass. Wir alle waren krank. Wahnsinnig. Aber wir ließen es nicht mehr zu. Wir hatten uns von der Welt da draußen getrennt. Dabei mussten wir vielleicht nur den Mut haben, die Welt neu zu denken.

Ich war nach draußen gegangen. Die Reste der Nacht lagen zerbrochen in den Wellen des Wassers. Hatte Dorothea recht? Ich kniete mich ans Ufer und blickte ins Wasser. Die Wellen. Ich fasste mit der Hand hinein. Es war kalt. Mein Gesicht tauchte darin auf.

Das Geheimnis steckt in den Ketten, in denen das Licht liegt. Wenn wir das Licht finden, weist es uns den Weg zur Blume, die zur Heilung führt.

Ich dachte an Hermanns Aufzeichnungen. Das Hospital. Gertrud von Babenberg war hier durchgezogen. Sie hatte ein Geheimnis in sich getragen. Sie war in der Nähe von Dresden gestorben. Zusammenhänge. Ketten. War das alles ein Zufall? Ich musste zur Wahrheit vorstoßen, ich musste ins 13. Jahrhundert, musste in das Hospital. Ich schöpfte mit der flachen Hand Wasser aus dem See und befeuchtete mein Gesicht. Die Hitze kam zurück und mit ihr die Traurigkeit. Ich sah nach dem Falken, aber er war verschwunden.

Hatte Dorothea recht? War es ein künstliches Virus? Kein Fluch?

Dorothea wusste, dass ich nicht lockerlassen würde. Ich würde hinabsteigen ins Tal und mit dem Heilmittel wiederkommen. Mit meinem Heilmittel. Ich hatte keine andere Wahl. Ich hatte schon zu lange gewartet.

»Warum gehst du nicht einfach?«, fragte sie plötzlich und sah mich herausfordernd an. Sie war ebenfalls aus der Hütte gekommen und hatte sich leise neben mich gestellt. Ich war irritiert. Während ich noch nach einer Antwort suchte, redete sie weiter. »Ich kann es dir sagen. Weil du selbst nicht an diesen ganzen Irrsinn glaubst. Den Ritter, die geheimnisvolle Gertrud von Babenberg, den Kaiser. Wie hast du ihn genannt? Den ›Weltenwandler‹. Du und dein Freund seid in eine vergangene Welt abgedriftet und darin versunken. Oder glaubst du tatsächlich, dass diese Babenbergerin, die seit Jahrhunderten tot ist, dir das Geheimnis des Heilmittels verrät, das Hermann wieder gesund macht? Ein Heilmittel, das all die Toten dort hätte verhindern können? Das ist doch absurd. Das Ganze hier ist eine Nummer zu groß für dich.«

»Diese Schwarze Familie: Ist die denn zu so etwas fähig? Zu einem Virus. Du hast doch für sie gearbeitet.«

»Ich habe nicht für die Familie gearbeitet. Ich war für LAM tätig. Ich habe dir doch schon gesagt, dass ich nicht alle Zweige dieser Familie kenne. Und wie du weißt, habe ich mich gegen sie gewandt. Aber ich weiß zwei Dinge! Erstens: Wenn es stimmt, was unsere Mutter gesagt hat, ist es durchaus möglich, dass die Familie ein Virus in die Welt setzt, um die Neue Ordnung durchzusetzen.«

»Und zweitens?«

»Dass du dich in etwas verrennst.«

Ich zitterte. In meinem Bauch regte sich etwas. Es fühlte sich an wie schlafende Schlangen, die begonnen hatten, sich aufzurichten.

»Ich weiß es doch auch nicht«, sagte Dorothea plötzlich mit einer anderen Stimme. Und erst jetzt bemerkte ich die Tränen in ihren Augen. Sie hatte keine Antwort. Und so abwegig mein Plan auch war: Er war der einzige. Wie sollten wir es bis nach Italien schaffen? Wie in ein Labor eindringen? Unbemerkt?

Ich ging zu Dorothea, berührte kurz ihre Hand. »Ich weiß, dass das alles verrückt klingt, aber ich muss es zumindest versuchen.«

»Dann beeil dich!«, sagte Dorothea. »Diese große Krankheit. Die ganze Welt wird daran zerbrechen.« Sie flüsterte. Dann sagte sie: »Warte«, ging zurück in die Hütte und kam kurz darauf mit einem Stapel Papier wieder zurück. Es waren Hermanns Aufzeichnungen, die ich aus dem Tal mitgenommen hatte. Sie drückte sie mir in die Hände. »Dann erlöse uns, geh los und befrei uns von dieser Ungewissheit!«, sagte sie.

Ich schwieg. Dass Dorothea ihre Hoffnung in mich setzte, erfüllte mich mit Stolz, aber auch mit Furcht.

Ich setzte mich auf den kalten Boden und suchte in den Blättern einen Hinweis, wo das Hospital damals gestanden haben mochte. Das war der einzige Anhaltspunkt. Ich wusste zwar nicht, was ich dort suchen sollte oder finden würde, aber ich musste etwas tun. Irgendetwas, bevor die Schlangenmale in den Augen mit ihrem giftigen Atem meine neue Familie in den Tod zerrten.

Ich schob die Papiere durch meine Hände. Immer wieder das Symbol mit seinen Kreisen. Marlene stand hinter mir. Ich fühlte jedes Mal ihr Unbehagen, wenn sie das Symbol sah. Ich breitete die Blätter vor mir aus. Legte die Symbole aneinander. Doch erst als ich mich erhob, sah ich ihn: den Grundriss des Hospitals. Hermann hatte es gefunden. Ich konnte es nicht glauben. Dorothea war ebenfalls verwundert und stürmte mit Leonora nach meinem kurzen, hellen Freudenschrei in die Kammer. Hatte Hermann deshalb noch die Aufzeichnungen mitnehmen wollen? Natürlich!

Der Grundriss war symmetrisch, folgte einer durchdachten Geometrie. Er ähnelte einem Fächer, einem Kreisausschnitt. Ich dachte an das Panoptikum. Hatte es tatsächlich existiert? Während ich auf die Pläne starrte, wuchsen meine Zweifel, dass die Grundrisse tatsächlich die des Hospitals waren.

Ich sah zu Hermann, der in der mit Laken verhangenen Nebenkammer schlief. Es schien, als würde er darauf achten, so wenig wie möglich zu atmen. Als hätte es ihm jemand verordnet. *Die Neue Ordnung.* Ich ging zu ihm, strich die Luft wieder durch seine Lungen.

»Wo ist das Hospital? Dort finde ich das Mittel, das dich retten wird. Habe ich recht? Wo ist es?«

Hermann bewegte den Kopf. Er hatte nicht geschlafen. Er versuchte zu sprechen. »In den Ketten liegt das Licht. In den Ketten.«

»Was meinst du mit den Ketten? Eine … Blockchain? Ein Archiv des Wissens?«

Ich musste ihn schonen. Ich blickte zum Tisch. Dorothea war nach draußen gegangen. Leonora blieb bei mir. Sie hustete. Immer stärker. Hinter dem Fenster tauchte der Falke auf.

Ich dachte an Marlene. Die Symbole aus ihrem Kopf. Wie waren sie hierhergekommen? In die Aufzeichnungen? Ketten. Zufälle. Das Licht der Morgensonne betrat das karge Zimmer. Marlene hatte von einem »Proto-Objekt« gesprochen. Einer Linie mit zwei Kreisen. Eine Linie. Ein Kreis. Eine Linie. Ein Glied. Ein Kettenglied. Eine Kette. Natürlich! Die Symbole waren Kettenglieder.

Ein Schauer glitt über meine Haut. Hatte Hermann es gewusst? Die Symbole tauchten an vielen Stellen des Manuskripts auf. Wenn ich die Blätter so verschob, dass sich die Kreise der Symbole verbanden – was würde ich dann finden? Ich hielt den Atem an, verteilte die Aufzeichnungen auf dem Tisch, so gut ich konnte, und verband die Symbole. Als ich damit fertig war, trat ich zurück. Ich traute meinen Augen nicht. Was mit einem Mal vor mir lag, war nichts anderes als eine Landkarte. Eine Landkarte aufgebaut aus Proto-Objekten.

Ich ging näher heran. Begutachtete die eingezeichneten Wege. Es waren Wege, die ich kannte. Wege, die wie Rippenbögen nach Tannenfall führten. Wege hinaus und Wege hinein. Ein frischer Windstoß brachte den Duft feuchter, würziger Erde in die Stube. Ein Kribbeln stieg über meine Nase in meinen Kopf. Die Notizen gaben Hinweise, was an jener Stelle zu finden war. Und da: das Hospital. Es stand über einem Kreis. Warum hatte ich es vorher nicht gesehen? Das Hospital. Ich hatte es gefunden.

»Ich habe es!«, rief ich. »Ich habe es!«

Leonoras und meine Blicke flogen über die Wege der Ketten, bis ich den Standort unserer Insel darin fand. Darüber stand eine Notiz. Ich konnte sie nicht entziffern, aber ich war sicher, dass ich ihn nun kannte, den Weg zum Hospital. Den Weg zur Heilung.

DIE WAHRE DUNKELHEIT

Hinter den Villen lag ein Weg, der nach Spital am Semmering führte. Ich ordnete meine wenigen Erinnerungen, die ich an diesen Ort hatte. Ich war damals, als ich auf den Herrenhof gefahren war, durch Spital gefahren. Ich erinnerte mich an den historischen Hirschenhof, eine heruntergekommene Gaststätte, gehüllt in gelbe Farbe. Von dort lief die Straße weiter nach Mürzzuschlag oder – wenn man umkehrte – auf den Semmering hinauf. Rechts fiel eine Seitenstraße in das kleine Dorfzentrum ab und zerteilte sich in ein paar Wege, die hinauf zu einem dunklen Wald führten, wo ich ebenfalls Villen zu sehen glaubte. Auf der linken Seite schob sich eine Kirche vor mein geistiges Auge. Wenn ich von dort einen Weg weiterdachte, weiter über die dahinterliegenden Hügel, würde ich durch einen Wald aus Lärchen und vorbei an den versteckten Villen hinauf nach Tannenfall gelangen.

Ich betrachtete die Symbole, die eine Karte ergaben, und versuchte, das Bild vor meinem inneren Auge darüberzulegen. Das historische Hospital musste hinter der Kirche liegen. Mein Mund war trocken, und ich spürte ein Kratzen. Ich hatte zu wenig getrunken. Ich mochte das Wasser hier nicht. Ich wusste nicht, warum. Mein Kopf tat weh, und ich fühlte mich mit einem Mal krank. Ich durfte jetzt nicht krank werden. Das Hospital. Ich musste es finden. Dort lag die Wahrheit.

Ich hob das Blatt mit dem Symbol vom Boden, über dem das Wort »Hospital« stand. Es war mit schwarzer Tinte in das Papier geritzt. Es schien, als ob es mit großer Wut dort eingraviert worden war, da die schnellen, kräftigen Linien das Papier fast zerrissen hatten. Ich hielt es dicht vor meine Augen. Ich konnte die Handschrift von Hermann kaum lesen. Seine offenbar eiligen Buchstaben. Der restliche Bogen war von oben bis unten vollgeschrieben. Es war ebenfalls seine Schrift, aber sie war einfacher zu lesen. Leonora schob neugierig ihren Kopf nach vorne. Ihr Duft kroch in meine Nase, und es schien mir, als wollte sie mich zur Seite drängen. Traute sie mir nicht zu, die richtige Spur zum Hospital zu finden?

Aber ich bin mir sicher, dass es dahinterliegt. Hinter der grünen Tür. Ich war dort. Es war mir unmöglich, sie aufzubrechen. Der Schulwart. Er muss den Schlüssel haben.

Ich blickte auf, sah nach draußen in das Licht des Morgens. Eine Schule. Hatte ich hinter der Kirche eine Schule gesehen? Da war etwas gewesen. Ein seltsames Gebäude. Ebenfalls gelb. Mit einem großen schwarzen Überbau. War das die Schule gewesen?

Es war immer dieselbe Zeit. Sie trafen sich immer hier.

Meine Augen flogen nach unten. Hermann hatte eine kleine Liste erstellt.

– Sie war mit ihrer Dienerin hier. Flucht vor dem Kaiser. Belegt. 1245. Aufzeichnung Hospitalar.
– Der Herzog schlägt die Ungarn in die Flucht. Bei der Verfolgung fällt er mit voller Rüstung vom Pferd und wird kurz vor den rettenden Mauern von Wiener Neustadt erschlagen. Zeitgenössische Quellen sprechen von einem Anschlag aus den eigenen Reihen. Sie hat Angst, ebenfalls ermordet zu werden. War hier. Belegt. 1246. Aufzeichnung Hospitalar.
– Warum wollten alle hierher? Liegt im blauen Frieden der Grund? Der Semmering ist ab sofort Landesgrenze und Grenze zweier Könige. Ein großes Kreuzritterheer des Deutschen Ordens befindet sich im Preußenland, darunter Ottokar II. Sie waren an der Grenze. Sie waren wieder hier. Belegt. 1254. Hospitalar.
– Die Oberhäupter des steirischen Adels versammeln sich am 19. September 1276 im Kloster Rein. Verbünden sich gegen Ottokar und sind für Rudolf von Habsburg.
– Vor ihr kniet der Teufel. Gertrud stirbt zweiundsechzigjährig im Kloster Seuslitz bei Dresden. Ist die große Krankheit überwunden? Oder erhebt sich erst durch ihren Tod und mit ihr die Neue Ordnung?

»Du sieht blass aus«, sagte Dorothea. Sie hatte hinauf zum Pass gewollt, um Wache zu halten, stattdessen aber hatte sie die ganze Zeit an der Tür des Haues gestanden und mich und Leonora beobachtet. Ich ignorierte ihre Bemerkung. Mein Fokus war ganz auf diese Aufzeichnungen des Hospitalars gerichtet. Sie fügten sich wie ein dunkles Puzzlestück in meine Arbeit über Gertrud von Babenberg. Wieder lief ein Schauer über meinen Rücken.

»Ich werde jetzt gehen«, sagte ich und legte das Blatt zurück auf den Tisch.

Dorothea sah mich an, und ich spürte, dass sie mir recht gab. Doch bevor sie etwas sagen konnte, trat Marlene hinter sie, die unbeteiligt hinter Dorothea gestanden und scheinbar nur auf ihr Stichwort gewartet hatte. »Und ich werde mit ihr gehen«, sagte sie, dann hustete sie das erste Blut.

Dorothea schwieg.

»Das ist doch alles kein Zufall. Die Ketten, die Karten, Gertrud von Babenberg, die große Krankheit. Da draußen geht etwas Großes vor. Etwas ganz Großes.« Marlene drängte sich an Dorothea vorbei und ging zu Leonora und mir. Wir mussten mit unseren gesenkten, eng einander zugeneigten Köpfen ausgesehen haben wie rebellische Generäle, die heimlich ein Komplott planten und ihre unsichtbaren Armeen über eine Karte zogen. Als Marlene die Symbole sah, die auf dem Tisch eine Karte ergaben, fühlte ich, wie ihr Herz unter ihrer Brust wild zu schlagen begann.

»Ich werde dieses Hospital finden, ich muss hinter diese grüne Tür«, sagte ich.

»Vielleicht hast du recht«, sagte Dorothea und hob dann ihren Blick, da der Falke über der Insel auftauchte.

»Das ist unmöglich.«

»Ich werde uns alle retten ... will euch nicht mehr verlieren.«

»Lya ...«

»Und die Wache? Wenn ihr beide geht? Wer wacht auf dem Pass?«

»Lya ... Elias ... Jakob ... Medora.«

Ich drehte mich zu Marlene. Ihre Augen waren geweitet. Sie zitterte. Sie starrte auf das Papier, das ich vorhin in den Händen gehalten hatte. Sie hatte die Notiz entziffern können, die Hermann über den einen Kreis gekritzelt hatte.

»Er kennt sie«, stammelte sie. »Unsere Halluzinationen.«

FÜNFTE AUFZEICHNUNG

»Gibt es da noch etwas, was euch kränkt?«

»Ja, dass wir nicht von Gott abstammen.

Sondern vom Tier.«

Bevor wir aufbrachen, war ich noch einmal in das Lakenzimmer gegangen, in dem wir Hermanns Krankenlager aufgeschlagen hatten. Er lag auf dem Boden. Wir hatten Äste und lockere Erde unter seinen Körper geschoben, damit er es so weich wie möglich hatte. Der nasse Nebel stand im Zimmer, und es roch nach Schlamm. Ich hockte mich zu ihm und fragte ihn, was es mit der Tür auf sich hatte, von der ich in seinen Aufzeichnungen gelesen hatte. Aber er konnte nicht mehr sprechen. Das Fieber war zu hoch.

»Bist du wirklich bereit?«, fragte Marlene und fasste meine Hand. Sie war eiskalt. Ich nickte und sah in den Morgendunst, der bereits von der lauernden Hitze des jungen Tages aufgefressen wurde.

»Wenn die Sonne untergeht, werden wir wieder hier sein. Dann wird alles anders.«

Ich stand auf, verließ das Haus und stieg mit Marlene in das Holzboot. Ohne Worte, aber mit festen Umarmungen verabschiedeten wir uns von unseren Schwestern und verließen die Insel des Lebens.

»Passt auf euch auf!«, rief uns Dorothea nach, und als ich das Paddel ins Wasser stieß und mich noch einmal zu ihr umwandte, sah ich Leonora am Fenster. Sie hob die Hand, als wäre es das letzte Mal, dass wir uns sehen würden.

Auf dem Weg ins Tal sprachen wir kein Wort. Ich folgte Marlene, die mit leisen Schritten über die stillen Pfade ging. Ich dachte an die Dienerin, die damals Gertrud jeden zweiten Tag Essen gebracht hatte. Ich dachte an Carlotta und an die vielen Male, als wir durch die Wälder gingen. War Gertrud auch eine Wirtin gewesen?

»Irgendetwas ist anders«, sagte Marlene und blieb plötzlich stehen. Wir blickten hinauf zum Pass, der sich schon hinter einem dichten Wald versteckt hatte, und sahen im Tal die ersten Dächer der Häuser.

»Was meinst du?«

»Es ist so still.«

Sie hatte recht. Es war noch stiller als beim letzten Mal, als ich ins Tal gegangen war. Ich suchte in der Stille nach Leben. Einem Raunen. Dem Wispern des Windes. Dem Summen einer Wespe oder dem Klopfen eines Spechtes. Nichts. Außer dem Atem meiner Schwester und dem Schlagen meines Herzens konnte ich nichts hören. Doch etwas beunruhigte mich noch mehr. Etwas, das mir zuvor nicht aufgefallen war: Ich konnte nichts mehr riechen. Überall Wald, aber der Duft seines harzigen Atems war erloschen. Als hätte auch ihn die große Krankheit fest im Griff. Der verborgene Geruch von Rosmarin, von rauchend grünem Gras, von glatten bunten Pilzen. Von sattem dunklem Moos, gefallenen knackenden Zapfen. Kribbelnden Ameisenhügeln. Nichts. Für einen Moment dachte ich, dass es vielleicht an mir lag. Vielleicht war mein Geruchssinn geschwächt. Aber als ich an meiner Hand roch, stieg mir Schweißgeruch in die Nase.

»Das ist seltsam. Was ist das?«, fragte ich Marlene und suchte im schattigen Licht des Waldes nach Antworten.

»Es ist alles wie immer. Die Wege, die heimtückischen Wurzeln und auch die Lichtungen, die zu den Räuberhöhlen führen. Alles ist wie damals und fühlt sich doch anders an.«

»Es ist die Realität. Die Farben sind blasser, die Gerüche schwächer und selbst die Geräusche bescheidener«, sagte ich.

Ich sah in die Himmelsreste, die zwischen den Baumkronen auf uns herabblickten. Sie waren wie aus einem hellen blassen Blau gemalt. Keine Vögel. Nichts. Nur diese unheimliche Stille.

Ich hockte mich hin und nahm eine Handvoll Erde, um darin Würmer oder kleine Käfer suchen. Doch nichts. Selbst als ich die Erde zwischen meinen Fingern rieb und daran roch, war das Ergebnis dasselbe. Die Welt war verschwunden. Nur das Licht war geblieben.

»Ich weiß vielleicht, wo wir den Schulwart finden«, sagte Marlene.

»Warum hast du mir das nicht gleich gesagt?«

»Es ist für mich nicht so einfach, mit nur einer Welt zurechtzukommen. Seit die Wahnbilder weg sind, muss ich meine Erinnerungen ordnen. Nach richtig und falsch. Aber jetzt bin ich mir sicher. Ich war damals mit dieser einen Polizistin in einer

Gaststube. Dort trafen sich die Bauarbeiter. Die eine Frau, die Wirtin, sie kann uns vielleicht sagen, wo der Schulwart ist.«

Etwas über mir bewegte sich. Ein Falke. Ich war erleichtert.

»Hast du nicht Angst, dass sie dich erkennt?«, fragte ich Marlene, die nach weiteren Schritten über den gewundenen Pfad Ausschau hielt. »Merten hat gesagt, dass wir auf der Hut sein müssen. Wir wissen nicht, was uns dort unten erwartet.«

»Dich kennt sie nicht.«

Ich nickte und folgte Marlene.

Wir gingen einen anderen Weg. Die Villen ließen wir östlich liegen, und auch das Dorf, in dem ich Hermann gefunden hatte, umgingen wir großräumig. Ich dachte an den kranken Hirsch. War er bereits verendet? Trug er auch das Schlangenmal in den Augen? Oder lauerte er hinter dem schattigen Dickicht auf einen Moment, um uns anzugreifen?

Und dann erreichten wir endlich eine kleine Kapelle. »Das ist die Waldkapelle«, sagte Marlene. »Da vorne, wenn wir aus dem Wald kommen, ist Spital am Semmering. Wir sind bald da.«

Leere Häuser schoben sich an uns vorbei. Viele waren in den siebziger Jahren erbaut worden. Es schien, als wäre die Zeit stehen geblieben. Ich suchte nach Menschen, die sich aus den Fenstern beugten, nach Spaziergängern, Radfahrern, Kindern. Nichts. Alles schien verlassen. Wir gingen über eine schmale Straße, die sich Lärchenwaldweg nannte, nach unten und kamen an den Kaltenbach. Als ich das Rauschen des Wassers hörte, war ich glücklich. Ein Geräusch. Ein wunderbares Geräusch.

Wir gingen weiter ins Dorf hinein.

»Wir müssen vorsichtig sein, dass uns niemand sieht«, mahnte Marlene.

»Wer soll uns sehen? Hier ist doch niemand«, sagte ich und folgte ihr weiter auf ihrem Weg. Wir gingen an der Kirche vorbei. Gegenüber der Kirche stand ein großer gelber Würfel mit einem schwarzen pilzförmigen Dach. Dahinter lag die Talstation eines leeren Sessellifts.

»Im Winter platzt Spital aus allen Nähten«, sagte Marlene und zeigte auf die grünen Wiesen an den Hängen des Stuhlecks. Ich nickte und dachte an die Karte, die ich mit Hilfe der Symbole zusammengelegt hatte. Fand ich einen Hinweis auf das Hospital?

»Dort über die Straße, dann sind wir da.«

Ich erkannte den Hirschenhof und dachte im ersten Moment, dass Marlene diesen Gasthof meinte. Doch sie ging weiter in das Dorfinnere und blieb vor einem alten, niedrigen Gebäude stehen.

»Als ich mit Lya hier war, standen hier die Baufahrzeuge der Tunnelarbeiter. Seltsam.«

Ich bemerkte, wie Marlene die Augen schloss. Bestimmt dachte sie an Lya. Und womöglich hatte sie Mühe, ihre Erinnerungen zu sortieren.

»Scheint niemand hier zu sein«, sagte ich und ging zur Eingangstür. Sie war verschlossen. Ich drehte mich zu Marlene um, als jemand aus einer schmalen Gasse kam, die von zwei Häusern gebildet wurde.

Einige Meter von uns entfernt blieb er stehen und verschränkte die Arme. »Was wollen Sie hier?« Der Mann hatte ein grobschlächtiges Gesicht und roch nach Rauch. Seine Kleider waren speckig und seine Augen blass und feucht. Es schien, als hätte er die ganze Nacht durchgetrunken und dort hinten in der Gasse auf der Erde geschlafen.

»Wir haben zu«, sagte er unfreundlich und suchte in seiner zerbeulten Hose nach Zigaretten. Marlene trat hinter mich und versuchte, ihr Gesicht zu verbergen, aber so, dass der Mann es nicht bemerkte. Er war an die fünfzig und schien früher durchtrainiert gewesen zu sein.

»Meine Freundin hat mir von Ihrem hervorragenden Frühstück erzählt, und da dachten wir, dass wir –«

»Wir haben zu. Bei uns gibt es nichts mehr.«

»Haben Sie morgen auf?«

»Ich habe euch beiden schon gesagt, wir haben zu. Woher kommt ihr überhaupt? Deutschland?«

»Wir sind auf der Durchreise und dachten –«

»Die Bauarbeiter. Wohin gehen die jetzt essen?«, fragte Marlene und kam aus ihrer Deckung.

»Die Bauarbeiter? Diese verfluchten Dreckskerle! Mit denen hat ja alles begonnen. Wo die jetzt sind? Weg sind sie. Alle sind sie weg.«

Ich dachte an das ferne Licht im Westen, das wir von der Insel aus sehen konnten. Kam es doch nicht von der Baustelle?

»Wohin sind sie gefahren?«

»Fräulein, was weiß ich? Das können Sie ja meine Frau fragen, wenn Sie sie sehen mit einem von denen. Diese Schlampe, diese verfluchte Schlampe.«

»Ihre Frau ist auch weg?«

Ich blickte zu Marlene. Ich sah an ihrem Mund, dass sie diese Frage zu vorschnell gestellt hatte.

»Wer seid ihr? Was macht ihr hier?«, fragte der Mann und kam mit ungelenken Schritten weiter auf uns zu. »Woher kennt ihr meine Frau?«

»Ich war vor einiger Zeit hier, und Ihre Frau hat mich bedient. Ich kenne sie nicht wirklich. Aber ich wollte sie nur etwas fragen«, sagte Marlene.

»Ich dachte, ihr wolltet etwas essen.«

»Das auch«, sagte ich und versuchte, ihn mit einem Lächeln zu beschwichtigen.

»Die sind alle weg. Da könnt ihr niemanden mehr fragen.«

Bevor Marlene etwas erwidern konnte, fragte ich schnell: »Warum sind alle weg? Es kann doch nicht einfach ein ganzes Dorf verschwinden.« Wieder lächelte ich.

»Die haben alle Geld bekommen. Die sind alle weg.«

»Geld von wem?«

Ich dachte an Hermann. Auch er hatte davon gesprochen, dass alle enteignet worden waren.

»Was weiß ich? Von denen, die da unten rumgegraben haben. Keine Ahnung! Auf jeden Fall sind alle weg.«

»Nur Sie nicht«, sagte ich und sah dem verwahrlosten Mann direkt in die Augen.

»Ich habe keine Angst. Ich bleibe.«

»Angst wovor? Vor einer Krankheit?«, fragte ich leise und blickte zu Boden.

»Einer Krankheit? Wovon sprechen Sie? Hören Sie, es ist besser, wenn Sie jetzt beide gehen. Auf der Stelle.«

»Gut. Sie haben recht. Wir sollten gehen. Aber vielleicht können Sie uns ja helfen. Sie sind doch von hier, nicht wahr?«

»Ich bin Spitaler. Ich bin hier geboren und werde auch hier sterben.«

»Darf ich mich vorstellen«, sagte ich und reichte dem Mann

zitternd meine Hand. Ich musste mutig sein und alles auf eine Karte setzen. »Greta.« Ich kniff in dem Moment, in dem ich seine Hand berührte, die Augen zusammen und wischte meine Finger danach unbemerkt an meinem Oberschenkel sauber.

Marlene streckte ihm ebenfalls die Hand entgegen, stellte sich aber mit einem anderen Namen vor. »Margarethe.«

Mit einem tiefen Grummeln schüttelte der Mann unsere Hände. »Ferdinand.«

Ich bemerkte, dass Marlenes Züge sich veränderten – so als hätte sie den Namen schon einmal gehört.

»Und Sie kennen sich hier aus? Auch in den Höhlen?«, stieß sie vor.

»Woher wissen Sie das?«

»Ich hatte ja erzählt, dass ich schon einmal hier war. Und Ihre Frau meinte, dass sich niemand besser auskennt da unten als Sie. Sie schwärmte regelrecht.«

»So? Hat sie das? Natürlich kenne ich mich hier aus. Oben und unten.«

»Dann wissen Sie sicher, wo das alte Hospital stand.«

Meine Frage schien ihn zu verunsichern. »Das alte Hospital?«

»Das dem Ort seinen Namen gab.«

Ferdinands Gesicht verdunkelte sich. »Seid ihr zwei der vier Schwestern? Die vier von der Verrückten?«

Mein Herz schlug mir bis zum Hals, während ich an der Haltung des Fremden bemerkte, dass er mit einem Mal hellwach war und im Vollbesitz seiner Sinne.

DER ATEM

»Sie haben uns entlarvt! Wir sind nicht auf der Durchreise. Wir sind von der Staatsanwaltschaft Berlin. Was wissen Sie über die vier Schwestern, die sich hier in der Gegend aufhalten sollen?«

Ich war überrascht von Marlenes Manöver. Statt sich einschüchtern zu lassen oder gar die Flucht zu ergreifen, ging sie in die Offensive. Ich achtete auf meine Miene, um ihr Spiel nicht zu gefährden.

»*Staatsanwaltschaft.* Was schnüffeln die Deutschen hier herum?«

»Beantworten Sie nun meine Frage oder nicht?«

»Ich weiß nichts von den vier Schwestern. Ich habe nur gehört, dass die verrückte Alte in der Klapse am Tag ihres Todes Besuch von ihren vier Töchtern hatte. Sie hatten sie die ganze Zeit, in der sie im Heim war, nicht ein einziges Mal besucht. Erst kurz vor ihrem Tod sind sie gekommen. Es ist immer dasselbe. Wenn es ums Geld geht, kommen die Ratten aus ihren Löchern.«

»Wer hat Ihnen davon erzählt?« Wieder verfinsterte sich Marlenes Gesicht. Sie hatte mir von der Polizistin erzählt, die sie verraten hatte, als sie auf der Suche nach Lya war. Um ihre eigene Spur zu verwischen, hatte diese anscheinend die Geschichte von den vier geldgierigen Schwestern in die Welt gesetzt.

»Haben die Schwestern was mit dem verschwundenen Mädchen zu tun?«, fragte Ferdinand. »Wir haben damals alles nach der Kleinen abgesucht. Ich selbst war ganz unten. Haben sie etwas damit zu tun?«

»Das versuchen wir herauszufinden«, log Marlene und hielt ihre Hand vor den Mund, da sie mit einem Mal husten musste.

»Sind Sie krank?« Der Mann ging einen Schritt nach hinten und bedeckte ebenfalls seinen Mund.

»Nur eine Erkältung.«

»Passen Sie auf sich auf! Bei der Frau Rosenthal hat es auch so angefangen. Zuerst der Husten. Dann hat sie Blut gespuckt. Schließlich kam das Fieber.«

»Was ist mir ihr geschehen?«, fragte ich und hoffte insgeheim, dass er mir eine andere Wahrheit erzählte.

»Ich denke, dass sie mittlerweile gestorben ist. Ich glaube, es war der Krebs. Schreckliche Sache. Der Rosenthal ist so ein schwacher Bursch. So etwas wie ein Künstler. Steckt jeden Tag seine Nase in Bücher. Ich glaube, er ist daran zerbrochen. Er ist fort wie die anderen.«

»Warum, glauben Sie, sind alle weg? Doch nicht wegen des Geldes? Ist es wegen dieser … Krankheit?«

»Krebs? Den hat heute schon jeder. Wir Menschen haben unseren Planeten so richtig zugrunde gerichtet und wundern uns jetzt, dass sich die Natur rächt und uns eine Krankheit schickt, die uns von innen auffrisst. Jeder muss sich gegen Schädlinge verteidigen. Der Krebs ist die Verteidigung der Natur. Der Mensch hat verlernt, mit der Natur zu leben. Da draußen sind überall Kräuter, die uns am Leben halten. Wir sehen sie nur nicht. Schauen Sie mich an: Ich stehe auch noch! Wir Menschen brauchen die Natur. Aber die Natur braucht uns Menschen nicht.«

Wir sahen Ferdinand an, und ich dachte an die Zigaretten und den Alkohol in seinem Blut.

»Warum haben Sie dann der Frau Rosenthal nicht geholfen? Wenn Sie doch die Kräuter kennen?«

Ferdinand spitzte die feuchten Lippen. Seine Augen funkelten. »Kennen Sie die Geschichte von dem Alten, dem Hundertjährigen, der sich hier an seinem Widersacher, dem alten Khalberg, gerächt hat? Woher hat er die Kraft genommen, wenn nicht von den Kräutern? Aber was haben sie mit ihm gemacht? In ein Irrenhaus haben sie ihn gesteckt. Ach, wer hört heute noch auf solche Dinge?«

»Welche Kraft meinen Sie?«, fragte ich ihn.

»Eine innere Kraft. Eine Art Überzeugung. Ach, was weiß ich …«

»Und Sie kennen sich mit Kräutern aus?«, bohrte ich weiter und sah Ferdinand tief in die Augen.

»Fragen, Fragen, Fragen! Zuerst das Hospital, dann die vier Schwestern und jetzt, ob ich mich mit Kräutern auskenne! Was zum Teufel wollt ihr hier?«

»Wissen Sie, wo das Hospital ist?«

In meiner Stimme klang ein fremder Ton, etwas Bestimmtes, Forderndes, sodass Ferdinand tatsächlich seine Selbstsicherheit für einen Moment verlor und zu Boden blickte.

»Sagen wir mal so: Ich kenne jemanden, der es wissen könnte.«

»Der Schulwart?«, fragte Marlene und hustete. Sie hielt sich die Hand vor und kontrollierte mit einem flüchtigen Blick, ob Blut zu sehen war.

»Woher wissen Sie vom Schulwart?«

»Eine Vermutung«, sagte Marlene, und ich spürte, dass es ihr immer schlechter ging.

»Der Zugang zum alten Hospital ist gefährlich. Ich kenne alle

Höhlen da unten. Ich kenne selbst das alte Mithräum, aber der Zugang zum Hospital, das ist der gefährlichste. Wieso wollen Sie ausgerechnet dorthin?«

Marlene hustete immer mehr.

»Wir glauben, dass alles einen Zusammenhang hat«, sagte ich. »Die verschwundenen Mädchen, die Krankheit, die vier Schwestern, die Bauarbeiten, die Flucht der Bevölkerung. Wir glauben, dass im 13. Jahrhundert eine Frau hier durchgereist ist, die Licht in das Dunkel bringen kann, da sie von einem Heilmittel wusste. Da unten gibt es so etwas wie ein Archiv des Wissens.«

Ferdinand sah mich an, als hätte er einen Geist gesehen. »Ein Archiv des Wissens?«

Ich schwieg.

»Wenn die Bäume erzählen könnten, was hier alles geschehen ist, dann kämen sie nicht mehr raus aus dem Erzählen. Aber ein Archiv des Wissens?«

Ich bewegte mich nicht. Ich hatte mich zu weit vorgewagt und bekam Angst, wohin das führte.

»Und ihr seid wirklich von der Staatsanwaltschaft?«

Ich schwieg.

»Eure Schwestern sind krank. Habe ich recht? Wo versteckt ihr euch? Ich kenne hier wirklich jeden Ort, aber euren Unterschlupf finde ich nicht.«

Wieder schwieg ich.

»Ich werde euch helfen.«

»Bringen Sie uns zum Schulwart?«

»Ich bin der Schulwart.«

DIE AURA

Ich dachte an Dorotheas Ärger, als ich Hermann auf die Insel gebracht hatte. Sie hatte behauptet, dass man ihm nicht trauen könnte. Konnte ich Ferdinand trauen? Wir verließen das Zentrum des Dorfes und überquerten beim Hirschenhof die Straße. Eine Verkehrsampel für Fußgänger stand auf Rot. Kein Auto kam. Ich zögerte für einen Moment, die Straße zu überqueren, und hoffte insgeheim, dass ich in der Ferne ein Motorengeräusch hörte. Nichts. Wir setzten über die leere Straße. Ich blickte zurück zum alten Hof. Eine ausladende Villa. Vor dem Gasthof standen drei verlorene Tische, die seit Jahren auf Gäste zu warten schienen. Dahinter wölbten sich die Ausläufer der Kampalpe. Ein Felsvorsprung lag darin wie eine Narbe. Weiter drüben gruppierten sich weitere Villen verlassen in den Wäldern.

Wir folgten Ferdinand über eine kleine Holzbrücke zur Kirche und zu den umliegenden Pfarrgebäuden. Dahinter schob sich das gelbe Gebäude der Schule mit seinem dunklen, ungewöhnlichen Aufbau. Ich blickte zur Kirche. Ein kleines Kriegerdenkmal stand davor. Ich wunderte mich, dass beider Kriege gedacht wurde, als wäre es einer gewesen. Das Rauschen des Baches. Wieder. Es war das einzige Geräusch außer dem Rasseln in unseren Lungen.

»Wir sind gleich da«, sagte Ferdinand und gab uns mit einer Handbewegung zu verstehen, dass wir zu ihm aufschließen sollten.

Wir erreichten eine Kreuzung und sahen wieder die leere Talstation, die hinter der Schule zum Vorschein kam.

Ich versuchte, mir vorzustellen, wie er seiner Arbeit als Schulwart nachging. Wir blieben vor dem Schulgebäude stehen. Scherenschnitte klebten an den Fenstern. An der Tür hing die Ankündigung für ein Weihnachtskonzert. Es war vom letzten Jahr. Alle waren weg. Mit ihren Kindern. War es so einfach, die Kinder von der Schule zu nehmen? Gab es nicht Instanzen, die das verhinderten? Oder waren die Instanzen involviert gewesen?

»Hier ist es«, sagte Ferdinand mit verrauchter Stimme. Er stand vor einem grün gestrichenen Geländer gegenüber dem Eingang der Schule. Eine steile, aber kurze Treppe führte dort nach unten und endete vor einer verschlossenen Tür.

»Hier soll es gestanden haben, das alte Hospital.«

Die Tür. Das Hospital. Ich war auf der richtigen Spur.

»Können wir da hinuntergehen?«, fragte ich den aus der Form geratenen Schulwart. Aus dem Augenwinkel sah ich, dass Marlene vor einem Fenster der Schule stand und durch ihre zu einem Rohr gefalteten Hände in das Innere der Klassenräume spähte. Irgendetwas hatte ihre Aufmerksamkeit erregt.

»Ich sagte ja, es ist der gefährlichste Zugang von allen.«

Ich folgte Ferdinand über die alte, steinerne Treppe zur Tür. Sie war ebenfalls grün. Eindeutig. Es war die grüne Tür, die Tür aus Hermanns Aufzeichnungen. Mein Herz schlug schneller.

»Haben Sie einen Schlüssel?«

Ferdinand nickte und holte einen riesigen Schlüsselbund aus seiner rechten Hosentasche. Mit einem Ächzen ging er die letzten Stufen nach unten und schloss die Tür auf. Ich folgte ihm und trat dicht hinter ihn. Der Geruch von kaltem Stein und altem Staub drang in meine Nase. Ich freute mich über diesen Duft, der wie ein Fremdkörper in dieser Welt klebte. Ein kleiner, leerer Raum öffnete sich vor uns. Ich suchte an seinen kühlen Wänden nach einer Tür, einer Leiter, aber nichts.

»Was soll das sein?«

»Der Zugang. Hier: Sehen Sie!«

Ferdinand hockte sich vor eine Wand und zeigte auf einen schmalen Riss zwischen dem Boden und einer Wand des Raums. An einer Stelle war er so groß, dass ich eine Hand hätte hindurchstecken können. Als ich mich neben Ferdinand hockte, bemerkte ich, dass der Boden feucht war. Ein staubig-würziger Geruch drang aus der Tiefe nach oben. Ich freute mich, dass sich die Natur wieder in ihren Düften zeigte. Was war das? Ich versuchte, es zuzuordnen? Rosmarin?

»Was ist da unten?«

Ferdinand sah mich an. Sein Gesicht war aufgedunsen vom Alkohol und seine Haut unrein. Früher war er sicher einmal gut aussehend, dachte ich. Ein schwerer Kummer hatte sein Wesen aus dem Gleichgewicht gebracht und sein Aussehen zerstört.

»Ich habe mal versucht, die Stelle aufzustemmen.« Er zeigte auf einen Fleck, wo der Boden mit andersfarbigem Beton aufgefüllt war. »Aber wir haben die Stelle wieder zugemacht. Darunter führte ein viel zu schmaler Spalt nach unten. Da kommt nicht einmal eine Katze durch. Und die Steine sind viel zu rutschig und nass. Ich habe sogar versucht, eine Kamera nach unten zu bringen.«

Ich sah ein Leuchten in seinen Augen und spürte, dass eine alte Leidenschaft in ihm wieder aufflammte.

»Aber nichts.«

»Und da unten war das alte Hospital?«

»Nein, es war so etwas wie ein Zugang. Es heißt, dass das alte Hospital ungefähr den Platz von der Schule bis zur Kirche und den Pfarrgebäuden eingenommen hat. Zumindest einen Teil davon. Als die Schule erbaut wurde, hoffte man, auf etwas zu stoßen. Aber nichts. Keine Spuren.«

»Aber warum glauben Sie, dass diese Stelle so wichtig war?«

Ferdinand lachte. »Wegen dem hier«, sagte er und zeigte auf die hintere Wand des Raumes. Sie schien aus Stein gehauen und wirkte älter als die anderen. Ferdinand kratzte Moos vom Felsen und zeigte auf eine Stelle darauf.

»Schnell, kommt her! Schnell!« Etwas in Marlenes Stimme machte mir Angst.

Ich sah zu der Stelle, auf die Ferdinands Finger zeigte. Mein Herz pochte wie wild.

»Kommt sofort her, wir müssen Hilfe holen!«

Die Inschrift war klein. Aber sorgfältig in den Stein geschlagen. Wie ein Emblem.

»Alteram Lucem«.

Ferdinand blickte nach oben. Er schwitzte. Sein Körper zitterte.

Lucem? Bedeutete das nicht Licht? Ich kramte in meinen alten Lateinkenntnissen. Hieß Licht nicht Lux?

Meine Knie wurden weich.

In den Ketten liegt das Licht. Es führt zur Blume. Zur Heilung.

Lucem konnte aber etwas in diese Richtung beschreiben. *Lucem …* Lucifer?

Alteram. Anders? Alter Ego. Das andere Ich. *Alteram Lucem?* Das andere Licht? Der andere Teufel?

Ferdinand lief nach oben zu Marlene. Ich starrte auf die Wand und die Inschrift. Der Zugang zum Hospital. Er war hier. Ich spürte, wie eine große, unbekannte, vergangene Kraft mein Wesen betrat. Aber ich konnte damit nicht umgehen. Ich wusste nicht, was das, was ich fühlte, zu bedeuten hatte.

Ich schloss die Augen, drehte mich um und folgte Ferdinand nach oben.

Marlene stand noch immer vor einem der Fenster der Schule und starrte hinein. Als Ferdinand zu ihr kam und durch das Fenster sah, bemerkte ich sein Entsetzen. Er ging einen Schritt zurück, als würde er nicht glauben wollen, was er sah.

Ich lief zu den beiden und blickte ebenfalls durch das Fenster. Die Sonne spiegelte mein hageres Gesicht darin. Auch ich kniff die Augen zusammen, formte mit meinen Fingern ein Rohr und sah in den Klassenraum.

»Das ist … unmöglich …«

»Wir müssen weg!«, sagte Ferdinand. »Ich hätte nicht hierbleiben sollen. Ich hätte gehen sollen wie die anderen.«

Ich drehte mich zu Marlene um. In ihren Augen sah ich, dass auch sie nicht glauben wollte, was da geschah. Und viel mehr noch schien sie Angst zu haben, wieder die Welt unter ihren Füßen zu verlieren. Mit ihren flehenden Augen sah sie mich an, suchte in mir nach einer Antwort, aber ich hatte keine.

»Wir müssen weg! Kommt mit! Ich weiß, wo wir in Sicherheit sind.«

Alles wirkte wie eingefroren. Ferdinands Gesicht, Marlenes Augen, der Mann im Klassenraum, der in der Mitte des Zimmers stand und zu Boden blickte.

»Was zum Teufel geht hier vor?«, schrie ich. »Was geht hier vor?« Ich schrie immer lauter, als würde eine alte Wunde aufgerissen.

»Wir müssen weg!« Ferdinand zog mich vom Fenster weg.

Der Geschmack von Hafer kroch durch meinen Mund. An den Rändern meiner Augen blitzte ein Licht. Hermann. Es konnte nicht sein. Wie konnte er dort im Klassenraum stehen? War er eben gestorben? Oben auf der Insel? Und war er gekommen, um sich von mir zu verabschieden? Ich hatte schon von solchen Legenden gehört, dass Sterbende sich verabschiedeten. Aber sahen ihn dann die anderen auch? Und vor allem: Warum hatte Ferdinand mit einem Mal solche Angst?

Ich ließ los und folgte Ferdinand, der mit Marlene eilig das Schulgelände verließ.

Wir liefen und liefen. Der Weg wurde schmaler. Ich hatte Angst, mich umzudrehen. Erst als ich an einem Waldrand eine Futterkrippe sah, kam ich wieder zu mir.

»Dort hinten, hinter dem Wald, gibt es einen Ort, wo uns keiner findet«, sagte Ferdinand.

Ich nickte und drehte mich noch einmal um. Aus meinem Mund schwappte der bittere Geschmack von Hafer. Überall blitzte es. Unwirklich. Das Licht. Mein Licht. Das Licht des großen epileptischen Anfalls. Grand Mal. Er hatte mich wiedergefunden.

ENTLANG DES WACHTURMS

Wir liefen. Folgten Ferdinand. Durch die Zweige, die blitzend in unsere Gesichter peitschten, über heimtückische Wurzeln unter dem stillen Himmel. Wir liefen und folgten. Vorbei an den verfallenen Villen, die in meinem Augenwinkel auftauchten wie Schiffe am fernen Horizont einer gekrümmten Erde. Dann tauchten wir tiefer in einen Wald. Es roch mit einem Mal stark nach Rosmarin. Seltsame längliche Gruben überzogen den Waldboden. Ein Mann hätte ausgestreckt darin Platz gefunden. Ich bekam es mit der Angst zu tun. Als wir schließlich diese große Mulde erreichten, blieb ich stehen. Eine kleine, heruntergekommene Holzkapelle stand darin. Sie war kaum zu erkennen, da umgestürzte Bäume sie schützten. Ferdinand lief direkt in die Mulde und gab uns zu verstehen, dass wir ihm weiter folgen sollten.

»Wo verdammt noch mal laufen wir hin?«, rief ich und sah zu Marlene, die außer Atem neben mir stand. Offenbar lähmte sie die Angst, wieder in einen Wahn gestürzt zu sein. Ihre Augen waren vor Schreck weit aufgerissen – wie bei einem Kalb, bevor das Messer seine Kehle aufschlitzte.

»Ich erzähle euch alles. Es gibt da einen Ort, da kommen sie nicht hin, da sie ihn nicht kennen. Ich erzähle euch alles. Ich schwöre es.«

»Wer sind ›sie‹?«, rief ich.

Ich wollte keine Antwort. Ich hatte Angst davor. Und Ferdinands Schweigen verriet mir, dass es besser war, ihm weiter zu folgen.

Ich lief in die Mulde. Ein lautes Knacken unter meinen Füßen erschreckte mich. Die unheimliche Kapelle schien mich zu beobachten. In meinen Augen flimmerte das Licht wie eine Aura, die alles in fremde Magie hüllte.

»Es ist nicht mehr weit«, sagte Ferdinand und lief aus der Mulde tiefer in den Wald. Kurz blieb ich stehen, horchte in die Stille, die uns umgab. Sie war uns ebenfalls gefolgt. Außer dem strengen Geruch nach Rosmarin und unserem Keuchen und dem Knacken unter unseren Beinen war nichts zu hören. Totenstille.

Ich hatte Ferdinand fast eingeholt, als ein Schrei mich von hinten erfasste.

»Nein!« Marlene brach hinter mir zusammen. Sie fiel mit dem Gesicht auf eine Wurzel. Sie versuchte, sich gleich wieder aufzurichten, weiterzulaufen. Blut lief über ihre Schläfe. Ich wollte zu ihr laufen, doch Ferdinand hielt mich fest. Diesmal schrie ich.

»Es ist zu spät!«, sagte er und zog mich weiter.

Ich starrte in den Wald hinter Marlene. Was war geschehen? Ich suchte nach Verfolgern, die hinter den Baumstämmen hervorlugten wie hinter einem Vorhang. Oder nach Rauch, nach Nebel, nach dem giftigen Atem der großen Krankheit, der uns oben auf der Insel angefallen hatte. Doch nichts. Außer diesen schrecklichen Lichtern in meinem Kopf und dem Ziehen in meinem Körper, das mich nach hinten zerrte, wo ich mit verkrampftem Kiefer den Namen meiner Schwester brüllen wollte.

»Lass mich los, ich muss zu ihr!«, schrie ich Ferdinand an, doch sein Arm war stärker, und er zog mich weiter. Die Welt vor mir flimmerte, an den Rändern wölbte sie sich wie Papier an Feuer. Ich brüllte, wand mich in Ferdinands starken Armen. Sein Geruch von kaltem Rauch und dem restlichen Alkohol stieg in meine Nase. Mir wurde übel. Ein Kribbeln kroch durch meine Hände hinauf bis zu den Schultern. Etwas wollte mein Becken nach vorne pressen und meinen Hals nach hinten, etwas in mir wollte sich krümmen wie die Welt vor mir. Und dann, unter ihren Schreien – und unter meinen –, verlor ich das Bewusstsein.

Die Kammer war klein. Es roch nach Holz und Kräutern. Ich lag in einem Bett. Ein stechender Schmerz glitt durch meinen

Kopf. Ich setzte mich auf. Wo war ich? Ich sah mich um. Wo war ich? Marlene hatte mir erzählt, dass sie damals nach dem Sturz vom Pass ebenfalls das Bewusstsein verloren hatte und in einer Hütte aufgewacht war. Eine Frau hatte sich damals um sie gekümmert.

Mein Herz schlug schneller. Marlene. Ich erinnerte mich an die Geschehnisse in diesem verdammten Wald, an Marlenes Gesicht, ihre Schreie. Ich stand auf. Wo war ich? An der Wand stand ein Regal mit Büchern. Davor ein Tisch, ein Stuhl und ein weiteres Regal mit braunen Apothekerflaschen. Das Blitzen hatte sich zurückgezogen – ebenso wie die Vorboten eines Anfalls. Sie hockten versteckt im Zwielicht vor mir. Ferdinand? Ich sah zu meinen Armen und Beinen. Ich war nicht gefesselt. Konnte mich frei bewegen. Gegenüber dem Bett stand eine Truhe neben einer Tür, die in einen anderen Raum führte.

Ich stand auf und öffnete vorsichtig die Tür. Ein leerer Hundekorb stand neben einer Holzleiter, die in ein weiteres Stockwerk nach oben führte. Eine Wendeltreppe drehte sich darüber an der inneren Seite der Mauer nach oben, und ich begriff, dass ich in der Mitte eines mittelalterlichen Turmes stehen musste.

Ich zögerte. Sollte ich hinaufsteigen, um mir einen Überblick zu verschaffen? Oder sollte ich die andere Tür, die offensichtlich nach draußen führte, nutzen, um zu fliehen. Ich war barfuß. Wie weit würde ich kommen? Ich brauchte Schuhe, musste Marlene finden. Ich schaute mich um. Da betrat der Geruch von Rauch das Zimmer.

»Wie geht es Ihnen?«

Er stand hinter mir. Ferdinand. Ich überlegte, ob ich etwas zu fassen bekam, was ich ihm ins Gesicht schleudern konnte. Ich stellte mir vor, wie er völlig überrascht nach hinten fallen würde und ich zu Marlene vorstoßen konnte, damit wir uns gemeinsam wieder zur Insel vorkämpften. Ich würde sie ins Lager bringen, auf der Insel, würde sie neben Hermann legen und mich um ihren Husten kümmern. Hermann. Ich dachte an sein gesenktes Gesicht, das ich hinter der Scheibe im Klassenzimmer gesehen hatte. War Hermann noch am Leben? Das konnte alles nicht wahr sein. Ich suchte nach Antworten, fand aber nur einen Schwindel, der meinen Kopf füllte.

»Sie müssen sich wieder hinlegen. Hier sind wir sicher. Ich kümmere mich um Sie. Und dann holen wir Ihre Schwestern.«

Ich drehte mich um. Ferdinands Gesicht war freundlicher, als ich erwartet hatte. Das versteckt Bedrohliche war darin verschwunden.

»Wo ist Marlene?«

Ich war unvorsichtig gewesen, als ich das erste Mal von der Insel ins Tal gegangen war. Walter hatte mich gefunden. In den Heilstätten hatten wir gelernt, was es bedeutete zu sehen. Hatte Marie uns jetzt beim zweiten Abstieg gefunden? Oder die anderen?

»Wo bin ich hier?«

»Die Hütte gehörte früher einmal Konrad Khalberg. Sie liegt versteckt hinter dem Dunkelwald. Dort geht kaum einer hin. Viele sagen, es spukt dort. Alles Schwachsinn, wenn Sie mich fragen. Hier sind wir sicher.«

»Konrad Khalberg? Die Hütte gehört der Schwarzen Familie?«

»Der Schwarzen Familie? Was ist das?«

Ich schwieg. Mein Puls raste. War das eine Falle? Die Hütte von Konrad Khalberg – meinem … Vater?

»Und das?« Ich zeigte auf die Wendeltreppe über mir.

»Das ist der Turm. Als wir Kinder waren, haben wir immer danach gesucht. Wir waren immer in den Räuberhöhlen im Cerewald. Aber keiner von uns hat je den Turm gefunden. Ich glaube, ich war der Einzige, der nie aufgegeben hat. Schließlich habe ich ihn entdeckt.«

»Was ist das für ein Turm?«

»Sie können gerne hinaufgehen. Ich bin hinter Ihnen und sichere Sie«, sagte Ferdinand und versuchte zu lächeln.

Ich nickte und stieg nach oben. Nach wenigen Schritten erreichte ich das Zwischengeschoss. Es war deutlich kühler als unten. Der Stein der Wendeltreppe fühlte sich kalt unter meinen nackten Füßen an. Ich ging weiter. Ferdinand war dicht hinter mir.

Ich öffnete die Luke über meinem Kopf und trat nach draußen – und was ich sah, war … das Paradies.

Noch nie zuvor hatte ich so einen phantastischen Ausblick erlebt. In der Ferne sah ich einen kleinen Ort mit goldenen, glitzernden Dächern, die eingebettet waren in den Ausläufern der Alpen. Das musste Edden sein. Ein Wunder. Ich beugte mich nach vorne und blickte nach unten. Der Turm war in einen Felsen gehauen, der stolz über einem tiefen Abgrund thronte. Dann sah ich nach oben. Unter dem Himmel ragte ein großes Hirschgeweih aus der Turmspitze. Der Turm sah aus wie ein Wachturm.

»Wo sind wir hier?«, fragte ich wieder und konnte meinen Blick nicht von der Aussicht lösen.

»Zwischen Spital am Semmering und Steinhaus gibt es ein schmales Tal. Es führt durch den Dunkelwald zu diesem Ausblick. Das dort unten ist Spital. Von einer anderen Perspektive. Und dahinter Edden.«

»Und diesen Turm kennt niemand? Das kann doch nicht sein. Man muss ihn doch von unten sehen.«

Ich beugte mich nach vorn und sah mutige Tannen, die verbogen aus dem Felsen ragten. Und ich stellte mir vor, wie sie das Gebäude vor neugierigen Blicken verbargen.

Dann riss ich mich los. Marlene! Ich musste sie retten. Ich durfte hier keine Zeit verschwenden. Ich wollte wieder nach unten steigen, als mir die kalte Feuerstelle auffiel. Hatte Ferdinand hier gewacht, während ich unten geschlafen hatte? Ich musterte ihn. Konnte ich ihm vertrauen? Hatte ich überhaupt eine andere Wahl?

»Wir müssen los. Marlene ist irgendwo da draußen«, sagte ich zu Ferdinand. Er aber blieb ruhig stehen und blickte auf eine kleine Stelle an einer der Turmzinnen.

»Was ist?«, fragte ich ihn.

»Sie haben nach dem Hospital gefragt.«

Ich nickte. Dann sah ich in seinen Blicken, dass er mir anscheinend etwas zeigen wollte. Ich trat zu ihm und untersuchte die Stelle, auf die er mich mit seinen Blicken aufmerksam machte.

Dann kam der Schauer. Das Kribbeln in meinen Armen. Das Licht in meinen Augen. Das Aufwölben der Welt. Es war dieselbe Inschrift. Es gab keinen Zweifel.

»Alteram Lucem«.

Das andere Licht.

Ich sah wieder nach vorne. Stellte mir vor, wie andere versteckte Türme vielleicht auf der gegenüberliegenden Seite ebenfalls über das Tal wachten. Dieses Hospital. Wie groß war es wirklich gewesen? Wieso war es von Türmen bewacht worden? Hatte es am Ende einem anderen Zweck gedient als der Heilung von Menschen? Hatte es etwas bewacht? Der dunkle Schatten des Wahns unserer Mutter schob sich in meine Erinnerung. Als sie gestorben war, hatte ich ihr großes Wahngebäude gesehen, es hatte sich weiter über die Wälder hinausgezogen. War das Hospital Teil dieses Gebildes? Ich schloss die Augen. Die Blitze kehrten zurück, und ich spürte, dass es mich ansah. Das Panoptikum.

SECHSTE AUFZEICHNUNG

»Und ist euch eine letzte
Kränkung widerfahren?«
»Als unser Wille feststellen musste,
dass er nicht allein ist.
Dass da noch jemand ist.
Unser Unterbewusstsein, das sich
unserem Ich entzieht.«

»Was wissen Sie wirklich über das Hospital? Stecken Sie mit der Schwarzen Familie unter einer Decke?«

Ferdinand atmete schwer und kramte in seinem Hemd nach Zigaretten. Seine Hände waren schmutzig, die Fingerspitzen trugen bereits einen gelben Schatten.

»Ich wollte euch helfen. Das, was vorhin mit Ihrer Schwester im Wald passiert ist … tut mir leid.«

»Es tut Ihnen leid? Was ist mit ihr passiert? Wissen Sie, wo Sie ist? Wir müssen sofort zu ihr.«

Natürlich ahnte ich, was geschehen war. Wir waren entdeckt worden. Weil ich unvorsichtig gewesen war. Wieder einmal. Aber wenn ich Ferdinand erzählt hätte, dass ich von der Heilstätte geflohen war, was hätte es geändert? Und dass sie auf der Suche nach mir waren, weil ich gefährlich war, er hätte es nicht verstanden.

Ferdinand zündete eine Zigarette an und blies den blauen Dunst aus seinen Lungen. »Als ich ein Kind war, folgte ich eines Tages dem alten Khalberg hierher. Ich hatte keine Angst vor dem Dunkelwald. Ich wartete draußen vor der Hütte und lauerte, bis er wieder weg war. Dann ging ich hinein und habe alles gesehen. Die Bücher, die Flaschen und die Kräuter. Ich war oben auf dem Turm. ›*Alteram Lucem*‹. Ich habe es gesehen. Ich war damals klein und verstand nichts. Ich erzählte auch niemandem davon, weil ich der Einzige sein wollte, der wusste, wo der Turm war. Ein Geheimnis gibt einem Menschen den Wert, den er verdient.« Ferdinand zog erneut an der Zigarette. Dabei steckte er den Filter so weit in den Mund, als wollte er davon abbeißen.

»Warum erzählen Sie mir das?«

»Weil ich euch helfen wollte. Ihr seid doch die Verrückten. Als ihr gesagt habt, dass alles einen Zusammenhang hat, alles – die verschwundenen Mädchen von damals, die Bauarbeiten, die Krankheit und die Flucht der Menschen von diesem Ort –, da dachte ich, dass ich euch mein Geheimnis verraten kann.«

Die große Krankheit. Er wusste davon. Ich war auf der richtigen Spur.

»Was wissen Sie über die Krankheit? Ist sie schon weit fortgeschritten? Ist Spital abgeriegelt worden? Damit sie sich nicht weiter ausbreitet?«

»Abgeriegelt? Nein, nein, ich meine kein Virus. Ich meine die Krankheit, die sich im Kopf ausbreitet. Wenn man länger hier lebt, dann wird es immer dunkler und schwerer in den Gedanken. Das meine ich«, sagte Ferdinand, und ich erkannte in seinen Augen die Schatten einer alten Melancholie. »Es ist wichtig, dass wir immer die Dinge ganz klar sehen. Dass wir die Kraft der Natur spüren. Dann geht es, dann kommen die Schatten nicht.«

Wenn es so einfach wäre. Wenn in den Kräutern und Blumen der Welt etwas vorhanden wäre, was die Menschen heilen würde. In einem gewöhnlichen unscheinbaren grauen Unkraut. Aber so einfach war die Welt nicht. Ich blickte über das Land, wartete auf einen unsichtbaren Wind. Doch nur die Stille kam, und sie war auf diesem Turm noch gespenstischer. Ich fühlte mich, als würde ich mitten in einem großen Gemälde stehen. Die große Krankheit war heimtückisch, dachte ich. Wie ein Dieb, wie ein Phantom schlich sie voran. Aber irgendwo gab es hier ein Licht, das das Phantom entlarvte, das die Spuren der Krankheit fand und sie in die Enge lockte, sodass sie nicht mehr entkam und das Licht sie besiegen konnte. Irgendwo musste es dieses Licht geben. Diese Blume, in der alles Glück vereint war, die wertvoller war als das staubige, unnütze Unkraut an meinen Schuhen. Vor meinem geistigen Auge stellte ich sie mir vor, diese Blume, wie einen funkelnden Zauberstab, der alles, was er berührte, verwandelte und die Farben wieder in die Welt brachte und das Lachen in die toten Gesichter meiner Kinder.

»Ihr habt gesagt, ihr glaubt, dass früher eine Frau hier durchgekommen ist, die Licht ins Dunkel bringen kann. Ihr habt von dem Heilmittel gesprochen. Dem Archiv des Wissens«, sagte Ferdinand.

»Wissen Sie, wo das Heilmittel ist? Die Blume?«, fragte ich leise.

»Da unten in der Hütte waren immer viele Kräuter und Flaschen, wie sie die Apotheker verwenden. Ich dachte … vielleicht ist es das, was ihr sucht.«

Ich presste die Lippen zusammen und atmete tief aus. Dabei bemerkte ich, dass etwas auf meine Brust drückte und mir das

Atmen schwer machte. Ich versank immer mehr in einem Strudel der Hilflosigkeit, sodass sich alles in mir zu verkrampfen begann.

»Und die Tür bei der Schule?«

»Ich wollte, dass ihr den Zusammenhang selbst entdeckt. So wie ich damals, ich wollte –«

»Gibt es mehrere Inschriften? Mehrere Türme? Wie groß war das Hospital wirklich?«, fragte ich und verschwieg das Panoptikum.

»Ich kenne nur diese beiden Inschriften.«

»Und der Mann im Klassenzimmer? Das war doch Hermann Rosenthal, oder?«

Das Knistern der Zigarette, der Rauch, der blaue Dunst.

»Welcher Mann?«

Marlene hatte mir erzählt, dass sich ihre Welt auf ihrer Suche nach Lya immer wieder verbogen hatte. Dass sie Dinge gesehen hatte, die nicht real waren. Ich wusste genau, wovon sie sprach. Aber seit wir wieder zusammen waren, waren die Halluzinationen verschwunden. Kamen sie jetzt wieder, da wir wieder voneinander getrennt waren? War Hermann eine Halluzination gewesen? War Ferdinand auch eine?

Nein. Ich war anders als Marlene. Das Leben in der Heilstätte hatte mich mit dem Wahn umgehen lassen. Ich wusste, wann der Wahn in die Wirklichkeit floss. Ich musste die Sprache, aus der sich meine Gedanken formten, rein halten. Ich versuchte, klar zu denken, klar zu erzählen, nicht verworren. So wenig Poesie und Anmut wie möglich, damit mich die Worte nicht fortbringen würden wie kleine Holzboote. Ich war hier anders als Marlene, die dabei immer mehr den Halt verlor. Nein, meine Welt war real. Alles um mich herum war real. Es musste also eine andere Erklärung geben.

»Sie haben ihn nicht gesehen? Im Klassenzimmer? Mit gesenktem Kopf?«

Er sah mich mit einem überraschten Blick an.

»Aber warum haben Sie mich dann vom Fenster weggerissen? Ich dachte, es war wegen ihm.«

Ferdinand schüttelte den Kopf. Er wirkte mit einem Mal wie ein großer Junge, der Mühe hatte, in der Welt der Erwachsenen Fuß zu fassen. Seine übertriebene männliche Art und seine

Selbstsicherheit schienen gespielt, um seine inneren Zweifel zu verdecken.

»Ich wollte nicht, dass sie euch finden.«

»Wer? Die Schwarze Familie?«

»Ich weiß nichts von dieser Schwarzen Familie. Ich meine die, die mir meine Frau genommen haben. Die, die uns hier vertreiben wollen.«

»Die Bauarbeiter?«

»Einige von ihnen gehören sicher dazu. Sie haben uns irgendwie unterwandert.«

»Sie sprechen in Rätseln. Wovon reden Sie?«

»Ich meine die, die uns zu verstehen geben, dass man uns nicht mehr braucht. Die Welt ist kompliziert geworden. Es gibt die da oben in den Städten und die anderen, die für die in den Städten arbeiten. Und es gibt uns, die man nicht mehr braucht.«

Ich sah Ferdinand mit einem zweifelnden Blick an.

»Die wollen doch nur unser Land. Sie haben uns alle weggelockt, damit wir Platz machen. Weil sie uns nicht mehr brauchen.«

»Wer?«, fragte ich und hatte Mühe, meine Ungeduld weiter zu unterdrücken.

»Es sind die Autos, die nicht hierhergehören. Die fremden Gesichter, die sich plötzlich auf dem Bauernmarkt in Mürzzuschlag unter die Einheimischen mischen. Es sind die neuen Gespräche in den Gaststuben.«

»Und was haben Sie an der Schule gesehen?«

Ferdinand dämpfte die Zigarette aus. »Da war ein Schatten, und ich dachte –«

»Sie haben nichts gesehen? Wir sind also vor niemandem geflohen?«

»Seit sie hier sind, die Fremden, sind viele gegangen. Und die, die sich nicht verändern wollen, wie ein paar Jäger, die kein Wild mehr finden in den Wäldern, haben es schwer, bei Verstand zu bleiben.«

»Sie wollen mir sagen, dass ein Jäger auf Marlene geschossen hat?«

Ein Schuss? War es tatsächlich ein Schuss aus einem Gewehr gewesen?

»Ich weiß es nicht!«, schrie mich Ferdinand an. Es hatte ihn solche Mühe gekostet, mir zu erzählen, was in ihm vorging und was er dachte, dass er sich in eine innere Sackgasse manövriert hatte, aus der er anscheinend nur mit Wut wieder herauskam.

»Wir müssen sofort zu Marlene. Wir müssen sie finden«, sagte ich.

»Es ist zu gefährlich da draußen.«

Ich wollte Ferdinand widersprechen, doch etwas im Klang seiner Stimme riet mir, vorsichtig zu sein. Würde er mich aufhalten, wenn ich nach draußen ging, um nach Marlene zu suchen? War ich seine Gefangene? Aber ich konnte Marlene doch da draußen nicht allein lassen! Ich versuchte, mich zu erinnern, was geschehen war. Ihr Schrei. Sie war nach vorne gefallen. Das Blut. Ferdinands Umklammerung. Das Aufbäumen meiner Welt und die Ohnmacht.

Die Lichter.

Ich musste etwas unternehmen. Ich ging an Ferdinand vorbei und stieg die Wendeltreppe hinab. Als ich das Zwischengeschoss erreichte, bemerkte ich, dass er mir folgte. Er sagte kein Wort. Ich ging zurück in das Zimmer, setzte mich auf das Bett und zog meine Schuhe an, die darunterstanden.

»Wo gehen Sie hin?«

Seine Stimme war anders. Brüchig.

»Ich werde sie suchen«, sagte ich.

»Aber Sie wollten doch das Heilmittel finden. Das haben Sie mir doch gesagt. Ich habe Sie hierhergebracht. In seine Hütte. Hier sind viele Kräuter.«

Ich blickte zu Ferdinand. Das Kind in ihm war zurückgekehrt. Irgendetwas sagte mir, dass er vielleicht einer von denen war, die verrückt geworden waren, weil sie mit der Veränderung der Welt nicht zurechtkamen.

»Wollen Sie mich aufhalten?«

Stille.

Sein Atem.

Meiner.

Der Druck auf meiner Brust war stärker geworden.

»Nein«, sagte er. »Sie sind ein freier Mensch. Ich wollte Ihnen nur helfen.«

Ferdinand machte einen Schritt zur Seite. Und als ich an ihm vorbeiging, berührte er meine Hand. Es war zufällig. Aber ich spürte, dass er sich Sorgen machte um mich. Hatte ich mich doch in ihm getäuscht? Ich wusste es nicht. Ich musste nur Marlene finden und danach dieses verfluchte Heilmittel.

Ich öffnete die Tür und trat nach draußen. Das Schweigen der Welt empfing mich. Ich sah auf den schmalen Pfad, der von der Hütte in den Dunkelwald führte.

»Ich werde sie suchen«, sagte Ferdinand. »Ich werde sie wieder zurückbringen.«

Ich schloss die Augen. Hatte ich mich so in ihm getäuscht?

OBEN UND UNTEN

Sie sah fürchterlich aus. Ich hielt mir die Hand vor den Mund und zitterte, als ich sie auf Ferdinands Armen sah. Für mich war Marlene immer die Stärkste von uns vieren gewesen. Stärker als Dorothea. Jetzt, da Ferdinand sie wie einen Sack in die Hütte trug, hatte ich Mühe, die Frau darin zu finden, die mit ihrer Kraft ein Wegweiser für uns war.

Ich strich ihr über den Kopf, der sichtbar glühte. Die Krankheit. Sie hatte mit ihrer trockenen, rauen Hand nach Marlene gegriffen. Ich lief zum Bett, das im hinteren Raum der Hütte stand, klopfte das Kissen zurecht und strich eilig über das Betttuch. Warum hatte ich sie zurückgelassen? Dabei war es doch Ferdinand gewesen, der mich zurückgehalten hatte. Tränen liefen über mein Gesicht. Als Ferdinand sie ins Bett hob, setzte ich mich zu ihr und begann, sie so gut ich konnte zu untersuchen. Ich war keine Ärztin, aber ich hatte Dorothea beobachtet, wie sie sich um Hermann gekümmert hatte. Auf Marlenes rechter Schläfe klebte getrocknetes Blut. Bei ihrem Sturz hatte eine Wurzel ihr die Haut im Gesicht aufgerissen. Aber ich fand keine anderen Wunden von einer Gewehrkugel oder … einem Pfeil.

»Wir brauchen kalte Wickel!«, rief ich Ferdinand zu, der hilflos in der Ecke des niedrigen Raumes stand. Ich sah in seinen

Blicken, dass ihn diese Aufgabe überforderte. Es gab hier nichts außer Büchern und unzähligen braunen Apothekerflaschen.

»Wasser und einen verdammten Arzt! Wir können sie nicht sterben lassen!«, schrie ich ihn an.

Marlene öffnete die Augen. Die waren glasig vom Fieber. Sie suchte meine Hand.

»Es hat mich jetzt wohl erwischt«, sagte sie und versuchte zu lächeln. Dabei drückte sie meine Hand, so fest sie konnte. Doch bald ließ sie wieder locker, offenbar hatte sie keine Kraft mehr.

»Alles wird gut. Alles«, versprach ich ihr. Wie bei meinen Kindern. Alles wiederholte sich, dachte ich. Man konnte seinem Schicksal nicht entkommen. Gott war eine Bestie. Er warf einen wieder und wieder in die Schlangengrube, bis man endlich aufgab und an deren Gift zugrunde ging.

»Nicht weit von hier ist eine Mühle … ich werde Wasser holen …«, stammelte Ferdinand.

»Und einen Arzt. Einen verdammten Arzt!«

Er schwieg, und ich wusste, dass er allein zurückkommen würde. Gott würde dafür sorgen. Die Bestie hatte alle Fäden in der Hand.

Ein Hustenreiz bäumte sich in Marlene auf, und schleimiges Blut sprang aus ihrem trockenen Mund. Der Husten schien meine Schwester regelrecht zu zerreißen. Ich saß hilflos daneben und legte meine Hand auf ihren Rücken, als könnte ich sie heilen. Warum nur hatte ich sie allein gelassen? Warum nur hatte ich meine Kinder allein gelassen? Als sich der Husten für einen Augenblick zurückzog, fiel Marlene erschöpft ins Kissen zurück. Ich sah in ihre Augen. Die kleinen Schlangen, die geplatzten Adern in ihren Augäpfeln. Sie glitzerten im Schweiß des Fiebers, und ich dachte für einen Moment, dass sie sich bewegten.

»Was ist da draußen passiert? Hast du jemanden gesehen?«, fragte ich Marlene und strich mit dem Daumen über ihre Stirn.

»Ich weiß es nicht. Ich bin gefallen, und du hast geschrien. Und dann warst du auf einmal weg.«

Ich hatte geschrien? War es nicht Marlenes Schrei gewesen?

»Es tut mir so leid«, sagte ich schluchzend.

Marlene versuchte, ruhig zu atmen. Es fiel ihr schwer. Dann kippten ihre Augen nach hinten, und sie blickte zur Decke der Hütte.

»Ob wir als Kinder einmal hier waren? Mit Mutter?«

Ich überlegte, woher Marlene wusste, dass es Konrad Khalbergs Hütte war – und somit die Hütte unseres Vaters. Vermutlich hatte Ferdinand es ihr erzählt, als er sie von den Wurzeln gehoben hatte, im Schatten der Kapelle.

»Es riecht gut hier. Nach Rosmarin. Die vielen Kräuter. Greta, denkst du nicht, dass wir schon einmal hier waren? Als Kinder?«

Ich blickte mich um. Wusste nicht, was ich sagen sollte. Ich erinnerte mich an nichts.

»Diese Hütte ist Teil des Hospitals ... der Turm ... die Inschrift«, stammelte ich.

»Das Hospital. Du hast es gefunden«, sagte Marlene mit einer immer schwächeren Stimme, die mit jedem weiteren Wort zerbrechen konnte. »Im Hospital liegt eine Wahrheit versteckt unter vielen anderen Wahrheiten. Und im Kern findest du das Licht. Das zeigt uns den Weg zur Blume, die uns heilen wird. Nur du kannst uns jetzt noch helfen.« Tränen flossen über ihr Gesicht. »Lass mich nicht sterben, Greta! Lass mich nicht so sterben!«

Ich stand auf, obwohl ich wie gelähmt war, ohnmächtig, wieder geschlagen. Ich konnte keinen festen Gedanken fassen. Doch ich musste klar denken. Ich versuchte, mich an Hermanns Aufzeichnungen zu erinnern, die Landkarte, die sich aus den Symbolen ergab. Wir hatten das Hospital gefunden. Aber hatten wir es wirklich damit entdeckt? Zwei Inschriften. *»Alteram Lucem«*. Einen Turm, eine Tür. Mehr nicht. Der Rest war Phantasie.

»Waren wir schon einmal hier, Greta?« Marlenes Stimme klang wie ein leiser Wind, der sich zwischen zwei Atemzüge presste. Ihre Augen starrten zur Decke über der Hütte, als blickte sie durch das Dach hindurch, hinein in den Himmel über uns. »Wir waren schon einmal hier, Greta.«

Ich musste klar denken. Gertrud war der Schlüssel. Sie war hier gewesen. Sie hatte von der Blume gewusst. Wo sollte ich beginnen? War sie tatsächlich hier gewesen? Hatte sie hier gestanden? Vor Hunderten von Jahren? War sie auf diesem Turm dort oben gewesen? Hatte sie von dort über das ganze Hospital geblickt? Was hatte sie gewusst?

»Wir waren schon einmal hier, Greta.«

Sollte ich nach oben gehen und versuchen, mit den Augen der letzten Babenbergerin zu sehen? War sie allein gewesen? Wie sollte ich je die Wahrheit finden? Die Wahrheit versteckt in vielen Wahrheiten? Die Ketten, in denen das Licht lag? Wo sollte ich beginnen? Wo nur?

Ich blickte zu Marlene. Sie hatte mit letzter Kraft ihre Hand gehoben und streckte sie an die Decke. Ich trat zu ihr und sah ebenfalls nach oben.

Es waren dieselben Symbole. Die Linien. Die Kreise. Die Linien, die nichts weiter waren als Verstrebungen, die das Dach zusammenhielten. Und die Kreise, welche die Verstrebungen im Holz hielten.

»Die Wahrheit liegt ganz tief in uns. Nicht in Wandlitz, dem Ort, an dem ich aufgewachsen bin, nachdem Merten mich weggebracht hatte. Nicht in der Wanne, wo mein falscher Vater so grausam zu mir war, nein, hier ist der Ursprung meines Proto-Objektes. Hier im Mantel unserer gemeinsamen Kindheit. Im Schoß unseres Vaters. Die Wahrheit versteckt unter vielen anderen.«

Sie sah regungslos auf das innere Dachgebilde. Überall waren sie, die Symbole. Ich dachte an die Karte, die ich auf der Insel zusammengestellt hatte. War es keine Landkarte, sondern eine Karte für das Innere dieser Hütte? Markierte die Stelle, die das Hospital zeigte, statt einer Stelle draußen in Tannenfall eine Stelle in dieser Hütte? Ich schob in der Erinnerung die Karte über das Dach der Hütte – und tatsächlich: Da war etwas! Aber bevor ich es Marlene zeigen konnte, trat ein Schatten in die Kammer.

»Wasser. Ich habe Wasser.«

STERNBILDER

Ferdinand zog sein Hemd aus und zerriss es in mehrere Teile. Dann tauchte er es in das kalte Wasser, das er von der Mühle in zwei Eimern geholt hatte. Ich hatte keine Zeit zu fragen, woher er die hatte. Er tauchte die Stücke aus Flanell ins Wasser und drehte sie zu feuchten Wickeln zusammen, die band er Marlene anschließend um die Waden. Den letzten Teil seines Hemdes legte er ihr auf die Stirn und wischte den Schmutz von ihrer Haut.

Marlene bedankte sich mit einem matten Lächeln und betrachtete wie ich die Decke. Die Verstrebungen des Daches erinnerten wirklich an das Symbol, von dem Marlene mir erzählt hatte. Und an jenes, das ich im Dorf gesehen hatte. Waren wir tatsächlich als Kinder hier gewesen, dann konnte sich dieses Bild in ihr Unterbewusstsein gebrannt haben.

Dort, wo Zeichen waren, konnte der Mensch nicht sein. Und dort, wo man Zeichen zum Sprechen brachte, musste der Mensch schweigen. Ich dachte an Marlenes Worte. Auch wir schwiegen und starrten an die Decke.

Ich musterte die eine Stelle unter dem Dach, die Hermann in seinen Aufzeichnungen markiert hatte. Ich nahm den Stuhl, stellte ihn auf den Tisch und kletterte hinauf, bis ich die Stelle mit der Hand erreichen konnte. Ich zog das Verbindungsstück, ein kleines gemasertes Holz, heraus und drehte es in meinen Händen. Daran war nichts Außergewöhnliches. Ich dachte an historische Kriminalromane, in denen eine Schnitzeljagd durch die Jahrhunderte führte. Stand ich am Beginn einer solchen Schnitzeljagd? Und wenn ja: Welche Eigenschaft besaß ich, um die Rätsel zu lösen?

Ich war eine Wirtin, eine Närrin mit geringen Kenntnissen. Außer ein paar Grundlagen in Latein kannte ich mich weder mit alten Sprachen noch mit den Symbolen und Inschriften aus. Und das, was ich in der Heilstätte über die Jagd mit Falken gelernt hatte, würde es mir hier nützlich sein?

Doch, es gab noch etwas. Meine Neugierde, das Leben der Gertrud von Babenberg zu verstehen, da es meinem auf eine seltsame Art ähnlich war. Wir beide brachten den Tod. Wir beide litten am selben Wahnsinn. Wir beide waren in Seußlitz gewesen. Weggeworfen. Herausgerissen aus der Welt wie Unkraut. Ja, das verband uns. Das war alles, was ich besaß. Und mein unbeugsamer Wille, meine Schwestern zu retten. Koste es, was es wolle. Und wäre die Welt, die mich erwarten würde, noch so verborgen – was für eine Wahl hatte ich, mich darin zu versenken? Schlimmer als der starke, leuchtende Arm der Epilepsie, der einen an den Haaren nach hinten zerrte, schlimmer als die eisige Umklammerung, die einen wie ein sterbendes Tier unter Krämpfen auf dem Boden zucken ließ, konnte es nicht sein. Manche sagten, sie sähen darin Gott. Ich hatte nicht Gott gesehen. Ich hatte die Bestie gesehen.

»Kann ich einmal einen Blick darauf werfen?«, fragte Ferdinand, der sich, nachdem er Marlene mit den Wickeln versorgt hatte, anscheinend nützlich machen wollte. Ich stieg von meinem Konstrukt hinunter und legte das Holzstück in seine rauen Hände. Er drehte es zwischen seinen Fingern, als würde er zwischen der Maserung des Holzes eine geheime Botschaft entziffern.

Immer wieder blickte ich zu Marlene. Die Kälte der Wickel schien ihr gutzutun. Als ich wieder zu Ferdinand sah, bemerkte ich einen hellen Fleck auf seiner Stirn. Er tanzte wie ein leuchtender Schmetterling über sein Gesicht. Und dann begriff ich. Das Licht. Es fiel vom Dach direkt auf Ferdinands Gesicht. Natürlich. Ich kannte das aus alten Filmen. Das Sonnenlicht zeigte durch eine Öffnung den Weg.

In den Ketten liegt das Licht.

»Das Licht«, sagte ich zu Ferdinand und schob seinen schwitzenden Körper zur Seite. Mich ekelte davor, seine Haut zu berühren. Er wich fast benommen aus, und ich sah zu dem Licht, das hinter ihm zu Boden fiel.

»Da. Es zeigt uns den Weg.«

Ich kniete mich auf den Boden der Hütte und tastete nach etwas Greifbarem. Dem verborgenen Eisenring einer Luke oder einem geheimen Scharnier zwischen dem alten Holz. Doch nichts. Ich blickte nach oben. Das Licht würde wandern. Es würde mit der Sonne durch diese Hütte ziehen. Ich ging in Gedanken den Lauf der Sonne durch und fuhr mit meinem Fingern über die Wände und Holzdielen. Doch nichts.

Es wäre auch zu einfach gewesen …

Marlene hatte noch immer ihre Augen geschlossen. Draußen war es still. Ich blickte nach oben. Das Licht. Die Symbole. Sie waren wie ein Sternenhimmel. Natürlich. Das Loch, aus dem das Licht fiel, war der Mond. Gerade groß genug, um einen Finger hindurchzustecken und eine Klappe nach unten zu ziehen. Die Wahrheit lag nicht unten. Sie lag oben.

Ich kletterte eilig wieder auf mein Gestell aus Tisch und Stuhl und steckte meinen Zeigefinger in das Loch. Er passte perfekt hinein. Ich krümmte ihn und zog mit aller Kraft. Und tatsächlich: Eine alte Holzklappe fiel mit voller Kraft nach unten. Alter Staub rieselte wie Schnee in das Innere des Raumes, und ein wartendes Abendlicht floss aus einer lange verborgenen Dunkelheit.

Jetzt waren Marlenes Augen geöffnet. Der Krach hatte sie wohl aus ihrem Fieberschlaf gerissen. »Hast du sie gefunden? Die Blume?«

Ich sah zu ihr hin. Sie phantasierte und hatte Mühe, zu sprechen. Als ihre Augen wieder unter der Macht des Fiebers zufielen, versuchte ich auf Zehenspitzen, in den Raum über uns zu sehen. Es gelang mir nicht. Ich würde mich mit den Händen nach oben ziehen müssen. Früher war ich einmal stark gewesen, hatte am Bauernhof durch schwere Holzarbeit ordentlich Muskeln aufgebaut. Vielleicht war davon noch etwas übrig, dachte ich und zog mich mit aller Kraft hinauf.

Kaum hatte ich mich oben aufgerichtet, merkte ich, dass ich schwer atmen konnte. Die Luft war stickig, und es roch intensiv nach Rosmarin. Durch die Dachschindeln fiel ein Lichtregen und brachte die würzige Luft zum Schimmern, als hätte ich eine Wunderwelt betreten. Und was ich sah, war auch wie ein Wunder. Ich hatte mit allem gerechnet. Mit geheimen Aufzeichnungen, weiteren Büchern, diversen Skizzen, ja selbst mit einem Skelett oder antiken Waffen und Relikten aus einer Wunderkammer. Aber nicht damit.

»Und? Was ist dort oben?«, rief Ferdinand von unten.

»Ich glaube, ich kann Ihnen das nicht sagen …«, antwortete ich und versuchte, die richtigen Worte zu finden.

Es war das Modell der Welt. Die Welt im Norden bis nach Prag und im Osten bis weit in die ungarischen Ebenen. Der Stiefel Italiens reichte tief in das wütende Meer, dessen Wellen mit weißen Schaumkronen bemalt waren. Jede einzelne. Und auch im Westen reichte die Welt bis über die Schweiz hinaus, bevor sie kurz vor Paris endete. Im Zentrum der Welt aber lag dieser Ort. Das Hospital. Ich erkannte ihn sofort an den sechs großen Türmen, die sich über das Tal erstreckten. Es ähnelte tatsächlich dem Panoptikum. Auch an anderen Stellen waren Gebäude nachgebildet, Burgen, Wälle, Wege und Städte. Die Relationen und Entfernungen stimmten nicht, doch ich erkannte, dass die Miniaturwelt das ganze Gebiet um den Semmering sehr plastisch darstellte.

»Es ist so etwas wie eine Modelleisenbahn. Nur ohne Eisenbahn. Sicher zehn mal zehn Armlängen groß.«

Ferdinands Schweigen verriet mir, dass er genauso verwundert war wie ich.

Wer hatte hier auf dem geheimen Dachboden der Hütte eine Spielzeugwelt aufgebaut? Und warum? Nach ihrem Aussehen mussten die kleinen Burgen und Städte aus den sechziger oder gar fünfziger Jahren stammen. Hatte Konrad Khalberg hier eine kleine Welt nachgebaut? Aber wozu? Und wieso nicht unten? Hatte er etwas verbergen wollen?

Ich betrachtete das Hospital. Es war deutlich größer, als ich es mir ausgemalt hatte. Ich suchte im Modell nach den Wegen, die ich gegangen war. Einige Gebäude fehlten. Der Herrenhof etwa. Dafür aber sah ich die Insel. Den Alpenkamm. Die Gräben, die wie knöcherne Finger in das Tal führten. Konrad hatte von der Insel gewusst. Natürlich. Seine Frau, unsere Mutter, hatte sie geliebt. Hatte er deshalb das Modell versteckt gehalten?

Ich folgte den Wegen. Versuchte, die Burgen zuzuordnen. Als plötzlich mein Atem stockte. Dort. Dort im Osten. Ein Holzverschlag. Er war klein. Kaum sichtbar. Aber dennoch: Er war da. Gertruds Verschlag! Die Wege zum Haus ihrer Mutter. Konnte es sein? Ich ließ in Gedanken die Stationen im Leben von Gertrud von Babenberg durchlaufen. Es war alles da. Alle Stationen der Frau, die mein Leben berührt hatte, waren in dieser Modellwelt vorhanden. Das liebliche Verona, wo Kaiser Friedrich II. von Hohenstaufen auf seine Braut gewartet hatte, oder die trotzige Burg Starhemberg zwischen Wien und dem Semmering. Der Leopoldsberg bei Wien mit der erhabenen Burg, der stille Voitsberg in der Steiermark, aber auch das strahlende Prag, wo Ottokar II. seine Residenz hatte. Und im Osten Ungarn. Die schattige Burg Belas und von dort die Wege nach Osten – dorthin, wo die Mongolen verschwunden waren. Es war alles da. Das wartende Dürnkrut, die hochstrebende Habsburg in der Schweiz. Selbst Rom. Der alte Lateranpalast, wo der Papst Kaiser Friedrich II. exkommuniziert und als Antichristen bezeichnet hatte.

Vor Aufregung bekam ich kaum Luft. Hatte Konrad Khalberg wirklich die Welt um die Zeit von Gertrud von Babenberg nachgebaut? Aber warum?

»Haben Sie etwas gefunden?«

»Nein … ich …«, stammelte ich und suchte in dieser Spielzeugwelt einen verborgenen Sinn. Und dann, im Norden, fand ich ihn. Denn dort, neben dem Klarissenkloster in der Nähe von Dresden, entdeckte ich einen kleinen Bauernhof. Es war mein Bauernhof.

Hafer. Es erhebt sich.

Gänsehaut lief über meinen Körper. Er hatte alles gewusst. Wandlitz. Die Wilhelm-Pieck-Schule. Die Heimat von Marlene. Alles. Er hatte alles gewusst. Schon damals. Was hatte er gesucht?

Marlene hatte wieder einen Hustenanfall. Ferdinand versuchte, ihr zu helfen. Sie spuckte Blut. Ich war mir sicher. Ich konnte es riechen. Es würde nicht mehr lange dauern, dann begann sie, die Atemzüge zu zählen. Es würden immer weniger werden.

Ich musste ihr helfen. Musste sie finden, die Blume.

Hatte auch er die Blume gesucht?

Gertrud hatte gewusst, wo sie war. Und er hatte ihr Leben nachgestellt, um danach zu suchen. Nach dem Heilmittel. Es lag irgendwo hier auf dieser Welt.

Plötzlich erhob sich ein tiefes Grollen unter uns. Marlene hatte erzählt, dass sie von einem Grollen aufgewacht war – damals, als sie auf den Semmering gekommen war.

Ich kletterte hastig nach unten, lief durch den vorderen Raum und wollte den Turm hinauf, um zu sehen, was draußen vor sich ging. Ferdinand war schon vorausgeeilt und stand bereits an den Zinnen, als mich die Hitze umfing.

»Was um Himmels willen war das?«, fragte ich ihn.

Er schwieg und starrte in Richtung Westen. Dort, wo einst der zweite Turm des Hospitals gestanden hatte. Hinter den waldigen Hügeln erhob sich ein Licht, als würde eine zweite Sonne versuchen, von Westen den Horizont zu verlassen, während die andere darin versank. Oder war es das Feuer?

»Ich weiß es nicht«, sagte er. »Aber ich bete zu Gott, dass es die Bauarbeiter sind, die zurückgekommen sind.«

DER ZUGANG

Der Husten schwoll immer mehr an. Wie ein gefährliches Tier schlich er unten durch die Hütte. Der Wind hüllte mich ein, oben auf dem Turm, wo ich auf ein weiteres Grollen wartete. Doch nichts. Ferdinand stand neben mir, und wir sahen einander an, angespannt, voller Erwartung. Das Licht, das hinter dem Wald hockte, war dasselbe, das ich auf dem Pass gesehen hatte. Es hatte sich weiter nach oben geschoben. Jetzt sah ich es auch von hier. Es kam zu mir. Als wollte es mich finden.

Ich musste wieder zu Marlene. Ich konnte nicht hier stehen und warten, bis die Atemzüge weniger wurden. Von Osten fiel warmer Wind herunter. Oder irrte ich mich und sehnte mich nur danach? Es war immer noch unerträglich heiß und trocken. Ich blickte auf die Berge. Von hier konnte ich den Pass nicht sehen. Ich dachte an meine beiden Schwestern, die ich oben mit Hermann zurückgelassen hatte. Hatte sich ihr Husten verschlimmert? Hatten sie noch die Kraft, sich um Hermann zu kümmern? Lebte er noch? Sein Bild im Klassenzimmer tauchte vor mir auf, und wieder flossen Tränen über meine Wangen. Ich hätte mich in ihn verlieben können. Jedenfalls glaubte ich das. Seine Zurückhaltung, seine vorsichtige Wahl der Worte, die doch durchsetzt war mit schüchterner Leidenschaft. Wie ein Lamm, das den Wolf nicht fürchten musste, da er bereits in ihm wohnte. Ich hatte den Wolf in ihm nie gesehen. Nur das Lamm, aus dessen Maul das Blut quoll. Hätte er meine Liebe erwidert? Oder mich zurückgestoßen?

Liebe. Wieso dachte ich jetzt an Liebe?

Wie lange hatte ich noch? Einen Tag? Vielleicht zwei? Marlene würde bald begreifen, was geschah, und beginnen, die Atemzüge zu zählen, die ihr noch blieben. Sie würde versuchen, damit zu haushalten. Sie würde versuchen, sie vor dem Husten zu verbergen, damit er sie nicht wegriss, hinaus in die nutzlose Welt. Ich blickte noch einmal auf den Schimmer hinter den Wäldern und schloss für einen Augenblick die Augen.

»Geht es Ihnen nicht gut? Werden auch Sie krank?«, rief mir Ferdinand zu.

Wurde auch ich krank? Mein Atem gurgelte in meiner Kehle. Auf meinen Schläfen lag ein feines Netz aus Schmerzen. Ein Kratzen im Hals. Noch musste ich nicht husten. Noch war das Blut in mir und floss wie ein wütender Fluss durch meine Adern. Noch war ich imstande, alles aufzuhalten.

»Ich denke, es ist das Wasser. Die Menschen werden davon krank. Vielleicht sind deshalb alle weg.«

»Sie haben doch gesagt, dass Sie sich mit Kräutern auskennen.«

Ferdinand nickte. »Die Menschen haben verlernt, mit der Natur zu leben.«

»Dann zeigen Sie uns doch, wie es geht. Meine Schwester ist krank, Sie müssen uns helfen.«

»Das blaue Leben. Er hat daraus das Zeitheil gemacht und den Tod vom Bett seiner Frau gescheucht.«

»Was? Wer?«

»Der Alte. Der Hundertjährige. Viktor Castor. Er hat irgendwo da draußen noch Reste davon gefunden. Das könnte helfen.«

»Wissen Sie, wo?«

»Bei der Bärenmauer. Irgendwo dort. Der alte Khalberg hat auch damit experimentiert. Sie sehen da unten ja die ganzen Flaschen. Es soll auch ein Tagebuch geben, ein Kriegstagebuch, in dem vieles davon steht.«

Ich sprang nach unten und sah nach den Flaschen. Sollte ich Marlene davon zu trinken geben? Dieses »Zeitheil«, von dem Ferdinand sprach, das aus »blauen Leben« gemacht war, war das die Heilung? Ich nahm eine Flasche und öffnete sie. Es stank fürchterlich. Starker Alkohol mischte sich unter dem scharfen

Geruch von Kräutern. Meine Augen flogen über das Etikett. Es war handgeschrieben. Ich konnte es kaum lesen. Doch als ich das Wort »Schierling« las, stellte ich die Flasche wieder zurück und ging zurück nach oben auf den Turm.

»Euer Zeitheil ist in Wahrheit ein Schierlingsbecher. Wollen Sie, dass ich meine Schwestern vergifte?«

Ich konnte Ferdinand nicht trauen. Ich durfte nicht nachlassen, musste klarer denken. Die Bärenmauer. Ich erinnerte mich daran, dass ich mit meinen Schwestern auf dem Weg nach Tannenfall in die Höhlen gestiegen war. Langsam ergab alles einen Sinn. Auch Marlene hatte von einem Tagebuch gesprochen, in das dieser Alte geschrieben hatte.

»Wissen Sie, wo dieses Tagebuch ist?«

Ferdinand schüttelte den Kopf. »Ich weiß nichts von alledem. Ich weiß nur, dass die Menschen erst dann verzweifelt beginnen, nach dem zu suchen, was ihnen guttut, wenn es zu spät ist.«

»Und deshalb rauchen Sie.«

»Ich weiß, dass ich davon sterben werde. Aber das werden Sie und Ihre Schwestern auch. Also: Wo ist der Unterschied?«

Ich musterte den heruntergekommenen Schulwart und wollte nicht glauben, was er eben gesagt hatte. Aber er war der einzige Mensch, der mir noch helfen konnte, etwas gegen diesen verfluchten Verfall der Welt zu tun.

»Es geht zu Ende mit uns«, sagte Ferdinand, und in seiner Miene tanzte eine stille Angriffslust. »Glauben Sie wirklich, dass irgendwo da draußen ein Kraut wächst, eine Blume, die alles ändert? Wir Menschen haben diese Welt zugrunde gerichtet. Wir lebten einst im Paradies. Wir haben uns selbst daraus vertrieben, weil wir uns eingebildet haben, wir wären schlauer als Gott. Wenn ich Gott wäre, würde ich auf uns spucken. Auf uns Menschen, die wie Parasiten das Wunder vernichten, das er uns geschenkt hat.«

Ich versuchte, mich wieder zu beruhigen. Ich hatte Angst vor Marlenes Blicken, wenn sie begriff, dass der Moment gekommen war, ihre Atemzüge zu zählen.

»Was wissen Sie alles über dieses Hospital?«, fragte ich. »Ist davon noch mehr übrig? In der Miniaturwelt über uns ist das Hospital als großes Gebäude dargestellt. Es soll sechs Türme gehabt haben. So wie diesen. Wissen Sie, wo die anderen Türme sind?«

Ferdinand schüttelte wieder den Kopf.

Ich lehnte mich ein wenig nach draußen. Eine Ebene verband die beiden waldigen Hänge. Dort musste es gestanden haben. Dort mussten sich alle Wege verbunden haben.

»Waren Sie schon einmal da unten? Gibt es dort irgendetwas? Eine Ruine, eine Kammer, eine Höhle?«

»Da unten ist nichts mehr. Die Geschichte der Menschen ist wie Sand, den der Wind holt.«

Ich wunderte mich über Ferdinands Formulierung. Ich war mir sicher, dass ein anderer Mensch in ihm hockte als der, den er zu sein vorgab. Ich musste vorsichtig sein und gleichzeitig herausfinden, was er wusste.

»Und der Zugang dort bei der Schule? Können wir nicht irgendwie dort hinunter?«

»Sie haben es doch gesehen. Da kommt doch niemand durch.«

»Und wenn wir uns woanders einen Zugang verschaffen?«

»Was, glauben Sie, machen die Bauarbeiter hier?«

Die Bauarbeiter. Suchten sie die Spuren des alten Hospitals? So wie ich? Doch welche Mittel hatte ich? Welche hatten sie? Und warum das alles? Laut Merten lag da unten ein altes Mithräum. Ferdinand hatte es auch erwähnt. Und Marlene, als sie auf der Jagd nach der Schwarzen Frau in die Unterwelt getaucht war. War dies das Hospital gewesen oder nur ein Teil davon?

Unten tobte erneut der Husten.

Irgendein Geheimnis verbarg sich an diesem Ort. Ein Geheimnis, das mit dem Leben der Gertrud von Babenberg verknüpft war. Vielleicht musste ich ihr Leben erneut rekonstruieren, es unter allen Blickwinkeln betrachten. Ich dachte an meine Aufzeichnungen, die endlosen Abschriften. Sie lagen in meiner Kammer in der Heilstätte. Aber ich trug sie tief in meinem Kopf. Alle Versionen.

Es sind die Ketten. Jedes Glied gleicht dem vorigen. Und doch ist jedes einzigartig. Nichts ist in der wahren Welt reproduzierbar. Nichts ist immer gleich.

»Erzählen Sie mir, was Sie von dieser Frau wissen!«, sagte Ferdinand. »Zeigen Sie es mir in der Welt dort unten. Und wer weiß, vielleicht flüstert uns das Rauschen der Bäume das Geheimnis zu, nach dem alle suchen.«

Ich blickte zu Ferdinand. Er war jemand anderer. Aber ich brauchte ihn, also erzählte ich, um die Wahrheit über ihn zu erfahren. Eine Wahrheit, die mich zur Heilung führen würde.

SIEBTE AUFZEICHNUNG

»Und trotz dieser drei Kränkungen
habt ihr begonnen, die Welt zu
vermessen und euch zu erheben?«
»Die Neue Ordnung befreit den Menschen
von den drei Kränkungen.«

»Eines Tages kam ein Ritter in diese gottverlassene Gegend, östlich von hier. Er war auf der Suche nach einem siebzehnjährigen Mädchen.«

Ich erzählte Ferdinand die Geschichte der letzten Babenbergerin. Dabei dachte ich an die Gesichter meiner Schwestern, dachte an ihre Fragen, ihre Blicke, ihre Suche nach Antworten in der Vergangenheit. Ich erzählte Ferdinand dieselbe Geschichte. Eine Kopie meiner Erinnerung.

»Und was ist dann passiert?« Ferdinand sah mich mit offenem Mund an.

Ich hatte aufgehört zu erzählen, ohne es zu bemerken. Ich hatte vom gescheiterten Attentat berichtet und von der Rettung durch die zehn Ritter, die Gertruds Dienerin zu ihrer Herrin geführt hatte. Und vom Antrag des Kaisers, Friedrich II., von dem Staunen der Welt.

»Hat sie ihn geheiratet? Den Teufel?«

»Nein. Gertrud, die Gottesfürchtige, lehnte ab. Sie erschien nicht zu ihrer eigenen Hochzeit. Der Kaiser war erzürnt und jagte sie. Sie war geflohen, und vermutlich führte ihr Weg sie hierdurch. Durch das Hospital am Semmering. Gertrud war eine Gejagte geworden. Doch als der Kaiser im Jahre 1250 starb, wendete sich das Blatt. Sie, hinter der die Armeen des Kaisers her waren, hielt inne und wandte sich gegen sie. Denn es schien, als hätte sie dort im erdigen Verschlag etwas gefunden, was ihr ein ›inneres Wissen‹ verlieh, das es mit allen Armeen dieser Welt aufnehmen konnte.«

»Was war das für ein inneres Wissen?«, fragte mich Ferdinand, ohne von der Miniaturwelt aufzusehen. Seine Blicke sprangen auf dem Modell vom kleinen Verschlag im Osten nach Verona und zum Hospital, zu dem Gertrud geflohen war.

»Inneres Wissen? Habe ich ›inneres Wissen‹ gesagt? Ich meinte die innere Kraft.«

Ich starrte auf die detaillierte Nachbildung des Hospitals. Es war einst so groß und mächtig gewesen, wie es da zwischen den Wäldern gelegen hatte. Und doch so verwunschen und unheimlich. Mit seinen Türmen sah es aus wie eine steinerne Spinne.

»Und dann?«

Wieder stockte meine Erzählung. Ich fühlte mich schwach. Meine Augen brannten. Ich spürte, dass ich Hunger hatte und Durst. Schrecklichen Durst. Schließlich redete ich aber weiter.

»Ihr Leben war durchzogen von Mord und Intrigen und führte sie bis zur größten Schlacht des Mittelalters. Nach Dürnkrut. Vielleicht hundert Kilometer nördlich von hier. Dort wurde um die Nachfolge des Kaisers gekämpft, und Tausende Ritter schlugen sich um den größten weltlichen Thron. Doch das Geschlecht der Babenberger endete dort auf dem Schlachtfeld, und die Dynastie der Habsburger drängte in die Welt. Eine Herrschaft, die siebenhundert Jahre lang andauern sollte. Und die letzte Babenbergerin, die damals nach dem Kaiserthron gegriffen hatte, verschwand als Wimpernschlag der Geschichte und endete im Wahnsinn in einem Klarissenkloster, wo sie das vielleicht größte Geheimnis der Menschheit mit in den Tod nahm.«

»Das größte Geheimnis der Menschheit«, wiederholte Ferdinand. Ich fühlte, dass er den Spott unterdrückte, aus Rücksicht auf Marlene, die unter uns mit schwerem Husten rang. »Woher wissen Sie, dass Gertrud ein Geheimnis in sich trug?«, fragte er dann.

»Ein Chronist schrieb über sie, dass anfangs ein einziger Ritter ausgereicht hatte, um sie niederzuringen. Und dass später die stärksten Armeen vor ihr zurückgewichen waren. Wer so etwas zustande bringt, muss ein Geheimnis in sich tragen.«

Ich sah in Ferdinands Gesicht, dass er an meinen Schlüssen zweifelte.

»Welcher Chronist?«

»Habe ich vergessen. Ich habe so viele gelesen und immer wieder –«

»Und hier ist sie gestorben«, sagte Ferdinand und zeigte auf das Kloster in der Nähe von Dresden. Ich nickte und verschwieg, dass das kleine Bauernhaus meine Heimat war.

»Das ist alles? Mehr haben Sie nicht?«

»Meine Aufzeichnungen – ich habe sie nicht hier. Und Hermanns …«

Das Röcheln klang immer abscheulicher. Ich kletterte nach unten, um nach Marlene zu sehen. Dann ging ich in den Vorraum der Hütte und stieg zurück auf den Turm. Ich brauchte klare Gedanken. Die Hitze war unerträglich. Es war dunkler geworden. Das Licht im Westen lag immer noch erbarmungslos hinter den Wäldern. Was war hier vor Hunderten von Jahren geschehen? Ich versuchte, mich an die Zeilen von Hermanns Bogen zu erinnern.

Sie war besessen. Es gab keine Dienerin. Sie folgte ihrer Meisterin. Ihrer Meisterin Medora. Sie war der Abgrund. Die wahre Dunkelheit. 1245.

Natürlich! Das war es. Medora. Ihre Dienerin. Sie waren 1245 hier gewesen. Medora, meine Halluzination. Ich blickte in den Himmel, der über mir thronte wie eine Glocke aus Glas. Kein Wind regte sich. Die Stille erstickte jedes Geräusch.

Hermann kannte die Namen unserer vier Halluzinationen. Woher? Wusste er mehr, als er uns sagte? Mein Magen drehte sich um. Ich dachte an den Mann mit dem gesenkten Haupt im leeren Klassenzimmer. Hatte er mir alles erzählt? Ich war mir sicher, dass es in dieser Miniaturwelt einen Ort geben musste, an dem Gertrud von Babenberg das größte Geheimnis der Menschheit versteckt hatte. Warum sonst hätte Konrad Khalberg sich die Mühe gemacht, die Welt von damals so fein säuberlich nachzubauen? Was war dieses Geheimnis?

Die Blume?

Hatten Gertrud und Medora hier auf diesem Turm gestanden? Ich versuchte, es mir vorzustellen. Versuchte, in Gertrud hineinzuschlüpfen. Was hatte sie getragen? Die Kutte aus Leinen? Was hatte sie auf ihrer Haut gespürt? Was hatte sie gesehen? Hatte sie neben ihr gestanden? Hatten sie hier hinausgeblickt? Musste ich werden wie sie, um das zu finden, was sie versteckt hielt? Hier an diesem stillen Ort, der mich erdrückte und mir die Kehle zuschnürte und an dem meine Schwestern und ich sterben würden, wenn ich wieder versagte. Dieser Ort hier an der Grenze, umgeben von verlassenen Dörfern und umrankt von Sagen und Legenden. Unterwandert von verschlungenen Höhlen.

Ich spürte wieder das Kribbeln. Den Geschmack von Hafer. Meine Wirbelsäule bog sich durch und zog meinen Kopf nach hinten. Wieder starrte ich in den leeren Himmel.

Ein leerer Himmel.

Wann hatte ich zum letzten Mal ein Flugzeug darin gesehen? Mieden die Piloten diesen Ort? Ebenso wie die Menschen? Oder war es mein Wahn? Ein Wahn, dem Marlene hier verfallen war. Immer wieder und immer tiefer? War auch Gertrud hier in einen Wahn verfallen? Aber ich war gesund, hatte den Wahn im Griff. Das hieß, ich musste ihn wiederfinden – ihn mir zurückholen oder mich ihm wieder überlassen –, wenn ich frei sein und Medora erreichen wollte.

»Ich habe etwas gefunden«, sagte Ferdinand und kam ächzend zu mir auf den Turm. In seinen Händen hielt er zwei Bücher. Eines von Aristoteles und das Falkenbuch. »Sie standen dort unten im Regal, und ich dachte, sie würden Ihnen vielleicht helfen. Ich kenne mich nicht so aus mit diesen Dingen.«

Ich sah Ferdinand ungläubig an. Ich nahm die Bücher entgegen, als der schreckliche Husten meiner Schwester durch die Stille drang. Lauter, eindringlicher, erstickter. Ich hatte keine Zeit mehr. Der Tod hatte bereits begonnen, Marlene in seinen Mantel zu hüllen.

DER ANDERE TOD DER AMSEL

Sie war totenbleich. Ihre Haut glänzte im Schweiß des Fiebers. Ich hielt die Bücher, die mir Ferdinand auf dem Turm gegeben hatte, in den Händen. Sie waren unnütz geworden. Ich hatte keine Zeit mehr, darin nach dem Heilmittel zu suchen. Meine Schwester würde sterben. Wie viele Stunden ihr noch blieben, wusste ich nicht. Draußen drückte die Hitze gegen die Hütte, und die Stille des Todes kroch durch alle Ritzen.

Ich ließ die Bücher fallen. Lose beschriebene Blätter rutschten aus den Seiten und bedeckten den Boden.

»Du darfst nicht sterben. Du darfst mich nicht allein lassen«, sagte ich zu Marlene. Ich schob mein Gesicht ganz nah über ihres und atmete langsam aus. Als wollte ich ihr meinen Atem schenken.

»Du musst sie finden, sie ist die Einzige, die uns helfen kann«, sagte sie mit leiser Stimme. Ich konnte sie kaum verstehen und hielt mein Ohr dicht über ihren Mund.

»So, wie ich Lya gefunden habe, musst du jetzt diesen Weg gehen. Es ist unsere Bestimmung, die Dinge hinter dem Vorhang zu sehen.«

Ich presste die Lippen zusammen. Sie waren ausgetrocknet. Rissig.

»Ich suche den Weg, ich finde diese Blume, die dich heilen wird, ich verspreche es dir.«

Eine Träne tropfte auf Marlenes Brust. Sie hatte keine Kraft mehr, sich zu bewegen, aber ich verstand, dass sie mir noch etwas sagen wollte, bevor sie das Bewusstsein verlor.

»Du darfst nicht nur in den Büchern suchen. Du musst tiefer gehen. Du musst lernen zu verstehen. So, wie ich es lernen musste. Du musst die Vergangenheit spüren. Es ist alles hier. Du musst in sie hineinschlüpfen. Dich mit ihr verbinden. Dein Unterbewusstsein wird sich mit ihrem verbinden. Du und sie: Ihr seid euch ähnlich, und Medora wird dich führen, wie sie damals Gertrud geführt hat.«

»Was soll ich tun?«, schluchzte ich.

»Es reicht! Ich hole einen Arzt«, sagte Ferdinand. Er hatte im Schrank der Hütte ein altes Hemd gefunden. Es hatte Konrad gehört und passte ihm. »Egal wie gefährlich es da draußen ist, ich gehe und hole einen Arzt. Sie stirbt doch jeden Augenblick.«

Ich sah ihn an. Schweigend. Flehend. Und rief ihm mit stummen Blicken zu: *Ja, ja, lauf, so schnell zu kannst!*

»Ich … beeile mich …«, stammelte Ferdinand und wirkte in diesem Moment so unbeholfen wie ich.

Ich nickte und dankte ihm. Ferdinand war ein guter Mensch. Ich spürte es. Ich musste es glauben.

Wenige Augenblicke später war er verschwunden. Ich blickte wieder zu Marlene. Die Wickel um ihre Beine waren längst warm. An ihren Lippen klebte Blut, das durch den Husten aus ihren Lungen kam.

»Wie kann ich in sie hineingelangen? Sag es mir! Wie?«

»Es sind die Ketten. Jedes Glied gleicht dem vorigen. Und doch ist jedes einzigartig. Nichts ist in der wahren Welt reproduzierbar. Nichts ist immer gleich. Wie in deinen Abschriften, von denen du uns erzählt hast. Mach es wieder! Erzähl es wieder! Aber ändere die Perspektive! Erzähl es in einem anderen Licht! Verbinde es mit deinem Leben. Erzähl es mir, erzähl es mir, während ich schlafe … Finde das Geheimnis …«

Ich nickte, ergriff ihre heiße Hand, drückte sie.

»Eines Tages kam ein Ritter in diese gottverlassene Gegend, östlich von hier. Er war auf der Suche nach einem siebzehnjährigen Mädchen …«

Marlene keuchte. Ihre Stirn lag in Falten, als fühlte sie einen Ärger, der nachließ, nachdem ich erneut begonnen hatte. Unter einem anderen Licht.

»Ich öffnete die Augen. Ich hörte ihre Schritte im Wind. Sie nahm immer denselben Weg. Jemand folgte ihr. Ich spürte es in der Erde unter mir, ich spürte es in der Luft um mich herum, ich spürte es im Wind.«

Ich sah zu den Blättern, die vorhin aus den Büchern gefallen waren. Ich dachte an die Miniaturwelt über mir und die Welt draußen. Ich dachte an meine Schwestern und spürte, wie auch sie begannen, mit dem Tod zu ringen. Ich dachte an alles, was ich über die letzte Babenbergerin wusste, und begann zu erzählen, als wäre es meine Geschichte. Ich nahm den Geschmack der Erde auf meiner Zunge wahr. Spürte den Schmutz unter meinen abgerissenen Fingernägeln. *Poenitentia.* Ich sah das lehmige Loch in der Erde, die geschorenen Haare, die raue Kutte, das karge Seil, das sie zusammenhielt. Ich fühlte in mir den Mut, die Kraft, die Stärke, die Reinheit der wahren Armut – und über mir den Falken, der für mich sah.

Marlene fiel in einen tiefen Schlaf, und während ich vom Attentat des Ritters auf Gertrud von Babenberg – auf mich – erzählte und davon, dass meine Dienerin mich gerettet hatte, indem sie die zehn Ritter zu mir geführt hatte, spürte ich, dass der Weg der richtige war. Ich fühlte, wie etwas sich in mir verband. Etwas, was ich im Außen zwar finden konnte, aber im Inneren verstehen musste.

Ich wollte mich vor der Reise in andere Kleider hüllen. Die Kutte der Büßerin legte ich in eine kleine Kiste, die mit blauen Edelsteinen bestückt war, und überreichte sie Mutter. Sie sollte sie aufbewahren, denn wenn die Zeit gekommen war, würde ich sie wieder holen. Mutter nickte.

Ich trat nach draußen und stieg in die Kutsche. Ich trug einen mit schwarzem Pelz gefütterten Surcot, der bis weit über die Knöchel den Boden des Wagens flutete. Um die Taille lag ein prunkvoller Gürtel. Ausladende Schmuckärmel bildeten eine Schleppe. Ein goldener Kronreif hielt meinen Schleier, den ich weit ins Gesicht gezogen hatte, so weit, dass niemand mich erkennen konnte. Unter dem Surcot hatte ich die Hände zum Gebet gefaltet. Ich hielt mein Geheimnis, das ich gefunden hatte, von nun an im Verborgenen. Ich war zu einer vrouwe *geworden – oder besser einer* vrouwelin, *einer Frau fern jeder körperlichen Berührung und doch erhaben, da ich durch die Einsamkeit die unendliche Stärke erfahren hatte. Die Ritter bauten das Zeltlager ab. Von zwei Feuerstellen stiegen rauchige Fäden in den blassen Himmel. Ich blickte zu ihm. In seine fremden Augen. Medora setzte sich neben mich, und wir sahen, wie Mutter mit weißen Tüchern aus dem Haus kam und zum Abschied winkte.*

Der Weg nach Wien war beschwerlich. Tiefe Löcher machten die Fahrt zu einem holprigen Abenteuer, das mich immer wieder aus meinen Gebeten riss. Medora döste in ihren dunklen Kleidern in der hölzernen Wärme des Wagens vor sich hin. Immer wieder blitzten die Gedanken an den Mordversuch in mir auf. Bisher hatte ich mich immer auf mein Gefühl und meinen Instinkt verlassen, wenn es darum gegangen war, die Pläne der Menschen zu durchschauen. Bei dem Attentäter aber hatte mein Talent versagt. Hätte Medora mich mit ihrer Weitsicht nicht gerettet, hätte er mich erschlagen. Wer war er gewesen? Warum hatte er meinen Tod gewollt? Hatte er nicht das Wappen des Herzogtums getragen?

Es wurde wärmer. Der Wagen schaukelte unter der stechenden Sonne. Schattige Wege suchte man vergeblich. Ich wollte gerade nach Medora sehen, als ein paar aufgeregte Stimmen von draußen sie weckten.

Sie blickte mich vorwurfsvoll an und lächelte. Ich seufzte. Ich richtete mich ein wenig auf und blickte aus dem Wagen. Vor mir lag ein weites, flaches Land, das nach Westen hin in sanfte Hügel überging und gegen Osten deutlich abfiel. Das Alpenvorland wölbte sich vor uns und sah in der dunkelblauen Ferne aus wie die steinerne Kette eines fremden Gebirges. Ein seltsames Gefühl ergriff mich, als ich den Schatten eines dunklen Berges sah. Doch plötzlich war der mächtige Berg wieder verschwunden – wie ein flimmerndes Wahnbild, das mir einen Streich gespielt hatte.

Ein schrecklicher Husten riss Marlene aus dem Fieberschlaf. Sie hielt ihre Hand vor den Mund und krümmte sich vor Schmerzen. Zwischen ihren Fingern floss Blut und lief über ihre Arme. Es stank. Nach Urin. Und Kot.

Ich berührte ihre Wange und sagte, dass ich bis ans Ende gehen und sie retten würde. Und während Marlene wieder nach hinten fiel und sich von dem Anfall erholte, spürte ich, dass jemand anderer meine Hand geführt hatte. Jemand, dessen Wesen ich betreten hatte.

DAS ZENTRUM DES KOSMOS

Ich hatte Wien noch nie gesehen. Ich streckte meinen Hals in alle Richtungen.

»Diese Straße: Woher kommt sie?«, rief ich mit abgewandtem Gesicht zu einem der Ritter, die neben der Kutsche einhertrabten. Er hielt ein Tuch vor den Mund, um sich vor dem aufgewirbelten Staub zu schützen.

»Aus Venedig. Dort hinter den Bergen. Weit dahinter. Eine Woche und drei Tage dauert die Reise, bis sie hier in Wien endet.«

»Und diese Straße: Wird sie häufig befahren? Mir scheint sie sehr holprig und unwegsam.«

»Es ist die Ader unserer beiden Herzogtümer. Ohne den Handel würde Wien nicht den Wohlstand genießen, mein Fräulein.«

Ich setzte mich zurück auf die Bank und blickte zu Medora, die ebenfalls neugierig nach draußen sah.

Der Wagen rumpelte weiter. Einige Reiter zogen vorbei. Ein Händler schaffte es sogar, unseren Planwagen zu überholen. Er war beladen mit großen Fässern, die meterhoch zu einem Stapel gebunden waren und beinahe drohten auf uns herniederzufallen.

Und dann. Endlich. »Wien! Wien!«

Ich streckte meinen Kopf nach draußen und blickte in die Fahrtrichtung. Tatsächlich. Vor mir lag ein dichter Haufen aneinandergedrängter Häuser. Im Inneren erkannte ich eine Art steinernen Ring, aus dessen Mitte wiederum ein hoher Turm in den Himmel ragte. Rechts und links streckten sich weitere Türme und Türmchen in die Höhe, allesamt niedriger als jener in der Mitte des Häuserhaufens.

Der Wagen erreichte eine kleine Anhöhe vor der Stadt, als der Kutscher zu fluchen begann. Ich kippte nach vorn und hielt mich im letzten Augenblick an Medoras Hand fest, um nicht Hals über Kopf auf die schmutzige Straße zu stürzen. Nach einer kurzen Aufregung stieg der Ritter, der die ganze Zeit neben uns hergetrabt war, vom Pferd und säuberte mit einer raschen Handbewegung seinen ledernen Waffenrock vom Schmutz der Reise. Dann kam er mit freundlichem Gesicht auf uns zu und streckte mir die Hand entgegen.

»Die Achse. Wir müssen umdisponieren. Mein Fräulein, ich darf Euch bitten?«

»Er will, dass wir aussteigen?«, fragte meine Dienerin mit ängstlichen Augen, während ihre Lippen blass wurden.

»Es scheint so.«

Wir stiegen aus. Meine Dienerin folgte mir mit kleinen Schritten, meine Habseligkeiten auf beiden Armen.

Der Saum unserer Kleider tauchte in weichen rötlichen Schlamm, der die Anhöhe wie ein Teppich überzog. Erst jetzt, nachdem ich aus dem Wagen gestiegen war, fiel mir die gespenstische Stille auf, die mit einem Schlag auf dem Hügel herrschte. Der Lärm, der vorhin gleichmäßig angeschwollen war, war mit einem Mal versiegt. Etwas betrat meinen Magen, kroch kribbelnd in meine Arme, als ich die Überzahl an Tagelöhnern und zerlumpten Menschen sah, die humpelnd und hustend, spuckend und stinkend um mich herumstanden und nichts weiter im Sinn hatten, als einen Blick auf mich, die Fremde, zu erheischen. Vereinzelt drangen Stimmen aus der Stille. Vorlaut riefen sie nach dem Herzog und flüsterten kichernd einander zu. Manche schielten mit offenem Mund aus der Menge und zeigten auf das Wappen mit dem rot-weiß-roten Bindenschild, das an der Seite des Wagens angebracht war. Das Wappen der Babenberger. Das Wappen des Herzogs über Steiermark und Österreich.

»Wir sollten jetzt gehen, mein Fräulein.«

Ich musterte den Ritter. »Gehen?«

»Oder seid Ihr den Umgang mit Pferden gewohnt?«

»Meine Mutter ist eine gute Reiterin … und auch ich bin, wie Ihr zu sagen pflegt, den Umgang mit Pferden gewohnt.«

»Dann erspart Euer Mut Euch den Fußmarsch«, sagte der Ritter und befahl dem Kutscher, eines der beiden Pferde auszuspannen und zu satteln. Dabei sollte er allerdings nicht vergessen, ein Tuch unter den Sattel zu legen, um das Fell des Tieres zu schützen, herrschte ihn der Ritter an.

Wenig später saß ich fest im Sattel. Ich reichte meiner Dienerin die Hand, zog sie herauf und befahl ihr, sich an meinem Rücken festzuhalten. Die Tagelöhner und Bettler starrten uns an, als wären wir einer anderen Welt entsprungen.

Ich folgte dem Ritter, der zielsicher und langsam den Hügel hinunterritt und ein Spalier durch die Zerlumpten trieb. Die restlichen Ritter, die uns auf unserer Reise vor Überfällen beschützt hatten, blieben mit etwas Abstand hinter uns. Ich hörte, wie einige von ihnen über uns sprachen. Ihnen schienen mein Mut und mein wenig zögerliches Verhalten zu gefallen.

Wir ritten in Richtung eines kleinen Marktes, der an einer Biegung der Straße lag. Viele Händler hatten dort ihre Waren gestapelt und boten sie mit lauten Sprüchen feil. Es roch nach Fisch und ranzigem Öl und Hafer, nach dem scharfen Duft eines frisch gefärbten Tuches und dem matten Glanz geschmiedeten Eisens.

Der Ritter drehte sich kurz um und erklärte mit einer ausladenden Handbewegung den Markt. »Ihr dürft Euch nicht täuschen, dies ist nicht der Markt, dessen Ruf bis über die Stadtmauern von Wien hinausreicht. Das ist der Galgenmarkt. Der Markt, an dem die Schaulustigen kaufen und handeln. Wenn es ein Spektakel gibt, oben auf dem Hügel.«

»Von welchem Spektakel sprecht Ihr? Von den armen Hunden dort oben?«

»Nein, ich meine die Hinrichtungen. Der Markt hier ist ein großes Geschäft. Der Herzog hat ihn zwar zunächst verboten, sich aber von den Abgaben überzeugen lassen.«

Der Ritter erreichte die Biegung und steuerte nun direkt auf den großen hohen Turm zu, der bloß noch einige hundert Fuß vor uns lag und nur durch eine Mauer von uns getrennt war. In der Umgebung lagen große Haufen von Steinen. Kleinere Gruppen von Menschen waren damit beschäftigt, die Steine in einer bestimmten Form übereinanderzulegen, sodass sie am Ende das Fundament eines Hauses ergaben. Einige Männer gingen zwischen den Gruppen hin und her und gaben Ratschläge, manchmal unterstützt durch hysterisches Geschrei. Dazwischen tollten Kinder herum, und wieder waren es vorwiegend die Zerlumpten, die das Bild der Vorstadt prägten.

»Das sind die Erbauer der Stadtmauer. Sie haben sich bereit erklärt, den Menschen beim Bau ihrer Häuser zu helfen. Wien soll eine unzerstörbare Stadt werden. In den letzten zwei Jahren brannte es in Wien fünfundzwanzig Mal. Dem soll jetzt ein Ende bereitet werden. Der Herzog legt großen Wert darauf. In Köln sind sie schon viel weiter.«

Wir ritten über den Stadtgraben, der mit Futtergras bewachsen war. Dazwischen lagen mehrere Fischteiche. Tiere von ungeheuerlicher Größe und Farbe steckten in Zwingern. Es war ein gespenstisches Bild. Ich erstarrte für einen Moment und überlegte kurz, kehrtzumachen. Doch angesichts der stabil gebauten Käfige beschloss ich weiterzureiten. Wohin sollte ich auch flüchten?

Ich wandte meinen Blick von den leidenden Kreaturen ab, während wir durch das große Tor der Stadtmauer ritten. Der Ritter warf die Burgmaut einer der Wachen zu und nickte wohlwollend zu ihr herunter. Die Wache nickte ihm ebenfalls zu und hieß uns mit einer gelangweilten Handbewegung in Wien willkommen.

Die Menschen schienen unser Eindringen kaum zu bemerken. Sie standen, liefen und sprachen zwischen den bunten Fassaden der Stadt, die sich wie Behälter übereinanderfügten, als gäbe es niemanden, der für Ordnung sorgte. Andere spuckten, schrien und hockten auf den gebogenen kleinen Straßen. Wieder andere verhandelten, kauften, schimpften und lachten. Manche musterten uns, boten uns Dinge feil, die wir nicht wahrnahmen, da die Buntheit der Stadt uns in ihrem Bann hielt.

Nach diesem Ritt durch die Stadt wurde mir mit einem Mal

klar: Der Mittelpunkt des Kosmos musste eine Stadt sein. Und warum nicht Wien? Meine Dienerin empfand wohl ähnlich. Ich spürte ihre Aufregung. Mein Blick glitt über die bunt bemalten und mit Mosaiken bestückten Wände der Häuser, die schwankend auf uns zukamen, dann aber innehielten, bevor sie herniederstürzten. Mir schwindelte ein wenig, aber ich fing mich wieder. Ja, Wien: der Mittelpunkt des Kosmos.

Die Türme der Stadtmauer sicherten dieses Zentrum. »Es gibt den Kärntnerturm, den Roten Turm, den Stubenturm, den Widmerturm und den Schottenturm«, erklärte uns der Ritter, während seine Blicke in alle Himmelsrichtungen flogen. All diese Türme waren erschreckend hoch und erstreckten sich über mehrere Stockwerke. Die Fassaden der Türme waren ebenfalls bemalt. Nur schriller und leuchtender als die Häuser. Unter den Dächern thronten mächtige Wappen oder Fresken, die auch noch aus weiter Ferne zu erkennen sein mussten.

»Am größten ist der Turm am Stubentor. Die Gestalt des großen Christophorus steht schützend davor und wacht über unser Wohl. Er ist der Schutzpatron aller Reisenden.« Der Ritter lachte und zog sein Pferd in die Mitte der Kärntnerstraße. »Und der dahinter …«, er drehte sich zu uns um und zeigte auf den Turm, durch den wir gerade geritten waren, »… das ist der Kärntnertorturm. In Wahrheit ist er der größte der Türme. Und obendrein das Gefängnis. Gott beschütze all jene, die dort ihr Leben bis zur Erlösung fristen müssen!«

Ich blickte eine lange, enge Straße entlang. Händler und Kaufleute säumten den Weg und boten ihre Waren feil. »Venedigerstraße. Oder Kärntnerstraße, wie sie seit Kurzem heißt«, warf der Ritter ein.

Venedigerstraße. Ich wiederholte den Namen stumm. Führte diese Straße, auf der wir die ganze Zeit unterwegs waren und die hier ihren Anfang nahm, tatsächlich bis in die sagenumwobene Lagunenstadt? Konnte das sein? Ich erinnerte mich an die Geschichte eines Predigers, der vor einigen Jahren von dieser Straße erzählt hatte. Sie führte angeblich direkt von Wien nach Venedig. Über Wiener Neustadt und den dunklen Cerwald am Semmering nach Kärnten, Triest und Venedig. Kärntnerstraße. Wir hatten uns für einen anderen Weg entschieden. Der Weg am Hospital vorbei sei an diesen Tagen zu gefährlich, hatte der Ritter gesagt. Wir hatten ihm geglaubt. Und ich dachte an das dunkle Bergmassiv, das ich in der Ferne zu sehen gemeint hatte. Dutzende Händler mussten diese Straße täglich benutzen.

Ich blickte auf den großen Markt, der sich linker Hand auftat. Hohe Stapel von Waren füllten den Platz, der belebt war von fremden Sprachen und orientalischen Gerüchen. Lange Reihen mit geöffneten Kisten und Truhen, Ständen und Verkaufspulten säumten den Markt. Viele Neugierige warfen prüfende Blicke auf die Vielzahl der Waren und begannen kurz darauf, mit wilden Handbewegungen um unsichtbare Dinge zu feilschen. Ich erinnerte mich, dass der Prediger damals von einem »neuen Markt« in Wien gesprochen hatte. Einem Markt, der den Süden in das Zentrum der Welt holte. Und unermesslichen Reichtum mit sich brachte. Das musste der neue Markt sein, dachte ich und reckte neugierig meinen Hals.

Ich war wie berauscht von dem schier unglaublichen Luxus: Gewürze wie Nelken, Pfeffer und Zimt sowie Teppiche aus dem Orient fanden sich neben Baumwolle und Farbstoffen aus Afrika. Hinzu kamen Messer, Scheren, Nadeln und Rüstungen aus Nürnberg, Südfrüchte, Safran, Rohwolle und Leder aus Spanien sowie hochwertige Seide aus Asien. Eine riesige Menschentraube drängte sich händeringend um die Salzfässer aus dem Gebiet um Salzburg. Salz wurde in den Städten mit Gold aufgewogen, da man damit verderbliche Waren wie Fisch oder Fleisch haltbar machen konnte.

Es herrschte ein fürchterliches Getöse auf dem Markt: das Rufen der Händler, das Trampeln der Pferdehufe, das Weinen von Kindern, das Schlagen von Werkzeugen, das Fluchen der Wasserträger. Das Treiben in der Stadt machte mich schwindelig. Meine Dienerin klammerte sich fest an meinen Rücken, und ich unterdrückte die leichte Übelkeit, die in mir hochstieg.

Plötzlich tauchten rechter Hand Gestalten in braunen Kutten auf und verschwanden eilig in Richtung der Kirche zu Sankt Stephan, die sich noch geschickt hinter den Fassaden der Häuser verbarg.

Ich lehnte mich ein bisschen zurück und flüsterte ein wenig stolz zu Medora hinter mir: »Franziskaner.«

Mein Blick fiel auf ein Haus, das unweit von uns aus dem Schatten trat. Es war aus Stein gebaut. Die anderen Häuser, an denen wir vorbeigeritten waren – meist Block- oder Fachwerkhäuser –, bestanden aus Lehm, Stroh und Holz. Nur wenige Gebäude waren aus Stein – meist aus den Resten der Stadtmauer. Das obere Stockwerk ragte ein Stück über das Erdgeschoss vor, als wollte man damit den Wohnraum des ersten Stockes vergrößern. Eine Bauweise, die man übrigens bei fast allen Häusern in Wien sah. Daher kam es wohl auch, dass eine kühle Dunkelheit durch die Straßen strich, hervorgerufen durch die Schatten der überhängenden Stockwerke.

Das Haus, in dem die Franziskaner verschwunden waren, war länglich und hatte seinen Giebel auf die Straße gerichtet. Im überwölbten Erdgeschoss war ein Geschäft oder eine Werkstätte untergebracht. Ein Schild mit dem Abbild einer Schere hing über der niedrigen Eingangstür. Im oberen Stockwerk, vermutlich der Wohnraum, tummelten sich einige Schatten hinter dem Glas des Fensters. Ich hatte noch nie zuvor Glas in einem Fenster gesehen. Glasfenster seien ausschließlich hochrangigen, wohlhabenden Persönlichkeiten vorbehalten, hatte mir die Schwägerin des Herzogs einmal erzählt und sich darüber beschwert, dass man selbst von diesem Luxus nichts hatte.

Ich starrte auf das noble Haus. Lehnte denn der Franziskanerorden Luxus nicht ab? Was taten die Mönche in so einem Haus?

»Es ist nicht mehr weit!«, sagte der Ritter und warf mir einen kritischen Blick zu, da ich wie benommen den Reichtum der Stadt bewunderte. »Da vorne zur Kirche, dann werden wir unser Ziel bald erreicht haben.« Der Ritter verkniff sich das Lächeln, das sich auf seinem Gesicht breitmachen wollte.

Die Türme der Stadt begannen, in ihrem milchigen Schatten zu wanken, und drohten auf die schmale Gasse zu stürzen, die still zum Kirchplatz führte.

Als wir den großen Platz erreichten, der von einem Friedhof gesäumt war, stießen plötzlich Soldaten des Herzogs in Ritteruniformen zu uns. Ihre Aufgabe war es, die Schaulustigen von der Nichte des Herzogs fernzuhalten. Sie bildeten einen Kreis um uns und verwehrten uns mit ihren Schilden und Hellebarden den Blick auf die Kirche zu Sankt Stephan.

»Eure Hoheit, verzeiht die Unannehmlichkeiten der Reise! Wir bringen Euch sofort in die Burg.«

»Nun denn, habt Dank!«, sagte ich. Ich hob dabei den Kopf und sah ein wenig nach oben, sodass die Soldaten gleich begannen, sich zu verbeugen und mich in Wien willkommen zu heißen. Auch meine Dienerin verbeugte sich vor mir, Gertrud von Babenberg, ihrer Herrin, der sie folgen würde bis in den Tod. Und darüber hinaus. Eine prächtige Kutsche rollte heran, sammelte uns beide auf und brachte uns durch ein streng bewachtes Tor in die Obere Stadt, in die Pfalz der Babenberger.

Ich sah aus dem Wagen, bemüht, einen freien Blick zwischen den berittenen Soldaten zu finden. Bunte Fassaden zogen auch hier hinter den Reitern vorbei. Alles wirkte sauberer, ordentlicher als im unteren Stadtteil. Mächtige Fahnen mit dem Wappen der Babenberger hingen von den Häusern und Türmen. Einige offenbar wohlhabende Kaufleute sprachen mit Leibgardisten. Dahinter übte sich eine kleinere Gruppe im Schwertkampf.

Ich richtete den Blick wieder in das Innere der Kutsche. Trotz meiner inneren Einkehr begann ein erhabener Stolz, sich in mir aufzurichten. Das Attentat, die Reise, das bevorstehende Aufeinandertreffen mit dem Herzog, meinem Onkel: Das alles empfand ich als glorreichen Anfang einer göttlichen Vorsehung, der ich mit stolzem Haupt und der Kraft einer einsamen Vergangenheit entgegentreten wollte.

Marlenes Atem war ruhig. Sie hörte mir zu. Ich fasste die Hand meiner Schwester.

Vergeudete ich meine Zeit? Würde ich in der Vergangenheit wirklich das Heilmittel finden? Irgendwo auf dem neuen Markt im Wien des 13. Jahrhunderts? Irgendwo zwischen den betörenden Gerüchen des Orients? Zwischen den fremden Klängen? Hatte ich sie überhört?

»Weiter! Lass Gertrud weitererzählen.« Marlenes Stimme war zerrissen, und trotz der Stille, die uns umgab, kaum zu hören. Aber in ihrer Hand spürte ich, dass sich Marlene an mich klammerte wie an einen Strohhalm, der sie vor dem Ertrinken retten sollte.

»Der Herzog wartet bereits im Speisesaal, im Saal der tausend toten Augen«, flüsterte uns einer der Diener zu, bevor er das Turmzimmer hinter uns versperrte. Wir nickten höflich und folgten ihm über eine schmale Wendeltreppe nach unten.

Flammende Feuersäulen schossen an den Wänden hoch und erhellten den langen, schmalen Saal. An den Wänden hingen tote Vögel und Insekten. Davor standen Tiere. Alle waren ihres Körpers beraubt, nur ihre Häute und Felle waren um ein Gerüst gespannt, um den Anschein zu erwecken, dass irgendwo noch ein Funke Leben in ihnen wohnte. Bären, Pfaue, ja sogar Pferde und Schwäne umgaben die Tafel des Herzogs. Der stechende Geruch von Fäulnis schwebte stickig im Saal. Mein Onkel dürfte sich an die Verwesung, die den toten Fellen und Häuten innewohnte, längst gewöhnt haben.

Als er mich erblickte, erhob er sich in seiner ritterlichen Größe. »Gertrud! Mein Kind! Gott sei es gedankt, dass du wohlauf bist!«, sagte er mit starker Stimme.

Ich trat vor und bemerkte, dass im Dunkeln einige Sänger und Spielleute auf Kissen saßen und mit dem Rücken an den Säulen lehnten. Einer ließ seinen Daumen sanft über die Saiten seines Instrumentes gleiten, als er meinen Blick auffing. Ein unmögliches Benehmen, dachte ich, wandte mich dann aber wieder dem Herzog zu, der mit starken Schritten auf mich zukam. Ich hielt mich weiterhin im Dunkel des Saales.

Obwohl der Herzog mein Onkel war, war er mir nicht geheuer. Vielleicht war es sein hoch aufragender Körper, der in seiner Größe alle Untertanen seines Reiches überragen wollte. Oder es war seine ungestüme Art. Sein schweres Atemholen. Diese lauten scharrenden Geräusche. Und dieses Schmatzen danach. Abstoßend.

Ich starrte auf den grauen, völlig verschmutzten Pelz, der um die Schultern meines Onkels hing. »Willkommen am Hof zu Wien«, sang ein Minnesänger plötzlich, worauf der Herzog in schallendes Gelächter ausbrach.

»Meine Nichte! Endlich! Man hat mir berichtet, dass Ihr hübsch gewachsen seid. Und ich muss gestehen: Man hat nicht geflunkert.«

Wieder Gelächter. Wieder schallend. Die Minnesänger schlugen mit ein. Wie einfältig, dachte ich.

»Aber wie ich sehe, seid Ihr nicht allein. Eure Dienerin … auch sie hat wohl Gottes wohlwollende Hände genossen.«

Gelächter. Minne. Staub. Gestank. Die Art, wie der Herzog lachte, war mir bekannt.

»Wohlan, nehmt Platz! Ihr müsst am Verhungern sein. Nehmt Platz!«

Erst jetzt sah ich die anderen Gäste. Sie saßen schweigend um die leere Tafel. Nur hin und wieder nickten sie dem Herzog zu und grinsten in höfischer Manier. Als der Herzog mich zu meinem Platz führte, tuschelten einige und rückten ein wenig zur Seite. Die Gäste verursachten dennoch einen derartigen Lärm, dass der Herzog im selben Moment in Zorn geriet. Er entschuldigte sich bei mir, wechselte zur anderen Seite der Tafel und packte einen der Störenfriede an den Haaren. Mit einem kräftigen Zug hebelte er ihn von der Bank in die Höhe und warf ihn auf den Steinboden.

»Du wagst es? Du wagst es, diesen feierlichen Moment der Einkehr meiner Nichte zu stören? Mit deinem Gefurze, das aus deinem fauligen Mund kommt.« Gelächter. Minne. »Du wagst es, Unwürdiger?« Der Herzog klatschte in die Hände. Lautlos tapsten einige Diener heran, wie Bälle sprangen sie durch das Dunkel. »Bringt ihn zu den Schweinen, wo er aus ihrem Trog essen soll! Bis über seine Schweineohren soll ihm der Dung seiner Freunde reichen. Und dann steckt ihm den Dung in all seine Öffnungen, bis er lernt, was es heißt, Ehrfurcht vor der Herzogsnichte zu zeigen!«

Die stummen Bälle schnappten den Übeltäter und zerrten ihn aus dem Saal. Das Dunkel schien für einen Augenblick noch dunkler. Das Schweigen noch stiller. Niemand wagte zu atmen.

»Nun esst! ESST!«, rief der Herzog, klatschte abermals in die Hände, und als hätte das Licht nur auf diesen einen Moment gewartet, flutete flammender Kerzenschein das Dunkel, begleitet von stolzen Dienern mit silbernen Platten auf ihren Schultern. Ein Festschmaus mit Truthähnen, groß wie Schwäne, Schweinen, dick wie Kühe, und Wachteln, groß wie Hühner, mit Pasteten, Wildgänsen und Lendenstücken vom Hirsch wanderte geschickt auf die Tafel, wo plötzlich ein Heidenlärm herrschte, da jedermann nach den besten Stücken suchte. Die Sänger be-

gannen sogleich mit ihren Gesängen, beinahe willkürlich. Und der Herzog? Er stieg zurück ins Dunkel, wo er sich auf eine breite Eichenbank setzte, an deren Lehne das rot-weiß-rote Wappen prangte. Daneben leuchtete das grelle silberne Weiß des steirischen Panthers.

»Esst, meine Nichte!«, sagte er und verzog seinen Mund zu einem brutalen Lächeln.

Während wir aßen, beobachtete uns der Herzog. Dabei zupfte er an seinem kurzen vollen Bart, der an den Backen ein paar kahle Stellen hatte. Erst als ich mich mit einem zufriedenen Seufzer zurücklehnte und die Finger in den Mund steckte, um sie mit meinem Speichel zu säubern, erhob sich mein Onkel. Er klatschte in die Hände und befahl der Hofgesellschaft, den Saal zu verlassen. Gegessen habe man nun genug. Die Feierlichkeiten seien vorüber. Politik habe jetzt Vorrang.

»Hinaus mit dem ungebildeten Pack!«

Und alle folgten. Flink und leise verschwanden sie. Einige wollten sich hinter den Türen verschanzen, um mehr über die Politik des Herzogs zu erfahren, doch die Wächter verscheuchten sie, noch bevor sie das eine oder andere Wort belauschen konnten.

Wir blieben zurück. Neben meinem Onkel und mir auch meine Dienerin. Sie musste sich zwar in den hinteren Teil des Saales zurückziehen, durfte aber bei der Unterredung dabei sein. Das war eine Geste, die ich nicht erwartet hätte, aber soweit ich diesen ungebildeten und doch durchtriebenen Mann einschätzte, geschah auch das nicht ohne Hintergedanken.

»Warum ich Euch bitten ließ«, begann der Herzog und wandte sich zu den beiden Wappen, die an der geschnitzten Lehne seiner Bank befestigt waren, »hat einen gewichtigen Grund.«

Ich setzte mich wieder an den Tisch und faltete meine Hände, als wollte ich Gott als Zeugen dieses Gespräches hinzuziehen.

»Es ist Euch sicherlich nicht entgangen, dass allerlei Getier hier in diesem Saal sein Leben fristet. Vielmehr seine Existenz. Denn auch wenn diese Kreaturen tot sind, so sind sie doch am Leben. Hier. In diesen Mauern.« Der Herzog lachte wieder schallend und fletschte dabei die Zähne wie ein tollwütiger Hund.

Ich warf einen Blick auf die Wände. Mir ekelte beim morbiden Anblick der Tiergestelle. Vor allem die Augen machten mir Angst, bestanden sie doch aus nichts weiter als einem Loch in der Haut, hinterlegt mit einem Edelstein oder einem hellen Stück Tuch.

»Diese Tiere sind wie wir, liebe Nichte. Der Ruhm unseres Geschlechts steht auf einem schwachen Gerüst. Ach, wie oft habe ich versucht, es allen glaubhaft zu machen! Gott ist ein lahmer Mann. Herrschaft! Was dies bedeutet, ist ihm fremd. Seht Euch nur um! Was ist aus dem Reich der Babenberger geworden? Die Ministerialen, die mein Vater gehegt und gepflegt hat, fallen uns heute in den Rücken! Oder was glaubt Ihr, warum Ihr heute auf der Straße beinahe täglich Euer Leben lassen müsst? Sie alle haben es auf die Macht abgesehen. Ich weiß nicht mehr, wem noch zu trauen ist. Ministerialen, Geistlichen, Pilgern, Ordensbrüdern, ja selbst der Dienerschaft ist nicht mehr zu trauen!«, rief er plötzlich aus und warf meiner Bediensteten einen bösen Blick zu.

Die Brutalität dieses Mannes war so gegenwärtig, dass seine eigenen Atemzüge daran zu ersticken drohten.

»Nehmt nur die Kuenringer! Dieses Lumpenpack wagte es doch tatsächlich, Wegezölle zu erheben! Ha! Vernichtend wird ihre Strafe sein! Vernichtend! Wer glaubt, hinter meinem Rücken Warenabgaben abzweigen zu können, um sie dann in Wien zu einem Wucherpreis feilzubieten, der irrt, meine Liebe! Vernichtend wird ihre Strafe sein! Halunken sind sie! Allesamt! Vor über zehn Jahren hielt noch die Gerechtigkeit Hof in meinem Reich und verteilte ihre Gnade über die edlen Herren. Wir eroberten damals Burg um Burg. Wir waren alle eine Einheit. Wir siegten in Aggstein, Dürnstein und sogar in Weitra! Überall, wo wir hinkamen, war der Sieg unser. Und die Kuenringer? Nachdem ich sie in göttlicher Weitsicht begnadigt hatte, fielen mir alle in den Rücken. Alle. Gemeinsam mit den Ottensteinern, Pilichsdorfern, Streitwiesern und Falkenbergern.«

Dann schwieg der Herzog.

»Wieso erzählt Ihr mir das alles?«, fragte ich mit leiser Stimme. »Habt Ihr diese Kuenringer im Verdacht, den Angriff auf mein Leben geplant zu haben?«

»Ich habe davon gehört. Ein schreckliches Vergehen. Mögen sie alle in der Hölle schmoren!« Der Herzog war erregt. Wie ein gefangenes Tier wand er sich in einem unsichtbaren Käfig.

»Warum bin ich hier?«, fragte ich. Meine Worte kamen so klar und deutlich aus meinem Mund, dass der Herzog für einen Moment erstarrte. Er suchte nach den toten Blicken, die ihm von den Wänden entgegenstarrten. Sein derbes Aussehen war für einen Augenblick verschwunden. Sein Mund begann, sich zu wölben, als wollte eine unangenehme Wahrheit das Licht der Welt erblicken. Ein paarmal versuchte er, gegen die Worte in seinem Inneren anzukämpfen, doch Zeitpunkt und Ort erschienen ihm ungünstig.

»Warum bin ich hier?«

Der Herzog wandte sich zu mir um. Sein Haar fiel wie ein Schleier über seine Schultern. »Ich will, dass du unser Land rettest. Ich will, dass du heiratest und unser Land rettest. Ich will, dass du endlich Licht in die dunklen Verstrickungen unseres Reiches bringst. Ich will, dass du mir hilfst, die Feinde von den Freunden zu unterscheiden. Ich will, dass du mir hilfst, alle meine Feinde zu erkennen. Denn ich erkenne sie längst nicht mehr.«

Ich schwieg. Lauschte dem angestrengten Atem meines Onkels. Er reichte mir seinen Arm und bat mich, ihn zu begleiten. Ich gehorchte und folgte ihm mit gesenktem Haupt.

Aus dem Augenwinkel sah ich, wie meine Dienerin aufsprang und uns über eine schmale, steile Wendeltreppe folgte, bis in den höchsten Turm der Babenberger-Pfalz.

Der Wind peitschte mit ungebremster Härte gegen die Zinnen. Die Fahnen Wiens wiegten sich im Sturm wie die bunten Fäden am Stab eines Spielmanns. Es dämmerte. Von Süden legte sich ein sanfter Bergrücken gegen den Westen, auf dessen Kamm wild flackernde Lichter brannten.

»Siehst du die Lichter dort?«, fragte der Herzog und zog mich zu sich heran, sodass meine Brust die seine berührte. »Ich weiß nicht, wozu sie da sind. Ich weiß nicht, von wem sie sind. Ich weiß es nicht.«

»Vermutlich Bauern oder Kaufleute, die sich den unwirtlichen Weg leuchten.«

Der Herzog lächelte verschmitzt und schmatzte dabei mit den Lippen. »Dort ist kein Weg. Keine Straße.«

»Dann sind es Bauern.«

Der Herzog schüttelte den Kopf.

»Dann sind es Prediger. Auf der Suche nach dem Weg.«

»Es könnte jeder sein. Sieh!« Er zeigte in Richtung Süden, dort, wo das sanfte Bergmassiv seinen Anfang nahm, um im versteckten Dunkel noch viel höher zu erscheinen als in der sichtbaren Dämmerung. »In diese Richtung breitet sich unser Land aus. Dort ist die Steiermark. Die zweite Mark unseres Reiches. Sie beginnt hinter dem dunklen massiven Nichts. Dort sind Freunde. Aber noch weiter dahinter, viel weiter im Süden, dort sind die Herzöge von Kärnten. Und dort drüben im Westen ist der Erzbischof von Salzburg. Sind sie Freunde? Ich weiß es nicht. Aber nun sieh dort: im Norden!«

Ich folgte dem Blick meines Onkels, der jetzt in das flache Land zwischen den unzähligen Fahnen und Türmen der Stadt gerichtet war. »Dort ist der Feind. Wenzel I., König von Böhmen, und seine beiden blutrünstigen Söhne. Und dort, sieh: Dort im Osten ist ebenso der Feind! Bela. Bela IV., König von Ungarn. Barbarisch. Dahinter aber, noch weiter im Osten, dort liegt eine weitere Gefahr. Mongolen. Vor einigen Jahren konnten wir sie erspähen, wie sie durch die Wälder schlichen.«

Mich fröstelte. Ich verschränkte die Arme und versuchte, mir das Zittern meiner Lippen nicht anmerken zu lassen.

»Dort aber, noch weiter im Westen, hinter den Lichtern, dort herrscht dein zukünftiger Gemahl«, sagte der Herzog und legte seinen Arm um meine Schulter.

»Der Kaiser?«, fragte ich mit leiser, trauriger Stimme.

Der Herzog nickte. »Der Kaiser. Friedrich II. von Hohenstaufen. Und er bittet um deine Hand.«

Ich löste mich aus der Umklammerung meines Onkels. Friedrich II., ein Name, der etwas Fürchterliches in sich trug. Mit einem Schlag wurde aus den lokalen Zwistigkeiten der Herzöge und Bischöfe, der Könige und Ordensbrüder ein viel größerer Streit. Ein Krieg. Ein großer Krieg. DER große Krieg.

In dieser Nacht hatte jede Richtung des Himmels einen Namen bekommen. Der Herzog hatte nur vergessen, die wahren Größen hinter den Himmelsrichtungen zu nennen: den Papst für den Süden, die Barbarei für den Osten, das Machtstreben für den Norden und Westen – und den Antichristen, den Kaiser. Wusste ich, worauf ich mich einließ? Welchen Preis musste ich zahlen?

Aber ich hatte keine Wahl. Es war Gottes Auftrag, den ich mit der Kraft der Poenitentia *annehmen musste. Ich, Gertrud von Babenberg, musste Gottes Auftrag folgen und seinen größten Widersacher aus der Welt schlagen. Den Teufel.*

»Macht dir deine Aufgabe Angst?«, fragte der Herzog, und mit einem Mal war seine Stimme wärmer und vertrauter.

Ich schüttelte den Kopf und sah wie gebannt auf das dunkle Massiv im Süden.

Der Herzog seufzte. Er sah sich um, vermutlich, um sicherzugehen, dass ihn niemand belauschte. Nicht einmal meine Dienerin, die im Schatten unbemerkt auf uns wartete.

»Wenn all unsere Bemühungen scheitern. Wenn der Kaiser dich verstößt. Wenn etwas anders geschieht und wenn unsere Feinde über uns herfallen wie die elfte Plage, dann gibt es einen Weg, einen letzten Weg, den du gehen kannst.«

Ich sah ihn an. Ich dachte an die Poenitentia, *die Kraft der Buße. Doch ich erkannte in den Augen meines Onkels, dass er etwas anderes meinte.*

»Es ist ein Weg, der zu einer Welt führt, die unserer überlegen ist. Dort liegt die Verderbnis. Sie ist so groß und mächtig, dass kein Heer der Welt sich ihr entgegenstellen kann. Die große Verderbnis bringt das Ende unserer Zeit. Und den Beginn einer schrecklichen neuen Ordnung. Doch nun vergiss, was ich gesagt habe. Du solltest nicht einmal im schlimmsten aller Fälle daran denken, diesen Weg zu gehen und diese Welt zu betreten.«

Ich starrte ihn an. Wovon sprach er? Von Magie?

»Was ist das für ein Weg? Was ist das für eine Verderbnis? Ihr müsst es mir nennen, für den Fall, dass ich versage, dass Gott mich verlässt!«

»Wenn du nichts mehr siehst oder hörst. Wenn du nichts mehr fühlst oder spürst. Dann beginnt es. Dann entstehen die Bilder von der anderen Welt. Der wirklichen.«

Die Züge im Gesicht meines Onkels beunruhigten mich. Während er einen Punkt im Süden fixierte, schwang in seinen Worten etwas mit, was ich vorhin nicht in ihm erkannt hatte. Etwas Verlorenes.

»Was ist das für eine Welt?«, fragte ich leise und suchte ebenfalls im fernen Dunkel nach einer Antwort.

»Es gibt sie nicht, diese Welt. Sie existiert nur in unseren Köpfen.« Der Herzog klopfte sich zur Anschauung mit dem Finger auf die Stirn.

»Ihr macht mir Angst.«

»Du musst dich nicht fürchten. Halte deinen Verstand rein, dann wirst du siegen. Eine Babenbergerin scheitert niemals.«

»Gott ist bei mir.«

»Vielleicht ist Gott mehr, als wir denken. Und es gibt mehr unter dieser Himmelskuppel, als wir glauben.«

Ich blickte ihn entsetzt an.

»Betritt niemals diesen Weg! Den Weg der Könige. Den Weg des Wahnsinns. Die Legenden berichten von viel Leid. Unsere Familie ist im Besitz eines Geheimnisses, das mit einem Schlag all unsere Feinde vernichten könnte. Ein Geheimnis aus der anderen Welt, das unsere Welt mit einem Wimpernschlag zerstören kann. Es ist so stark, dass es das ganze Mongolenreich mit seinen fliegenden Feuern in wenigen Tagen ausradieren könnte. Doch diesen Preis zu zahlen bin ich nicht bereit. Denn wenn die Verderbnis aus der anderen Welt entfesselt ist, dann gibt es nichts, was sie noch aufhalten kann. – Aber jetzt müssen wir nach unten. Es gibt noch viel zu besprechen.«

Ich nahm einen tiefen Atemzug und wandte mich an Gott. Welchen Weg hatte er für mich auserwählt? Im Schatten wartete meine Dienerin. Hatte sie alles mitgehört? Vom Weg der Könige? Der Verderbnis? Ich sah ihr Gesicht, wartend im stillen Dunkel. Sie blickte mich an. Sie sagte etwas. Ich konnte es kaum verstehen. Ich ging langsam zu ihr. Ohne dass mein Onkel es bemerkte. Es war, als wollte sie mir etwas zuflüstern. Wieder sprach sie. Ich verstand es immer noch nicht. Also ging ich noch einen Schritt. Einen kleinen. Einen winzigen. Und dann:

»Erzähl es ihm. Erzähl es ihm jetzt.«

Erzähl es mir. Erzähl es mir jetzt.

Ich fuhr hoch. Meine Phantasie hatte sich mit meiner Erinnerung vermengt. Ich sah zu Marlene. Ich fühlte eine fremde Hitze in mir. *Die Verderbnis.* War das die große Krankheit? Hatte der Herzog von Babenberg tatsächlich diese Worte verwendet? Oder hatte ich sie ihm in den Mund gelegt? Was war das Geheimnis der

Babenberger? Gab es darin etwas, was Gertrud entdeckt hatte, was die Verderbnis doch besiegen konnte? Ein Heilmittel? All die Bücher, die ich über das Leben der Gertrud von Babenberg gelesen hatte – jetzt vermengten sie sich, und die Erkenntnisse und Informationen trennten sich in meinem Kopf von ihren Quellen und flossen ineinander. Selbst der Herzog nahm immer mehr die Züge meines falschen Vaters an, und ich hatte begonnen, meine Erinnerungen mit ihren zu vermengen. Ich wusste nicht, was wahr war und was nicht. Aber es spielte keine Rolle. Denn es fühlte sich gut an. Richtig. Und es war mein einziger, verzweifelter Weg, meine Schwestern zu retten.

Ein Geräusch von draußen. Ferdinand? War er zurück?

POENITENTIA

Ich hatte mich geirrt. Es war ein Knarren gewesen, das die alten Hölzer von sich gaben. Nicht Ferdinand. Der Wald lag ruhig vor der Hütte, und die Stille, die aus der Luft strömte, rührte sich nicht. Würde er wiederkommen? Außer Atem zwischen den Bäumen auftauchen? Und gleich dahinter ein Arzt mit einer schwarzen Ledertasche?

Marlene kämpfte wieder mit einem Hustenanfall. Ich blickte nach oben in den Himmel. Er war dunkel geworden. Die Sterne sahen auf mich herab. Das Husten. Das Blut. Das Fieber. Ich musste zurück in die Hütte. Ihre Hand halten und weitersprechen, bis er kam, bis Ferdinand kam, bis der Arzt kam und uns alle rettete.

»Ich glaube, er ist bald hier«, sagte ich zu Marlene. Mein Mund war trocken. »Ich habe ihn schon gesehen, unten. Er hat einen Arzt bei sich. Er wird bald hier sein«, log ich und strich mit dem Daumen über den heißen Handrücken meiner Schwester.

Erzähl es mir.

Sie legte ihren Kopf ein wenig zur Seite, versuchte, mich anzusehen, versuchte zu sprechen.

Ich nickte und sah auf die Bücher. Das Falkenbuch. Ich setzte mich ans Bett und legte es auf meinen Schoß. Das andere Buch gleich darunter. Ich dachte an die kleine Welt über uns. Suchte die Pfalz der Babenberger in Wien darin. Überflog in Gedanken die Wege, welche die kleinen Bauten verbanden, versank wieder und fuhr fort.

Sie schlich über den eiskalten Steinboden zu meinem Bett. Mein Gesicht war schweißgebadet. Die Lider zuckten und kämpften sich zurück aus einem wilden Schlaf.

»Herrin! Wacht auf, Ihr habt einen bösen Traum! Wacht auf!«

Ich fuhr in die Höhe.

Sie sah mich mit flehenden Augen an. »Ihr habt böse geträumt. Ich dachte, ich wecke Euch, damit Ihr einen ruhigeren Traum findet.«

Ich lächelte und fasste ihre Hand. Plötzlich schossen Tränen aus meinen Augen, und sie beugte sich zu mir und umarmte mich so fest, dass ich kaum atmen konnte.

»Was ist geschehen? Was macht Euer Herz so schwer?«

Ich löste mich von ihr und schüttelte den Kopf.

»Es ist die Hochzeit. Habe ich recht?«

Ich wandte den Blick von meiner Dienerin ab. »Es …« Wieder kämpfte ich mit den Tränen.

»Wer ist es?«

»Ich dachte, mein Onkel …« Ich begann wieder zu weinen.

»Ihr seid eine Frau. Es ist Eure Rolle.«

»Aber ich bin berufen zu einer höheren Aufgabe!«

»So denken viele in diesen Tagen, ändern wird das aber nichts, denn Ihr bleibt eine Frau.«

»Gott … hat mich auserwählt!«

»Gottes Wege sind unergründlich. Ihr müsst ihm vertrauen. Gott wird Euch Euren Weg leuchten.« Sie griff wieder nach meiner Hand, doch ich zog sie zurück.

»Gott hat mir den Weg bereits gezeigt«, sagte ich. »Es ist ein anderer Weg. Gott würde es niemals zulassen, dass ich den Antichristen zu meinem Manne nehme!«

»Gottes Pfade sind oft verschlungen.«

»Mein Onkel will, dass ich einen Mann heirate, dessen Gier nach Weltlichkeit jeden Menschen im Reich erblassen und erschaudern lässt. Und zudem … ist er ein alter Mann.«

»Habt Ihr ihn denn schon einmal gesehen?«

»Er soll leuchtend rote Haare haben und einen gefährlichen Blick, den Blick des Teufels.« Ich seufzte. »Was soll ich nur tun? Ich kann doch unmöglich den Antichristen heiraten! Den Mann, der sich in Jerusalem die Kaiserkrone auf das Haupt gesetzt hat – ohne Zustimmung des Papstes. Gott würde mich hassen, ich würde mich hassen! Ich müsste mir das Leben nehmen, da ich dieses Elend nicht ertragen könnte.«

»Seid Ihr Eurem Onkel im Wort?«

»Er lässt mir keine andere Wahl.«

»Darf ich offen reden?«, fragte mich Medora.

Ich nickte, und sie fuhr fort. »Ich habe schon einmal versagt und einen Mörder zu Euch gebracht. Meine Gedanken und mein Verstand waren vernebelt, als ich den stolzen Ritter zu Euch führte. Ich dachte nur an Euer Wohl und hätte Euch beinahe den Untergang gebracht. Ich hätte die wahren Absichten des Mannes erkennen müssen, ich hätte es an seinen Augen sehen müssen. Aber es ist passiert, es lässt sich nicht mehr ungeschehen machen. Eines aber glaube ich jetzt zu wissen: Jemand will diese Hochzeit verhindern. Der Kaiser ist der mächtigste Mann der Welt. Wenn Ihr Euch mit ihm vermählt, dann wird das Haus Babenberg mächtiger sein als alle anderen Herzogtümer des Reiches. Und Ihr werdet die mächtigste Frau sein, die die Welt je gesehen hat.«

»Was sprichst du da? Ich werde den Antichristen niemals heiraten!«

»Das meine ich nicht. Jemand will Euch ermorden, weil er Euren Aufstieg verhindern will. Und solange Ihr zögert, den Kaiser zu heiraten, so lange wird Euch nichts geschehen. Ich glaube, dass die Männer, die Euren Tod wollen, auch den Untergang der Babenberger wollen. Wenn Ihr mich fragt: Hier in Wien ist niemandem zu trauen! Jeder könnte ein reges Interesse daran haben, die Babenberger für immer aus dem Weg zu schaffen. Ihr müsst Euch in Acht nehmen und argwöhnisch sein. Man wird einen neuen Mörder finden, einen, der Euch das Leben nimmt, noch bevor Ihr mit dem Kaiser vor den Altar tretet.«

Ich zog die Brauen nach oben. »Und was soll ich tun?«

»Es steht mir nicht zu, Euch Ratschläge zu erteilen.«

»Nun sprich, hast du doch schon so viel gesprochen!«

»Während Ihr Eurem Onkel die Bitte, den Kaiser zu heiraten, nicht abschlagt und ihn in Sicherheit wiegt, müsst Ihr Euch langsam in den Hintergrund stehlen. Ihr müsst ein Versteck suchen, von dem aus Ihr die Lage ausloten könnt. Ihr müsst die Hintermänner finden, die es auf Euch abgesehen haben, die verhindern wollen, dass Ihr an die Macht gelangt. Wenn Ihr zum Beispiel verschwunden wäret … was würde geschehen …?«

Ich lächelte. »Ich wusste gar nicht, dass meine brave Dienerin so teuflische Gedanken in sich trägt. Erzähl es mir, du hast doch sicher schon einen Plan!«

Die Hochzeitsvorbereitungen beschäftigten den ganzen Hof. Schneider aus den fernsten Ländern begaben sich nach Wien, um der künftigen Kaiserin ein passendes Kleid anzufertigen. Bestickt mit Perlen und aus feinster Seide sollte es sein und dennoch schlicht und erhaben, das Wappen der Babenberger stolz tragend.

Unter all den Kleidern und unzähligen Stoffen fand ich nur ein einziges, das mir für diesen Anlass passend schien: ein schlichtes schwarzes Kleid, mit hochgestelltem, ausladendem Kragen – ein Entwurf eines jungen Venezianers, dessen Ruf hinsichtlich seiner Extravaganz weit über seine Heimatstadt hinausreichte.

»Ihr seht aus wie eine Teufelin!« Der Herzog war erzürnt, als er von meiner Entscheidung erfuhr. »In diesem Aufzug wird Euch der Kaiser niemals ehelichen. Man bekommt es doch mit der Angst zu tun, wenn man Euch auf freiem Felde begegnet.«

»Mein Onkel, ich bitte Euch! Ihr befehlt mir meinen Weg, so lasst doch wenigstens die Art, wie ich ihn beschreite, nach meinem Willen geschehen!«

Ich fühlte mich wohl in diesem schwarzen Hochzeitskleid. Es war von erschreckender Schlichtheit und saß eng an meinem dünnen Körper. Nur die Ärmel waren weit geschnitten und hingen an den Enden wie schwarze lange Finger zu Boden. Der Saum des Kleides war mit einem schwarzen Pelz besetzt und ließ den Beinen nur Platz für kleine, kurze Schritte. Zwischen dem hochgestellten Kragen fiel eine schwarze Kette mit einem großen, schwarz glänzenden Kreuz über meine schneeweiße Haut. Mein Haar war hochgesteckt und mit zwei ebenfalls schwarzen Kämmen befestigt.

Ich hörte, dass bald ein Gerücht die Mauern der Wiener Oberstadt verließ und die traurige Geschichte der schwarzen Braut ins Volk trug. Die schwarze Braut, die sich für den Teufel zurechtmachte: Von ihr erzählte man sich in den Spelunken und hinter vorgehaltener Hand in den schmalen Gassen. Selbst in anderen Städten tauchte bald die schwarze Braut in vielen Geschichten und Erzählungen auf. So hieß es zum Beispiel in Köln, dass sie die Tochter des Teufels sei und mit ihr eine dunkle Zeit anbrechen würde, welche die Sonne für immer vom Himmel verbannen sollte.

Der Auszug aus Wien dauerte den ganzen Tag. Schon in der Früh schritten trommelnde Männer die Straße entlang und kündigten die Armee der Fahnen an, die das Wappen der Babenberger auf hohen Stangen vor sich hertrug. Dann folgte die Pferdestaffel, ihrerseits gefolgt von den Rittern, die in ihrer feinsten Rüstung einzeln an den johlenden Massen vorbeizogen. Dahinter reihten sich fünfzehn Wagen voller Geschenke für den Kaiser sowie dreizehn Pferde und achtundsechzig Maultiere. Dann endlich zogen die Ministerialen aus. Glanz und Gloria rollten über die holprige Straße, und die Bauern, Handwerker, Händler und Wäscherinnen konnten sich nicht sattsehen an den schimmernden Stoffen und glitzernden Steinen und Perlen.

Begleitet von Fanfarenklängen kam endlich ich. Die schwarze Braut. Ich saß hinter zehn schwarzen und dunkelroten Schleiern auf einem goldenen Thron, der von vier riesigen Adlerkrallen getragen über die Köpfe der Menschen hinwegschwebte. Zwei mächtige, silbern bemalte Panther bewachten den Sitz der künftigen Kaiserin. Zwölf dunkelrot gekleidete Gardisten schützten mich, indem sie ein enges Spalier um den Brautwagen zogen. Dahinter im Wagen: der Herzog von Österreich und Steiermark, bewacht von drei Dutzend Rittern, die das Ende des Zuges bildeten.

Kaum war der letzte Reiter aus der Oberstadt ausgezogen, riegelten Gardisten den Hof ab. Nur wenige waren in den festen Gemäuern zurückgeblieben.

»Es dauert nicht mehr lange«, flüsterte mir meine Bedienstete zu. »Bleibt erhaben!«

»Die Luft. Ich bekomme keine Luft mehr«, stöhnte Marlene und versuchte, sich aufzurichten.

»Probiere, ganz langsam zu atmen! Alles wird gut. Alles.«

Wir erreichten das Hospital. Es war mit leichtem Reif überzogen. Hier, hinter dem Semmering, herrschte meist eine unangenehme Kälte, erzählte man mir. Auch, wenn laut Kalender Sommer war: Ab August wandte sich das Klima oft rasch dem nahenden Herbst zu. Und bald wurden die Nächte so kalt, dass in den Krankenlagern dickere Decken aufgezogen werden mussten. Ich blickte auf die steilen bewaldeten Hänge, die unweit des Hospitals in den Himmel schossen. Dahinter blitzten bereits die ersten Sonnenstrahlen hervor, und der Wind trieb seine sanften Wellen über die Baumkronen.

Die Wälder umgaben sämtliche Gebäude, als wollten sie sie schützen vor einer Welt, die sich hier nur mühsam über eine schmale und steinige Straße hinaufzwängte. Gut einen Steinwurf entfernt führte die mittlerweile berühmt-berüchtigte Handelsstraße am Hospital vorbei. Auf dem Hang gegenüber dem Hospital ragte eine spitze Felsnase aus dem dichten Wald. Sie trug den Namen »Bärenmauer« und erhob sich mitten aus dem dichtesten aller Wälder. Dem Cerwald. Einem Wald, in dem Gerüchten zufolge Räuber ihr Unwesen trieben.

Ich sah den Schatten zum ersten Mal, als er durch die enge Gasse ging, die zwischen Pflegeheim und der Vorderseite des Krankenhauses hindurchführte.

Eine Holzbrücke verband den Vorplatz mit dem Gasthof und den danebenliegenden Stallungen. Dahinter lag eine gewaltige Scheune, die Zehntscheuer, wo die Abgaben an das Hospital lagerten.

Der Platz vor dem Hospital war beinahe leer. Tiefe Wagenspuren zogen einen Halbkreis von der Straße in den hohen Schlamm. Im Wagenschuppen hantierte jemand an einem Rad.

Als ich meinen Blick schweifen ließ, sah ich sie. Die Türme. Es waren sechs hohe weiße Türme, die im Wald das Hospital umgaben und wie stille Wächter das Treiben beobachteten.

Bald herrschte im Hospital große Aufregung. Die Ärzte, Pfleger und Priester, die Handwerker, Flickschneider, Ledermacher und Schmiede sowie deren Frauen und Kinder, ja selbst einige der Kranken und Alten waren nach draußen gekommen.

»Was ist hier los?«, rief eine ferne Stimme.

»Man hat sie vom Pass aus gesehen! Es sind mindestens einhundert Ritter und viele Wagen«, rief eine andere Frau.

»Die schwarze Braut … Sie soll den Kaiser heiraten!«

Ich blickte zum Hospitalar. Zwei Männer trugen ihn auf seinem schweren Chorstuhl in die Mitte des Vorplatzes, wo sie ihn auf eine erhöhte Plattform stellten, von der aus er die Ankömmlinge begrüßen konnte. Alle waren auf den Beinen und hielten mit gestreckten Hälsen Ausschau nach mir.

Die Ritter kamen. Mit donnernden Hufen ritten sie auf das Hospital zu. Sie trugen volle Rüstungen. Auf ihren polierten Schilden und ihren Helmdecken prangten stolz ihre Wappen. Die bunten Tuniken, welche die Ritter über ihren Harnischen trugen, waren frisch geglättet und wehten im sanften Wind. Die mächtigen Rösser waren ebenfalls mit Harnischen geschützt, über denen bestickte Decken mit den Wappenfarben der Ritter lagen. Selbst die Köpfe der Pferde genossen den Schutz pompöser Kopfschilde.

Ich stellte mir vor, wie es den Menschen eiskalt über den Rücken laufen musste, als sie die stolzen und vornehmen Männer auf ihren Pferden sahen. Die Vorhut bestand aus zwölf Rittern, die sich, kaum hatten sie den Platz vor dem Hospital erreicht, aufteilten und alle Winkel und Gässchen nach einem Hinterhalt durchsuchten. Wenig später formierten sie sich zu einem Spalier und warteten mit schnaubenden Pferden auf mich.

Einer der Ritter sprang aus dem Sattel und besprach sich mit Otakar, dem Hospitalar, der ihn freundlich mit ausladenden Handbewegungen begrüßt hatte.

Und dann: das dunkle Trommeln. Der Rhythmus. Die Trommler tauchten auf, und dahinter stießen schon die ersten Fahnen aus dem Wald hervor. Einige Handwerker fielen auf die Knie, als sie die Fahnenarmee des Herzogs erblickten. Die Gewalt der herrschaftlichen Symbole senkte ihnen die Köpfe. Viele wagten nicht aufzublicken, als die Pferdestaffel durch das Hospital jagte. Erst als die Wagen mit den Hochzeitsgeschenken auftauchten, ließen sich manche zu einem »Ah!« oder »Oh!«

hinreißen, so prachtvoll schienen die Gaben des Herzogs. Beim Einzug der Ministerialen beugte sogar Otakar, der den Aufmarsch bis dahin eher gelassen beobachtet hatte, sein Haupt.

Als dieser riesige goldene Thron erschien, getragen von vier Adlerkrallen, senkten alle den Kopf. Nur vorsichtig spähten die Menschen zu mir, um wenigstens einen Blick auf die schwarze Braut zu werfen. Dabei war ich hinter den vielen Schleiern wohl kaum auszumachen. Die Trommeln, die Fanfaren, die fremden Gerüche, die Panther: Das Hospital war für einen Augenblick wie verzaubert.

Konnte man Blicke spüren? Vielleicht. Denn in diesem Moment glitt ein Blick durch den Schleier. Ich versuchte, den Menschen zu finden, der nicht das Haupt gesenkt hatte und mich ansah, doch vergebens. Und dennoch: Der fremde Blick auf meinem Gesicht ließ mein Herz schneller schlagen.

»Die Kaiserin braucht Hilfe!«, rief meine Dienerin mit voller Stimme und sah mich mit einem verschwörerischen Blick an.

»Was um Himmels willen ist geschehen?«

Der Herzog hatte den Wagen verlassen und schob die Gardisten zur Seite, die einen Kreis um mich gebildet hatten. Gleich drängte sich auch ein Arzt zu mir und verstellte dem Herzog die Sicht auf seine Nichte. Die ruhigen Augen des Medicus, die unter den eng stehenden Brauen hervorblitzten, schienen den Herzog aber zu besänftigen. Verständnisvoll nickte er und überließ das Schicksal seiner Nichte ihm und dem Hospitalar.

Der Arzt verstand als geschulter Heiler zwar einiges von den Leiden des menschlichen Körpers – im Gegensatz zum gelehrten Wissen an den Universitäten vertraute er allerdings ebenso auf die Kraft der Kräuter wie auf die Analyse von Urin und Mageninhalten. Während der Medicus meinen Puls fühlte, griff der Hospitalar, der unbemerkt zu uns gekommen war, in eines der Schafhörner, die er um seinen Gürtel trug, und holte eine Staude Zitronenmelisse heraus. Er hielt das für seine magische Wirkung bekannte Kraut unter meine Nase und zerrieb es zwischen seinen Fingern. »Wir sollten dringend einen Sud daraus zubereiten«, sagte er und suchte den zustimmenden Blick des Arztes.

»Gut, gut. Doch vorerst brauchen wir Urin. Danach empfehle

ich Schröpfen, Aderlass und eine Reinigung des Magens«, sagte der Medicus, ohne seinen Kopf von mir abzuwenden.

Nach den Untersuchungen und einigen hitzigen Unterredungen mit dem Arzt erhob sich der Hospitalar und trat vor den Herzog. »Ein Fieber. Ihr dürft keinesfalls weiterfahren. Es würde den Tod der künftigen Kaiserin bedeuten.«

»Ein Fieber?«

»Sie glüht. Ihr Herz schlägt kaum noch. Sie braucht sofort Ruhe und eine ausgiebige Behandlung, über die wir soeben beraten haben. Wir dürfen keine Zeit verlieren. Andernfalls ist es zu spät.«

Eine Staude Zitronenmelisse. Zerrieben zwischen den Fingern. Die Untersuchung des Urins. Danach empfehle ich Schröpfen, Aderlass und eine Reinigung des Magens.

Ich sah zu Marlene. Sie war in einen tiefen Schlaf gefallen. Wo blieb Ferdinand? Der Arzt? Hilfe? Wir brauchten Hilfe.

Der hohe Saal war durch Laken in Nischen geteilt. Gespenstisch blaues Licht flutete den kühlen Raum. Ich hatte Angst. Die mächtigen weißen Laken ließen breite dunkle Schatten durch den Saal gleiten. Von den anderen Betten drang ein Gurgeln und Röcheln herüber, dazwischen ein Schnarchen, ein Ächzen.

Ich blickte zu meiner Dienerin. Sie hatte sich ebenfalls untersuchen lassen, da sie Angst gehabt hatte, das Fieber hätte auch nach ihr gegriffen. Ihr schwacher Atem hob ihre zarte Brust, die sich unter dem weißen Leinen abzeichnete. Vorsichtig nahm ich ihre Hand und befühlte ihre glatten Finger, als ein Mann, der mir vorhin aufgefallen war, in den Krankensaal trat. Es war der Schatten.

»Verzeiht, benötigt Ihr noch etwas?«, fragte er hinter dem Laken.

Ich konnte sein Gesicht nicht erkennen, aber er war von stattlichem Körperbau. Hatte ich ihn schon einmal gesehen? Doch was war dies alles gegen seine Augen! Auch wenn ich sie nur im Schatten erahnen konnte, senkte ich meinen Blick und bedankte mich für die Güte, die man uns hier im Hospital entgegenbrachte. Wieder bemerkte ich, dass mein Herz wie wild klopfte.

»Euer Onkel lässt Euch ausrichten, dass Ihr Euch schonen sollt. Er hat mittlerweile sein Lager bezogen, das man südlich des Hospitals aufgeschlagen hat. Er lässt Euch ebenfalls ausrichten, dass er Euch gleich besuchen kommt, sobald die Ursache des Fiebers geklärt ist.«

»Hat er denn Angst, mir zu nahe zu kommen?«

Meine Dienerin lächelte verschwörerisch. »Es gibt Fälle, in denen ein ungeklärtes kaltes Fieber nach all den Menschen greift, die sich in der Nähe des Kranken befinden.«

»Können wir ihm trauen?«

»Ihm trauen? Bis ans Ende der Welt«, sagte meine Bedienstete.

»Dann will ich dir vertrauen«, sagte ich.

Der weiße, lange Mantel passte. Ich hatte jedoch Mühe, die ausladenden Prunkärmel meines schwarzen Kleides unter dem derben Stoff des Mantels zu verstecken. Ich zog die Kapuze dicht in mein Gesicht und zerriss den Saum des Kleides, um besser laufen zu können.

Vorsichtig schob ich ein Laken zur Seite und spähte nach draußen. Ein schmaler Gang zog sich zwischen der festen Mauer des Gebäudes und den Lakenzimmern. Vor einigen standen Schemel und Schuhe. Ein unheimliches Stöhnen schlich durch den finsteren Korridor, der ein paar Schritte entfernt zu einer schweren Eichentür führte.

Ich ging voran, bemüht, meine Füße so leise wie möglich auf den Steinboden zu setzen. Meine Dienerin folgte mir geräuschlos. Als wir bei der Tür waren, fand ich sie leicht geöffnet. Es schien alles nach Plan zu laufen. Durch den Spalt sah ich den Fremden. Er unterhielt sich mit den beiden Rittern, die vor dem Krankenhaus Wache hielten. Sie standen mit dem Rücken zu uns. Der Plan, dass er die Ritter ablenken sollte, funktionierte. Sie hantierten mit ihren Schwertern, präsentierten stolz die Wappen auf ihren Schilden und ihren Rüstungen.

Bis zum Wald waren es nur ein paar Schritte. Danach sollten wir einen weiten Bogen um das Hospital machen, bis wir uns an der Hinterseite der Schenke befanden. Von dort würde ein schmaler Weg in den Cerwald führen, auf dem wir nach einiger Zeit zu einer kleinen Kapelle gelangten. Sie lag inmitten eines dichten Waldes, den meine Dienerin den Dunkelwald nannte. Dort sollten wir uns verstecken, bis der Fremde zu uns stieß.

Wir schlüpften durch eine gewölbte, niedrige Tür in die Kapelle. Die Steine der kleinen Kirche waren verblichen und hohl, das Holz war morsch und von Ranken überwuchert. Mit einem tiefen, erleichterten Seufzen schob ich meine Kapuze zurück und sah zu meiner Dienerin. »Wir haben es tatsächlich geschafft!«, sagte sie.

Ich nickte, ging aber stumm an ihr vorbei und trat vor das Podest eines steinernen Altars. Ich sank auf die Knie und fiel in ein tiefes Gebet. Poenitentia. *War das der richtige Weg? Oder lehnte ich mich gegen Gottes Willen auf?*

Ich erhob mich, streifte den groben Mantel ab und legte ihn auf den kalten, mit Moos überwucherten Boden. Irgendetwas schien mit mir nicht in Ordnung zu sein. Ich war nervös, und die Unruhe zog auch meinen Bauch in Mitleidenschaft.

»Wann, hat er gesagt, wird er kommen?«, fragte ich voller Ungeduld.

»Sobald es die Umstände erlauben. Womöglich also auch erst gegen Morgen.«

»Diese heilige Stätte …« Ich blickte auf die hellroten, kaum erkennbaren Fresken. »Sie macht mir Angst.«

»Hier sind wir in Sicherheit. Ich vertraue ihm.«

Verglichen mit den unheimlichen Geräuschen, die uns auf dem Weg hierher begleitet hatten, war diese kleine, verfallene Kapelle ein Labsal an Friedlichkeit. Doch irgendetwas beunruhigte mich. Plötzlich schlüpfte der Fremde durch die Dunkelheit in die Kapelle.

Die Kapelle. Natürlich! Dort war Marlene zusammengebrochen. Gab es dort einen Hinweis, dem ich folgen konnte? Ich musste dorthin. Ich blickte zu Marlene. Konnte ich sie allein lassen? Wie lange würde ich brauchen? Und wenn sie starb? Wenn sie nach meiner Hand suchte? Ich stieg nach oben und sah auf die Miniaturwelt. Die Kapelle. Sie war ebenfalls als Modell vorhanden. Sie war ganz klein, kaum sichtbar. Krumm. Dennoch hatte sich Konrad Khalberg die Mühe gemacht, sie darzustellen. War sie eine Spur?

»Hast du etwas gefunden?« Marlenes Stimme ließ mich schaudern. Sie klang so leise, so unheimlich. »Erzähl weiter, so erzähl doch weiter … Du musst es finden …«

Nachdem ich meine morgendlichen Psalmen beendet hatte, stand ich den ganzen Tag am Fenster und wartete auf den Fremden. Über dem Tal lag zäher Nebel, sodass ich das Hospital nicht erkennen konnte. Hin und wieder tauchten Krähen aus dem milchigen Weiß der feuchten Luft und verschwanden zwischen den weißen Türmen über den Baumwipfeln, die sich im sanften Wind wogen.

Ich war todmüde, und meine Glieder schmerzten. Die Nächte auf dem eiskalten Steinboden waren die reinste Qual. Hinzu kam auch noch das ganze Getier, das in der Nacht Zuflucht in der Kapelle suchte. Das Schlimmste aber waren die Geräusche. Je dunkler der Abend wurde, desto gespenstischer waren sie. Das Knistern, als brächen schwere Äste unter dem Gewicht eines Mannes. Oder das Rauschen, das sich aus einer fernen Quelle aufmachte und vor der Kapelle entlud. Die Stimmen allerdings trieben mir das blanke Entsetzen ins Gesicht. Begleitet von einem unwirklichen Kichern und Schmatzen hörte ich oft Stimmen von Männern und Frauen. Ich verstand nicht, was sie sprachen, kein einziges Wort, doch es war, als bereitete man etwas vor, als spräche man sich ab, hier im finsteren Versteck. Als zöge ein dunkles Volk durch die Wälder.

Ich hatte vergessen, wie viele Tage wir hier oben festsaßen. Der Halbschlaf, der mich oft tagsüber überraschte, machte es mir schwer, zwischen Morgen und Abend zu unterscheiden.

Plötzlich tauchte eine dunkle Gestalt aus dem Nebel. »Er kommt«, sagte ich, und bevor ich mich noch umwandte, stand meine Dienerin schon an der Tür und öffnete sie für unseren heimlichen Verbündeten.

Er trug einen großen geflochtenen Korb. Unter seinem Arm klemmte ein kleines Fässchen mit Wein. Er nickte uns mit einem müden Lächeln zu und stellte den Korb und das Fässchen vor dem Altar ab. Irgendetwas bedrückte ihn. Sein Gesicht war traurig und abgekämpft.

»Ich bringe schlechte Nachrichten. Ich habe die Lage gründlich ausgekundschaftet und nach einem geeigneten Unterschlupf

gesucht. Einer, der Euer würdiger ist als diese kalte Klause hier mitten im Dunkelwald. Und Ihr müsst mir glauben: Ich habe nichts unversucht gelassen und alle Möglichkeiten überprüft. Aber …«

»Müssen wir hierbleiben?«

»Bis ich etwas gefunden habe, ja.«

Ich schüttelte den Kopf. Keine Nacht länger wollte ich mich hier mitten in diesem unwirklichen Nichts aufhalten, hier, wo mich diese Stimmen heimsuchten und ich jederzeit leichtes Opfer für all das war, was durch diesen schrecklichen Wald schlich.

»Wir können hier nicht bleiben. Ihr müsst Kontakt zu meiner Mutter aufnehmen! Wenn wir einen Wagen hätten, könnten wir in ein paar Tagen bei ihr sein«, sagte ich.

»Der Herzog hat Straßensperren errichten lassen. Jeder Wagen, jeder Reisende, ja selbst Tagelöhner, Handwerker und Mönche werden untersucht und überprüft. Nicht einmal die Pilger mit ihren breitkrempigen Filzhüten kommen ungeschoren davon. Es ist unmöglich, unerkannt durchs Land zu fahren. Und man erzählt sich, dass selbst der Kaiser Truppen und Späher hierher entsandt hat, um nach Euch zu suchen.«

»Ihr wollt uns für immer hier oben versteckt halten?«

»Wir brauchen Zeit. Es geht das Gerücht um, der Herzog plane, in den Krieg gegen die Ungarn zu ziehen. Dann wird sich seine Aufmerksamkeit gegen Osten richten und das Weiterkommen auf den Straßen zwar gefährlicher, aber dennoch einfacher werden.«

Ich überlegte. Wenn ich meinen Onkel bat, nicht auf diese Heirat zu bestehen, wenn er einen Brief voller Klagen und Bitten von mir erhielte, einen Brief, der selbst das härteste Herz zum Weinen brächte – würde er mir die Freiheit geben?

Ich senkte den Kopf. Für einen Moment hatte ich vergessen, dass der Kaiser, dieser Teufel, es niemals erlauben würde, dass sich jemand seinem Willen widersetzte.

»Und wann, meint Ihr, können wir von hier weg?« Medora warf dem Fremden einen verzweifelten Blick zu.

»Ich werde Tag und Nacht nichts weiter tun, als nach einem Ausweg für Euch zu suchen. Ich werde jede Information zu Euch tragen und sie mit Euch besprechen. Und sobald sich auch nur

die kleinste Möglichkeit ergibt, werdet Ihr von hier wegkönnen. Ihr müsst mir vertrauen.«

Die Tage vergingen. Sie schlichen zäh vor der dunklen Kapelle vorbei. In dieser Zeit sahen wir die ersten Hirsche.

»Seht, sie sind weiß!«, sagte meine Dienerin.

Ich ging zu ihr und blickte aus dem Fenster. Wie wunderschön sie waren! Majestätisch zogen sie ihre Bahn, als würden sie etwas bewachen.

Als ich schon fast nicht mehr damit rechnete, stand er schwer keuchend vor der Kapelle. Er stützte sich mit der Hand an der Wand ab, um ein wenig Atem zu fassen. Mit flinken Handbewegungen säuberte er seine Kleider. Sein Gesicht war voller Sorgen. Schweiß stand auf seiner Stirn, und sein Atmen klang unruhig und gehetzt.

»Was bringt Ihr Neues?«, fragte ich aus der Tiefe meines Gebetes.

»Ihr müsst hier weg, so schnell wie möglich. Der ganze Wald … es wird zu gefährlich. Sie sind zu nah.«

»Wer?«

»Es sind Geistliche. Franziskaner. Sie tragen die Gewandung ihres Ordens. Sie scheinen Euch zu suchen.«

Ich erinnerte mich an die Franziskaner, die ich in Wien gesehen hatte. Sie waren in einem Haus mit verdunkelten Fenstern verschwunden.

»Sind es tatsächlich Franziskaner?«

Er nickte, aber in seiner Miene erkannte ich, dass er von einem Ort wusste, an dem es sicherer war. »Der Deutsche Ritterorden bewacht die Archive und den Familienschatz der Babenberger. Beides befindet sich auf Burg Starhemberg«, sagte er.

»Nach Starhemberg? Dort wimmelt es doch von Leuten des Deutschen Ritterordens«, erwiderte ich. »Sie werden mich ausliefern, noch bevor wir auch nur einen Fuß auf die Burg setzen.«

»Der Hochmeister ist der Einzige, der Eure Entscheidung unterstützt, den Antichristen nicht zu heiraten. Auch wenn er es niemals aussprechen würde.«

»Gibt es denn eine Möglichkeit, unbemerkt nach Starhemberg zu gelangen?«, fragte ich.

Der Fremde nickte.

»Wie soll das funktionieren?«, warf ich ein. »Man wird uns festhalten und den Herzog informieren. Nach Starhemberg zu gehen, ist zu gefährlich.«

»Es gibt Wege, die uns auf die andere Seite des Hospitals bringen. Unter den Wäldern.«

»Unter den Wäldern?«

Der Fremde schwieg. »Wenn wir uns leiser verhalten, könnte ich am anderen Ende des Weges mit Pferden auf Euch warten.«

Die Sonne öffnete am nächsten Morgen meine Augen. Ich beugte den Kopf nach hinten und sah aus dem kleinen Fenster nach draußen. Die hohen Wipfel dunkler Tannen wogten im klaren Blau eines eisigen Himmels. Wir hatten es tatsächlich bis nach Starhemberg geschafft. Ich blickte zur Seite, wo noch zwei andere Betten standen. Beide waren leer. Niemand schien darin geschlafen zu haben. Obwohl meine Glieder schmerzten, erhob ich mich und ging langsam zum Fenster. Eisige Luft blies mir entgegen.

Ich sah auf den großen Waffenplatz der Burg. Er war vollkommen vom Schnee befreit und beherbergte ein ganzes Arsenal an Hellebarden, Lanzen, Schwertern, Armbrüsten, Langbogen, Schilden und anderen Waffen, die ich noch nie zuvor gesehen hatte. Männer in weißen Mänteln mit schwarzem Kreuz inspizierten die Geräte. Das Kreuz hatte ausladende Enden und jeweils gleich lange Balken. Deutschordensritter. Mir schauderte. Ich wusste nur wenig über diesen Orden. Man erzählte sich, dass er einst im Heiligen Land die Pflege von Kranken übernommen, sich aber bald darauf dem Kampf gegen Ungläubige verschrieben hatte.

Der Hochmeister von Hohenlohe selbst sah jeden Tag dreimal nach uns. Er versorgte uns mit Speis und Trank und gesellte sich auch für eine Konversation zu uns.

Ich erkannte sehr bald, dass er sich um mich bemühte. Er ging dabei sehr vorsichtig und behutsam vor, machte Komplimente und sah ständig nach dem Wohlbefinden der Herzogsnichte. Vielleicht war es diesem Liebeswerben des Hochmeisters zu verdanken, dass ich eines Nachts in ein tiefes Gewölbe der Burg geführt wurde, von wo ich erst wieder zurückkam, als die Morgenröte am Horizont aufzog.

Seitdem schlich ich mich immer wieder in diese verborgene Kammer, die mir der Hochmeister gezeigt hatte. Wenn ich zurückkam, lag in meinen Augen der Schatten eines verborgenen Wissens.

Die Monate vergingen, und ich alterte um Jahre. Ich fand kaum Schlaf, schien in Gedanken immer nur bei den Geheimnissen zu sein, die ich Nacht für Nacht aufsuchte. Selbst für die Psalmen, die ich früher so verbissen gebetet hatte, blieb immer weniger Zeit. Irgendetwas war in mir erwacht. Irgendetwas lastete auf mir wie eine große Verantwortung, die ich fortan zu tragen hatte.

Der Winter war längst dem Frühling gewichen, als ich durch ein Brüllen geweckt wurde. Ein schmutziger Bauernjunge schrie mit lauter Stimme, wieder und immer wieder: »Krieg, wir sind im Krieg!«

Seitdem verging kein Tag, an dem ich nicht auf den östlichen Horizont blickte. Dort irgendwo herrschte Krieg und floss Blut. Ich bekreuzigte mich jedes Mal, wenn ich in der Ferne eine Rauchwolke aufsteigen sah, und betete, dass es nur das wärmende Feuer im Lager des Herzogs sein möge und nicht die brandschatzende Wut seiner Feinde.

Wieder verstrichen Monate. Es war Sommer geworden. Am Horizont blieb alles wie gehabt. Nur die Wälder leuchteten in einem satten Grün und beherbergten Scharen von Vögeln. Keinen Herold zog es nach Starhemberg, um Nachricht zu bringen. Die Deutschordensritter berieten schon, auf eigene Faust Späher auszusenden, um einen möglichen Vorstoß der Feinde rechtzeitig zu erkennen und somit die Einnahme der Burg zu verhindern. Der Kaiser selbst sollte so rasch wie möglich informiert werden. Doch noch zögerte man. Irgendetwas stimmte an diesem Tage nicht.

Es war der 15. Juni, am Morgen des St.-Veits-Tages, kurz vor der Sonnenwende. Ich erwachte aus einem unruhigen Schlaf. Ich stand schweißgebadet auf und starrte hartnäckiger als sonst in Richtung der herzöglichen Front.

Am Vortag waren zwei Reiter eingetroffen. Franziskaner. Die Spione des Kaisers. Brachten sie Nachricht? Ich war nervös. Ich konnte seit Wochen keine Ruhe mehr finden. Dann aber geschah es.

Ich sah den einsamen Reiter als Erste. Mein schwarzer Surcot wehte im schicksalsträchtigen Wind des 15. Juni 1246. Meine Dienerin folgte mir über die Wendeltreppe und verlor beinahe das Gleichgewicht. Ich hetzte über den Burghof und glitt durch die engen Gassen des südlichen Wohntraktes. Die Deutschordensritter, die am Zwinger Wache hielten, befahlen mir anzuhalten, doch ich schlüpfte zwischen den nach mir greifenden Armen hindurch und hechtete schließlich zum Tor, das ich mit aller Kraft öffnete.

Das Pferd meines Onkels lief in vollem Galopp auf die Burg zu. Der Herzog hielt den Schild und das Banner der Babenberger vor seiner Brust. Er war blutüberströmt und schien schwer verwundet. Aus seinem Unterschenkel ragten drei Pfeile. Nur noch wenige Augenblicke, dann hatte er das rettende Tor erreicht. Nur noch wenige Meter, dann würde ich, seine verloren geglaubte Nichte, das sichere Tor hinter ihm schließen. Die Deutschordensritter begriffen sofort die Lage und riefen Verstärkung für den Fall, dass der Herzog verfolgt wurde.

Eine Pferdelänge trennte den Herzog noch von seinem Verfolger, der wie aus dem Nichts aufgetaucht war. Er hob langsam den Speer, den er federnd leicht in seiner Hand hielt. In einem einzigen Augenblick schleuderte der Verfolger den Speer, der wie ein Blitz durch die Luft flog und den Herzog niederstreckte.

Ein gellender Schrei.

Vögel stoben in die Höhe.

Ich lief zu meinem Onkel, der blutüberströmt auf dem Boden lag. Die Deutschordensritter folgten mir. Sie wollten den seltsamen Verfolger stellen. Die Angst stand ihnen ins Gesicht geschrieben. Doch in welche Richtung sie sich auch wandten: Der Reiter war verschwunden.

Ich legte meine Hand auf das blutende Gesicht meines Onkels.

»Rette uns!«

Ich konnte die letzten Worte meines Onkels kaum hören. Ich legte meinen Kopf an seinen Mund und flehte ihn an, nicht zu sterben.

»Rette uns …«, stöhnte der Herzog und starb. Ich verlor meine

Kräfte und brach über dem toten Körper meines Onkels zusammen.

Meine Dienerin bekreuzigte sich. Sie wusste wie ich, dass mit dem Tod des Herzogs von Österreich und der Steiermark der letzte männliche Babenberger im Kampf gegen die Ungarn gestorben war. Es war der 15. Juni 1246, und im toten Fleisch des Herzogs steckte ein dunkler Speer, der das Ende der Zeit verheißen sollte.

Als ich meinen sterbenden Onkel in den Händen gehalten hatte, hatte ich mir nichts mehr gewünscht als die Kraft und Stärke, um mich aufzuschwingen und seinen Mörder zu verfolgen und seine Tat zu rächen. Ich hatte versagt. Und wenn ich je wieder vor die Augen Gottes treten konnte, so musste ich dem letzten Wunsch meines Onkels nachkommen. Aber konnte ich das Reich wirklich retten? Wie sollte ich das anstellen? Ich wusste es nicht und schwieg wieder. Hätte ich den Antrag des Kaisers angenommen, so wäre mein Onkel vermutlich nicht gestorben. Alles wäre anders gekommen, und so wuchsen in mir von Tag zu Tag tiefere Schuldgefühle.

Die täglichen Psalmen gaben mir ebenso Kraft wie das stundenlange Lesen in den Archiven meiner Ahnen. Gott sollte mein Herz stärken, die Pergamente meinen Verstand. Poenitentia. Poenitentia.

Bald wurde in der Burg darüber getuschelt, wer dem Herzog nun nachfolgen sollte. Wer es mit den nahenden Feinden innerhalb und außerhalb des Reiches aufnehmen könnte. Für viele war ich die logische Thronerbin – auch wenn einige beklagten, dass ein kräftiger Junge mit den forschen Ungarn und Böhmen sicherlich kurzen Prozess gemacht hätte.

Eines Abends, meine Dienerin war gerade in der Kapelle, um für den Herzog zu beten, betrat ich das dunkle Gewölbe. Ich verzog die Nase. Der süßliche, zutiefst unangenehme Leichengeruch war in den letzten Wochen unerträglich geworden. Und selbst weniger zimperliche Bewohner der Burg taten ihren Unmut kund und forderten, dass der Herzog endlich in die ruhende Erde entlassen werden sollte.

Ich war an diesem Abend gelöster, ja fast heiter. Die Verbissenheit der letzten Tage und Wochen war einer Entschlossenheit gewichen, wie ich sie bei mir nur beim Auszug aus Wien gesehen hatte, als mir meine Dienerin das fiebertreibende Kraut zugesteckt hatte.

»Es ist Zeit zu handeln«, sagte ich. »Es ist nun an mir, die Herzogtümer Österreich und Steiermark zu regieren. Es ist an mir, das Banner der Babenberger hochzuhalten. Ich bin die Zukunft meiner Ahnen und Urahnen.«

Meine Dienerin kniete vor mir nieder und bekreuzigte sich. »Meine Herrin, die Herzogin! Ich werde Euch so lange auf Eurem Weg begleiten, solange ich Euer würdig bin.«

»Steh schon auf! Du hast es nicht nötig, vor mir zu knien. Du bist nahezu der einzige Mensch, dem ich vertrauen kann. Ich war in letzter Zeit oft in den Archiven, um mich für mein neues Amt vorzubereiten. Ich studierte alles von den Anfängen bis jetzt. Wer ist Feind, wer ist Freund? Wer ist Babenberg wohlgesinnt, wer nicht? Welchen Ministerialen kann man vertrauen? Kann ich den Truppen vertrauen? Ich weiß es nicht. Die Archive sind voll mit Verrat und Hinterlist, Betrug und Lüge. Und all die blutigen Schlachten? Bin ich imstande, sie anzuführen?«

Meine Dienerin sah mich erwartungsvoll an.

»Ich bin es. Denn ich habe es gefunden. Das Geheimnis meiner Ahnen«, sagte ich.

In meinen Mund schlich der Geschmack von Hafer, und etwas ergriff mein Rückgrat und streckte mich.

»Ich werde meinen Onkel rächen und die Thronfolge annehmen. Und wenn der Kaiser sich aus dem fernen Italien aufmacht, um sich gegen mich zu stellen, so spucke ich vor ihm aus.«

Medora bekreuzigte sich. Aber dann hielt sie inne. Denn ihr Blick fiel auf das Minnekästchen, das ich wie eine wertvolle Schatulle in meinen Händen hielt. Es war nicht länger als anderthalb Handlängen und einen Finger hoch wie breit. Es war schlicht und komplett aus Lindenholz geschnitzt. Obwohl ich es nicht geöffnet hatte – es niemals öffnen würde –, bestand sein Korpus aus zwei Schichten. Einem inneren Kasten und einem äußeren, die mit großen Zinken miteinander verbunden waren. An den vier Seiten des Minnekästchens waren vier Reliefs angebracht. Sie zeigten vier Meistersinger. Den Deckel allerdings zierte die wunderbare Abbildung einer blauen Blume.

»Was ist das?«, fragte Medora, und ich bemerkte, wie ihre Augen neugierig hin und her sprangen.

»Das, meine Liebe, ist das Ende der Welt und ihr neuer Anfang. Der Inhalt dieses Kästchens kann jede Armee der Welt in Windeseile zermalmen. Und wer es besitzt, wird der König der Welt sein. Dieser und der anderen. Ich habe zwar kein Reich mehr, aber ich bin eine Babenbergerin und vielleicht durch meine Fallsucht eine Närrin. Aber mit dieser Schatulle erhebe ich mich zur Königin der Närrinnen. Denn ich bin Gertrud, die Letzte ihres Blutes. Die Blutherzogin.«

»Die blaue Blume in einem Minnekästchen! Das ist das Heilmittel. Und es ist in Starhemberg«, sagte ich und riss die Augen weit auf.

»Was?« Ferdinands Stimme klang abgehetzt. »Ich bin wieder hier.«

Ich erschrak, denn ich hatte ihn gar nicht gehört. Mein Herz sprang vor Glück, denn neben Ferdinand stand ein kleiner Mann mit unruhigem Gesicht. In seiner Hand eine handliche schwarze Tasche.

»Zum Glück sind Sie hier!«, sagte ich und zeigte dem Arzt gleich den Weg zu Marlene.

Ich aß eilig von dem Käse und dem Brot, die Ferdinand mitgebracht hatte, und trank anschließend aus einer Plastikflasche fast einen Liter Wasser. Ich hatte die Geschichte der Gertrud von Babenberg so oft niedergeschrieben, aber noch nie hatte ich zwischen den Zeilen das Geheimnis des Kästchens entdeckt. Ja, vielleicht war es meiner Phantasie entsprungen, aber es war eine Spur. Wenn Marlene wieder gesund werden würde, könnte ich mit ihr dort hingehen und nach der geheimnisvollen Schatulle suchen.

Ich warf dem Arzt einen besorgten Blick zu. »Können Sie ihr helfen?«

Er drehte sich zu mir um. In seinen Augen konnte ich bereits seine Antwort erkennen. »Es ist so etwas Ähnliches wie COPD. Natürlich nur eine erste schnelle Vermutung. Die Lunge entleert sich nicht mehr richtig.«

Ich schloss die Augen. COPD. Dieselbe Krankheit, die damals bei meinem Mann Dimitri diagnostiziert worden war.

»Chronic Obstructive Pulmonary Disease. Eine chronisch-obstruktive Bronchitis«, fuhr der Arzt fort und begann mir zu erklären, was sich hinter diesem sperrigen Namen verbarg.

»Es ist, als wenn Sie einen Ballon aufblasen und dann wieder die Luft herauslassen. Es wird immer ein wenig Luft im Ballon bleiben. Er wird nie wieder so sein wie vorher.«

»Was wollen Sie damit sagen?«

»Ihre Schwester wird ersticken. An ihrer eigenen Luft, die sie zu sich nimmt und die nicht mehr aus ihrem Körper entweicht.«

Eine eiskalte Hand umklammerte mein Herz.

»Aber wie gesagt: Es ist nur eine erste schnelle Diagnose. Was nicht dazu passt, sind das hohe Fieber und das Blut.«

»Ist das ansteckend, ich meine ... wie ein Virus?«, fragte ich und dachte an die Leichen im Güntherhaus, von denen mir Dorothea erzählt hatte. »Und was kann ich dagegen tun?«

»Als Erstes müssen wir sie sofort ins Krankenhaus bringen.«

»Und als Zweites?«

»Sollte sie so wenig wie möglich atmen.«

»Wir dürfen keine Zeit mehr verlieren, wir müssen –« Der Pfeil bohrte sich von hinten durch das Auge des Arztes. Still hatte er seinen Weg gefunden, vorbei an den dunklen Stämmen, lautlos über das stumme Gras, durch die Tür, die Ferdinand offen gelassen hatte, und dicht vorbei an mir.

»Sie haben uns gefunden!«, rief ich und schrie Ferdinand an, sofort die Tür zu schließen.

»Was verdammt noch mal geht hier vor? Wer hat uns gefunden?«, brüllte er.

Die Tür fiel laut ins Schloss, als ich Marlenes Stimme hörte.

»Ist es das? Unser Ende?«

Ich sah zu ihr. Ich zitterte. Der tote Körper des Arztes lag auf dem Boden. Sein Blut kroch wie wütende Schlangen aus ihm heraus.

»Nein. Es hat erst begonnen.«

»Nein, Greta, es ist vorbei ...«

»Schh. Schh«, sagte ich und hielt den Zeigefinger vor meinen Mund.

»Wer war das? Du weißt doch mehr, als du sagst, wer war das?«, rief Ferdinand, und ich hatte Mühe, ihn zu beruhigen.

»Es sind die Wirtinnen. Meine Vertrauten. Die Narren«, sagte ich.

»Du machst mir Angst. Wer sind die?«

»Hab keine Angst! Ich will nicht mehr mit gebücktem Haupt und voller Scham durch die Welt gehen. Ich bin eine Verrückte. Ja, ich lebe seit zwanzig Jahren in einer Nervenheilanstalt. In einer Heilstätte. Ich bin eine Wirtin, eine Närrin. Aber ich habe keine Angst, denn ich bin die Königin aller Narren.«

Ich ging zur Tür. Ferdinand ging in Deckung, und selbst Marlene versuchte, mit einem tiefen Ächzen Schutz zu suchen.

»Wer auch immer es wagt, uns anzugreifen, ich werde ihn jagen. Denn ich habe von ihr gelernt, und ich weiß, wo die Blume ist, ich weiß –«

Der zweite Pfeil donnerte durch den schmalen Spalt, den ich geöffnet hatte, und Ferdinand konnte mich in letzter Sekunde zu Boden rammen und die Tür wieder schließen.

»Es ist gut, alles ist gut. Aber da draußen ist es zu gefährlich. Wir müssen warten. Warten, bis die Nacht kommt«, sagte er.

Ich nickte und wimmerte, und immer wieder sagte ich, dass ich wüsste, wo die Blume sei. Das Heilmittel.

Ich wusste es.

Ich wusste es.

ACHTE AUFZEICHNUNG

»Die Neue Ordnung ist die vierte Kränkung.
Sie braucht den Menschen nicht.«

»Nein. Die Neue Ordnung zeigt
den Menschen das Wesentliche.«

DIE GROSSE KRANKHEIT

Es war ein viel zu warmer Oktobermorgen. Nebel hing zwischen den wuchtigen Eichen vor meiner Terrasse. Ein Schwarm früher Gänse zog über den feuchten Himmel. Ich war wie jeden Tag früh aufgestanden und saß mit meiner hellgrauen Wolldecke auf einem weißen Klappstuhl und wartete auf den Sonnenaufgang. Ich sah auf meine zitternden Hände. Sie waren alt geworden …

… Ich stand auf und ging zum Terrassengeländer aus mattem, geschwungenem Schmiedeeisen. Vorsichtig lehnte ich mich nach vorne und trat dabei auf die wackelige Steinplatte. Der Wind fasste nach mir. Ich kniff die Augen zusammen, um zu sehen, wer um diese Uhrzeit in meinem Reich aus der Reihe tanzte …

… Ich erkannte den Schatten eines Mannes, der sich über die Wand des Gartenhauses legte. Es war ein Mann, ich war mir sicher. Ein großer, vielleicht alter Mann …

… Sie schrie, und er – mir stockte der Atem – stieß sie mit einem Mal so kräftig von sich, dass sie mit dem Rücken zu Boden fiel …

… Sie sah zu mir. Ich zog den Kopf zurück und warf meine Blicke auf den Boden, wo sie hingehörten. Schritte. Sie kam vom Hügel herunter. Sie kam auf mich zu …

… Sie hustete. Ich riss die Augen auf. Mein Herz schlug wie wild. Sie war krank …

»Du hast sie gesehen?«, fragte Carlotta und zog die Wolldecke über meine Schulter, damit ich mich im Zug des heimtückischen Oktoberwindes nicht erkältete.

»Du wirst hier nicht bleiben können«, sagte Carlotta. »Die wissen, dass du die Krankheit gebracht hast, und sie werden dich jagen. Wie den Patienten null.«

Der Patient null. Der erste Wirt einer Krankheit. Einer Seuche.

»Ich muss von hier weg«, sagte ich zu Carlotta, ohne sie anzusehen. »Du musst mir helfen. Wenn es wirklich die große Krankheit ist, dann bin ich die Einzige, die sie verhindern kann. Du weißt das.«

»Ich kann nicht.«

»Gertrud hatte die Pest gebracht. Den Schwarzen Tod. Zwanzig Millionen Tote hätten verhindert werden können. Die Geschichte wiederholt sich. Ich bin der neue Tod, aber ich kann es auch verhindern.«

»Es gibt kein Heilmittel gegen den Tod.«

»Doch. Sie wusste es. Es ist die Blume. Und ich weiß, wo sie ist.«

Mein Hals kratzte. Das Atmen fiel mir schwer. Ich hockte mit dem Rücken zur Wand. Neben mir steckte einer der beiden Pfeile, die aus dem Wald auf uns abgeschossen worden waren. Mein Kopf glühte, und ich hatte Mühe, scharf zu sehen.

Marlene lag bewusstlos neben mir. Ihr Kopf war zur Seite gekippt. Ferdinand hockte neben der Tür und hatte einen Schrank davorgeschoben. Einige der braunen Apothekerfläschchen, die darin Platz gefunden hatten, waren zu Boden gefallen. Einige waren zerbrochen. In der ganzen Hütte roch es so stark nach Kräutern, dass meine Augen brannten. War das der Grund für die Hitze in mir? Konnte ich deshalb kaum etwas sehen?

»Wir müssen sofort hier weg«, sagte ich zu Ferdinand. »Ich weiß jetzt, wie ich den ganzen Alptraum beenden kann.«

Ferdinand schob die die Lippe nach vorne. Er dachte nach. Er biss an. »Was hast du vor?«, fragte er, ohne sich zu mir umzudrehen.

Ich hatte ihn an der Angel.

»Wir müssen zuerst weg von hier.«

Er wartete, dass ich weitersprach. Aber ich schwieg. Jetzt war er am Zug.

»Wie bist du denn herkommen?«, fragte Ferdinand. »Von Deutschland, meine ich. Was ich sagen will: Hast du ein Auto? Irgendwo da draußen?«

Ich nickte. Der Wagen. Natürlich. Ich hätte selbst darauf kommen können. Aber er hatte angebissen, das war jetzt wichtiger. Ich beugte mich nach vorne, um in meiner Hosentasche nach dem Schlüssel zu suchen. Der Wagen musste noch dort stehen, wo ich meine Schwestern getroffen hatte.

Ich spürte mit den Fingerspitzen den Schlüssel, zog ihn heraus, warf ihn Ferdinand zu und sagte ihm, wo der Wagen stand.

»Hör zu!«, sagte er. »Ich steige auf den Turm und versuche, außen nach unten zu klettern. Vielleicht schaffe ich es unbemerkt durch die Wälder.«

Er stand auf und ging gebückt zu mir. »Das ist unsere einzige Chance. Wenn der Mond hier hinten im Fenster auftaucht, gehst du auch auf den Turm. Dann ist es dunkel. Sie werden dich nicht sehen. Dann wartest du, bis ich dir ein Signal gebe. Ich blinke mit dem Scheinwerfer dreimal. Dann wartest du, bis der Mond hinter einer Wolke verschwunden ist, nimmst Marlene und läufst so schnell du kannst mit ihr durch den Wald zu mir.«

Er duzte mich. Der Angelhaken verfing sich immer mehr in seinem Mund.

»Aber sie werden dich doch auf dem Turm sehen?« Langsam wurde mein Sichtfeld wieder klarer. Aber die Dämpfe der Kräuter tobten noch in meinen Kopf.

»Vertrau mir. Wenn du dicht am Boden bleibst, kannst du über die Zinnen unbemerkt nach draußen klettern.«

Ich fasste Marlenes Hand. Und nickte. Ich merkte, dass ich selbst kaum mehr Kraft hatte. Ich sank zurück zur Wand und streckte meinen Hals zu dem kleinen Fenster über mir. Ich wollte hier warten. Auf den Mond. Und ein wenig Kraft schöpfen. Ja, das wollte ich tun. Aber es war gut, wir würden hier rauskommen.

»Halte mir die Daumen! Alles wird gut.«

»Die Polizei. Hol auch die Polizei, sie soll den Wald umstellen und …« Mein Satz starb, und Ferdinand verschwand. Ich sah auf den toten Arzt. Sein Blut hatte meine Schuhe erreicht. Ich wollte in seiner Tasche nach Medizin suchen, etwas, was mir Kraft gab.

Auf allen vieren kroch ich zur Tasche und kramte in Medikamentenschachteln. Ich kannte die Namen darauf nicht. Also entschied ich, zurückzukriechen und auf die verschlossene Tür zu starren. Und auf das Fenster. Abwechselnd. Ich war völlig erschöpft. Es würde mich einiges an Kraft kosten, auf den Turm zu steigen und nach dem Signal zu sehen, wenn die Zeit gekommen war. Aber wie sollte ich Marlene lautlos durch den Wald bringen? Ich starrte auf die Tasche. Die beiden schwarzen Griffe aus Leder. Würde ich es schaffen, zwei Bretter durchzuschieben, um sie dann im Neunzig-Grad-Winkel auszurichten, dass ich damit eine Art Traggestell hätte, auf dem ich Marlene durch den Wald tragen könnte? Könnte ich den Tisch lautlos zerbrechen, um an die Bretter zu gelangen?

Meine Lungen brannten, und ich starrte wieder auf die Tür und hörte, ob sich draußen was bewegte. Nein, es war still. Ich brauchte nur ein wenig Ruhe, dann würde meine Zeit kommen, und ich würde uns hier fortbringen und Starhemberg erreichen, wo alles gut werden würde. Jetzt brauchte ich nur Glück, dass niemand die Tür öffnete, bevor der Mond von draußen auf mein Gesicht fiel.

Ich klappte die Hände wie eine Maske über meinen Mund und meine Nase. Sie rochen nach Rosmarin und Blut. Obwohl ich Mühe hatte, genug Luft zu bekommen, drosselte ich die Luftzufuhr mit meinen Händen noch weiter, dass ich das Gefühl hatte, einen Sack über dem Kopf zu tragen. Mich erfasste eine Übelkeit, die ich von den ersten Jahren in der Heilstätte kannte.

Als wir vor unseren Dienerinnen gekniet hatten, hatten sie uns einen Plastiksack über das Gesicht gezogen und so lange gewartet, bis die Luft innerhalb des Beutels aufgebraucht war. Wenn sich das durchsichtige Säckchen mit der Feuchtigkeit beschlug, die aus unseren schnappenden Mündern kam, dann schlossen sie die Augen und warteten. Warteten auf die Bilder, die durch eine Art Telepathie in die Köpfe der Dienerinnen eindringen würden. Die Leiterin hatte geglaubt, dass Menschen in einer Nahtoderfahrung ihre verborgenen Bilder preisgeben würden. Nach den ersten Todesfällen verzichtete sie aber auf das Fortführen dieses Programms. Ich hatte nie eine Nahtoderfahrung. Ich hatte gelernt, mich auf das Wesentlichste zu konzentrieren. Nichts war schlimmer als die Zeit in meinem Erdloch. Wer einmal innerlich gestorben war, der fand Gefallen daran, es immer wieder zu tun.

Die Tür vor mir taumelte. Ich wusste nicht, ob ich in dieser Zeit erschöpft eingeschlafen war oder die ganze Zeit auf die schwankende Tür gestarrt hatte. Denn bevor ich mich's versah, kroch ein gespenstisches Licht durch das Fenster. Es war der Mond.

Es war eindeutig. Das Licht. Es blinkte. Drei Mal. Die Luft hatte sich in der Nacht ein wenig abgekühlt, dennoch war es viel zu warm. Als ich die schmale Wendeltreppe zum Turm hinaufgeschlichen war, erholte ich mich von der Übelkeit, da die Luft meine Lungen wieder füllte und ich wieder etwas Kraft in mir spürte.

Das Licht kam aus Richtung des Dunkelwaldes. Von dort, wo Marlene an der Kapelle gestolpert war. Es war dieselbe Kapelle, in der Gertrud einst Unterschlupf gefunden hatte. Ich sah hoch zum Himmel. Er verfinsterte sich. Der helle Streif im Westen loderte nach wie vor hinter einem dunklen Waldrücken. Aber wenn der Mond hinter einer Wolke verschwunden war, dann lagen die Hütte und der Weg zur Kapelle im Dunkelwald geschützt im Schatten.

Ich malte mir aus, wie ich Marlene auf das Tragegerüst setzte, dass ich in der Zeit des Wartens gebaut hatte, die Tür mit dem Fuß aufstieß und hurtig – aber doch lautlos – zur Kapelle lief. Dort würde Ferdinand mit dem Wagen auf uns warten. Wir würden Marlene auf die Rückbank legen, in ein Krankenhaus fahren und dann – sobald ich Ferdinand losgeworden war – weiter nach Starhemberg.

Nach der Miniaturwelt in der Hütte zu urteilen, müsste die Ruine in einer Stunde erreichbar sein, da sie hinter dem Semmering in der Weite vor dem Wiener Becken lag. Eigentlich befand sich die Burg genau zwischen dem Semmering und Wien. Also würden wir alles noch rechtzeitig schaffen. Und sobald ich die Schatulle gefunden hatte – es gab sicherlich ein verfallenes Archiv –, würden wir zurückfahren auf das Stuhleck und dann hinüber zur Insel, wo ich sie heilen würde, meine Schwestern. Die Welt. Mich.

Der Mond tauchte in eine Wolke, und es wurde dunkel. Wie töricht mein Plan war. Glaubte ich wirklich, dass eine kleine Schatulle, ein Minnekästchen, nach Jahrhunderten noch immer an demselben Ort lagerte, an dem Gertrud von Babenberg es gefunden hatte? Und was würde ich darin finden? Eine Blume? Nach siebenhundert Jahren? Einen Samen? Einen magischen

Spruch? Wie töricht! Wie sollte so ein Heilmittel aussehen? Ich wusste es nicht. Aber ich hatte keine Zeit. Ich musste Marlene in ein Krankenhaus bringen.

Sie würden mich befragen, und ich würde ihnen alles erzählen, von der Insel und der Heilstätte. Sie würden mit Hubschraubern kommen und meine Schwestern retten, und sie würden kommen und die Heilstätten stürmen und meine Vertrauten retten. Die, die noch lebten. Ich dachte an Walter. Er hatte gesagt, dass alle tot seien. Dass die Krankheit da sei. Die ich gebracht hatte. Aber wenn die Krankheit nun tatsächlich schon da war, was war dann mit den Krankenhäusern? Waren sie überfüllt? Oder verlassen? Würde sich jemand um Marlene kümmern?

Es war so weit, bald würde ich die Wahrheit wissen. Bald würde ich alles sehen, so wie es war. Ich hatte mir selbst beigebracht, nur die Dinge zu sehen, die andere auch verstanden. Wenn mich Carlotta beim Sehen gefragt hatte, was ich auf unseren Spaziergängen gesehen hatte, hatte ich immer gelogen. Ich wollte sie nicht verlieren. Sie war wie ein Leser, der dem Autor nicht mehr folgen konnte. Da der Autor mehr sah. So viel mehr. Und es war gerade dieses Nicht-Erzählte, dieses Nicht-zu-Beschreibende, das Unkonkrete, das meine Welt immer ausgemacht hatte. Davon hatte ich aber Carlotta nie erzählt. Ich hatte gelernt, klar zu denken, und auch wenn die Klarheit eine Lüge gewesen war, so war Carlotta zufrieden gewesen. Und ich auch.

Es war dunkel. Jetzt. Es musste alles schnell gehen. Die Wahrheit öffnete ihre Pforten.

Das Moos.

Nach Fermi war davon auszugehen, dass der Mensch zwölfmal in der Minute atmete. Das waren siebenhundertzwanzig Atemzüge in der Stunde. 17.280 an einem Tag. Im Jahr 6.307.200. In einem durchschnittlichen Leben waren das eine halbe Milliarde Atemzüge.

Ich erinnerte mich an ein Gespräch mit Marlene. Sie liebte Fermi. Den Mathematiker, der sie mit seinen Schätzungen faszinierte. Wie viele Haare trug ein durchschnittlicher Kopf? Wie viele Schritte ging ein Mensch in seinem Leben? Wie viele Sterne gab es im Universum? Wie viele Universen gab es?

Marlene hatte ihr Bewusstsein bereits verloren. Ferdinand hatte recht behalten. Wir waren entkommen. Ich hatte es geschafft, zwei Bretter des Tisches so zu verkanten, dass sie eine Art Stuhl ergaben. Die beiden Lederschlaufen der Arzttasche nutzte ich dabei als Tragegurte. Mit Hilfe des zerrissenen Hemdes von Ferdinand, die zuvor als Wickel ihre Verwendung gefunden hatten, gelang es mir, Marlene auf das Tragegestell zu binden. So konnte ich meine bewusstlose Schwester auf meinem Rücken tragen, wo sie zusammengesunken wie auf einem Stuhl saß.

Bevor ich losgerannt war, hatte ich meine Hände in die Kräutermischung gelegt und sie über mein Gesicht gerieben. Der Geruch von Rosmarin legte sich über mein Gesicht, und wer weiß, dachte ich, vielleicht würde mir dieser Geruch eine ähnliche Stärke geben wie einst Viktor Castor auf seiner Jagd nach dem Hirsch. Es brannte in meinem Kopf, und es fühlte sich an, als würden viele kleine Nadeln mein Gehirn durchbohren.

Carlotta hatte mir einmal erzählt, dass der Sumpfporst Menschen zur Raserei brachte. Viele hatten früher geglaubt, dass durch die Einnahme dieses wilden Rosmarins die Legenden der Berserker entstanden: heldenhafte Sagen von überstarken Männern und Frauen. Mehr wusste ich nicht, nur dass ich mich kräftiger fühlte.

Als ich gebückt und unter der Last meiner Schwester durch den knackenden Dunkelwald gelaufen war, hatte ich viele Geräusche gehört und vieles gesehen. Aber ich hatte gelernt, nicht darüber zu sprechen. Ich hatte immer nach vorne geblickt, war auf die beiden Scheinwerfer zugelaufen, die regelmäßig aufblitzten. Eins. Zwei. Drei. Ich war gelaufen, gelaufen, so schnell ich konnte, und hatte so viel in mir gespürt, wovon ich aber nie erzählen würde. Niemals. Niemals mehr.

Ich wusste nicht, wer mehr erschrocken war. Ich, als ich begriff, dass die Lichter nicht von meinem Auto stammten, oder die Soldaten, die mit Gasmasken und ABC-Schutzanzügen den Weg unter der Kapelle sicherten. Ich zog gleich den Kopf ein und sprang mit einem großen Satz in die tiefe Mulde bei der Kapelle. Ich stellte mir vor, dass die Soldaten vermutlich glaubten, dass ich eines der Wahnbilder wäre, von denen man sich erzählte, wenn man vom Dunkelwald sprach.

Eine Frau, die durch den Wald lief, ausgemergelt, mit wirrem blonden Haar, das im Mondlicht – es kam langsam wieder aus den Wolken – aussah wie eine schimmernde Krone. Eine Verrückte, die eine andere regungslose Frau geschultert hatte, als wäre sie auf der Flucht. Vor Schneehexen, Windreitern, Erdfrauen, Stübnestern oder noch schlimmer: dem Nachtvolk.

Soldaten. Mein Herz schlug wie wild. Soldaten. Sie sperrten das Gebiet ab. Ein Virus. Natürlich. Die Gasmasken. Die Krankheit. Sie war da. Ich legte Marlene auf den Boden und kroch hinter die verfallene Mauer der einstigen Kapelle.

Hatten sich mich gesehen? Ich schob den Kopf nach oben. Doch nichts. Die Soldaten blieben stehen. Es waren drei. Sie trugen Waffen. Und sicherten die Gegend. Ich hatte Glück. Ich zog Marlene zu mir, legte mein Ohr über ihren Mund und zählte ihre Atemzüge. Elf. Es waren elf Atemzüge pro Minute. Würde sie es schaffen, einen Atemzug einzusparen, so hätte ich mehr Zeit, sie zu retten.

Ich ertappte mich dabei, dass ich auch auf meine Atmung achtete. Wollte ich meine Luft einsparen, um sie Marlene zu schenken? Irrsinn. Aber ich wollte nichts unversucht lassen, um ein wenig Zeit zu gewinnen.

Die schwere Nacht raubte mir die Sicht. Ich sah mich im fahlen Mondlicht um, so gut ich konnte. Die Kapelle war heruntergekommen, das Dach morsch und löchrig. Die alten Mauern waren überwuchert und sahen aus, als würden sie in einem grünen Meer aus moosigen Wellen versinken. Aus der Erde krochen dicke Wurzeln und fassten nach dem einst ebenerdig ausgelegten Marmorboden, der jetzt eher einer wütend braunen Seeoberfläche glich. Es roch nach Moos und feuchter Erde. Doch es fühlte sich irgendwie anders an.

Ich stellte mir vor, wie Gertrud mit ihrer Dienerin hier auf den Fremden gewartet hatte. Wer war dieser Fremde gewesen? Ich hatte ihn eigentlich erfunden, nachdem ich in alten Chroniken immer wieder zwischen den Zeilen von ihm gelesen hatte.

Und plötzlich: Scheinwerfer. Ich lag auf dem Boden. Lichter. Überall Lichter.

»Kommen Sie mit erhobenen Händen heraus! Es ist gefährlich hier.«

Die Stimme des Soldaten klang warm und sicher. Er würde uns helfen können. Wir würden in den Wagen steigen, und er würde uns helfen können. Gemeinsam konnten wir dann nach Starhemberg fahren und das Heilmittel finden, gemeinsam, nachdem meine Schwestern gerettet waren.

Ich stand auf, die Hände hinter dem Kopf. Als die ersten Pfeile flogen.

DAS WUNDER DER WELT

»Sind Sie in Ordnung?«, rief ein Soldat. Es war ein anderer. Sie waren in Deckung gegangen. Ich hörte es an den Befehlen.

»Schnell, wir brauchen einen Krankenwagen«, rief ich. Funkgeräusche. Zischen. »Und ich glaube, ich bin getroffen.«

»Was ist passiert?«, rief einer der Soldaten. Durch die Gasmasken klang diese Stimme wie die eines Roboters. »Bleiben Sie unten. Wir werden angegriffen.«

»Nein, ich bleibe in keinem dreckigen Erdloch mehr liegen, ich –«

Da glitt ein weiterer Pfeil lautlos durch den Wald und krachte mit einem heftigen Knall in die Mauerreste hinter mir.

»Ihr verfluchten Mistkerle, wisst ihr denn nicht, mit wem ihr es zu tun habt?«, rief ich.

Der nächste Pfeil traf meine Schulter. Ich schrie auf. Ein weiterer Pfeil traf mich am Bein. Ich schrie wieder.

Mittlerweile waren mehrere Soldaten an der Straßensperre. Und ich glaubte sogar einen Hubschrauber gehört zu haben. Schüsse. Sie zerrissen die Stille. Zerrissen den Wald. Gurgelnde Kehlen. Schreie von Männern. Und dann ein Feuerpfeil. Er erhellte den Nachthimmel. Der Hubschrauber. Er drehte ab. Ein neuer Pfeil. Das Feuer. Es erhob sich.

Der nächste Pfeil galt wieder mir und streifte mich an der Brust. Ich schloss die Augen, als ein weiterer aus dem Wald auf mich zuschoss. Ich duckte mich im letzten Moment und fiel mit dem Kopf auf die moosigen Steinplatten. Dabei sah ich, dass weiter unten im Tal drei Lichter blinkten. Es musste Spital sein. Ich konnte die Schatten der leeren Häuser erahnen. War das Ferdinand? Wusste er von der Straßensperre? War ich in die falsche Richtung gelaufen? Ich war gefangen, wie sie, wie Gertrud von Babenberg. In Gedanken erschien der Fremde, als würde er aus den Jahrhunderten zu mir reisen, um mir zu helfen. Ich hörte ihre Stimme in meinem Kopf.

»Gibt es denn eine Möglichkeit, unbemerkt nach Starhemberg zu gelangen?«, fragte ich.

Der Fremde nickte.

»Wie soll das funktionieren?«, warf ich ein. »Man wird uns festhalten und den Herzog informieren. Nach Starhemberg zu gehen, ist zu gefährlich.«

»Es gibt Wege. Unter den Wäldern.«

»Unter den Wäldern?«

Unter den Wäldern. Das Moos. Ich kratzte mit den Fingern das alte Moos von den Steinen. Und tatsächlich. Er war hier. Unter den zerbrochenen Brettern des Tragegestells. Der Weg in eine Unterwelt.

NEUNTE AUFZEICHNUNG

»Was ist das Wesentliche?«

»Es ist das, was den Menschen ausmacht.«

Ich schob die alten Bretter zur Seite und sah in die Tiefe. Es roch nach Pilzen und Moder. Ein Geheimgang. Kannte ihn Ferdinand? Er hatte gesagt, dass er alle Wege hier kannte. Führte der unterirdische Weg zum Wagen? Ich hatte keine Zeit, darüber nachzudenken. Ich zog die beiden Pfeile, die mich getroffen hatten, aus der Schulter und aus dem Bein. Ich presste mein Gesicht in die Erde und brüllte vor Schmerzen. Mein Herz explodierte beinahe, und als die Schmerzen nachließen, stieg ich in das Loch. Als ich mit den Beinen Halt fand, griff ich nach Marlenes Armen, zog sie über die zerbrochenen Bretter der Trage durch das faulige Laub und verschwand mit ihr in der Dunkelheit.

Wege. Unergründliche Wege. Mein Atem war laut. Feuchter Steinregen nieselte auf meinen Kopf, den ich tief unten hielt, da der Gang niedrig war. Es gelang mir nicht, Marlene zu schultern, und so schleifte ich sie gebückt durch den abfallenden dunklen Weg. Immer wieder rief ich ihr zu, dass es mir so leidtue und dass ich keine andere Wahl hätte. Ich drehte sie auf den Rücken, damit der scharfe Boden ihre Haut im Gesicht nicht zerriss. Unter meinen Füßen ertastete ich Holzbalken, die in den felsigen Boden geschlagen worden waren, um dem dunklen Wanderer Halt zu geben, wie bei einer steil nach unten führende Treppe. Waren Gertrud und ihre Vertrauten auch durch diesen Weg geflüchtet?

Ich hatte jegliches Zeitgefühl verloren und bemerkte einen Schwindel, der mich innehalten ließ. Es roch nach Öl, und der schmale Gang richtete sich allmählich waagerecht aus. Ich betrat einen niedrigen Raum, zumindest glaubte ich das, da ich das Tropfen und Gurgeln von Wasser hörte, als würde ich in einem nassen Keller stehen. War ich unter Spital am Semmering? Vielleicht unter der Schule? Hatte Ferdinand mir nicht den Abstieg bei der Schule gezeigt mit der Inschrift? Es sei unmöglich, nach unten zu gelangen, hatte er gesagt, aber jetzt war ich doch unten. Oder irrte ich mich? Ich keuchte unter der Last meiner Schwester, doch ich durfte nicht aufgeben, weiter, weiter, ich musste weiter!

Ich ging nach hinten, bis wir auf eine Holztür stießen. Von

irgendwo drang diffuses Licht ein, das den Raum sichtbar machte. Oder hatten sich meine Augen an die Dunkelheit gewöhnt? »Vorsicht, Rattengift!«, stand auf einer gelben Tafel. Ich rüttelte an der Tür. Sie klemmte. Ich versuchte es noch einmal. Und noch einmal. Endlich! Sie gab nach. Der Geruch von Fäulnis sprang mir entgegen. Ich schlich über eine alte Steintreppe nach unten, bis meine Füße in einen schlammigen Untergrund sanken. Es roch nach Moder und Rosmarin. Wieder Rosmarin. War es der Sumpfporst? Der Geruch des wilden Rosmarins, der hier im Untergrund wucherte? Der Gestank wurde immer schlimmer, bald stank es nach altem Fisch und verwesten Tieren.

Ich hielt die Hand vor den Mund. Der Raum wurde immer niedriger. Ich entschied, Marlene auf die Arme zu heben, da ich Angst hatte, der übel riechende Schlamm würde in ihren offenen Mund kriechen. Nasse Spinnweben strichen über mein Gesicht. Meine Augen suchten im Dunkeln nach Licht. Von einer gegenüberliegenden Tür wagte sich ein wenig Helligkeit in die nasse Finsternis. Ich ging langsam voran, streckte unter Marlene einen Arm nach vorne und suchte weiter nach einem Weg.

Ich ertastete einen der Holzpfeiler. Mit einem Mal spürte ich ein warmes Gefühl, eine Art Déjà-vu, als wäre ich schon einmal hier gewesen und würde durch weiße Tücher gehen. Natürlich nicht ich, aber Gertrud, mit der ich in den letzten Stunden in der Erinnerung verschmolzen war. War das der Grund für meine Empfindung? War das die Lakenhalle des Hospitals? Das Krankenlager? War hier Gertrud versorgt worden, als sie die Krankheit vorgetäuscht hatte?

Ich versuchte, mir in Gedanken das Krankenlager vorzustellen mit seinen weißen Laken, das die Schreie und das Klagen der Kranken beherbergte. Ich versuchte, mich an die Gerüche zu erinnern, die zu jener Zeit hier vorgeherrscht haben mussten, und an die Heilklänge.

Ich blieb stehen. Die Gedanken in meinen Kopf begannen, Dinge miteinander zu vermischen. Ich hockte mich hin und berührte mit der Handfläche den feuchten Schlamm. Dann legte ich die Hand auf meine Stirn, um sie zu kühlen. Mein klarer Verstand war jetzt das Einzige, was uns aus dieser Hölle bringen konnte. Wenn ich jetzt zu halluzinieren begann oder gar wahnsinnig wurde, dann wären wir verloren.

Doch je mehr ich versuchte, die fremden Gedanken zu verdrängen, desto stärker forderten sie meine Aufmerksamkeit. Fremde, orientalische Klänge sangen durch meinen Kopf. Orientalische Klänge? Warum? In der Zeit von Gertrud gab es hier Osmanen? Oder osmanische Heilkunst?

Ich blickte nach vorn in die Finsternis. Gab es dort einen Weg nach draußen? Ich ging weiter. Dachte an meine Erinnerung. Warum hatten sich orientalische Klänge in meinen Geist gedrängt? Hatte ich davon gelesen? In der Heilstätte vermutlich. Aber was hatte die Erinnerung daran ausgelöst? Ein Geruch? Ein Geräusch? Der Ort selbst? Das Wasser?

Das Wasser. Natürlich. Ich hörte es doch. Da vorne. Das Gurgeln von Wasser. Das war der Auslöser. Ich tastete mich durch die Dunkelheit.

Dann endlich: eine alte Treppe. Sie war aus Stein und rutschig. Ich ging hinauf, und wieder traf ich auf eine Tür. Ich wollte sie nicht aufbrechen, aus Angst, Aufmerksamkeit auf mich zu lenken. Doch auch sie war nicht versperrt und ließ sich mit einem knarrenden Geräusch öffnen.

Der Raum war kalt. Es roch nach Weihrauch, der wohl schon seit Jahrhunderten in den Mauern hockte. Mit meiner Schwester in den Armen humpelte ich gebückt eine breite Treppe nach oben und fand uns bald im Büro des Pfarrers der Gemeinde wieder. Niemand war da. Der Schreibtisch war geordnet. Alles zurechtgerückt. Die Bibel. Der Pfarrbrief, überzogen mit Staub. Die Vorbereitung auf eine Predigt.

Ich ging nach draußen. Das Gurgeln des Wassers empfing mich. Es war ein kleiner Brunnen, der inmitten des weitläufigen Geländes zwischen der Kirche und den Pfarrgebäuden lag. Die Stallungen eines Bauern schlossen sich der Umzäunung des Platzes an. Auf der hinteren Seite der Kirche sah ich ihn. Meinen Wagen.

Ich schlich langsam zum Brunnen. Er war überdacht. Wenn ich drei große, langsame Schritte machte, könnte ich den Brunnen erreichen, ohne vom Wald aus gesehen zu werden. Wenn ich dann zu den Bauern schlich, könnte ich vielleicht über die

Aufbahrungshalle zur Kirche vorstoßen, von wo es nicht mehr weit zum Wagen wäre. Das war zumindest mein Plan, und er fühlte sich gut an.

Eins. Zwei. Drei.

Ich war beim Brunnen. Stille. Ich gab Ferdinand, der ruhig im Wagen saß, ein Zeichen. Marlene fühlte sich in meinen Armen leichter an. Ich sah erleichtert zu Ferdinand, aber ich konnte seinen Blick nicht lesen. Es war eine Mischung aus Hilflosigkeit und Schuldgefühl.

Ich bewegte mich langsam. Ich hatte keine Kraft mehr, und eine schnelle Bewegung hätte vielleicht die Aufmerksamkeit der Bogenschützen auf mich gelenkt. Als ich direkt vor dem Brunnen war, lief ein Schauer über meinen Körper. Ich konnte nicht glauben, was ich da sah. Ich ging näher heran, um die Zeilen erneut zu lesen. Es konnte nicht sein. So offensichtlich? So einfach? Ich las noch einmal die Inschrift der Tafel, die über dem Brunnen angebracht war.

Die Frauenbrunnquelle

Das Wasser der Frauenbrunnquelle, deren Ursprung sich unter der jetzigen Volksschule befindet, wo früher die erste Pfarrkirche stand, entfaltete der Sage nach bereits im 12. Jahrhundert seine Heilwirkung.
Durch erste Wunderheilungen verbreitete sich der Ruf des Gnadenortes rasch. Aus Böhmen, Mähren, Ungarn und Italien pilgerten Menschen nach »Maria Brunn«. Bis 1931 wurden sowohl der Pfarrhof als auch der Ort Spital von dieser Quelle mit Trinkwasser versorgt.

Ich beschleunigte meine Schritte und lief nun doch zum Wagen.

»Was geht hier vor?«, rief ich Ferdinand zu. »Du hast gesagt, du kennst hier alles! Jeden Weg. Du bist hier aufgewachsen und sagst mir nicht, dass hier eine verdammte Heilquelle ist? Seit dem 12. Jahrhundert? Ich suche verzweifelt nach Heilung – und du weißt es und sagst nichts?«

»Du verstehst nicht«, sagte Ferdinand, der aus dem Wagen gestiegen war.

»Was verstehe ich nicht? Dass du ein Lügner bist? Bist du auch einer von dieser … Schwarzen Familie?«

»Du verstehst nicht. Es ist viel mehr als das.«

»Du verdammter Bastard.«

Das Gluteisen bohrte sich in meine Schulter. Dennoch hob ich Marlene mit einem stummen Brüllen auf den Rücksitz. Der Schlüssel steckte. Ich sprang auf den Fahrersitz. Schnell flogen meine Blicke über die Wälder. Keine Pfeile. Nichts. Stille. Nur Ferdinand, der ausdruckslos nach hinten ging.

»Du verstehst nicht, Greta. Du verstehst es nicht«, hörte ich seine Worte und startete den Wagen. Ich legte den ersten Gang ein. Mein Blick fiel auf den Kilometerstand. Ich hatte die Anzeige auf null gestellt, als ich am Herrenhof angekommen war. Schließlich sollte es Glück bringen. Jetzt aber stand dort noch immer: »00000 Kilometer«. Ferdinand hatte den Wagen vom Herrenhof hergebracht. Doch der Herrenhof war dreißig Kilometer entfernt. Ich blickte zu Ferdinand. Was wusste ich nicht? Ich stieg aufs Gas und spürte am ganzen Körper, dass hier etwas nicht stimmte. Und als ich fluchend an Ferdinand vorbeifuhr, flogen sie wieder, die Pfeile.

DER GROSSE SCHMERZ

Ich lenkte den Volvo auf die Bundesstraße in Richtung Semmering, musste aber wenden, als mir ein Wagen der österreichischen Armee entgegenkam und den Weg versperrte.

»Was zum …«, fluchte ich und drehte den Wagen. Als mir auch der Weg nach Mürzzuschlag versperrt blieb, bog ich in eine Forststraße ein. Ich trat das Gaspedal durch und versuchte, nicht ins Schleudern zu geraten. Ich kannte den Weg nicht und folgte der holprigen Straße immer tiefer in den Wald. Die Bäume rückten näher, und die ersten Äste berührten die Scheiben. Ich sah in den Rückspiegel. Hinter der Staubwolke waren die Militärwagen verschwunden. Warum verfolgte man mich? Natürlich. Ich hielt mich nicht an die Quarantäne, trug keine Maske. Aber Ferdinand? Er hatte auch keine getragen. Ich hatte Mühe, den Wagen zu kontrollieren, da ich das Lenkrad aufgrund der Schmerzen in der Schulter nur mit der linken Hand halten konnte.

Hinter einer scharfen Kurve traf eine andere kleine Landstraße auf unsere. Ich erkannte sie. Plötzlich geriet ich ins Schleudern – vermutlich war ich über einen Stein gefahren – und krachte seitlich an einen Baumstumpf. Gott sei Dank war der Aufprall nicht so stark, dass ich mir weitere Verletzungen zugezogen hätte. Und ein Blick nach hinten zeigte mir, dass auch Marlene den Unfall einigermaßen gut überstanden hatte.

Ich versuchte, den Motor wieder zu starten, aber vergeblich. Der Geruch von heißem Plastik brannte sich in meine Nase. Wieder fluchte ich. Und stieg aus.

Die Stille hatte mich wieder. Hörte ich meine Verfolger? Ein Motorgeräusch? Schüsse? Vor mir lag das verlassene Dorf. Als ich zum letzten Mal hier gewesen war, hatte ich den kranken Hirsch gesehen. Er hatte mir Angst gemacht. Ich überlegte für einen Augenblick, ob ich zurückgehen sollte nach oben auf den Pass. Doch wie würde ich Marlene hinaufbringen? Ich dachte an Dorothea und Leonora, sah sie mit Fieber am Boden liegen und einander die Hände halten unter der stummen Aufsicht von Hermann, an dessen Körper sich bereits die ersten Fliegen zu schaffen machten. Dabei lagen die Insekten sicher auch schon tot auf dem Boden.

Ich zerrte Marlene aus dem Wagen. Der Schmerz in meiner Schulter war so groß, dass mir übel wurde. Ich schleppte sie zu Hermanns Haus. Es war der einzige Unterschlupf, der mir einfiel. Wenn ich die Türen verriegelte und die Räume verdunkelte, würde man uns vielleicht gar nicht finden. Da Hermann vor Kurzem auch um das Leben seiner Frau gekämpft hatte, war sicherlich ausreichend Medizin im Haus, und womöglich würde es mir sogar gelingen, Marlenes Zustand zu verbessern. Diesmal würde ich gründlicher nach den richtigen Dingen suchen. Ich ärgerte mich, dass ich nichts von dem Heilwasser mitgenommen hatte. Aber mittlerweile glaubte ich an nichts mehr. Ich musste einen Ort finden, wo ich mit Marlene in Sicherheit war.

Ich sah zum Wagen. Er könnte uns verraten. Würde Ferdinand vermuten, dass ich mich im Haus von Hermann versteckt hielt? Würde mich Ferdinand verfolgen? Ich wusste es nicht und musste es riskieren.

Es war Nacht geworden. Ich war die ganze Zeit am Fenster auf und ab gegangen und hatte hinausgestarrt. Ich musste nach Starhemberg kommen und brauchte einen Plan. Einen neuen Plan. Aber ich hatte keinen. Ich raufte mir die Haare. Sah im Dunkel der Scheibe mein Gesicht. Eine Königin der Narren, gescheitert. Aber eine Königin durfte nicht scheitern. Ich wollte schreien, aus Verzweiflung, doch ich musste die Fassung bewahren. Für Marlene. Sie brauchte mich. Marlene hatte ihre Atemzüge auf sechs pro Minute reduziert. Ich hatte den Eindruck, dass das Fieber ein wenig zurückgegangen war. Der Husten war verschwunden, als ob die letzte Schlacht bereits geschlagen wäre und der Körper nur noch auf die Plünderer und Geier wartete, die sich über die Toten auf dem Feld hermachten, während von der Ferne eine leise Trommel schlug. Sechsmal pro Minute. Ich tauchte verzweifelt neue Wickel in kaltes Wasser und kühlte Marlenes Fieber. In einer Anrichte fand ich eine Lade mit Medikamenten. Eines davon war fiebersenkend. Ich zog die Kapsel auseinander und rührte den Inhalt in lauwarmes Wasser. Langsam tropfte ich es in Marlenes trockenen Mund. Ich begann zu zittern und brauchte beide Hände, um das Glas ruhig zu halten.

Dann setzte ich mich zu meiner Schwester und zählte ihre Atemzüge. Sechs. Das war gut. Ihr Herz schlug schnell, aber regelmäßig.

Ich hatte in der Küche etwas zu essen gefunden und war zum ersten Mal seit Langem wieder satt. Ravioli und Linsen aus der Dose. Ich aß alles kalt. Ich wollte keine Elektrogeräte verwenden. Plötzlich ein Gedanke. Hatte Hermann einen Festnetzanschluss? Ich sah mich im Haus um, lief nach oben, suchte einen Keller. Doch nichts. Dabei waren auf dem Land die Telefonanschlüsse erst spät dem Mobilfunk gewichen. Aber nichts. Nicht einmal eine Anschlussbuchse, die einsam in einer Wand steckte.

Kein Telefon, keine Hilfe von außen. Oder ein Fahrzeug? Ein Auto? Ein Motorrad? Ein altes Fahrrad mit einem Anhänger, in dem ich meine kranke Schwester hätte transportieren können? Auch hier Fehlanzeige. Es gab ja keine Garage, in der so etwas versteckt sein könnte. Nur den Garten, in dem ich vor Tagen das Bäumchen aus dem Grab von Hermanns Frau gezogen hatte.

Mir schauderte bei dem Gedanken, dass unter dem Erdhügel seine Frau lag. Würde ich das Grab bald neu ausheben müssen, um meine Schwester dort zu beerdigen? Würde auch ich einen Baum pflanzen? Und würde ich das Grab offen lassen, damit auch ich hineinfallen könnte, wenn die große Krankheit ihr Maul wieder aufriss und mich mit ihrem Atem vergiftete? Hatte ich auf den Gräbern meiner Kinder Bäume gepflanzt? Ich wusste es nicht mehr.

Ich setzte mich an den Tisch. Vor mir lagen Hermanns Bücher, dazu Kartons voll mit Aufzeichnungen. Gertrud von Babenberg. War das alles nicht ein Konstrukt meines Geistes? Nur wenig davon war belegt und noch weniger wissenschaftlich erwiesen. Und in der Welt, in der ich heute lebte, hatte nur Bestand, was wissenschaftlich erwiesen war. Ich hatte mich von einer ganz anderen Seite der Vergangenheit genähert. Durch bloßes Gefühl, durch Intuition und Verknüpfen von losen Punkten, von eigenen Wahrnehmungen zu einem erfundenen großen Ganzen. Einem großen Schmerz, der sich wie eine Decke über die Vergangenheit legte. Ich glaubte, man nannte es den Sleeper-Effekt – wenn der Leser bei einer Information den Inhalt von der Quelle trennte. Man wusste nicht mehr, wo man etwas gelesen und erfahren hatte. Man wusste nur noch, dass man es erfahren hatte. Und selbst wenn die Quelle eine Lüge war, so war der Inhalt wahr, wenn wir nur vergaßen. Ich dachte an die Blockchain. An die Ketten.

In den Ketten liegt das Licht.

Ich stellte mir eine Kette aus Menschen vor, die Stille Post spielten. Die erste Person sagte zur zweiten: »Ich erzähle dir jetzt eine Lüge: Die Erde ist eine Scheibe. Und nun erzähl es weiter!«

»Erzähl es mir!«, sagte der dritte Mensch.

»Die Erde ist eine Scheibe. Aber ich weiß nicht, ob das wahr ist.«

»Erzähl es mir! Erzähl es mir jetzt!«, sagte der Nächste.

»Die Erde ist eine Scheibe.«

»Eine verdammte Scheibe!«, brüllte ich und wischte mit einer einzigen Handbewegung alle Bücher und Aufzeichnungen vom

Tisch. Wütend warf ich den Tisch um und stieß mit dem Fuß dagegen, als mein Blick auf die Ordner fiel. Sie standen im Regal. Sie waren geordnet. Geordnete Ordner. Standen in Reih und Glied. Als hätte sie jemand anderer dort hingestellt. Waren sie vorher auch schon da gewesen? Hatte ich sie übersehen? Die Beschilderung? Die Beschriftung? »Heilstätten. Seußlitz 1990–2019«.

Mein Herz schlug bis zum Hals, als ich den ersten Ordner herauszog. Es waren Akten. Von den Patienten. Den Wirtinnen. Ich schloss die Augen. Hermann wusste alles. Wie war er an die Informationen gelangt? Er hatte sicher bei seiner Recherche über die alte Babenbergerin herausgefunden, dass sie im Klarissenkloster gestorben war. Aber wie hatte er Zugang zu den Akten gewonnen?

Ich rollte meine Zunge über dem Gaumen, da er sich pelzig anfühlte. War meine Akte auch in einem der Ordner? Hatte ich Zeit, ihn zu suchen? Was würde ich finden? Meine Wahrheit? Während meine Schwester vor meinen Augen starb?

Ich kannte meine Wahrheit. Ich war wertlos, krumm, es gab nichts zu erzählen.

Ich sprang auf. Was hätte die Babenbergerin getan, hätte sie nach dem Tod ihres Onkels in den Archiven nach alten Einträgen gesucht? Nach ihrer Wahrheit? Oder hätte sie gekämpft? Mein Geist wurde brüchig. Ihre Bilder flossen wieder in meine Gedanken, während ich den einen Ordner suchte, den Ordner, in dem mein Name stand.

Greta Erdsegen. Außergewöhnliche Form der Epilepsie … Leidet an Größenwahn und spricht unentwegt vom »krummen Ton«. Zeigt neben krampfhaften Zuckungen auffälliges Verhalten … Wurde vor der Einlieferung mehrfach auf den Feldern gesehen. Sie hatte ein schwarzes Brautkleid getragen und Gott verflucht … dass sie den Teufel niemals heiraten werde …

Das war alles nicht wahr. Das war eine Lüge. Alles, was in der Akte über mich zu lesen war, war eine Lüge. Es war *ihr* Leben. Nicht meines. Es war ihres.

»Und was habt Ihr jetzt vor?«, fragte mich meine Dienerin.

»Ich heirate«, sagte ich und war überrascht, wie einfach die Lösung plötzlich war, nachdem ich sie ausgesprochen hatte. Nach dem Tod meines Onkels war mein Entschluss, die Fahne der Babenberger hochzuhalten, eisern. Je mehr Tage ins Land zogen, desto schwerer lastete diese Entscheidung auf mir.

»Was habe ich zu verlieren? Bleibe ich hier, so wird mir der Kaiser die Gunst entziehen und den Adel gegen mich aufhetzen. Einzig der Papst könnte hinter mir stehen, allein schon aus Prinzip, da ich mich gegen den Kaiser stelle. Ich werde in die Höhle der Löwen zurückkehren, und ich werde gestärkt sein und die Macht im Herzogtum übernehmen.«

Ich zitterte. Meine flammenden Worte machten mir Angst. Ich spürte die tiefen schwarzen Ringe, die um meine Augen lagen.

»Geh jetzt und bereite alles vor – und erzähl dem Hochmeister von meiner Entscheidung! Am Morgen reisen wir nach Prag.«

Ich atmete schwer. Meine Finger glitten langsam über das alte Papier in den Ordner. Warum nur hatte es Hermann in seinem Besitz? Was dachte er nur über mich? Würde er mir noch in die Augen sehen können? Oder war er ohnehin schon hinausgegangen aus dem Leben, um im Tod mit Argwohn auf mich zu warten? Hermann, dabei hätte ich ihm doch so viel zu erzählen gehabt. Es war vieles anders. Er durfte nicht alles glauben, was da stand.

Ich war am Ende. Ich war gefangen in den Mauern eines prunkvollen Schlosses, hilflos ausgesetzt den Demütigungen des Königs und den abfälligen Blicken des böhmischen Hofstaates. Es verging kein Tag, an dem ich nicht auf eine besondere Weise ignoriert, missachtet oder offen beschimpft wurde. Selbst Ottokar, der anfänglich noch Mitleid für mich aufgebracht hatte, schloss sich immer öfter dem Spott über Babenberg und seine ungebildeten Herrscher an.

Unter einem fahlen, bewegungslosen Gesicht jedoch versuchte ich, die Schmach zu ertragen. Ich bemühte mich, erhobenen Hauptes den letzten Funken Ehre hochzuhalten. Nur in der Nacht, wenn ich gemeinsam mit meiner Dienerin in ihren

Gemächern weinte, gestand ich, dass ich des Lebens überdrüssig war. Sie wusste, dass Macht immer ihren Preis hatte. Doch was war das für eine Macht? Und vor allem: Was war das für ein Preis?

Am schlimmsten jedoch war mein Gemahl Wladislaw, der ältere Sohn des Königs. Er war ein derber, ungehobelter Bursche, dem das Stroh bereits aus dem Kopf wuchs, wie mir meine Dienerin in einer der wenigen erfreulichen Stunden hier in Prag lachend ins Ohr flüsterte. Wladislaw war gänzlich anders als Ottokar. Während der König den ritterlichen Idealen sorgsam folgte, benahm sich Wladislaw wie ein dummer Bauernjunge. Er verstand es allerdings geschickt, seine ungestümen Annäherungsversuche nicht in aller Öffentlichkeit zur Schau zu stellen, sondern er wartete, bis er mit mir und meiner Dienerin allein und unbeobachtet war. So fasste er mich etwa von hinten an und kniff in meine weiche Haut. Oder er leckte sich mit seiner grässlichen, dicken, kurzen Zunge die wulstigen Lippen.

Wie ich die Hochzeit ertragen konnte, wusste ich nicht. Ganz Prag war auf den Beinen und drängte zur Burg, um einen Blick auf die letzte Babenbergerin zu werfen. »Der König hat die schwarze Braut in die Knie gezwungen«, rief man auf den Straßen. »Endlich zeigt jemand den Babenbergern, was man mit Leuten macht, die sich vor Hochzeiten davonstehlen.« Und: »Endlich kommt dieses verrohte Österreich in das Reich der herrschaftlichen Böhmen!«

Die ausgelassene Stimmung des Festbanketts schwang durch das gesamte Areal der Prager Burg. Sogar hier im Wohntrakt vernahm man die Scherze der Gaukler sowie das schallende Gelächter des Gelages.

»Maria Muttergottes, sei unseren armen Sündern gnädig«, stammelte sie. Sie trug ihren dünnen Tasselmantel und stand in der durch Schnitzereien verzierten Tür.

Ich stand regungslos in der Mitte des großen, dunklen Zimmers. Drei Leuchter mit dicken Kerzen sorgten für etwas Licht. In der Hand hielt ich das Messer. Es war eines dieser Messer, die der Seneschall des Königs an die Gäste verteilte. Von der Klinge tropfte Blut.

Sie sah mich mit einem kalten, leeren Blick an. »Was habt Ihr getan?«, fragte meine Dienerin und starrte auf den toten Körper, der vor mir auf dem steinigen Boden lag. Das blonde Haar war mit Blut bespritzt. »Ihr habt Euren Gemahl getötet!«, sagte sie mit zitternder Stimme.

Ich bewegte meinen Mund, wollte mich erklären, doch ich konnte nicht sprechen.

Immer wieder sah sie auf den Leichnam, der mit dem Rücken zu mir vor meinen Füßen lag. Und dann, plötzlich, bewegte sich der Körper. Wladislaw streckte seine Hand nach oben, fasste nach meinem Kleid, zog daran. Angewidert fuhr ich zurück.

Später erzählte sie mir, dass sich meine Augen verändert hätten, dass sie gefunkelt hätten wie bei einer wütenden Raubkatze. Ich hätte gekreischt wie eine Furie und ein weiteres Mal zugestoßen. Mit voller Kraft hätte ich das Messer nochmals in die Brust meines Ehemannes gerammt.

Meine Knie gaben nach, und ich sank zu Boden. Wimmernd saß ich auf dem Boden und sah zu, wie Wladislaw sein Leben zuckend aushauchte. Ich hatte das Messer fallen lassen, das mit hellem Klang direkt neben den Kopf des Toten landete.

»Er war zudringlich. Er war so grob. Ich wollte … ich musste …« Ich bat um Vergebung. Buße. Poenitentia.

Neuerlich drang Gelächter vom Festsaal herauf. Meine Dienstbotin fasste mich an beiden Händen und blickte mir tief in die Augen. »Wir müssen weg von hier! So schnell wie möglich!«

Das ist nicht wahr, Hermann. Du darfst dir da nichts zusammenreimen. Hörst du? Ich trage keine Schuld, Hermann. Mein Vater wollte mich hergeben. Er sagte, dass er sich nicht um mich kümmern könnte. Er wusste nicht, wie er mit mir umgehen sollte, wenn der krumme Ton kam. Er wollte mich hergeben. An so einen reichen, alten Pinkel aus der Stadt. Der wollte mich adoptieren. Darauf spuckte ich. Ich war noch nicht einmal fünfzehn. Aber alle sollten sehen, wie es in mir aussah. Ich warf das Hochzeitskleid meiner Mutter so lange in den Dreck, bis es schwarz war. Alle sollten sehen, wie es in mir aussah. Heiraten wollte er mich, der feine, alte Pinkel, vergehen wollte er sich an mir. Mein Vater, mein lieber, lieber Vater, war so schwach. Er hatte mich noch gehalten an der Hand und gesagt, dass ich etwas in mir hätte, was etwas ganz Besonderes sei. Es sei das Krumme, hatte er gesagt. Wenn ich begänne, das zu akzeptieren, dann würde es mir besser gehen. Aber ich konnte das niemals akzeptieren. Ich wollte aufrecht sein, nicht krumm. Und als er mir dann noch diese graue Blume gab und sagte, dass sie so sei wie ich, da warf ich sie ihm hin, dem Vater.

Ich lief dann weg, Hermann, genau, weg. Marie half mir. Ich war die ganze Zeit in der Kirche. Beim Pfarrer. Er war ein guter Mann. Er versteckte mich im Beichtstuhl, wenn jemand kam, oder in der Sakristei, wo ich schlafen durfte. Dort hatte er so eine Schatulle mit einer blauen, schönen Blume. So eine wollte ich sein, Hermann, eine schöne blaue Blume. Keine graue.

Aber ich hätte früher zurücksollen. Mein Vater war schwach. So wie meine Mutter. Beide schwach und beide wertlos. Also musste ich ihnen doch helfen, oder? Ich musste ihn doch heiraten. Den Dimitri. Er hatte viel Geld und viel Land. Der Pfarrer hatte alles eingefädelt. Ich musste ihn doch heiraten. Was hätte ich denn machen sollen? Wir waren Erdsegen. Ich musste doch kämpfen. Aber Dimitri war derb und so grob. Und die Kinder, die ich von ihm hatte, sie waren ohne Liebe entstanden. Ohne Liebe, hörst du? Aber ich habe Dimitri nicht getötet, auch nicht, als er nichts unternahm, als man meine Eltern vom Hof werfen wollte. Enteignet. Hörst du? Ich habe ihn auch dann nicht getötet.

Niemand durfte erfahren, was ich getan hatte. Ich hatte Angst, dass es mir gleich ergehen würde wie den Verrückten. Ich hatte über die Tollheit gelesen, die Mania und die Melancholie. Ich hatte über Kisten gelesen, in die Kranke gesperrt worden waren. Und von der Idee, sie in Türme oder sogar Schiffe zu sperren. Ich hatte an das Narrenschiff gedacht, den Narrenturm, die Tollkisten.

In meiner Not hatte ich mich an den feinen Herrn gewandt, der mich hatte adoptieren wollen, aber der war inzwischen tot gewesen, und so hatte ich auch gehen müssen. Weg von den Menschen. Mein Erdloch war der einzige Ort gewesen, an dem ich jetzt noch bleiben konnte. Meine Kinder, meine Mutter, auch wenn sie nicht mehr wahr war, sie waren durch mich gestorben, da ich so viel Kummer über sie gebracht hatte. Gott strafte, wenn er enttäuscht war. Dabei wollte ich immer nur das Gute. Ich wollte den Namen Erdsegen hochhalten wie Gertrud den ihren. Wir beide hatten erkannt, dass wir zu Höherem geboren waren, aber wir beide hatten auch erkannt, dass all unsere Bemühungen und all unser Geschick am Ende zu wenig waren. Wir beide hatten unser Reich verloren. Wir beide waren wie ein Blatt im Herbst, das der Wind mit sich trug. Wie ein fremder Atem.

Ein fremder Atem.

Ich stand auf.

Ging zu Marlene.

Sechs. Sechs Atemzüge.

Wie ein fremder Atem.

Hatte Hermann all das gewusst? Von Anfang an? War das Treffen mit ihm kein Zufall gewesen?

War Hermann auch Teil der Verschwörung? Saßen Dorothea und Leonora in der Falle? Es gab nur eine Möglichkeit, das herauszufinden.

Unter dem Hügel lag Hermanns tote Frau. Ich grub. Mit bloßen Händen. In der Nacht. Meine Schulter schrie. Meine Nägel bluteten. Doch ich brauchte Klarheit. Und ich bekam Klarheit. Das Grab war leer.

DAS GROSSE SPIEL

Das Ausheben des Grabes hatte mir die letzte Energie geraubt. Niemandem konnte ich mehr vertrauen, jede Spur führte zu noch größeren Fragezeichen. Wenn Hermann auch zu denen gehörte, dann schwebten meine Schwestern in höchster Gefahr. Ich dachte an die Gestalt, die ich im Klassenzimmer gesehen hatte, bevor wir in den Dunkelwald aufgebrochen waren. War es tatsächlich Hermann gewesen? War er heruntergekommen von der Insel, um mir Angst zu machen? Warum hatte er das getan? Um mich in eine bestimmte Richtung zu treiben? Ich dachte an die Wagen der Armee, die sich mir in den Weg gestellt hatten, als ich hatte fliehen wollen. Ich fühlte mich wie ein Spielball, der hin und her gestoßen wurde, aber niemals das Spielfeld verlassen durfte. Ich dachte an die kleine Miniaturwelt in der Hütte, die Bücher, die Hinweise, die Lichter. Folgte alles einem Plan?

Ich dachte an Gertrud von Babenberg. Sie hatte an derselben Krankheit gelitten wie ich, und auch sie war ein Spielball der Mächtigen gewesen. Hatte sie je eine Chance gehabt? Sie war eine Mörderin. Wie ich. War nicht auch sie nur eine Ausführende gewesen, die von einer anderen Hand geleitet worden war? Hatten die aufstrebenden Habsburger sie insgeheim nicht längst benutzt, um die Böhmen im Kampf um die Reichsnachfolge zu schwächen?

Gertrud hatte sich am Ende in den Wahnsinn geflüchtet, um sich von ihrer Pein zu befreien. Wie ich. Sie hatte ihrer Krankheit und deren seelischen Folgen nachgegeben. Ich dachte an Dorotheas Worte auf dem Pass: *»Wir sind wahnsinnig. Und das macht uns frei.«*

Marlene quälte sich mit einem Atemzug. Ich hatte den Eindruck, dass ihr Gesicht immer blauer schimmerte. Ich hockte mich zu ihr. Noch war es Zeit, die Dinge in Ordnung zu bringen, bevor auch ich begann, meine eigenen Atemzüge zu zählen. Sich selbst anzunehmen, zu akzeptieren, dass man krumm war, das war ein weiter Weg. Dem Leben zu vertrauen und seine Maske abzulegen, war ein noch viel weiterer. Ja, ich war eine Mörderin. Ich hatte Dimitri ermordet. Immer dann, wenn die Epilepsie nach mir gegriffen hatte, war ich dankbar darin versunken, die Krumme, die Wertlose, die letztendlich den Tod brachte und die Dunkelheit. Darin konnte ich mich verstecken, darin fand ich meine Rolle als Opfer. Und in der auferlegten Buße, der *Poenitentia*, die keinen Augenblick ernst gemeint war.

Je länger ich darüber nachdachte, desto wütender wurde ich. Wütend auf mich und auf die, die das alles wussten. Carlotta, wusste sie, was ich getan hatte? Natürlich. Sie kannte die Akten. Warum hatte ich mich nur so lenken lassen? Das Lernen, das

Sehen, das Siegen, diese Qualen, nur um die Wahrheit nicht auszusprechen? War Gertrud in ihrem Exil in Voitsberg zur ähnlichen Erkenntnis gelangt? Hatte sie sich dieselbe Frage gestellt? Gertrud wurde von den Habsburgern dazu benutzt, um an die Macht zu kommen. Aber wer benutzte mich?

Der Onkel von Gertrud von Babenberg hatte gesagt, dass die Babenberger im Besitz eines Geheimnisses seien, das mit einem Schlag die große Krankheit über die Welt bringen würde. Sie würde mit einem Schlag alle Feinde vernichten. Mit Hilfe dieses … Minnekästchens … Warum hat Gertrud diese Waffe nicht gezückt? Sie hätte alle vernichten können.

Mir schauerte. In der Heilstätte war ich überzeugt gewesen, dass Gertrud von Babenberg – wie ich – die große Krankheit gebracht hatte. War in diesem Minnekästchen von einst ein Pestvirus? Hatte ich deshalb Hermann immer wieder in meiner Einbildung mit einer Pestmaske gesehen? Die Pest hatte das Mittelalter beendet und eine neue Zeit gebracht. Stand uns das jetzt auch bevor? Die Neue Ordnung: ein Virus? So wie Dorothea es gesagt hatte? Wartete in der Schatulle, die ich für die Heilung hielt und in Starhemberg vermutete, ein neues Virus? Sollte ich es finden und in die Welt setzen? Ich, die die große Krankheit brachte? Aber die leere Welt, die toten Tiere, die Toten im Güntherhaus, Merten, die Soldaten in den Masken … War die Welt nicht schon verdorben? Oder waren es bloß Vorboten, die ankündigten, dass die große Krankheit erst durch mich ans Licht treten sollte? Durch mich, die Besessene, die getrieben wurde, um die Welt in den Abgrund zu reißen … Ich, die stets das Gute wollte und nur das Böse brachte? Ich, die Krumme?

Ich erinnerte mich an eine Aufzeichnung, die Hermann mit auf die Insel genommen hatte. Er hatte sie sicherlich absichtlich mitgenommen, damit ich der Spur folgen würde.

Sie war besessen. Es gab keine Dienerin. Sie folgte ihrer Meisterin. Ihrer Meisterin Medora. Sie war der Abgrund. Die wahre Dunkelheit. 1245.

Natürlich. Medora. Ihre Dienerin. Ihre Pflegerin. Sie war die treibende Kraft gewesen. So wie Carlotta. Ein Schauspiel.

Alles inszeniert, von Beginn an. Womöglich auch der Mord an Dimitri, in den ich getrieben worden war, das Erdloch, all die Parallelen zu Gertrud, alles inszeniert, damit ich sah, was sie gesehen hatte? Das Lernen, das Sehen, das Siegen. Ich hatte gelernt. Mich selbst anzunehmen, meine Maske abzulegen. Und das Sehen? Was hatte ich gesehen? Damals in den Spaziergängen mit Carlotta. Ich hatte viel gesehen, aber ein Filter in mir wollte es nicht wahrhaben, wollte es nicht aussprechen. Und das Siegen? Mein Siegen? Meine Stärke, die Jagd mit den Falken? Ich streckte meinen Kopf durch die verschmierte Fensterscheibe in Hermanns Haus und suchte im dunklen, stickigen Himmel der Nacht nach dem Falken. Alles inszeniert? Auch der Falke? Das Lernen, das Sehen, das Siegen. Ich hatte gelernt, jetzt musste ich sehen, damit ich ihre Spielzüge erkannte.

Ich sah mich in Hermanns Haus um. Die Akten der Heilstätten, sie waren nicht zufällig hier. Sie wollten, dass ich sie finde. Die Proto-Objekte, draußen an der Wand: Sie wollten, dass ich Marlene davon erzählte und dass sie wie ein Fisch nach dem Köder schnappte. Die Miniaturwelt, alles. Ein Schauspiel. Hatte man noch weitere Hinweise hier versteckt? Ich blickte mich um. Der Tisch, die kleine Küche, die Treppe nach oben, die Regale. Der Staub. Das leere Grab. Der hohe Schrank, das Buch, das ganz oben lag, ein wenig verrutscht, damit ich es sehen konnte. Das Buch der Falken. Das Falkenbuch von Friedrich II. Ferdinand hatte es mir auch in der Hütte gegeben. Damals hatte ich nicht angebissen. *»De arte venandi cum avibus«*. Die Kunst, mit Vögeln zu jagen. Kaiser Friedrich II. hatte es zwischen 1241 und 1248 verfasst. Der Antichrist, dessen Heiratsantrag Gertrud verschmäht hatte, hatte ein Lehrbuch über die Beizjagd geschrieben. Aber war es wirklich nur ein Buch über die Vogelkunde des Mittelalters? Steckte nicht ein anderes Geheimnis dahinter? Mein Herz raste, hier war es, das nächste Glied der Kette, ich hatte es gefunden, weil sie es so wollten.

Ein schreckliches Röcheln holte mich zurück. Marlene. Sie sah fürchterlich aus. Sie würde vor meinen Augen sterben. Ich musste irgendetwas tun, irgendetwas, was alles ändern würde.

Fünf Atemzüge pro Minute. Ich brauchte eine Idee. Das Lernen, das Sehen, das Siegen. Die Falken. Mit ihnen siegte ich. Ich nahm das Buch, es war meine letzte Chance.

Ich schlug es auf, blätterte darin. Ich zitterte am ganzen Körper. Ich musste etwas finden, was alles drehte und auf den Kopf stellte.

Und fand, was ich finden musste: eine Notiz von Hermann. Sie war leicht zu finden. »Früher flogen Falken zwischen den Burgen«, las ich, »hatten Flugrouten, verbanden Orte, erschufen Muster.«

Oh, mein Gott!

Zwischen den Blättern fand ich das Abbild einer kleinen Wachstafel, darauf die Namen zahlreicher Orte:

Das Hospital am Semmering
Der Paderborner Landkreis
Köln
Nahe der Prager Burg
Feste Voitesperch (Voitsberg)
Der Handelsposten der burgundischen Niederlande namens Brüssel
Paris
Die Hauptstadt des Königreichs Aragonien mit Namen Saragossa
Burg Montségur
Santiago de Compostela
Mons Clarus
Mainz
Speyer
Regensburg
Weißenburg (Belgrad)
Konstantinopel
Barcelona
León, Hauptstadt des Königreiches León
Residenz des Königreiches Kastilien mit Namen Toledo
Rennes-le-Château
Nantes

Zwischen den Orten hatten sich Linien geformt. Linien, die ein Zeichen ergaben. Oder mehr noch: ein Bild. Ein Sternbild. »Aquarius«, stand darunter. Das Sternbild des Wassermanns. Mir wurde schwindelig. Wieder führte ein Hinweis zum nächsten. Wie Stille Post. Wie eine Kette.

Ein Poltern draußen. Masken starrten durch die Fenster. Ferdinand stand an der Tür. Sein Blick war voller Schuld. Vor seinem Mund hing ein Atemschutzgerät. Die Soldaten in Schutzkleidung stürmten die Wohnung. Sie riefen mir etwas zu, stürmten auch auf Marlene zu.

Der Hafer, er kam. Das Meer. Der Boden drehte sich, und ich lief, in den Garten, in den Wald, ich schrie und lief und lief.

DAS ENDE DER WELT

Ich war alt geworden und zog wie eine Bettlerin durchs Land. Von der Burg im Süden der Steiermark ging ich barfuß und nur bekleidet mit der Kutte einer Büßerin nach Norden. Vorbei am Hospital, vorbei am verlorenen Starhemberg, durch die bunten, flammenden Bilder in Wien, bis ich endlich das weite Feld erreichte, wo die große Schlacht auf mich wartete.

Es hatte sich herumgesprochen, dass ich nahte. Sie waren von weit her gekommen, um mich zu sehen. Die letzte Babenbergerin, geführt von der inneren Stärke der Poenitentia, *bereit, gegen alle Armeen der Welt zu kämpfen.*

König Ottokar II. von Böhmen und deine Verbündeten: zum Teufel mit euch!

König Rudolf I. von Habsburg und deine Verbündeten: zum Teufel mit euch!

Das Feld, es lag vor mir. Dreißigtausend Ritter standen auf jeder Seite. Wolkentürme über ihnen. Das Wiehern der Schlachtrösser, das Klirren der Harnische, das Rufen der Falken. Alle erkannten mich. Sie traten zur Seite, öffneten ein Spalier, bis ich die Mitte des Schlachtfelds erreichte. Allein zwischen den größten Heeren der Welt. Ich trug die Kutte und in meiner Hand, verborgen, die Kästchen der Minne. Als ich die Mitte erreicht hatte, blieb ich stehen. Auf den Hügeln standen die Anführer. Sie sahen mich. Kein Blatt rührte sich. Meine Finger strichen über die Schatulle. Ich spürte das Relief der Blume. Der blauen Blume.

Die sechzigtausend Ritter waren still. Warteten auf den Wind, der über das Schlachtfeld flog und von meinem Mut berichtete.

Der erste Pfeil traf mich am Bein. Er sollte meinen Verrat an meinem Onkel vergelten.

Der zweite traf mich unter der Brust. Er galt Wladislaw dem Böhmen, meinem ersten Mann. Abgefeuert vom König der Böhmen, Ottokar II.

Ich sank auf die Knie. Poenitentia.

Und der dritte Pfeil galt meinem Herz. Abgefeuert von Rudolf selbst, der argwöhnisch nur auf den einen Moment gewartet hatte, um die letzte Babenbergerin für immer vom Schachbrett der Geschichte zu entfernen.

Ein einziger Moment, nicht länger als ein Wimpernschlag, doch er war rechtzeitig zur Stelle. Der Fremde war mir gefolgt und hatte mich gerettet. Er hatte mich blutend vom Schlachtfeld gezogen und hinter die Reihen gebracht, wo Medora weinend wartete. Ich sah ihre sorgenvollen Augen und umklammerte mit meinen verkrampften Fingern fest die Schatulle. Ich hatte es mir anders überlegt, ich konnte es nicht tun. Ich durfte sie nicht öffnen. Medora berührte mit ihren Fingern meine Hand, bevor die Welt über mir einstürzte.

Sie hat es nicht getan. Sie hat die Schatulle nicht geöffnet. Sie hat ihr eigenes Leben gegeben und Millionen gerettet. Ich lief die ganze Nacht. Tausende Bilder schossen durch meinen Kopf. Wut, Zorn, Ärger, Verzweiflung. Ich brüllte in die Stille hinein, die mich umgab wie eine dunkle Kuppel. Ich raufte die Haare, fiel immer wieder auf den Boden. Meine Hose war zerrissen, meine Schuhe verloren ihre Sohlen. Immer wieder drehte ich mich um, sah nach meinen Verfolgern, der Armee, den Bogenschützen, Ferdinand.

»Was wollt ihr von mir?«, schrie ich ins Tal, aber hielt dann schnell die Hand vor den Mund, da ich meinen Standort nicht verraten wollte. Ich musste hinauf, empor zur Insel, wo Hermann uns alle verraten hatte. Ich hätte auf Dorothea hören und gemeinsam mit ihr nach Italien vorstoßen sollen, zum Herrenhof, wo wir einen Pakt hätten schließen können. Oder auf Leonora. Einfach weggehen, weglaufen. Aber es war zu spät.

Ich hatte Marlene verloren. Dabei war ich nicht einmal sicher, ob es nicht besser war, dass die Soldaten ins Haus gekommen waren. Vermutlich hatte ihr das das Leben gerettet, und sie lag vielleicht schon in einem Krankenwagen und begann wieder zu atmen. Sechsmal. Siebenmal. Vielleicht sollte ich auf die Soldaten warten? Aber Ferdinand steckte mit ihnen unter einer Decke …

Es war zu spät. Ich war am Pass. Und dann, endlich, erreichte ich auch das Ufer des Sees. Ich spürte sofort, dass etwas nicht stimmte. Ich ließ das Boot, das auf der Wiese lag, ins Wasser. Dann ruderte ich auf die andere Seite. Die Stille über mir war beängstigend. Ich stieß sogar die Ruder kraftvoll ins Wasser, da ich wollte, dass die Welt meine Ankunft vernahm.

Das Haus war leer. Alles war unordentlich. Die Laken lagen zerwühlt am Boden. Blut vom Husten. In der Küche Teller mit kargen Resten von altem Essen. Meine Schwestern waren verschwunden. Alle waren verschwunden. Ich ging nach draußen.

Ich sank auf meine Knie. Konnte nicht mehr. Es war ein schrecklicher Kreislauf, der immer tiefer in die Hölle führte. Ich wusste nicht mehr, was ich tun sollte.

Der Mond warf sein altes Licht auf den See.

Sing zum Mond!

Ich dachte an Marlene. Wie viel sie durchgemacht hatte auf der Suche nach Lya. Und ich, die sie jetzt hätte retten sollen, hatte versagt. Ich hatte alles verloren, wieder. Wertlos. Ein Kreislauf.

Ich blickte nach oben, sah das Sternenmeer über mir. Vielleicht war der Tag gekommen, an dem ich loslassen musste. Vielleicht würde ich nie erfahren, was alles passiert war.

Ich stieg erneut ins Boot und ruderte mit sanften Schlägen zurück. Dann stieg ich hinauf zum Pass, vielleicht würde Dorothea dort oben warten und ins Tal blicken. Aber nichts. Nur die gespenstische Weite, umringt von den dunklen Bergzangen. Ich setzte mich auf den Felsen, der neben dem weißen Pfahl aus dem Boden ragte. Ich blickte nach oben zum Sternenhimmel. Ich hatte versagt.

Sing zum Mond! Dann werden die Sterne leuchten. Und dich zur anderen Seite bringen. Sing zum Mond!

Ich summte das Lied, das Carlotta immer in der Heilstätte mit mir gesungen hatte. Sie liebte es, und ich mochte es ebenfalls.

Ich wollte es so lange singen, bis das Warten zu Ende war. Und ich entweder selbst meine Atemzüge zu zählen begann oder sie mich holen würden. Bis der Drahtzieher auf den Pass kommen und mir ins Ohr flüstern und in mir die Welt wieder zurechtrücken würde.

Sing zum Mond! Dann werden die Sterne leuchten. Und dich zur anderen Seite bringen. Sing zum Mond!

Der Mond. Die Sterne. Die Bilder der Sterne. Ich dachte an den Wassermann. Das Zeichen des Wassermanns. Ich suchte es am Himmel. Es fehlte. Ich unterbrach mein Lied. Ich suchte andere Sternbilder. Den Kleinen und den Großen Wagen. Sie fehlten. Wie konnte das sein? Ich sah zum Mond. Er war so kalt, hatte Hermann gesagt. Und Ferdinand, in der Hütte, als ich warten sollte, bis der Mond durch das Fenster schien. Der Mond, der kahl bleibende Mond, der falsche Mond. Ich sah wieder zu den Sternbildern. Waren sie von Wolken verdeckt? Aber es gab keine Wolken. Wie konnten an einem klaren Himmel Sternbilder fehlen? Ein falscher Mond? Ein falscher Himmel?

Ein falscher Himmel. Eine falsche Erde. Ich fasste mit der Hand ins Gras. Konnte es sein, dass all das nicht echt war, dass es nicht der Himmel war, in den ich blickte, sondern bloß eine Decke mit künstlichen Lichtern? Die Decke eines riesigen Versuchslabors?

ZEHNTE AUFZEICHNUNG

»Und jetzt sucht ihr
die Königin der Narren,
um vom Wesentlichen zu erfahren?«
»Greta findet die Heilung
für alle Kränkungen.«

Ich starrte nach oben in den falschen Himmel. Ein Labor? Mit einer konstruierten Welt? War das möglich? War ich von einer Halluzination in eine Simulation geraten?

Ich dachte an die Soldaten. Wie ich daran gehindert wurde, mit dem Wagen nach Wiener Neustadt zu fahren oder nach Mürzzuschlag. Ich sah in die Wälder, die Tannen. Alles erbaut? Alles künstlich? Gab es deshalb keine Tiere, keine Insekten? Die Stille? Die Hitze? Nur das Wasser trug die Handschrift der Natur. Ein Schwindel erfasste mich.

Ein gigantisches Labor. Ich brauchte einen Beweis, musste wissen, ob es nicht der Späher eines schrecklichen Wahns war, der nach mir griff. Doch was sollte ich tun? Auf einen Gipfel steigen, wie Dorothea es damals gesagt hatte, und mit der Hand in den Himmel fassen? Oder dorthin gehen, wo die zweite Sonne hinter den Bergen wartete? Eine Sonne, die keine sein konnte, sondern auch nur ein Schauspiel. Im Westen. Würde ich gegen eine Wand laufen? Ich brauchte einen Beweis. Ich brauchte ihn, um nicht völlig verrückt zu werden. Ich brauchte einen Beweis.

Null Kilometer. Das war er. Der Kilometerstand meines Wagens. Jemand hatte den Volvo vom Herrenhof an einen Ort gebracht, der knapp dreißig Kilometer von hier entfernt lag. Mein Herz schlug schneller. Wurde der Wagen auf einem anderen Weg an seinen vermeintlichen Zielort gebracht? Garantiert. Er musste ein Teil der Simulation sein.

Ich spürte in meiner Brust, dass es mir immer schwerer fiel, zu atmen. War auch das nur simuliert? Konnte es sein, dass ich Marlene nur aus dem Labor befreien musste, um sie zu heilen? War selbst der gespenstische Hirsch, den ich gesehen hatte, als ich in Hermanns Falle getappt war, nur eine schreckliche Inszenierung gewesen?

Der Morgen erhob sich hinter meinem Rücken. Er war unecht. Ein künstliches Licht. Wie spät mochte es wirklich sein? Und wer war es, der den Himmel steuerte? Wer war der künstliche Gott? Ich blickte nach oben. Wurde ich beobachtet? Natürlich. Ich dachte an den Film »Die Truman Show«. Auch dort war ein Mann gefangen in einer falschen Welt. Man wollte ihn zur Unterhaltung beobachten. Ihm zusehen beim Leben. Warum wollte man mir zusehen? Warum hatte man meine Schwestern aus dem Spiel genommen? Außer Marlene, die man opfern würde, wenn ich nicht mehr unterhaltsam wäre. Aber wieso?

Ich durfte mir nicht anmerken lassen, dass ich etwas ahnte. Ich musste unecht werden wie die Welt, die mich umgab. Gleichzeitig musste ich nach einem Ausweg suchen aus dieser Scheinwelt, in der ich gefangen war wie eine Laborratte. Eine Ratte, die gegen die neuen Pestviren um ihr Überleben kämpfte, war ich das? Testete man an uns ein neues Virus? Und wollte man mich beobachten, ob ich ein Gegenmittel fand? Bevor man es in der echten Welt verbreitete? War das die Neue Ordnung?

Ich stand auf und sah in die Bergkulisse, die der Morgen nach und nach enthüllte. Die Bärenmauer, sie lag auf der anderen Seite des Tals. Dort oben waren die Höhen, wo Lya ihr Leben verloren hatte. War die Bärenmauer auch die Mauer des Labors? Ich versuchte, mir die Größe dieses unheimlichen Gebäudes vorzustellen, das ein solches Labor beherbergte. Riesig, aber realisierbar. Vielleicht lag ich ja auch in Wahrheit in einer modernen Heilstätte auf einem Bett, angeschlossen an einen speziellen Computer, der mein Gehirn gleichzeitig beobachtete und manipulierte. Vielleicht befand ich mich in einer virtuellen Realität. Stand womöglich unter seltsamen Drogen und trug eine VR-Brille.

Nein, wohl eher nicht. Diese Welt um mich herum war ganz und gar analog. Und wohl trotzdem nicht echt.

Ich hatte gelesen, dass unter Helsinki eine zweite Stadt lag. Man hatte sie damals gebaut aus Angst vor dem Kalten Krieg. Sie war identisch mit der oberen. Oder in China, wo das exakte Ebenbild von Hallstatt nachgebaut worden war. Zog sich die Grenze von der Bärenmauer kreisförmig hinter dem Dunkelwald bis zum Güntherhaus und dann weiter bis zu den Windrädern? Waren Spital am Semmering und Edden das Zentrum? Das Hospital? Das Zentrum des Kosmos?

Aber wie waren wir in diese Welt geraten? Ich erinnerte mich, dass wir nach dem Tod unserer Mutter über den Almrücken gelaufen waren. Als Marlene Abschied nehmen wollte von Lya, waren wir in die Höhlen gestiegen, wo unsere Mutter einst die

Experimente mit uns angestellt hatte. Ich erinnerte mich noch an den langen Weg hinauf.

Wir gingen gebückt, zwängten uns durch enge Rohre, und je höher wir stiegen, desto mehr Angst bekam ich, wir könnten mit unseren Körpern zwischen den Felsen stecken bleiben.

Ich wusste nicht, wie lange wir in den unheimlichen Rohren gefangen waren. Sie mussten sich langsam nach oben drehen, wie eine große, weite Spirale, bis hinauf zum Gipfel, bis dicht unter den Himmel. Mein Magen schien sich zu drehen, und ich fühlte mich, als wäre ich auf einem schwankenden Schiff. Doch als ich endlich nach draußen trat, verschlug es mir augenblicklich den Atem.

Konnte es sein, dass sich die Rohre nicht nach oben drehten, sondern nach unten? Hatte ich deshalb so ein seltsames Gefühl im Magen gehabt? War diese wunderbare Weite, die wir dort gesehen hatten, schon Teil der Simulation gewesen?

Natürlich, wir waren über einen schmalen Felssteig zurückgelaufen. Es konnte sein.

Aber all die Komparsen, die Ärzte, die Soldaten, waren die auch diesen Weg gegangen? Wohl kaum. Und die Bogenschützen? Waren sie Teil des Schauspiels? Hätten sie mich getroffen, wenn sie gewollt hätten? Waren sie gar keine Schützen, sondern Wächter? Geleitet von stillen Befehlen der Wachtürme? Ich dachte an das Panoptikum, das wir im Wahn gesehen hatten, als unsere Mutter gestorben war. Wieder umhüllte mich ein Schauer wie ein kratziger Mantel auf nackter Haut.

Die Sonne stieg im Osten empor und wartete auf das andere Licht im Westen. Plötzlich riss mich ein Blitzen im Tal aus den Gedanken. Was war das? Die Pfeilspitze eines Schützen? Hatte er mich im Visier? Ich stand auf und stellte mich an den Rand der Wiese, von wo aus ich in das falsche Tal sehen konnte. Ich spürte wieder, wie jemand die Sehne spannte und meinen Kopf ins Visier nahm. Ich ging ein wenig zurück, machte es dem Jäger schwerer, mich zu treffen.

Aber warum? Wozu dieser riesige Aufwand? Warum? Wieso baute jemand ein Labor, das der Welt oben glich? Wieso all die Mühe? Die Bauarbeiten am Semmering-Basistunnel, von denen Marlene berichtet hatte: Waren die nur ein Vorwand für diese riesige Konstruktion? Falls ja, wieso betrieb man so einen Aufwand, jedes Detail nachzubilden? Jeden Weg, jedes Haus. Aber vielleicht war es gar nicht identisch. Vielleicht war mehr vorhanden als oben? Vielleicht war ich deshalb hier. Weil nur ich es sehen konnte. Das Lernen, das Sehen, das Siegen. Das Siegen. Ich ging wieder einen Schritt nach vorn. Sie würden mich nicht töten, weil man mich noch brauchte, weil ich … noch nicht das gefunden hatte, wofür ich in diesen verdammten, lebensechten Käfig gesperrt worden war.

Die blaue Blume. Das Geheimnis, das Gertrud von Babenberg gefunden hatte. Das Geheimnis, das die Pest überwinden konnte? Waren deshalb überall Hinweise und Spuren versteckt? Wollte man, dass ich hier den Ort der Blume fand, den die Wächter auf den Türmen in der echten Welt suchten? Oben? Aber warum wollte man die Blume finden? War sie tatsächlich so wichtig, dass man dafür dieses Tal nachgebaut oder simuliert hatte? Konnte es sein, dass die Menschen außerhalb dieser Scheinwelt bereits in Starhemberg nach der Schatulle suchten? Hatten sie sie womöglich schon gefunden?

Wieder blitzte es. Nein, der Pfeil würde meinen Kopf durchbohren, wenn sie erfolgreich gewesen wären.

Ich war eine Marionette wie die letzte Babenbergerin. Doch am Ende hatte sie begriffen und sich gegen alle gestellt, da sie mit sich selbst im Reinen gewesen war. Sie hatte das Spiel gedreht. Sie hatte etwas entdeckt, das bis in die Gegenwart gesucht wurde. Bis jetzt. Ein Geheimnis, das vielleicht zwischen den Zeiten lag. Zwischen den Welten. Zwischen den Räumen. *Alteram Lucem.* Das andere Licht. Aber wann hatte sie es entdeckt? Nach der großen Schlacht? Sie hatte die Schatulle nicht verwendet. Nachdem sie von den Pfeilen getroffen worden war, war sie weggebracht worden. Von diesem geheimnisvollen Fremden und ihrer Dienerin, von Medora.

Ich nahm einen tiefen Atemzug. Jetzt, da ich wusste, dass die Wächter, wer immer sie waren, die Luft bewusst vergifteten, fiel es mir leichter, mit meiner Atemnot umzugehen. Und selbst die Schmerzen in meiner Schulter waren erträglicher. Ich musste versuchen, wie die letzte Babenbergerin zu werden, und den Spieß umdrehen. Dann würde ich nicht nur den wahren Ort des

Geheimnisses finden, sondern auch dieser vorgegaukelten Welt entkommen und meine Schwestern wiederfinden, die irgendwo da draußen auf mich warteten.

Wieder blitzte es. Ich begann, meinen Verfolger ins Visier zu nehmen. Wenn ich ihn verfolgte, dann würde ich den Eingang finden, durch den er gekommen war. Und damit den Ausgang.

Ich hockte mich auf den Boden und fasste zwischen den Grashalmen in die Erde. Sie fühlte sich echt an. Meine Finger gruben sich tief in das feuchte Erdreich. Ich spürte, wie es sich unter meine Fingernägel schob, und als ich aufstand, fuhr ich mit meiner Hand über das Gesicht und hinterließ braune Streifen auf meiner Haut. Ich dachte an die smaragdgrünen Bemalungen unserer Halluzinationen. Es war an der Zeit, auch zu einer zu werden und mich an die Fersen meines Jägers zu heften.

»Ich hole uns jetzt hier heraus«, sagte ich leise zu Marlene, zu Dorothea und zu Leonora. *Ich will nicht mehr wertlos sein, ich will, dass ihr stolz auf mich seid.* Dann stand ich auf und ging ins Tal, wo das Blitzen verschwand.

DER ZWEIWEG

Der Morgen weckte die Schatten der Berge. Ich fühlte mich erhaben, da ich ihr Spiel durchschaut hatte. Ich verließ den Pass und kehrte zum See zurück, wo ich entschied, über den gewundenen Weg zur Alm zu gehen. Die Windräder im Süden funkelten in der frischen Sonne. Sie standen still. Natürlich. Sie waren auch nicht echt. Ich nahm das Blitzen, das vom Tal heraufblinkte, aus dem Augenwinkel wahr, ging aber weiter in Richtung Teichalm, die hinter den Rädern lag.

Wann würde ich gegen die Mauer laufen? Würden meine Beobachter einen Pfeil auf mich abschießen? Ich ging vielleicht fünfzig Schritte, bevor ich stehen blieb und mich umsah. Die Alm mit ihren an der rechten Seite abfallenden Gräben sah tatsächlich aus wie das Rückgrat eines riesigen Tieres. Die Waldfurchen, die zwischen den Rippen ins Tal schwappten, glichen einer gefalteten Welt. Oder einer riesigen Hand mit fünf Fingern, die nach dem Paradies griffen. Fünf Finger, vier Gräben dazwischen. Steinbach. Auersbach. Ganzbach. Ich hatte diese Namen gelesen, als wir hierhergekommen waren. Wir hatten den Almkamm über den Auerbachgraben verlassen. Ich erinnerte mich noch daran, da ich an Auerbachs Keller gedacht hatte, wo Goethes »Faust« entstanden war.

Der Weg, den ich nach Spital beschritten hatte, war aber keiner dieser Gräben gewesen. Es gab einen vierten Graben, einen fünften Finger, eine verborgene Rippe, eine andere Welt. War das der Unterschied zur Welt oben? Dieser Weg? Mit seinem Dunkelwald, dem weißen Turm über der Hütte des alten Khalbergs, den Villen? Lag dort das Geheimnis? Was für ein absurder Gedanke, dachte ich, als würde man eine Landkarte wie ein Akkordeon falten und sie so zusammenlegen, dass man eine Lasche nicht sehen könnte. Als wäre dieser Teil verschwunden. Wie eine verschwundene Welt, verborgen unter der echten.

Wieder erreichte mich das Blitzen. Ich ging in das Tal, und obwohl ich den Weg schon so oft gegangen war, achtete ich besonders auf jedes außergewöhnliche Detail. Woher wussten die Erbauer, wie dieser verborgene Graben aussah? Am Ende lag Spital, das Abbild davon, und dahinter Edden. Das es vermutlich oben nicht gab. Der weiße Turm hinter dem Dunkelwald bewachte diese Orte und thronte an einem Felsen über den tiefen Ebenen, die oben vermutlich ebenfalls nicht zu finden waren.

Ich erreichte am Ende des Weges die Villen. Man hatte sie täuschend echt nachgebaut. Was für ein Aufwand! Warteten sie im Dorf zwischen den Häusern? Oder wartete er links im Dunkelwald? Ich blickte nach oben. Ein Falke. Ich versuchte zu orten, worüber er schwebte. Es war die Hütte hinter dem unheimlichen Dunkelwald mit seiner krummen Kapelle und dem geheimen Weg ins Zentrum von Spital. Von dort kam auch das Blitzen. Die Hütte, der Turm. Gab es dort einen Ausgang? Ferdinand hatte Marlene Wasser gebracht. Er war schneller zurück gewesen. Und auch der Arzt – war er wirklich tot? Gehörte das zum Spiel?

Der Falke war unruhig und schaukelte sich immer wieder zurück in seine Position. Ich musste lernen, mit meinen Gefühlen umzugehen. Mir war, als würde er auf mich warten, als würde er mich fühlen. Ich verließ den Weg und ging in den Dunkelwald. Immer wieder sah ich den Falken hinter den Baumkronen auftauchen.

Der Wald lichtete sich. Das Blitzen. Es kam aus der Hütte. Ich spürte die Anwesenheit des Bogenschützen. Er wartete auf mich. Er hatte den Pfeil angelegt.

Ich war nur wenige Schritte entfernt. Ich konnte schon den Turm erkennen. Hatte er den toten Arzt weggebracht? Hatte er daran gedacht, dass ich wieder zurückkehren würde? Ich hielt den Atem an. Beobachtete er mich? Ich wusste es nicht, spürte aber, wie der Zweifel den Falken wieder ins Wanken brachte.

Nein. Er sah mich nicht. Ich war hinter ihm. Er stand vor dem felsigen Abgrund, der hinter dem Wald in die tiefen Ebenen fiel. Rechts führte der schmale Pfad zum Turm, unter dem die Hütte lag. Das blitzende Licht erhellte die rechte Seite des Bogenschützen. Er hatte den Bogen gezogen und zielte nach unten. In die Ebenen. Wieso nach unten? Hatte er erwartet, dass ich aus den Tiefen kommen würde? Wie hätte ich die Felswand hinaufklettern sollen, außer …

Er drehte sich zu mir um. Seine Augen sprangen hinter der Gasmaske nervös hin und her.

»Meine Mutter: Sie ist aus Österreich. Ich bin eigentlich aus Italien …«, sagte eine durch die Maske verschluckte Stimme.

Ich erstarrte. Es war Walter.

»Aber du bist doch … tot! Wir haben dich doch begraben, dich und deinen Diener.«

»Was allerdings nicht von langer Dauer war«, sagte Walters Pfleger und spannte den Bogen hinter meinem Rücken.

Ich hob die Arme und spürte ein tiefes, langes Fauchen hinter mir.

»Ihr habt gewonnen. Die Ratte ist in die Falle gegangen.«

»So schnell gibst du auf? Das Lernen, das Sehen, du hast alles vortrefflich gemeistert. Aber beim Siegen kneifst du?«

Carlotta. Ich konnte meinen Augen nicht trauen. Sie stand nur drei bis vier Armlängen tiefer in der Luft! Sie ging lautlos mit ihren weichen Schuhen über dem Abgrund. Sie reichte mir die Hand und strich dabei ihren gelben Umhang nach hinten. Der Ausblick, den ich vom Turm aus gehabt hatte, war nichts weiter als eine riesige Projektion gewesen. Selbst die Tiefe war nicht real, sondern endete nur wenige Meter hinter dem Felsen. Ich folgte Carlotta und stieg mutig in den Abgrund.

Der Falke stand über uns. Er rührte sich nicht. Wir schwebten Hunderte Meter über der künstlichen Tiefe.

»Du findest es nicht, habe ich recht?«, fragte Carlotta. Ihre Stimme klang warm und vertraut. Ich schüttelte den Kopf und wunderte mich, warum sie keine Maske trug. Doch dann holte sie mit einem Mal tief Luft, zog hinter ihrem Umhang eine Gasmaske hervor und stülpte sie über ihr Haar.

»Und weißt du, warum du es nicht findest?« fuhr Carlotta fort, und mit einem Mal hatte ich Angst vor ihr.

»Sag es mir«, forderte ich sie auf und wagte sogar, einen Schritt auf sie zuzugehen.

»Weil es kein Geheimnis gibt. Und keine Blume. Und keine Heilung.«

Und als der Falke über uns die Flügel zuklappte und auf mich zuschoss, schloss Carlotta hinter ihrer Maske die Augen und sagte:

»Eines Tages wird es zwei Gesellschaften geben: eine, die führt, und eine, die dient. Da es für beide Gesellschaften zu wenige Ressourcen auf dieser Welt geben wird, werden wir der dienenden die Anzahl der Luftzüge vorgeben, die jedem Menschen pro Tag zustehen. Das wird sie sein. Die Neue Ordnung.«

VERHAUBUNGEN

»Sieh dir unsere Falken an! Wir verhauben sie, damit sie glauben, es wäre Nacht. Da Falken Taggreifvögel sind, gehen sie nicht auf die Jagd, solange sie die Haube tragen. Sie sind ruhig. Wie wir«, sagte ich und sah Carlotta in die Augen. Sie war mir die ganze Zeit über gefolgt. Sie war es, die ich manchmal zwischen den Bäumen gesehen hatte. Sie hatte die ganze Zeit hinter diesem fiesen Spiel gesteckt. Ich hätte es wissen müssen. Sie hatte die letzten zwanzig Jahre eine Rolle gespielt wie Medora. Und wie ich.

Carlotta stieß einen kurzen Laut aus, und der Falke änderte abrupt die Richtung. Walter, der mit seinem Spielzeugbogen auf mich zielte, begann zu zittern. Und ich spürte, dass auch sein Diener den Bogen hinter mir stärker spannte.

»Willst du mir noch was sagen?«, fragte mich Carlotta, und zum ersten Mal sah ich die Arroganz in ihren Augen, die sie so lange vor mir verborgen hatte.

»Walters Tod war täuschend echt«, sagte ich. »Fast hätte ich es geglaubt«, fuhr ich fort und schob selbstsicher mein Kinn vor. Carlotta zweifelte an meinen Worten. Ich sah es, wie sie ihre Lippen spitzte. Aber das spielte keine Rolle. Sie konnte nur ahnen, aber nicht wissen, dass ich log. Um Zeit zu gewinnen.

»Sag, Walter, dein Großvater hat doch gegen die Deutschen gekämpft«, wandte ich mich an meinen Vertrauten, der in meiner Abwesenheit die Seiten gewechselt hatte. »Warum kämpfst du nicht?«

»Vorsicht!«, sagte Carlotta. »Deine subtilen Versuche, die Wirte gegen uns aufzuhetzen, funktionieren nicht mehr. Glaubst du nicht, dass wir das längst durchschaut haben? Glaubst du denn, dass sich ein Einziger dir angeschlossen hätte? Oder wie hast du dir das vorgestellt? Dass alle Irren und Verrückten dir folgen und die Leitung übernehmen? Unsere dressierten Hündchen wie Marie, Klara oder Walter, von denen wir alles gelernt haben, was wir wissen mussten, und die uns alles gezeigt haben, was sie in ihren kranken Köpfen sehen? Glaubst du, dass sie je gegen uns gesiegt hätten?«

»Aber vielleicht habt ihr nicht alles gesehen?«, sagte ich und sah auf den kleinen Spielzeugbogen in Walters Hand. Denn dort, wo sonst ein kleiner hellblauer Plastikpfeil steckte, lag nun ein echter, spitzer Pfeil, bereit, den Diener hinter mir zu töten. Als Carlotta begriff, dass sich das Blatt gewendet hatte, blickte sie zur Hütte und erkannte, dass sie selbst in eine Falle getappt war.

In dem Augenblick bückte ich mich, und Walter feuerte den tödlichen Pfeil auf die Brust seines Dieners ab, der gleich darauf mit einem leisen Gurgeln nach vorne kippte. Carlottas Augen weiteten sich vor Schreck, sie öffnete den Mund, doch aus ihrem Inneren kroch nur ein zäher stummer Schrei. Sie fiel auf die Knie, kippte zur Seite und blieb bewusstlos liegen. Ich starrte sie an. Und ich starrte auf Ferdinand, der hinter ihr stand. In seiner Hand ein blutiger Stein.

DAS LICHT IN DEN KETTEN

»Ich will, dass du mir wieder vertraust«, sagte er, und ich sah in seinen Augen, dass er mir etwas anderes sagen wollte. Er gab mir und Walter ein Zeichen, dass wir schnell die Leiche in die Hütte tragen sollten. Er kümmerte sich um die verletzte Carlotta und hob sie auf seine Schulter. Ich konnte sein Verhalten nicht verstehen, doch beschloss, mich auf sein Spiel einzulassen. Er hatte mir aus der Hütte die Blinksignale gesandt und Walter den echten Pfeil zugesteckt. Den hatte er aus der Wand in der Hütte gezogen, wo wir vorhin angegriffen worden waren. Hatte er tatsächlich die Seiten gewechselt und würde mich zum Ausgang führen?

Walter und Ferdinand legten die beiden neben den toten Arzt. Wie groß musste das Spiel sein, dass man sogar Menschen opferte, um die Spielfigur weiter in eine Richtung zu treiben, dachte ich und blickte auf die Stelle, wo früher Marlene gelegen hatte. Ich durfte keine Zeit verlieren, ich musste schleunigst einen Weg aus dieser Hölle finden.

Ferdinand stieg über den Arzt und stellte sich neben den anderen Pfeil, der an der Holzwand der Hütte steckte. Ich erinnerte mich noch, wie er aus dem Wald wie ein wütendes Insekt auf uns zugerast war. Ferdinand sah mich stumm an, aber ich fühlte, dass ich zu ihm kommen sollte. Ich stieg über die toten Körper und stellte mich neben ihn. Der kalte Geruch von Zigaretten war verschwunden. Er wirkte auch anders, aufgeräumter, sicherer.

»Hier können wir reden. Aber nur hier.« Er schielte auf den Pfeil. Ohne den Kopf zu bewegen. »Er hat das Mikrofon getroffen. Das ist unser blinder Fleck. Wir haben nicht viel Zeit.«

»Was geht hier vor?«, fragte ich wütend, aber leise und spürte, wie Tränen über meine Wange liefen. Mein Mut der letzten Stunden brauchte anscheinend eine Atempause.

Ferdinand flüsterte. Selbst Walter, der die Dienstkleidung seines toten Pflegers zurechtmachte und immerfort vor sich hin murmelte, sollte ihn nicht hören.

»Du bist in einem großen Labor. Unterhalb des Semmering.«

»Was?«, sagte ich und täuschte meine Bestürzung vor. Ich hatte also recht. Ein Labor. Aber warum? Hatte Ferdinand tatsächlich die Seiten gewechselt? Ich bemerkte, dass er das Gesicht zur Wand drehte und den Kopf senkte. Damit man nicht seine Lippen lesen konnte? Seine Züge passten ebenfalls nicht zu dem, was er sagte. Er war aus dem Spiel ausgestiegen und erschuf vor meinen Augen seine eigenen Regeln.

»Dort, neben der Schule, die Tür, dort ist einer der Ausgänge.« Ich erinnerte mich an das grün gestrichene Geländer gegenüber dem Eingang der Schule. Eine steile, aber kurze Treppe führte dort nach unten und endete vor einer verschlossenen Tür.

»Der gefährlichste Zugang von allen ist der Ausgang?«, fragte ich.

»Hinter der grünen Tür. An der hinteren Wand, das Emblem. *Alteram Lucem.* Das ist der Aufzug.«

»Und wo komme ich dann nach draußen?«

»Bei der Schule. Der echten.«

Ich sah zu Walter. Irgendetwas stimmte doch nicht. Wenn man mich hier in dieses Labor sperrte, wieso sollte mich dann Walter suchen? Wusste er selbst, dass er in einem Labor war? Oder glaubte er, in einer seiner Wahnwelten gefangen zu sein?

Auch ich senkte den Kopf und drehte mich zur Holzwand. »Und warum baut man eine exakt gleiche Welt noch einmal im Untergrund nach?«, fragte ich Ferdinand flüsternd.

»Sie ist nicht gleich. Sie stellt den fehlenden Graben dar, Tannenfall. Als vor gut hundert Jahren ein Bauer hier in eine Höhle stürzte, wurde er von Wahnbildern geplagt. Er sprach vom ewigen Leben und vom Paradies. Und er schrieb alles in ein Tagebuch. Und zeichnete alles auf.«

Ich starrte Ferdinand an. »Du willst damit sagen, dass dies der Nachbau einer Wahnwelt ist?«

Ferdinand nickte. »Das verschwundene Tal. Die vergessene Schöpfung.«

Meine Stimme erstarb. Eine unterirdische Welt, nachgebaut nach den Zeichnungen eines Wahnsinnigen. Wie bizarr. Wie furchteinflößend.

»Aber warum hilfst du mir jetzt?«

»Kannst du dir das nicht vorstellen?« Er sah mich an und versuchte zu lächeln. »Du hast keine Zeit, du musst hier raus!«

»Aber Marlene! Meine Schwestern! Wo sind sie? Ich kann sie doch nicht zurücklassen.«

»Ich kümmere mich um sie.«

»Ohne sie gehe ich hier nicht weg. Marlene muss in ein Krankenhaus.«

»Muss sie nicht. Sie wird wieder gesund.«

»Du ... ihr ... was habt ihr meiner Schwester gegeben?«

»Du musstest auf deinen Weg gebracht werden. Die große Krankheit, die Symbole, die Bücher und die Aufzeichnungen. Es war zu wichtig.«

»Was wollt ihr? Was nehmt ihr als Rechtfertigung für das alles?«

»Du suchst sie die ganze Zeit. Die Blume. Die blaue Blume.«

»Aber das hier ist nicht Tannenfall. Wie soll ich hier die Blume finden?«

»Du musst uns nur sagen, wo sie ist. Wir sind draußen und finden sie.«

»Ihr seid oben? Und sucht den Zugang?«

»Die ganze Zeit. Wir gehen allen deinen Spuren nach, aber bisher ohne Erfolg.«

»Aber warum ich?«

»Weil dich etwas mit der Babenbergerin verbindet.«

»Medora? Meine Halluzination? Der krumme Ton ...?«

Ferdinand sah aus dem Fenster und nickte. »Ich bin in Spital am Semmering aufgewachsen. Als ich die Miniaturwelt von Konrad Khalberg fand, entdeckte er mich und holte mich zu sich. Ich war noch ein kleiner Junge. Und ich war fasziniert von dieser fremden, großen Welt. Von Tannenfall. Von den Büchern, den Kräutermischungen und ihren Wirkungen, den Mysterien der Wissenschaft.«

»Und Hermann?«

Ferdinand veränderte seinen Ausdruck. Es war derselbe, den

ich an ihm beobachtet hatte, als wir Hermann im Klassenzimmer gesehen hatten. »Du musst jetzt wirklich gehen.«

»Das ist doch alles Unsinn. Ihr bereitet hier eure Neue Ordnung vor und testet ein Virus, und ich soll diese blaue Blume finden, um zu sehen, ob sie das Virus stoppen kann. Aber was hat das mit der Babenbergerin zu tun?«

»In den Ketten liegt das Licht.«

Ein Schauer lief über meinen Rücken.

»Was sind diese verfluchten Ketten?«

»Du hast es doch selbst immer wieder gesagt. Die Abschrift von der Abschrift von der Abschrift. Stille Post.«

»Ich verstehe dich nicht.«

»Die Bäume, die Ringe in den Stämmen. Die Jahresringe, sie tragen Informationen in sich. Informationen, die sie immer weitergeben. Wie eine DNA. Eine Kette.«

»Aber was hat das alles mit mir zu tun?«

»Weißt du, woran die großen US-Unternehmen forschen? Apple, Google, Microsoft, Amazon, Facebook? Sie wollen die DNA als Datenspeicher verwenden. Daten können dann über Jahrhunderte und Jahrtausende gespeichert werden. Unsere heutigen Datenträger verlieren die Informationen relativ schnell. Die DNA nicht. Für viele sind die DNA-Ketten der Pflanzen die Datenträger der Zukunft.«

Mir schwindelte. Die Ketten. Die Pflanzen. Die ganze Welt, die uns umgab. Ich hatte Angst vor dem, was Ferdinand als Nächstes sagen würde, Angst vor der Wahrheit, die alles verändern würde.

»Wir aber sind weiter. Viel weiter. Denn die Daten sind längst in den Pflanzen gespeichert. Seit Jahrhunderten. Jahrtausenden. Es ist alles da. Wir müssen nur lernen, es abzurufen.«

»Was ist alles da?«

»Die Pflanzen, die Bäume, die Natur. Sie wissen alles. Alles, was je gesprochen wurde, was je geschehen ist. Alles ist gespeichert. Jahr für Jahr. Millisekunde für Millisekunde. Wir müssen nur lernen, um zu sehen.«

Ich schloss die Augen und dachte an Dorotheas Worte. Konnte es eine Wahrheit geben ohne den Menschen? Konnte man an eine Vergangenheit ohne den Menschen denken? Mein Kopf drehte sich, es roch nach Hafer, und ich spürte das Meer.

»Es gibt keine Lüge mehr. Die Blockchain der Natur. Es gibt nur eine Wahrheit, und wir haben den Zugang entdeckt.«

»Und die Blume? Warum diese Blume? Was macht sie so wichtig? Wenn ihr doch alles wisst, warum all das hier?«

Ferdinand schwieg. Er hielt den Atem an. Hatte er etwas gehört? Er senkte seine Stimme und sah mir in die Augen. »Du hast recht. Wir wissen alles, was damals im 13. Jahrhundert am Semmering geschehen ist. Wir haben ihre Stimmen, ihre Schreie, ihre Flüche, ihre Zweifel, alles. Aber keine Spur von der Blume.«

»Aber wie soll ich sie dann finden?«

»Du bist ihr ähnlich. Deshalb hat Merten dich als Kind weggebracht von hier. Dich und deine Schwestern. Du sollst nicht herausfinden, was geschehen ist, du musst herausfinden, was sie gefühlt hat, was sie nicht ausgesprochen hat. Du musst die Stille in ihr finden. Das, was sie den Bäumen verheimlicht hat.«

»Das Licht in den Ketten.«

»Genau. Denn das ist das Einzige, was die Neue Ordnung aufhalten kann. Und solange wir nicht wissen, um was es sich dabei handelt, werden wir – wird die Schwarze Familie – damit warten, die Neue Ordnung auszurufen. Niemand und nichts soll diese Ordnung je stürzen können.

Meine Arme fühlten sich an, als hätte ich sie in eine Wanne mit Ameisen getaucht. Ich konnte kaum mehr klar denken, umso mehr musste ich versuchen, den Schein zu wahren.

Ferdinand schien meinen Blick regelrecht zu fixieren. »Wenn du es schon weißt, dann erzähle es mir. Erzähle es mir jetzt. Was hat sie gefühlt? Sie hat die Pest über die Welt gebracht, aber sie hat auch gewusst, wie man sie überwinden kann. Solange wir diese Heilung nicht kennen, wird es keine neue Pest geben. Denn die neue Pest soll ewig sein.«

Ich erschrak vor Ferdinands steifem Blick und seiner Haltung, die er plötzlich einnahm. Konnte ich ihm tatsächlich trauen? Schließlich befreite ich meine Augen aus dem gefühlten Klammergriff und blickte nach oben. An die Decke der Hütte. Dachte an die Miniaturwelt. Die Welt in der Welt in der Welt in der Welt. Die Ketten, die Abschriften. Alles wiederholte sich immer und immer wieder. Ein Fraktal. Das Wesen der Dinge bestand darin, sich zu verbergen. Und die Wahrheit lag im Innehalten, im Raum zwischen den Dingen. Ich brauchte einen Plan. Einen Plan, der alles auf den Kopf stellte. Ich grübelte. Angestrengt. Hastig. Ohne Ergebnis. Also hörte ich auf zu grübeln.

Und mit einem Mal hatte ich ihn.

»Gut«, sagte ich und war ganz ruhig. »Dann lass es uns so machen!«

Ferdinand kippte den Kopf. Er schien über meine Antwort verwundert zu sein. Dann stieg ich nach hinten über den toten Arzt und erkannte, als ich mich umblickte, in Ferdinands Gesicht die Angst, dass ich ihn verraten könnte. Doch ich wollte ihn nicht verraten, denn ich hatte einen anderen Plan.

»Ich weiß, wo die Blume ist«, sagte ich laut. »Ich kenne ihr Geheimnis. Das Geheimnis der letzten Babenbergerin. Das Geheimnis, das die große Krankheit besiegt.« Ich sprach laut und deutlich zu Ferdinand und zu den anderen, die über dem felsigen Himmel des Labors auf meine Antwort warteten.

»Aber zuerst bringt mir meine Schwestern! Ich werde es euch sagen, wenn sie alle wieder gesund sind.«

Ich hob den Kopf, sah zu der verwundeten Carlotta und Walters totem Diener. Dann blickte ich durch das kleine Fenster der Hütte nach draußen, dorthin, wo ich ein kleines Stück Himmel sehen konnte. Dorthin, wo der Falke stand, ruhig und geduldig. Er spürte, dass ich wieder eins mit ihm wurde, eins mit der Welt, mit den Dingen.

»Es ist Zeit, dass wir Wertlosen beginnen zu siegen, Walter, habe ich recht?«

Und Walter nickte und dachte an seinen Großvater.

ELFTE AUFZEICHNUNG

»Facebook hatte vor Jahren zwei Bots
abschalten müssen, weil sie begonnen haben,
sich in einer Sprache zu unterhalten,
die der Mensch nicht kennt.
Sie erfanden selbst Codewörter.
Ihr Menschen habt mit der Neuen Ordnung
einen künstlichen Gott erschaffen und so
eure vierte und letzte Kränkung erfahren.«
»Die digitale Welt ist nicht offen.
Sie setzt sich aus dem zusammen,
was in einem binären Universum
berechnet werden kann.«

An dem Tag, an dem der Falke kam, begann das Siegen. Falken waren Raubvögel. Sie hatten scharfe Krallen und einen gebogenen Schnabel, wie ein Haken. Wenn sie hungrig waren, stürzten sie sich pfeilschnell aus dem Himmel und töteten andere Tiere aus dem Hinterhalt. Seit Jahrtausenden hatten die Menschen mit Falken gejagt. Beizjagd nannten sie das. Und in der Mongolei jagten die Menschen noch immer mit Falken und Adlern.

Als ich zum ersten Mal den großen Lederhandschuh übergezogen hatte, hatte ich eine unbeherrschbare Aufregung in mir gefühlt. Walter und Marie hatten gekichert, als sie mich mit der großen Hand gesehen hatten. Nur Klara war zurückgewichen und hatte sich hinter ihrer Dienerin versteckt. Ich hatte meinen Arm nach vorn gestreckt und wenig später das Gewicht des Vogels darauf gespürt. Er war jung gewesen und hatte eine Haube über dem Kopf getragen. Carlotta hatte mir gezeigt, wie man einen Falknerknoten machte, eine Art Leine, die den Falken hielt und gleichzeitig schnell wieder in die Freiheit entließ, wenn man daran zog. Ich hatte damals nicht zugehört, kam aber später sehr gut damit zurecht.

Der Falke und ich hatten uns schnell aneinander gewöhnt. Ich hatte einen Freund gefunden. Oder besser eine Freundin. Denn mein Falke war eine Sie. So wie ich. Und eines Tages war es endlich so weit. Ich ging zum ersten Mal mit ihr zur Jagd. Die Haube hatte ich fest um ihren Kopf gezogen und so ihre Augen bedeckt, damit sie nicht selbst eine Beute finden konnte. Als wir das Gartenhaus erreichten, sagte Carlotta, dass es Zeit sei, mit dem Siegen zu beginnen. Ich begann, den Rücken meines Handschuhs gegen ihren Bauch zu drücken und sie mit der Nase zu stupsen. Über uns flog ein Schwarm Krähen, und ich zog die Haube von ihrem Kopf und löste den Falknerknoten. Ich hatte sie nicht gefüttert, damit sie hungrig war, begierig zu töten.

Mit weiten Flügeln erhob sich die Falkin und klemmte sich hinter den Schwarm, bis sie sich mit den Klauen einen Vogel schnappte und ihm mit ihrem scharfen Schnabel in den Kopf biss. Beide fielen vom Himmel. Nach einem kurzen Kampf auf dem Boden war die Krähe tot, und meine Falkin kam blutverschmiert zu mir zurück. Von nun an gingen wir jeden Tag jagen. Lernen, Sehen, Siegen. Die Routine war vollendet.

»Es gibt Wirtinnen, aber auch Wirte, die weigern sich zu sehen«, sagte Carlotta einmal. Ich hatte mich an die Falkenjagd gewöhnt und fand eine diebische Freude darin, im Himmel eine Kriegerin zu sehen. »Eine Wirtin, die glaubt, das Sehen wäre nicht nötig, oder die uns nicht alles preisgibt, was sie sieht, die muss lernen, mit den Augen der Falken zu sehen. Menschen sehen zwanzig Bilder pro Sekunde. Falken achtzig. Dinge, die für uns stillstehen, bewegen sich für sie. Da sie mehr sehen. Und wer das Sehen nicht ernst nimmt, braucht seine Augen nicht mehr.«

Ich hatte damals genickt.

Ich trat aus der Hütte. Der Himmel sah aus wie ein echter Himmel. Und doch verstand ich nicht, wieso ich so lange in die Irre geführt worden war. Ferdinand trat fassungslos nach draußen und blickte mich an, als hätte ich der Welt den Krieg erklärt. Ich sah in seinen Augen, dass er mit dieser Wendung nicht gerechnet hatte. Und ja, mein Plan war riskant, da ich nicht wusste, worauf ich mich da einließ. Dennoch hatte ich keine Wahl und musste alles auf eine Karte setzen. Ich musste zur Kriegerin werden – wie einst meine Falkin, als sie sich hinter den Schwarm Krähen gesetzt hatte.

»Bleib hier, ich regle alles!«, sagte Ferdinand leise, aber ich hatte genug von seinen Spielen und wiederholte meine Forderung. »Bringt mir meine Schwestern gesund wieder, und ich verrate euch, wo die Blume ist.«

Walter stellte sich neben mich und wippte mit den Füßen, als würde er sich damit größer und stärker machen. Als Ferdinand nur wie angewurzelt stehen blieb, wuchs mein Ärger.

»Was ist deine Rolle in dieser Schwarzen Familie. Bist du der Laufbursche? Oder hast du etwas zu sagen?«

Ich musterte Ferdinand von oben bis unten. Konnte er wirklich Teil einer großen, mächtigen Familie sein? Er sah doch eher aus wie ein heruntergekommener Trunkenbold, und das, was er mir vorhin erzählt hatte, passte überhaupt nicht zu seinem

Äußeren. Er aber sah mich nur an, und ich erkannte in seinen Augen, dass er nicht verstand, warum ich ihm nicht vertraute. Ja, er hatte mir erzählt, wie man aus dem Labor entkommen konnte, aber was würde dann geschehen? Was würde mich oben erwarten? Wenn ich mit dem Aufzug …

Ich zögerte, sah auf den weißen Turm, der sich über der Hütte mit seinen ausladenden Hirschschaufeln in die Höhe schraubte. Da oben war auch eine Inschrift. War da auch ein Aufzug? Aber wohin führte der? Warum wollte mich Ferdinand zur Schule schicken? Als er das Wasser geholt hatte, war er über diesen Aufzug gekommen? Natürlich. Es musste hier einen zweiten geben. Einen bei der Schule und einen hier. Vor meinem geistigen Auge stellte ich mir vor, wie über mir eine Welt lag, wie eine Scheibe, an deren Rändern Aufzüge in langen dunklen Röhren fauchend in die Tiefe schossen. Ich kippte meinen Kopf nach hinten und sah nach oben in den falschen Himmel, wo die echte Welt lag. Wir mussten dort hinauf.

»Ich gehe jetzt da hinaus und will, dass mein Wagen dort draußen steht. Dann warte ich, bis meine Schwestern kommen, und fahre zurück nach … Ich bringe uns in Sicherheit. Und dann sage ich euch, wo sie ist, diese verdammte Blume.«

»Weißt du es denn? Du weißt wirklich, wo sie ist?«, fragte Ferdinand und kam so nah zu mir, dass ich seinen Atem riechen konnte. Seine Stimme hatte wieder etwas Bedrohliches, da er begriff, dass ich von der Existenz des zweiten Aufzuges wusste.

»Ich weiß es. Und wenn du wieder eines deiner Spielchen spielst, dann werde ich dem Ganzen ein Ende bereiten.«

Ferdinand wich zurück, als er die Spitze sah, die ich vom Pfeil in der Hüttenwand gezogen hatte. Ich hielt sie direkt an meine Pulsader und ritzte sogar ein wenig meine Haut auf, damit Ferdinand verstand, womit ich drohte.

Als Walter die Spitze sah, schrie er laut auf. »Nicht sterben! Du darfst nicht auch noch sterben. Wir müssen zusammenhalten. Wir sind die Vertrauten. Wir müssen zusammenhalten.«

»Da ist doch niemand gestorben, Walter. Es geht ihnen doch allen gut. In der Heilstätte sind doch alle gesund und gehen ihren Routinen nach. Wir sind hier in einem Labor, das ist nicht die echte Welt. Sie benutzen dich, wie sie mich benutzen.«

»Marie hat das auch gesagt, und dann hat sie noch gesagt, dass sie nicht mehr sehen will. Dann ist der Falke gekommen und hat ihr die Augen ausgehackt, pick, pick, pick. Jetzt sieht sie nichts mehr. Und Klara, die sieht auch nichts mehr, weil sie zu viel gesehen hat, und der Falke hat so lange auf ihren Schädel gepickt, bis er zersprungen ist, pick, pick, pick.«

Ich zitterte. Marie blind? Ich dachte an Carlottas Worte von damals. Hatten sie Ernst gemacht? Und Klara? Was hatte sie gesehen?

»Seit du weg warst, hat sich alles verändert, Greta. Seit sie gehört haben, dass sich die Wahnbilder verbinden können, ist es nicht mehr schön dort. Wir mussten versuchen, uns mit dir zu verbinden. Wie du es mit deinen Schwestern tun kannst. Aber ich kann das nicht«, sagte Walter.

»Aber warum?«

»Weil du dich mit deinen Schwestern verbunden hast. Ihr habt gesehen, was wir seit zwanzig Jahren in diesem Labor suchen. Einen Zugang zu dieser anderen Welt«, sagte Carlotta und trat langsam aus der Hütte. Hinter ihrem Ohr lief Blut über ihren Hals.

»Du hast mich immer belogen. All unser Spaziergänge in der Heilstätte. Du hast mir nie gesagt, was du gesehen hast, habe ich recht? Ich wusste das, als du mir von den Bergen erzähltest, den Bildern.«

Ich erinnerte mich an den letzten Morgen in der Heilstätte. Bevor ich den Brief erhalten hatte.

»War sie gestern da?«

Ich nickte.

»Willst du beim Sehen darüber reden? Willst du mir erzählen, was du gesehen hast?«

»Ich war weit weg, auf Bergen, mit ihr und anderen. Wir haben gegen Wölfe gekämpft, und da waren Menschen, so viele, ein dunkles Volk, es füllte die Täler und sah zu uns herauf …« Eine Träne lief über meine Wange.

»Wer waren die anderen?«

»Ich weiß es nicht«, flüsterte ich.

Carlotta stand auf und ging ans Fenster. In der doppelten

Verglasung spiegelte sich ihr Gesicht. Das bruchfeste Glas war sicherer als die Gitterstäbe von früher.

»Ich glaube, sie kommt. Die große Krankheit. Ich habe sie geholt. Die Gipfel, die Hirsche und Wölfe, diese vielen Menschen und dann diese Brände überall.«

»Das alles geschieht nur in deinem Kopf. Da sind diese schrecklichen Brände, ja, aber es gibt keine große Krankheit.«

Carlotta sah mich wütend an. »Du bringst keine große Krankheit. Wir sind es. Wir bringen die neue Pest, damit die Welt endlich ihre neue Ordnung erfährt. Aber solange wir nicht wissen, ob es da draußen irgendetwas gibt, was diese neue Pest aufhalten kann, etwas, was wir nicht begreifen können, so lange werden wir nicht aufhören, dieses verdammte Heilmittel, diese blaue Blume zu suchen, um sie ein für alle Mal zu zerstören. Also sag uns, wo sie ist!«

Über ihr stand der Falke. Ich sah zu ihm. Er würde niederfallen. So schnell wie ein Stein. Er wartete nur auf einen Befehl.

Pick, pick, pick.

»Zuerst will ich meine Schwestern sehen. Ich will sie in Sicherheit wissen.«

»Du *willst*. Da ist er. Dein Wille. Dein starker, starker Wille. Er hat immer unter der Oberfläche gebrodelt, verborgen im Mantel des Wertlosen. Aber er ist da, gefährlich. Er ist einreguliert und zu impulsiv. Und du unterschätzt uns. Ich glaube dir nicht, dass du weißt, wo die Blume ist.«

»Ist dir eigentlich aufgefallen, dass die Kuenringer zwei verschiedene Wappen haben? Einen Kreis und eine Axt? Und dass nicht jeder Kuenringer das Wappen des Kreises trägt? Oder soll ich sagen: der Sonne? Ist euch aufgefallen, dass es eine unsichtbare Armee gab, damals in Dürnkrut? Angeführt von einer weltlichen Macht, die ihr nicht gesehen habt? Hast du es nicht gelesen zwischen all den Zeilen? Ich habe euch alles gezeigt und gesagt, aber ihr habt nicht gesehen, wo sie ist, die Blume. Also schert euch nun zum Teufel und lasst mich gehen!«

Carlotta legte den Kopf schief. Sie wusste nicht, wovon ich sprach.

Am Himmel schaukelte der Falke, da er von meiner Wut ergriffen wurde.

»Das Lernen, das Sehen, das Siegen. Eure ganze Technik. Eure … Macht, wie auch immer die aussieht. Wenn ihr das Geheimnis der Gertrud von Babenberg verstehen wollt, dann müsst ihr fühlen, was sie fühlte, und müsst zwischen die Dinge sehen.«

»Das sind doch alles nur leere Worte einer Närrin.«

»Ja. Aber der Königin der Närrinnen.«

Dann fiel der Falke und raubte mit wenigen blutigen Schlägen das Augenlicht meiner Dienerin, die mich ebenso verraten hatte wie einst Medora ihre Herrin. Pick, pick, pick.

DER KRUMME TON

Wir stiegen hinauf zum Turm, und Ferdinand hob von unten die Hand, als würden wir uns nie wiedersehen. Ich hatte mich in ihm geirrt. Durch ihn konnte ich aus dieser künstlichen Hölle fliehen. War er tatsächlich von seiner Frau verlassen worden, die mit einem Bauarbeiter durchgebrannt war? Oder nahm er im Geflecht dieser Schwarzen Familie eine andere Rolle ein? Und warum war er das große Risiko eingegangen, mir zu helfen, mir die Wahrheit zu sagen? Was waren seine Motive? Wollte er sich aus der Übermacht der Familie befreien und sich ihr entgegenstellen? Konnte er es nicht mehr ertragen, bloß Befehle auszuführen? Stiftete ich ihn an, sich zu emanzipieren? Spürte er auch das Krumme in sich?

Walter hatte Mühe, mir zum Turm zu folgen, und wirkte ergriffen, als er den weiten Ausblick sah, der sich vor uns auftat. Die funkelnden Dächer von Edden, die tiefen Ebenen, umfasst von majestätischen Bergrücken, hinter denen der rötliche Schimmer dieses unbekannten Lichtes lag. Es war wie all die Tage zuvor schrecklich warm, und jetzt, da ich wusste, dass all das nur ein Labor, eine Art heißer Brutkasten einer kruden Familie war, empfand ich die Hitze als noch unerträglicher.

Walter sah mich durch die Atemschutzmaske mit den großen Augen eines Kindes an. Als der Falke Carlotta die Augen ausgepickt hatte und sie blutverschmiert und schreiend mit beiden Händen vor dem Gesicht zusammengesackt war, hätte ich ihr die

Maske entreißen können, um mich vor dem Virus, das hier auf mich wartete, zu schützen. Der Falke hatte so wild auf Carlottas Schädel eingeschlagen, dass sie die Maske verzweifelt heruntergerissen hatte, bis er endlich nach den Augen schnappen konnte. Aber ich wollte die Maske nicht. Ich wollte keine Maske mehr tragen.

Ich sah auf die Inschrift. *»Alteram Lucem«*. Ein Aufzug. Aber wo sollte der sein? Ich streckte meine Hand nach vorne und lehnte mich über den Turm. Und tatsächlich. Da war etwas. Kalt. Eine Wand, auf der die Projektion der Welt lief. Ich strich mit einem Finger langsam an der unsichtbaren Mauer entlang, bis ich etwas spürte, was sich wie eine Schaltvorrichtung anfühlte. Ich traute meinen Augen nicht, als nach einem kurzen, leisen Surren eine Tür aufging, inmitten des warmen weiten Ausblicks auf das Paradies, das sich gekrümmt noch in der Innenseite der Aufzugskabine befand.

Ich kletterte auf die Zinnen des Turms und stieg hinein, und Walter folgte mir.

Ein Surren. Mein Magen hob sich, und meine Arme kribbelten. Wohin führte mich dieser Stahlzylinder, der mit hoher Geschwindigkeit in die wirkliche Welt schoss?

Die Kabine kam sanft zum Stehen, und mit einem leisen Fauchen öffnete sich die Tür. Es roch nach Rauch. Fettigem Essen. Käse mit dem Geschmack von Plastik und nach Urinsteinen. Wir traten nach draußen und fanden uns in einer Toilettenkabine wieder. Ihrem Zustand nach zu urteilen, gehörte sie zu einer heruntergekommenen Gaststätte.

Ich gab Walter ein Zeichen, seine Atemschutzmaske und seinen Wollumhang – er hatte ihn nie abgelegt – herunterzunehmen. Wo auch immer wir waren, wir durften nicht auffallen. Was nicht leicht werden würde mit meiner zerrissenen und schmutzigen Cordhose und meiner befleckten hellgelben Bluse. Wir betraten den Gastraum. An der Theke drehten sich Bauarbeiter zu uns. Sie sprachen in einer fremden Sprache und musterten uns von oben bis unten. Dahinter warf uns eine Kellnerin einen kritischen Blick zu und drehte ein Geschirrtuch in ein Glas, um es zu reinigen. Wir nickten, lächelten und verließen schweigend das Gasthaus.

Draußen war es kalt. Es regnete in Strömen. Ich erkannte den Ort sofort. Es war dieselbe Stelle, an der Marlene und ich auf Ferdinand getroffen waren. Nur waren wir diesmal im echten Spital am Semmering. Einige Anwohner gingen mit Schirmen durch den Regen. Ein weißer Opel parkte neben den Fahrzeugen der Bauarbeiter, die vor dem Gasthof standen. Ich versuchte, mich zu orientieren, suchte nach einem Wagen, in dem meine Schwestern saßen, als ein Mann unter einem Regenschirm dicht an mir vorbeiging und mir unter dem trommelnden Geräusch seines Schirms in einem bedrohlichen Ton etwas zuflüsterte.

»Zeig uns, wo die Schatulle ist, und du findest deine Schwestern«, zischte er.

Bevor ich das Gesicht des Mannes erkennen konnte, war er schon wieder verschwunden.

Mein Herz begann, wieder schneller zu schlagen. Ich musste weiter improvisieren. Meine Zähne klapperten, und ich zitterte am ganzen Körper.

Denken. Denken. Lernen. Sehen. Siegen. Carlotta. Sie war meine Dienerin gewesen. Ich ihre Wirtin. Medora war die Dienerin der Herzogin gewesen. Sie hatte sie ebenfalls betrogen. Nach Dürnkrut? Was hatte sich ereignet? Ich kramte in meinem Gedächtnis, warf vor meinem geistigen Auge alle Aufzeichnungen in meiner Stube auf den Boden und versuchte, wieder in die Rolle der Babenbergerin zu schlüpfen.

Der Kaufmann trieb den Karren über den morastigen Weg. Mit angezogenen Schultern und versteinerter Miene starrte er unter seiner Kapuze auf den Pferdekopf, der lautlos im nassen Dunst verschwand. Ein kleines Bächlein, hervorgerufen durch die tagelangen Regenfälle, schwemmte die letzten Steine des gepickten Weges fort. Die Fesseln des Pferdes zitterten bei jedem Schritt, da es Mühe hatte, Halt zu finden.

Ich wusste nicht, ob er mir vorhin zugehört hatte. Ein wenig verärgert zog ich die Decke höher, die ich im Kloster erhalten hatte. Es war früh am Morgen, und die nasse Kälte war grausam. Ich hatte weder Gutscheine noch Geld. Auch Kleider zum Wechseln oder andere notwendige Dinge fehlten mir. Mir schauderte vor dem Gedanken, noch Tage hinten auf dem polternden Karren zu hocken, hinter einem schweigenden Mann, den niemand kannte. Er nannte sich »Staubfuß«, hatte er mir bei der Abfahrt zugeflüstert, nachdem ich mich zuerst bei ihm vorgestellt hatte. Dann hatte er noch gesagt, dass die Straßen hier »bene assetate« *seien, gut gebaut. Ich hatte gelächelt und mein Bündel an Pergamenten schützend unter der Decke verborgen.*

Sobald wir das nächste Kloster erreichten, wollte ich um frische Wäsche bitten. Und vielleicht war es mir auch möglich, noch einige Zeilen zu schreiben. Dieser Gedanke hielt mich in dieser unerträglichen Kälte aufrecht. Dass wir keinen Geleitschutz hatten, um uns vor Straßenräubern zu schützen, störte mich wenig. Was gab es schon zu holen außer ein paar Fässern und einem Ballen, der die Fahrt für mich zumindest einigermaßen erträglich machte? Und wer stöberte schon in den wirren Gedanken einer kranken alten Frau? Wer vermutete darin schon das Schicksal der kommenden Zeit …

Immer wieder blickte ich mich um und suchte in der verschwindenden Weite die Mauern des Klarissenklosters, das bereits einen halben Tagesritt hinter uns lag. Es beunruhigte mich, dass mich die Erinnerungen an die Ereignisse nicht vor Furcht erstarren ließen. Im Gegenteil. Sie stärkten mich in meinem Glauben. Ich hatte keine Angst mehr. Außer vielleicht davor, dass ich das Hospital nicht rechtzeitig vor meinem Tod erreichen würde.

Der Regen fiel in mein Gesicht. Ich ging durch die feuchten Gassen. Das Dorf vor mir verschwand in grauen Schleiern, als würde es in nassen Flammen stehen. Als ich mich der Kirche und dem Schulgebäude näherte, bemerkte ich, wie sich meine Gedanken änderten und ich die Haut der sterbenden Babenbergerin verließ und in die ihrer Dienerin schlüpfte, als würde ich durch ihren Kopf und aus ihren Augen sehen.

Sie hätte dereinst die Geschichte auf dem Schlachtfeld anders entscheiden können. Aber sie hatte sich abgewandt von der Versuchung, den Königsweg zu beschreiten. Sie hatte die ganze Zeit das Kästchen in ihren abgemagerten Händen gehalten und versteckt unter ihrer früheren Büßerkutte getragen. Sie hätte es öffnen können und allem ein Ende setzen. Aber sie hatte es umklammert und selbstlos der Geschichte ihren Lauf gelassen. Sie hatte das Ende ihrer Familie angenommen und gesehen, wie der Habsburger alle niederrang, die mit erhobenen Schwertern auf ihn einzuschlagen versuchten. Als er sie vom Feld gezogen hatte, waren wir unter dem krummen Baum bei ihr gewesen, und sie hatte geweint und das Kästchen umklammert. Erst als der schwere Regen gekommen war und die Tränen und das Blut aus der Welt gespült hatte, hatte sie meine Hand gefasst und war bereit gewesen für ihren letzten Weg.

Jetzt, kurz vor ihrem Tod, waren wir noch einmal zurückgekehrt ins Hospital. Hier wollte sie ihre letzten Worte sprechen. Nie würde ich vergessen, wie sie mich bat, die Schatulle mit der Blume für immer zu beschützen. Sie konnte das Tor in eine andere Zeit öffnen, die den Menschen darin verschwinden ließ. Und zwischen ihren letzten Atemzügen musste ich am Fuße der weißen Türme schwören, eine Familie zu gründen. Diese sollte das Geheimnis der Schatulle für immer beschützen wie den Heiligen Gral.

Als der Tod das Hospital betrat, kniete ich mich vor meine Herrin hin.

»Ich, Medora, werde eine Familie gründen, die auf Eurem Erbe wurzelt. Und diese Familie wird sich im Laufe der Geschichte im Dunkeln bewegen, damit sie unerkannt bleibt wie eine Schwarze Familie. Wie eine unsichtbare Dynastie wird sie zusammenstehen und die Schatulle in allen Zeiten beschützen wie einst die Babenberger. Ich, Medora, schwöre das.«

»Ich vertraue dir, Medora«, sagte meine Herrin und legte das blumenverzierte Minnekästchen in meine Hände. Es war schwerer, als ich gedacht hatte, und als ich es vorsichtig schüttelte, spürte ich, dass darin mehr sein musste als eine Blume.

»Achte darauf, dass die Familie immer zusammenhält! Lerne von den Fehlern von uns Babenbergern!«

Dann griff sie mit ihrer alten, faltigen Hand nach meiner. »Wenn du nichts mehr siehst oder hörst. Wenn du nichts mehr fühlst oder spürst. Dann beginnt es. Dann entstehen die Bilder von der anderen Welt. Der wirklichen.«

Dann drückte sie noch einmal meine Hand. Und ich war

mir sicher, dass zum Zeitpunkt ihres Todes ein Falke über dem Hospital stand und die Wälder ihr letztes Wort aufnahmen wie einen langen vergessenen Schwur. Ihre letzten Worte, sie verrieten das wahre Geheimnis, das Geheimnis, das die Schatulle begleitete wie eine unsichtbare Armee.

»In den Ketten liegt das Licht«, sagte sie, und ihr Kopf sank langsam nach hinten. Dann blickte sie auf die Stelle, an der wir uns vor Jahren in einer Kapelle vor dem Kaiser und ihrem Onkel versteckt hatten. Und ich war mir sicher, dass er zum Zeitpunkt ihres Todes auch hier gewesen war. Und aus der Kapelle geblickt hatte, sodass sich ihre Blicke zum letzten Mal trafen.

Ich riss die Augen auf. Starrte in den Regen, der wie Ketten vom Himmel fiel. Medora. Die Gründerin der Schwarzen Familie. Konnte es sich tatsächlich so zugetragen haben? Hier an diesem Ort? Ich blickte zur Kirchspitze, die aus dem Wolkenbruch wie ein Mahnmal herausragte. Dahinter lag die Schule, der ehemalige Ort des Hospitals. Dort hatte Gertrud ihrer Dienerin die Schatulle übergeben. Die Schatulle. Sie war nicht in Starhemberg. Sie musste hier sein. Aber wohin hatte Medora das Kästchen gebracht?

Ich lief durch den strömenden Regen zur Schule, und Walter folgte mir, so gut er konnte. Als ich das Geländer erreicht hatte, das den schmalen Abgang neben der Schule umfasste, blickte ich zu der grünen Tür. Darin befand sich wieder die Inschrift: *»Alteram Lucem«*. Und ein Aufzug hinab in das gespenstische Labor. In den Ketten lag das Licht. Die letzten Worte der Gertrud von Babenberg. Warum hatte sie das gesagt? Ich sah zu Walter, der dicht neben mir stand und meinen Blicken folgte.

»›In den Ketten liegt das Licht‹, was hat sie damit gemeint?«

»Mein Großvater hat gegen die Deutschen gekämpft«, sagte er verschmitzt, als wollte er mir damit einen wertvollen Hinweis geben.

Ich schüttelte den Kopf und sah mich um. War es hier gewesen? Hatte hier Gertrud ihre letzten Worte ausgesprochen? Hier an dieser Stelle? Zwischen der Kirche, der Schule mit dem Abstieg hinter der grünen Tür? Ferdinand hatte mir erzählt, dass das Geheimnis, das hinter diesen Worten lag, die Neue

Ordnung aufhalten könnte. Warum hatte eine Familie, die so mächtig war und so einflussreich, Angst vor diesen Worten? Was war an Worten gefährlich? Ferdinand hatte gesagt, dass es eine neue Pest geben würde. Aber was könnten Worte gegen eine Krankheit ausrichten?

Der Glockenturm der Kirche schlug hinter dem Regen. Ich erschrak. Gott. *Zuerst starb Gott, dann starb der Mensch.* Ich dachte an die Worte, die die Leiterin der Heilstätte gesagt hatte. Hatte sie von alldem gewusst? Als die Pest im Mittelalter gewütet hatte, hatte man geglaubt, dass Gott die Menschen strafte. Viele waren auf den Weg der Buße geschickt worden, um sich wieder mit Gott zu versöhnen. *Poenitentia.* Eine Versöhnung mit Gott? War das das Geheimnis, das in der Schatulle lag? Brachte sie die Strafe und gleichzeitig die Versöhnung? Wollte Gertrud dies ihrer Dienerin mitgeben? Den Weg zur Versöhnung? Zur Heilung? Lag beides in der Schatulle? War ich die Einzige, die das herausfinden konnte? Weil ich krank war wie Gertrud? Weil ich krumm war?

»Du hast nicht mehr viel Zeit«, sagte mit einem Mal derselbe Mann, der vorhin mit dem Schirm an mir vorbeigelaufen war. »Wo ist die Schatulle? Du weißt es nicht, habe ich recht?«

Ich lehnte mich über das Geländer und sah auf den Berg vor mir. Er war bewaldet, und zwischen den Bäumen erstreckte sich eine Art felsige Mauer nach oben. In der Mitte des Hanges ragte eine Felsnase nach vorne, auf der ein seltsam verbogener Baum mit zwei Stämmen aus dem Felsen zu wachsen schien. Wieder musste ich improvisieren.

»Ich weiß es. Es ist der krumme Ton. Er führt uns zum Licht.«

Der Mann schwieg. Der Regen toste. Ich spürte, dass er zögerte.

Ich improvisierte weiter, konstruierte eine neue Wahrheit. Doch je mehr mich der Mann drängte, desto weniger war ich in der Lage, klar zu denken.

»Ich leide an Epilepsie. Seit ich klein bin. Ich war immer die Krumme. Wenn meine Hände taub werden und sich meine Zunge anfühlt, als würde sie in einem Trog aus Hafer liegen, dann beginnt es. Dann kommen die Lichter. Es blitzt überall, und dann fangen die Krämpfe an, und ich habe das Gefühl, dass sich die Welt dreht und dass sich der Himmel in ein Meer verwandelt und auf uns herabregnet.«

Ich drehte mich zu dem Mann, der sich hinter dem Regenschirm verborgen hatte, und suchte darunter sein Gesicht. Er war klein und zierlich. Ich wusste nicht, ob er so hartnäckig und selbstsicher wäre, wäre er allein, ohne die Sicherheit der Familie im Dunkeln. Er war überrascht, als ich ihm direkt in die Augen blickte. Selbst Walter war verunsichert und blickte zu Boden, als würde er sich damit in Sicherheit bringen.

»Aber ich bin auch eine Mörderin. Denn ich habe meinen Mann getötet und meinen Kindern zu wenig Aufmerksamkeit geschenkt, als sie krank waren. Ich habe um Vergebung gebeten und um Heilung. Ich habe sie nicht gefunden. Erst als ich akzeptiert habe, dass ich eine Krumme bin, hat die Heilung begonnen. Das Krumme gebiert das Krumme. Das Aufrechte gebiert das Aufrechte. Gertrud von Babenberg war auch eine Krumme. Sie war mir ähnlich. Sie starb an diesem Ort. Sie krümmte sich ein letztes Mal. Hier an diesem Ort, der selbst ein krummer Ort ist.«

Ich zeigte zu dem Baum mit den zwei Stämmen, der aussah wie ein verbogenes, bizarres Wesen. Der krumme Baum. Der Zweibaum.

»Oder dort: der Nebel, der den Regen durch die Wälder treibt. Hinter diesem felsigen Wall: Sieht er nicht krumm aus? Oder die Vögel, die Falken im Himmel, haben sie nicht Mühe, ihre Flugbahn zu halten über diesem krummen Ort?«

Der kleine Mann schwieg, und ich sah in seinen Augen, dass er Angst hatte.

Der krumme Ort. Mein Herz schlug wie wild. Ich spürte, dass ich kurz vor einem Anfall stand. Ich hatte ihn krumm gemacht. *Sie* hatte ihn krumm gemacht. Oder war es andersherum?

»Ich frage ein letztes Mal: Wo ist die Schatulle?«

»Dort«, sagte ich und zeigte auf den Hügel hinter der Schule.

»Dort? Warum?«

»Weil sich dort der Regen krümmt.«

»Was ist dort?«, fragte Walter und stellte sich auf die Zehenspitzen.

»Dort ist das Haus von Viktor Castor«, sagte der kleine Mann und nickte. »Sie sind dort. Er wartet auf dich.«

DAS MEER, DAS VOM HIMMEL FÄLLT

Das Haus war zwischen den schweren Vorhängen aus Regen nicht zu erkennen. Ich war klatschnass. Walter hüpfte hinter mir wie ein gebückter Zwerg und begann wieder, sein Mantra zu wiederholen. Wir hatten erst zu spät gesehen, dass wir über einen Friedhof gelaufen waren, und tauchten endlich hinter großen, nassen Tannen auf den stillen Grund des Hauses. Je näher wir ihm kamen, desto mehr spürte ich eine ungeheure Angst in mir aufsteigen. Es war ein Gefühl, als würde ich ständig beobachtet, als würde meine Tagesverfassung von Minute zu Minute überprüft. Ich fühlte mich, als würde ich in mein altes Gefängnis zurückkehren, ein Gefängnis, in das ich nie wieder zurückwollte.

Walter hatte mich überholt und sah durch die schwarzen Fenster ins Innere des Hauses.

»Wollen wir da wirklich hinein?«, fragte er.

Ist es tatsächlich das Haus von dem Alten, fragte ich mich. Von Viktor Castor, der besessen war von der Jagd nach dem Hirsch – dem weißen Hirsch? War dort die Schatulle?

»Ich habe Angst«, sagte Walter. »Das ist ein dunkler Ort.«

Er hatte recht. Seit wir das Grundstück betreten hatten, spürte ich eine Schwere in mir, die mich nach unten zu ziehen versuchte, als sollte ich in einem Moor versinken. Es roch nach verbranntem, gleichsam feuchtem Holz und Rosmarin. Meine Lippen begannen, taub zu werden, und der Geschmack von Hafer klebte wie Watte auf meinem Zahnfleisch. Ich spürte es kommen wie eine Vorahnung, als würde sich bald ein großer Vorhang heben und alles beginnen und als würden die Lichter wiederkehren. Aus den Wäldern. Die Taschenlampen, die Hubschrauber, die mit ihren Scheinwerfern nach mir suchten. Alles fühlte sich an, als wäre es schon einmal geschehen. Wieder und wieder. Wie ein Déjà-vu in Dauerschleife. Ich wusste es, er kam. Der große

Anfall. Grand Mal. Er kam und wartete im Inneren des Hauses auf mich.

Er stand vor dem Eingang, unter den Tannen. Der Krankenwagen. Ich lief hin, so schnell ich konnte. Die Fahrertür stand offen. Auf dem Lenkrad klebte ein Zettel. »Der Schlüssel ist im Haus«, stand darauf. Ich sprang aus der Fahrerkabine und wollte die hinteren Türen zum Wagen aufschieben. Doch sie waren verschlossen. Ich streckte mich und sah von hinten durch die Scheiben in das spärlich beleuchtete Innere. Tränen liefen über mein Gesicht. Sie waren da. Alle drei. Dorothea, Leonora, Marlene. Über ihren Gesichtern lagen Atemschutzmasken. Auf einem Gerät hüpften ihre Herzschläge. Sie waren gerettet. Sie waren hier. Alle drei. Ich musste ins Haus, musste den Schlüssel holen, um endlich von hier verschwinden zu können.

Walter war vorausgelaufen, doch ein Mann mit einem Schirm stand mit einem Mal vor ihm und schüttelte den Kopf.

»Der nicht«, brummte er.

Ich verstand, nickte Walter zu und ging ins Haus. Die Ouvertüre von Wagners »Tannhäuser« schlug mir entgegen. Sie kam vom oberen Stockwerk. Es war kalt und dunkel. Die unteren Räume schienen seit Langem unbewohnt. Nur aus einem Raum schimmerte Licht. Ich ignorierte es und folgte der Musik. Ein langer Flur wartete am Ende der Treppe und führte zu einer niedrigen Tür. Ich dachte an meinen Vater. Meinen falschen Vater. Er hatte auch immer Wagner gehört, immer »Tannhäuser«. Ich sah den Schatten. Er dirigierte. Ich ging langsam näher. Lief ich in eine Falle? Ich sah mich um. Bilder von Hirschen. Ein alter Plastikboden. Schmutzige Tapeten. Bläserchöre schwollen an, und ich hatte das Gefühl, als würde die Musik immer lauter werden und als würde ich den Mann, der seine erhobenen Arme mit der Musik bewegte, kennen. Und ich kannte ihn.

Merten drehte sich zu mir und lächelte mich an.

»So setz dich doch, ich darf doch Du sagen?«, fragte er und bot mir einen Platz in einem weichen, heruntergekommenen Sessel an. Ich lehnte ab und blieb an der Tür stehen. In seinen alten Augen tanzte eine lebendige Gewissheit.

»Sie leben, natürlich. Ich hätte es mir denken können.«

»Wir mussten dich doch zum Laufen bringen«, sagte er mit

einem breiten Grinsen. Erst jetzt sah ich, dass vor ihm dieselbe Miniaturwelt stand wie unten im Labor. Sie hatte dieselbe Größe und war auch mit unzähligen kleinen Burgen und Gebäuden versehen. Einige der Gebäude lagen auf dem Boden, als hätte jemand sie in großer Wut aus der kleinen Welt geschlagen.

»Verzeih die Unordnung. Üblicherweise bewohnt eine freundliche Polizistin dieses Etablissement – man darf schließlich nicht für zu viel Aufmerksamkeit sorgen, was die Bedeutung dieses Ortes betrifft.«

Ohne ihn aus den Augen zu lassen, sah ich mich weiter in dem Raum um. Er war spärlich eingerichtet mit Möbeln aus den siebziger Jahren, und es roch nach abgestandener Luft und staubigen Kräutern.

»Du hast es tatsächlich geglaubt, habe ich recht?« Merten zog die Brauen hoch. Dann räusperte er sich und wiederholte seine Worte, die er auch auf der Insel verwendet hatte.

»Wenn sich die Schwarze Familie erhebt und ihre Pläne von der Neuen Ordnung weiterverfolgt, dann ist das, was ihr dort seht, das Einzige, was sie aufhalten kann. Vereinigt die Völker der vergessenen Schöpfung und besiegt die Königin! Führt die Rebellion an und bereitet die Invasion vor. Die Invasion gegen die Schwarze Familie! Bevor sich die Schwarze Familie gegen uns Menschen richtet.«

Er sah mich an, seine blitzenden Augen waren voller Spott.

»Du hast es geglaubt, oder? Auch die Projektion der Königin, das dunkle Loch im Raum, alles hast du geglaubt.«

Mein Mund war staubtrocken, und ich wusste nicht, was ich sagen sollte.

»Du sagst ja nichts? Die Experimente, die eure Mutter an euch als Kinder durchgeführt hat, waren wirklich einzigartig. Und ich muss gestehen, einen winzigen Moment lang habe ich tatsächlich daran geglaubt, dass sich Wahnbilder verbinden lassen. Doch das führt nur zu einem sehr ernst zu nehmenden Krankheitsbild, nicht zu einer Welt. Und weißt du, warum? Weil dort nichts ist. Es gibt nur unsere Welt. Diese echte hier.«

Ich sah ihn an und versuchte zu antworten, aber ich fand nur Stille.

»Insofern will ich mich bei dir bedanken. Durch dich haben

wir den Beweis gefunden, dass die letzten Worte einer sterbenden alten Monarchin doch nur ein Hirngespinst einer Wahnsinnigen waren und nichts weiter.«

Ich versuchte, mich zu ordnen, versuchte die Fassung nicht zu verlieren. Die Suche nach der Blume, der Schatulle, alles umsonst?

»Wir dachten, dass du vielleicht mehr siehst als wir. Mehr verstehst. Dass du die Zeichen verbinden kannst, die du siehst, und dass du uns einen neuen Weg zeigst, den wir vielleicht übersehen haben. Aber du hast nichts gefunden, was wir nicht schon längst wissen. Als wir gehört haben, dass Marlene, die liebe, arme Marlene – ich denke, sie leidet von euch allen am schlimmsten an den Folgen der Experimente –, von einer Verbindung von vier Wahnbildern gesprochen hat, mussten wir auf Nummer sicher gehen und euch in das Labor schicken.«

Ich setzte mich auf den Sessel und starrte in eine Leere vor mir.

»Aber warum der ganze Aufwand? Diese riesige falsche Welt da unten? Wie lange dauert es, so etwas zu errichten? Zehn Jahre? Zwanzig?«

»Als wir die DNA-Ketten auswerteten, war es ein fürchterliches Durcheinander. Es waren vor allem die Schallwellen, die in den Pflanzen gespeichert wurden, die alles aufnahmen, was je an diesem Ort gesprochen worden war. Wir brauchten Jahre, um die einzelnen Ebenen herauszufiltern. Und noch arbeiten wir an den elektromagnetischen Wellen des Lichts, damit wir auch sehen können, was passiert ist.«

Ich starrte Merten an, als spräche er in einer fremden Sprache. Er zwinkerte mir zu, und dann sagte er: »Hospital. 329. 1271. Turm 3.«

Wagners Oper unterbrach, und mit einem Mal füllten unzählige Stimmen den Raum. Fremde Stimmen. Von Frauen. Kindern. Schreie. Lachen. Dumpfe Schläge, das Klirren von Metall, Donner. Alles kam gleichzeitig aus vielen kleinen Lautsprechern, die ich nicht sehen konnte.

»Was zur Hölle?«, sagte ich und erschrak unter der tosenden Wucht des Stimmengewirrs, als sich plötzlich eine einzige Stimme herausbildete. Ein Mann mit einer leisen, wohlgeformten

Stimme. Ich ahnte den Duft von Weihrauch zwischen seinen Silben.

»... damals, als ein einziger Ritter ausreichte, um sie niederzuringen. Und dass heute die stärksten Armeen vor ihr zurückweichen. Wer so etwas zustande bringt, muss ein Geheimnis in sich tragen.«

»Sind das Stimmen von ... damals?«

Merten nickte.

»Wenn ihr doch alles wisst, wieso quält ihr mich mit dieser Blume? Die Bäume ... eure ... unglaubliche Technik, die Daten, die müssen doch alles wissen? Das ganze Wissen der Menschheit ...«

»Die Babenbergerin war krank. Hatte Epilepsie wie du. Der Wahn, der in ihr tobte, konnte nicht aufgezeichnet werden. Die Bilder, die der große Anfall eines epileptischen Ereignisses erzeugt, können wir nicht einmal hören. Als wären sie gar nicht da.«

»Die Grenzen der Technik«, sagte ich und wusste nicht, ob ich mich darüber freuen sollte.

»Oder die letzte Freiheit des Menschen. Aber genau darum geht es«, sagte Merten und gab wieder einen Sprachbefehl. Erneut füllten viele Stimmen den Raum, und erst langsam hörte ich sie, ihre Stimme, die Stimme der Gertrud von Babenberg. Sie war so weich und anmutig, ganz anders, als ich sie mir vorgestellt hatte. Sie war zerbrechlich wie eine Blume und so voller duftender Würde, dass mir die Tränen kamen, als ich ihre letzten Worte hörte: »In den Ketten liegt das Licht ... der anderen Welt.« Und dann ein Atmen. Das von Medora. Es klang alles so echt. So wirklich. Jetzt hatte ich ihren ganzen letzten Satz gehört. Sie hatte von einer »anderen Welt« gesprochen. Umwoben von einem dunklen, pulsierenden Rauschen.

»Ich muss zugeben, ich dachte zu Beginn, es wäre tatsächlich möglich, dass die letzte Babenbergerin in ihrem Wahn ein Geheimnis verbarg. Aber jetzt, da selbst du, die du ihr in so vielem ähnlich bist, nichts siehst, was wir nicht wissen, können wir davon ausgehen, dass auch dieser Weg ins Leere führt.«

»Aber die Schatulle? Sie ist doch hier? Der krumme Ton? Die große Krankheit?«

Merten stand auf und klatschte in die Hände.

»Unsere liebe Medora, unsere erste Vorsitzende, hat nichts weiter getan, als ihren Auftrag erfüllt. Übrigens finde ich es erstaunlich, dass sie euch als Halluzination erscheint. Vermutlich ein unterdrückter Wunsch in eurem Unterbewusstsein.«

Merten sah mich an wie ein Arzt kurz vor einer vernichtenden Diagnose. »Als im Römisch-Deutschen Reich das Gerücht umging, dass eine neue Krankheit die Welt heimsuchen würde, die als der Schwarze Tod gehandelt wurde, herrschten überall Angst und Schrecken. Nur wenige verstanden, dass eine Krankheit auch eine Waffe sein konnte. Eine biologische. Die Großmutter der Gertrud von Babenberg hatte das verstanden, die gute Theodora Angela Prinzessin von Byzanz, Herzogin von Österreich, legte eines Tages ein kleines Minnekästchen in die Hände ihres damaligen Gemahls, Leopold VI., des Glorreichen. Der Inhalt dieses Kästchens sollte den Ruhm der Babenberger für immer sichern. Selbst die mongolischen Horden wären davor zurückgewichen. Denn in diesem fein abgeschlossenen Behältnis, dieser wundervoll mit einer Blume verzierten Schatulle, lag eine tote Ratte. Diese Waffe lag gut behütet und gut bewacht im Archiv der Babenberger auf der Burg Starhemberg.«

Eine Ratte. Ich dachte an Medora, als sie überrascht gewesen war über das Gewicht des Kästchens.

»Der Kaiser Friedrich II. konnte natürlich nicht dulden, dass die Babenberger über eine so große und unbekannte Waffe verfügten, und schickte seinen besten Mann, um das Kästchen zu besorgen. Oder besser: seine beste Frau. Du kannst dir vorstellen, wie seine Schattenkrieger der Kuenringer und Franziskaner erstaunt waren, als Medora die Schatulle geöffnet hatte. Eine Ratte. Eine Ratte, die die Pest brachte. Den Rest kennst du. Millionen von Toten. Und von Medora fehlt seitdem jede Spur. Viele hatten zu Beginn noch versucht, die Pest zu heilen. Manche hatten sogar gehofft, dass man an Orten mit besonderen geologischen Eigenschaften der Pest entkommen könnte. Orten, an denen es zu Anomalien in der Natur kam. Du würdest dazu ›krumme Orte‹ sagen, oder? Ach, was man doch alles versucht hat, um dem Schwarzen Tod zu entkommen! Vom Aderlass über Kräuter wie die Engelwurz oder die Bibernelle oder den Sumpfporst, den wilden Rosmarin, bis hin zu Selbstgeißelungen und der *Poenitentia*. Aber das kennst du ja alles. Die Pest war für viele die Strafe Gottes oder die Rache der Natur an der Gier des Menschen. Aber manche glaubten auch, dass die Sternenkonstellation rund um das Sternbild Wassermann für die Ausbreitung der Pest verantwortlich war. So wurden Wachtürme erbaut, die durch die Falkenwege mit anderen Orten verbunden waren, die ebenfalls im Verdacht standen, für den Ausbruch verantwortlich zu sein. Burg Montségur, Santiago de Compostela, Mons Clarus, Mainz, Speyer, Regensburg, Konstantinopel ... Und manche glaubten sogar, dass es ein dunkles Volk war, das durch die Pest versuchte, in unsere Welt zu dringen. Das Nachtvolk. Doch die Ursache war Yersinia pestis. Ein Bakterium, das durch Ratten übertragen wird. Keine Sternbilder, keine Invasion, keine Strafe Gottes. Nur ein Bakterium. Nach hundert Jahren des mühseligen Kampfes gegen die Ausbreitung schlug die Pest endgültig zu und beendete eine Epoche. Und eine neue begann.«

Regungslos folgte ich Mertens Worten.

»Aber das, meine Liebe, ist alles vorbei. Wir leben im Hier und Jetzt, und es ist erforderlich, dass eine neue Zeit beginnt.«

»Dieses Virus, das ihr unten getestet habt – ist das echt?«

»Natürlich.«

»Dann werden meine Schwestern sterben?«

»Wir haben natürlich Vorkehrungen getroffen, dass es sie nicht mit aller Härte erwischt. Aber entscheidend ist, dass uns nun nichts und niemand mehr aufhalten kann. Weder ihr mit euren Wahnbildern noch ein verworrener letzter Satz einer sterbenden Monarchin. Es gibt keine andere Welt. Und niemanden, den man um Hilfe rufen kann. Es gibt nur diese Welt. Und die gehört uns.«

»Das heißt, ich kann jetzt gehen?«, fragte ich und stand auf.

Merten lachte laut auf, und mit einem Mal drang wieder »Tannhäuser« aus den Boxen.

»Ja, du darfst wieder nach Hause gehen.«

Ein Schauer lief durch meinen Körper. Ich war noch immer wie gelähmt.

»Carlotta wird sich freuen. Auch wenn sie Probleme mit dem

Sehen haben wird, aber dafür hat sie ja dich. Du kennst ja die Wege, die ihr jeden Tag geht.«

Ich wankte. Machte mich auf den Weg zurück. In die Heilstätte.

»Und wenn du wieder dort bist, richte meinem alten Freund, dem Priester, einen lieben Gruß aus von mir. Den Brief eures Vaters in einer Schatulle mit Blumen verziert zu übergeben, war eine vortreffliche Idee. Er hat übrigens hier gewohnt. Euer Vater. Ihr seid nicht die Töchter von Konrad Khalberg, ihr seid die Töchter seines nutzlosen Freundes, die Töchter von Viktor Castor. Und genau hier in diesen Räumen hat sein Wahn begonnen.«

»Wenn du nichts mehr siehst oder hörst. Wenn du nichts mehr fühlst oder spürst. Dann beginnt es. Dann entstehen die Bilder von der anderen Welt. Der wirklichen.«

»Was sagst du?«, fragte Merten.

»Ihr glaubt, dass es so einfach ist, nicht? Was ist, wenn es da draußen doch etwas gibt?«

»Würde es etwas geben, dann hättest du es doch gefunden. Oder bist du so nutzlos, dass du selbst deine Schwestern hättest sterben lassen?«

»Ihr habt Angst vor dieser Welt. Deshalb betreibt ihr auch diesen riesigen Aufwand und baut eine Wahnwelt nach. Die Heilstätten, das Spektrum. Es ist die Angst, die euch treibt.«

Merten ging zum Fenster und blickte hinaus. Ich spürte, dass er mit einer Wut rang. Ich sah zu den kleinen Gebäuden, die auf dem Boden lagen.

»Was kommt jetzt? Die Neue Ordnung? Eine neue Pest? Warum macht ihr es nicht? Wieso zögert ihr? Werdet ihr dann zwei Gesellschaften bauen? Eine, die dient, und eine, die führt? Wirtinnen und Dienerinnen?«

»Nein, meine Liebe. Ich sehe das anders. Es wird nicht zwei Gesellschaften geben. Es wird drei geben. Eine, die führt, eine, die dient, und eine, die keiner mehr braucht. So wie dich.«

Merten schlug die Tür zu, und ein alter Wind brach los über meinem Meer, und der große Anfall öffnete sein Maul.

ZWÖLFTE AUFZEICHNUNG

»Und womit wollt ihr uns jetzt vernichten?
Mit einer blauen Blume?«
»Ja. Mit dem Wesentlichen.
Mit dem, was uns Menschen ausmacht.«

Zuerst stirbt Gott, dann stirbt der Mensch

Die Welt, wie wir sie kannten, ist nicht mehr. Nachdem die Feuer nach den großen Wäldern greifen und die blühende Natur in dampfende Asche verwandeln, erhebt sich jetzt eine neue Angst: die Pest. Sie ist zurückgekehrt. Wir haben Gottes Schöpfung mit Füßen getreten. Bekommen die Menschen jetzt die große Rechnung präsentiert?

Von H. Selzberg

… Husten, manchmal Blut, dann Fieber, und dann kam die Atemnot. Doch das ist jetzt vorbei. Dennoch warnen Experten, es könnte erst der Anfang gewesen sein …

Ich überflog den Artikel. Mein Mund war trocken. Ich wollte ihn nicht zu Ende lesen. Ich sah zu ihr und faltete die Zeitung zusammen.

»Die große Krankheit. Sie tarnt sich zwischen den Feuern.«

»Es wird langsam Zeit für das Bett.«

»Es ist unsere Schuld.«

»Das ist es nicht.«

»Doch. Das ist es. Das war es immer.«

MONATE SPÄTER

Nach den Ereignissen in Tannenfall lebte ich nun wieder in der Heilstätte. Ich hatte mein altes Zimmer bezogen, und alles war wie vorher. Selbst Carlotta war hier und sorgte sich wieder um mich und legte das kleine Stück Seife auf das Handtuch. Sie hatte sich an die Dunkelheit gewöhnt und fand sich überraschend schnell zurecht. Wenn wir spazieren gingen, hängte sie sich bei mir ein, und ich führte sie.

Meinen letzten epileptischen Anfall hatte ich im Haus meines Vaters gehabt. Viktor Castor. Er hatte sein ganzes Leben in Spital am Semmering gelebt, einem kleinen, versteckten Dorf hinter dem Semmering mit einem schönen Skigebiet. Ich konnte leider nicht Ski laufen, sonst wäre ich einen der Gräben hinuntergefahren, die vom Stuhleck in das Tal führten.

Meinem falschen Vater hatte ich verziehen. Er hatte immer das Krumme und Wertlose in mir gesehen. Seit Tannenfall wusste ich, dass ich das nicht war. Und solange man nicht selbst daran glaubte, war man es auch nicht. Die Tage im Labor hatte ich nur mit Mühe überstanden. Es war die schwierigste Zeit in meinem Leben gewesen, sie hatte mir alles abverlangt, was ich zur Verfügung hatte. Aber ich war froh, wieder hier zu sein. Ich hatte meine Vertrauten vermisst. Wo meine Schwestern jetzt waren, wusste ich nicht. Vermutlich in einer anderen Heilstätte oder in einem Institut des Spektrums. Vielleicht am Herrenhof. Vermutlich konnte niemand von ihnen wieder in sein altes Leben zurückkehren. Ich vermisste sie jeden Tag. Aber ich war Wirtin, und die Routinen nahmen so viel Platz ein, dass ich keine Zeit für den Kummer hatte. Was mit der Leiterin unserer Heilstätte geschehen war, wusste ich nicht. Ich traute mich auch nicht, jemanden danach zu fragen, denn schließlich wusste ich nicht, wie die neue Leitung – eine quirlige kleine Frau mit runden Brillengläsern – mit der Schwarzen Familie verstrickt war. Ich wusste überhaupt nichts von der Familie und ihren Strukturen. Ich wusste nur, dass es besser war, nicht danach zu fragen.

Ich hatte das warme Rauschen des Elblandes vermisst. Wenn ich an die stickige Luft im Labor dachte, genoss ich jeden Atemzug hier im Freien. Ob ich gerne einmal das echte Tannenfall gesehen hätte? Ich wusste es nicht. Diese Insel, auf der wir gewesen waren, war nur ein künstliches Abbild eines närrischen Bauern gewesen, der vor hundert Jahren diese Welt in ein Tagebuch gekritzelt hatte. Aber der Weg über die Teichalm hatte mir sehr gefallen, auch wenn die Ereignisse nach dem Tod unserer Mutter schwer an mir nagten. Ja, vielleicht wollte ich dort noch einmal hin. Aber wie sollte ich das anstellen? Also schlug ich mir den Gedanken gleich wieder aus dem Kopf.

Ich genoss lieber die liebliche Gegend hier. Einzig die Westwand des einstigen Klarissenklosters mied ich. Als ich in die Heilstätte zurückgebracht worden war, war ich aus dem Wagen gestiegen und hatte zur Wand hochgesehen. Carlotta war bei mir gewesen, und ich hatte daran gedacht, dass sie diesen Ort immer für etwas Besonderes gehalten hatte. Jetzt konnte sie ihn nie wiedersehen. Aber auch ich entschied, nie wieder dort hinaufzublicken und auf dieser alten Mauer das große Fenster zu sehen, wo eine Art Blume aus geometrischen Formen eingelassen war.

Seit ich wieder in meinem alten Zuhause war, hatte ich auch keine Bilder mehr im Kopf. Medora, die Verräterin, die die Pest über die Welt gebracht hatte, war mir nie wieder erschienen. Ich konzentrierte mich jetzt lieber auf das Lernen, Sehen und Siegen.

Mein Zimmer sah aus wie immer. Nur übersichtlicher und klarer.

»Schön, dass auf deinem Schreibtisch eine neue Ordnung herrscht«, sagte meine Pflegerin und tastete auf die leere Fläche. Nur ein paar Einladungen von Veranstaltungen lagen gestapelt darauf. Marie hatte sie mir immer vorbeigebracht, weil sie wollte, dass ich einmal zum Tanzen mitkam. Als ich weg war, hatte sie nicht damit aufgehört, mir Einladungen auf den Tisch zu legen.

»Jetzt noch duschen, und dann geht's zum Frühstück, ja?«

Ich vermisste das Schreiben nicht. Ich war damit in eine Welt vorgedrungen, vor der ich Angst hatte.

Ich setzte mich an meinen Tisch und säuberte an der rot-weiß karierten Tischdecke meine Hände, bevor ich die Gabel und das Messer aus Plastik in die Hände nahm, um das Spiegelei, das auf dem Teller lag, in zwei Teile zu schneiden. Walter saß mir gegenüber und starrte mich erwartungsvoll an. »Meine Mutter, weißt du, die kommt aus Österreich. Ich bin eigentlich aus Italien. Mein Großvater hat dort gekämpft. Gegen die Deutschen.« Dann blickte er sich verstohlen um, als hätte er Angst, dass ihm bei den Worten »die Deutschen« Konsequenzen drohten. Ich lächelte ihm zu. Er lächelte zurück.

Ich sah auf den Platz neben Walter. Dort saß Klara.

»Geht es dir denn wieder gut?«, fragte ich sie.

Sie nickte, starrte auf ihren Teller und kratzte mit dem Plastikmesser etwas darauf. »Ich vermisse sie«, sagte Klara.

»Wir alle vermissen sie«, sagte Walter und sah uns mit traurigen Augen an.

»Sie hat so gut getanzt«, lachte Marie.

»Bitte Ruhe! Bereitet euch auf das Lernen vor!«, rief einer

der Aufseher. Er hatte die Arme auf dem Rücken gekreuzt und ging zwischen den Tischen auf und ab.

Im Speisesaal fanden hundert Menschen Platz. Und auch wenn alle hier waren, war es meist so still, dass man gehört hätte, wenn ein Plastikmesser zu Boden fiel. Carlotta stand mit ihrer gelben Dienstkleidung hinter mir. Sie berührte meinen Rücken, um mir zu signalisieren, dass ich meine Unterhaltung einstellen oder zumindest leiser führen sollte. Ich nickte kaum sichtbar und suchte mit meinen Blicken nach Marie, die neben mir mit dem Eigelb Kreise malte. Es war immer dasselbe. Jeden Tag. Jedes Jahr.

»Sie hätte einfach weglaufen sollen«, sagte Klara mit leiser Stimme.

»Wer?«, fragte ich Klara, ohne aufzublicken.

»Die Leiterin. Damals am Gartenhaus. Sie ist ihr gefolgt und hat sie gestoßen. Ich habe es gesehen.«

Ein Schauer lief durch meinen Körper. »Da war noch eine Frau? Hast du das jemandem erzählt?«

Klara schüttelte den Kopf.

»Wer war sie?«

»Ich kannte sie nicht. Sie war da, als alle da waren. Beim großen Tanzen. Als die schicken Autos da waren und sie vorher diese Konferenz hatten oder so.«

Wieder lief ein Schauer über meinen Rücken.

»Die hatten die Weltenfrage diskutiert«, sagte Walter und verließ für einen Moment seine Rolle. Ich warf ihm einen kurzen Blick zu und gab ihm ein Zeichen, vorsichtig zu sein.

Er nickte und erzählte von seinem Großvater, als ein Pfleger hinter ihm vorbeiging.

»Aber ich denke, auf der Einladung ist so ein Gruppenfoto. Da ist sie sicherlich mit drauf.«

Ich nickte. Und hatte einen schrecklichen Verdacht.

DER LANGE WEG DER GRETA ERDSEGEN

Ich saß auf meinem Bett und hielt die Einladung in der Hand. »Sonnwendball«, stand darauf. Darunter waren einige Namen aufgelistet. Mitglieder des Ehrenkomitees. Und einige Bilder. Das der neuen Leiterin. Bilder von Ärzten. Psychologen. Und darunter das Gruppenfoto. Es waren sicherlich an die hundert Personen darauf zu erkennen. Sie hatten sich vor eine Villa am Berliner Wannsee eingefunden und lächelten zufrieden in die Kamera. Ich musste das Bild nah an meine Augen halten, aber es bestand kein Zweifel. Sie war es.

Carlotta öffnete die Tür und betrat mit ihren Mokassins mein Zimmer. Sie hatte Frotteehandtücher in der Hand. Der Duft frischer Seife drang in meine Nase.

»Ich möchte sie sehen«, sagte ich und bemerkte, dass Carlotta ihren gewohnten Gang durch das Zimmer unterbrach.

»Du weißt, dass das gegen die Vorschriften ist.«

»Merten hat es mir zugesichert. Wann immer ich sie sehen will.«

Carlotta verschwand im Badezimmer und stieß gegen einen kleinen Stuhl, auf dem sie die Handtücher ablegte. Ich sah, wie sie ihre dunkle Brille zurechtrückte und nickte.

»Meine Hose und das gelbe Oberteil, wo hast du das hingetan?«

Carlotta stöhnte. Sie richtete sich ein wenig auf, und ich bemerkte, dass sie etwas ahnte. »Sie sind noch voller Erde, wir haben sie seitdem nicht gewaschen …«

»Wo sind sie?«

Die Ruhestätte lag im warmen Herbstlicht einer alten Zeit. Ich hatte meine Hände gefaltet und sah auf das Grab. Die Natur hatte mit großen Händen danach gegriffen. Der Grabstein war schlicht. Sein Name war kaum mehr zu lesen. Darunter standen die Namen meiner Kinder. Tränen liefen über meine Wangen. Spürte ich früher einen tiefen Schmerz in mir, als hätte ich Glasscherben in meinem Innern, so fühlte ich diesmal Erleichterung. Was ich getan hatte, war schrecklich und unverzeihlich gewesen, aber es hatte mich zu derjenigen gemacht, die ich nun war. Meine Kinder waren vor meinem gesenkten Blick gestorben. Jetzt war er aufrecht, und ich würde nie wieder zulassen, dass Kinder starben. Ich hatte so lange weggesehen, mich in der Erde im eigenen Kummer gewälzt, aber jetzt war es an der Zeit, einen Beitrag zu leisten.

Die Stummen standen hinter mir und ließen mich nicht aus den Augen.

»Ich gehe jetzt«, sagte ich zu Carlotta. Obwohl sie mich nicht sehen konnte in meiner schmutzigen, zerrissenen Cordhose und meiner hellgelben, zerfransten Bluse, wusste sie, was ich vorhatte.

»Das kann ich nicht zulassen«, sagte sie leise und achtete darauf, im Schatten des Windes zu sprechen. Der glitt sanft durch die Herbstbäume, die den Friedhof im Schlosspark umfassten.

»Ihre Dienerin hat der Welt die Pest gebracht, weil sie anderen blind diente. Und ich habe meinen Kindern den Tod gebracht, weil ich niemandem diente. Nicht einmal mir selbst. Das ist nun vorbei. Für dich und für mich.«

Carlotta schwieg. Über ihr stand ein Falke. Sie hörte seine sanften Flügelschläge. Ich bückte mich und zog eine kleine unscheinbare Blume aus der Erde. Sie sah aus wie Unkraut.

»Sie ist für dich. Eine kleine graue Blume. Sie ist nichts Besonderes. Sie schimmert in keiner Farbe. Und sie ist nicht blau. Aber sie ist da. Eine Blume. Eine gewöhnliche Blume. Aber da ich sie dir jetzt schenke, mache ich sie außergewöhnlich. Denn diese graue Blume ist so außergewöhnlich wie du und ich. Und wir beide wissen, dass wir wertvoll sind.«

Ich konnte mein Gesicht in den schwarzen Brillengläsern meiner Dienerin sehen und war mir sicher, dass sie dahinter weinte.

»Es ist vorbei. Wir beide machen den Anfang. Und die anderen werden uns folgen.«

Und als Carlotta sich plötzlich mit fester Stimme und Befehlen an die Stummen wandte, die überrascht aus ihrer Stille traten, war ich leise zwischen den Bäumen verschwunden.

Der Himmel über meinem Kopf verlor seine Farbe. Im Süden hockten noch Nachtnester. Sie verfolgte mich nicht. Ich war allein. Sie hatte mich gehen lassen. Ich hatte keine Vorbereitungen getroffen, ich wollte einfach nur gehen und es vollenden. Der Weg von Seußlitz an den Semmering war weit. Über fünfhundert Kilometer. Wenn ich jeden Tag zwölf Stunden ging, dann wäre ich in zehn Tagen dort. Ich hatte nicht so viel Zeit. Ich musste schneller gehen. Weiter gehen.

Als ich in Tannenfall gewesen war, hatte ich ein Heilmittel

gesucht. Gegen die Krankheit, die ich in die Welt gebracht hatte. Ich hatte nichts gefunden. Die blaue Blume, die meine Schwestern hätte heilen sollen, gab es nicht. Aber auch wenn ich versagt hatte, so hatte ich dennoch gelernt. Ich hatte gelernt, den Blick vom Boden zu heben und nach vorne, nach oben zu blicken. Und ich hatte gelernt, dass nicht ich es war, die den Tod in die Welt gebracht hatte, sondern diejenigen, die den Blick weiterhin unten hielten und blind dienten. Ich hatte zwar die blaue Blume nicht gefunden, aber ich hatte etwas gefunden, was wertvoller war als das. Mich. Ich hatte gelernt, mich so anzunehmen, wie ich war, krumm, dürr und wenig ansehnlich. Und ich hatte gelernt, zu meinem Leben zu stehen und ihm zu vertrauen. Jetzt war ich auf dem Weg zu ihr. Und auf einmal begriff ich, dass es einfach war. Ein Weg. Schritt für Schritt. Ein Fuß nach dem anderen. Bis man sein Ziel erreicht hatte.

Die Buße, die Poenitentia, war wie ein kalter Regen. Er hatte mich gereinigt. Es hieß, dass Gott im Regen lebte. Gott hatte ich nicht gefunden, sondern etwas, was stärker war als er. Aber vielleicht war das auch Gott, ich wusste es nicht.

Die Sonne stand über mir. Mein Mund war trocken, und meine Gedanken verschwanden wie der Sand auf einem rauen Stein. Ich erreichte Prag. Meine Beine schmerzten, und meine Sohlen bluteten. Ich ging abseits der Straßen und Wege, ging entlang der Wälder, der unsichtbaren Wachtürme. In der Ferne sah ich oft Menschen, die auf mich zeigten, weil sie dachten, ich wäre eine von denen, die aus den Wäldern kamen, eine Verrückte. Aber ich wollte nicht mehr dagegen ankämpfen. Ja, ich war eine Verrückte. Und dieser Wahnsinn machte mich frei. Und als die Nacht kam, dachte ich an ihre Worte. Auf dem Pass.

»Kannst du dort den Arm hochstrecken, wenn du auf dem Gipfel stehst, und den Himmel berühren?«

Natürlich konnte ich das. Es war mein Weg. Der Weg der Königin, dachte ich und sah auf zum Mond, der über den tschechischen Wäldern hing. Es war noch ein langer Weg, aber bald, bald würde ich die Alpen und den Gipfel erreichen, auf dem sie auf mich wartete. Dort würde ich meine Hand heben und den Himmel berühren und mich gegen die Neue Ordnung stellen. Gegen sie.

Hinter zähen Hügeln verschwanden die Lichter einer Stadt.

Ich hatte die Zeit verloren. Ich fiel in einen Bach und trank kaltes Wasser, das nach Stein schmeckte. Aber meine Beine wollten weiter, weiter nach Hause.

Nach zwei Nächten fand ich Wien. Ich sah zum Kahlenberg. Der Wiege der Familie. Ich fiel zu Boden. Hatte keine Kraft mehr. Die Welt verschwand in einem Schwindel, aber ich stand auf und ging weiter. Zurück in meine Heimat. Vorbei an Starhemberg, bis ich endlich auf den Semmering sah.

Ich war abgemagert. Konnte nichts mehr sehen und musste mich immer an den Bäumen festhalten, um nicht umzukippen. Aber ich erreichte den Pfaffensattel. Von dort war es nicht mehr weit auf das Stuhleck und dann hinüber nach Tannenfall. In das echte Tannenfall.

Der Boden unter mir wurde weicher, die Luft war klarer, dünner, würziger. Ein kühler Wind wehte von den Bergketten auf die Alm, die sich vor mir ausbreitete. Einige Wanderer pflügten die sanften Hügel mit roten Westen und knalligen Rucksäcken. Als sie mich sahen, drehten sie um. Auch als ich immer wieder niederstürzte und mir an den spitzen Steinen die Knie blutig schlug, wichen sie mir aus.

Vor mir tauchte das Güntherhaus auf und das Gipfelkreuz des Stuhlecks. Als wir unten im Labor gewesen waren, hatte Dorothea erzählt, sie habe im Güntherhaus Leichen gefunden. Doch sie war nie dort gewesen, sonst wäre sie an eine Mauer gestoßen. Es war alles eine Lüge. Wie so vieles.

Ich erreichte den ersten Graben. Er fiel an der linken Seite ins Tal ab. Ein stillgelegter Sessellift wartete auf den Winter. Weiter vorne sah ich die Windräder und die Schatten der anderen Gräben. Einer fehlte. Er war nur im Wahn zu sehen. Und im Labor tief unter mir. Ich ging weiter. Weiter zu dem Gipfel, auf den Dorothea damals gezeigt hatte. Es war noch ein weiter Weg. Aber ich schaffte es, wie ich so viel geschafft hatte, denn ich wusste, es waren die letzten Schritte.

Ich wusste nicht, wie die Bergspitze hieß, aber sie erhob sich hinter der Alm wie ein kleiner spitzer Kegel. Und es schien, als verberge sich zwischen dem Berg und dem Horizont ein tiefer Abgrund. Ein schmaler Schotterpfad führte nach oben, wo aus einer kleinen Steinhütte Rauch aufstieg. Ein Feuer brannte vor einer roten Bank, die vor dem Haus stand. Von hier konnte man ganz Semmering überblicken. Was würde man sehen, wann man hier in den Wahn verfiel? Würde sich die Welt auffalten, wie sie es für Marlene getan hatte?

Drei Drohnen näherten sich. Ich dachte zuerst, dass es Dohlen wären oder Falken. Aber ich irrte mich. Sie surrten. Filmten mich. Sie wussten, dass ich kommen würde.

»Ich dachte nicht, dass du mich finden würdest«, sagte Dorothea und trat aus dem Haus. Sie trug eine gesteppte weiße Winterjacke, und ihre Lippen waren in einem dunklen Rot geschminkt.

»Ich musste nur den Zeichen folgen«, sagte ich und zeigte auf das Feuer, das kleine Rauchsäulen in den Himmel schob.

»Es ist der Beginn des Weltenbrandes. Von hier aus werden die Berge beginnen zu brennen«, sagte Dorothea und sah in das weite, vor ihr kniende Tal. »Die Welt ist dunkel geworden, wir werden sie befreien.«

Ich schwieg und sah nach unten. Die dünne Luft verdrehte meinen Kopf. Ich hatte keine Kraft mehr und fiel zu Boden.

»Ach, Greta, der lange Weg, und jetzt machst du hier schlapp? Wie habe ich mich verraten? Die Leichen im Güntherhaus? Oder Hermanns Leiche?«

Ich ächzte. Hermann … er war tot.

»Du hast ihn nicht gefunden? Auch er liegt unten im Labor unter dem kleinen Baum, den du von seinem Haus heraufgeschleppt hast.«

»Was ist die Weltenfrage?«, sagte ich und stemmte mich wieder auf die Beine.

»Ah, es war die Einladung. Das Gruppenfoto. Die Weltenfrage. Seit dem Jahre 1990 treffen wir uns Jahr für Jahr am Wannsee und diskutieren die Weltenfrage. Gibt es eine andere oder nicht? Kann uns eine andere Welt, wenn wir uns erst erhoben haben, gefährlich werden? Die Elfte war der Meinung, dass wir warten sollten, bis wir diese Frage im rechten Licht beantworten könnten. Aber ich bitte dich – über zwanzig Jahre Heilstätten, das Projekt Spektrum und die Herrenhöfe und trotzdem haben wir nichts gefunden. Auch nicht in unseren Laboren.«

»Die Elfte … war sie, die Leiterin …?«

»Die elfte Vorsitzende. Die Dienerin der Gertrud von Babenberg war die Erste, und die Leiterin der Seußlitzer Heilstätten war die Elfte. Aber leider ist sie gestürzt. Es war ein Unfall, und plötzlich … Ciao.«

Ich sah Dorothea an. Etwas Gefährliches betrat sie. Sie war die neue, die Nummer zwölf. Meine Schwester die Vorsitzende der Schwarzen Familie.

»Wo sind Leonora und Marlene? Hast du sie auch getötet? Wie Hermann?«

»Meine Liebe, das sind meine Schwestern. Nein, es geht ihnen gut. Sie sind versorgt und haben Dienerinnen, die sich um sie kümmern.«

»Aber unsere Bilder, wir hatten doch gemeinsam einen Weg gefunden …?«

»Das dachte Marlene. Ich habe nie etwas gesehen, und auch Leonora scheint mir mehr bei Verstand zu sein, als sie zugibt.«

Ich dachte an die vielen verschiedenen Töne, die ich gehört hatte, während die Bilder von der anderen Welt erschienen waren. Hatte sich das alles tatsächlich nur in meinem Kopf abgespielt?

»Und was geschieht jetzt? Eine neue Pest? Die Neue Ordnung?«

Dorothea sah wieder auf und streckte den Arm nach oben. »Du erinnerst dich? Die Freiheit? Der Wahnsinn, der frei macht? Er macht frei. Frei von diesem Gefängnis, das wir Natur nennen. Diese Begrenztheit von Leben und Tod. Licht und Dunkel. Wir brauchen das nicht. Niemand braucht mehr die Natur. Der Mensch steht vor einem nächsten großen Schritt. Die Technik wird ihn in ein neues Zeitalter katapultieren, wo Unsterblichkeit die reinste Selbstverständlichkeit sein wird.«

»Aber wir sind mit der Natur verbunden. Wir sind Gottes Schöpfung.«

»Gott ist unsere Schöpfung.«

Wieder sank ich erschöpft zu Boden. Eisiger Wind kroch aus dem Himmel.

»Nichts kann es mehr stoppen. Da drinnen ist es. Das neue Minnekästchen. Die neue Ratte. Doch sie wird diesmal ewig sein und alle für immer von der Welt spülen, die sich gegen den Fortschritt wehren. Alle Wertlosen.«

»Ich befürchte aber, du hast einen Fehler gemacht«, sagte ich und richtete mich mühsam wieder auf. »All eure Technik, die Blockchains, die sprechenden Bäume … ihr habt etwas übersehen. Das große Geheimnis.«

»Du warst im Labor. Es gibt kein Geheimnis, keine andere Welt.«

»Weißt du, was das dort drüben ist? Oder das? Oder das?«

Ich zeigte auf einen kleinen Steinhaufen, der aussah wie ein altes Grab aus der Frühzeit. Und auf einen nächsten. Ich konnte viele kleine Steinhaufen von hier sehen.

»Das hätte das Grab der Gertrud von Babenberg sein können. Oder das? Oder das? Aber es ist egal. Entscheidend ist, dass ich daran glaube, dass es eines davon ist. Und ich glaube auch daran, dass Medora, ihre Bedienstete, aus Gram darüber, den Schwarzen Tod in die Welt gebracht zu haben, den Fremden gesucht hat. Den, der immer im Schatten stand. Den, der scheinbar Gertrud töten wollte, aber in Wahrheit Medora angriff, die er schon damals als Verräterin entlarvt hatte.«

»Wovon sprichst du?«, fragte Dorothea, und ich erkannte, wie der Zweifel wie eine Ratte an ihr zu nagen begann.

»Wovon ich spreche? Von der Liebe. Erinnerst du dich, als ich von Gertrud erzählt habe und von dem Fremden? Hast du zwischen den Zeilen gelesen? Hast du die Liebe gespürt? War das nicht auf euren Datenspeichern?«

Dorothea schwieg, und ich bemerkte, wie neue Drohnen sich näherten.

»Gertrud von Babenberg hatte sich verliebt. In einen Mann, der sie einst wie Medora hätte aushorchen sollen, um an das Kästchen zu gelangen. Er war Osmane. Auch das war zwischen den Zeilen zu lesen. Er war vermutlich ein Vertrauter des Kaisers, der dem Islam damals sehr aufgeschlossen gegenüberstand. Doch die Liebe hatte auch er übersehen.«

»Aber was soll das? Was ändert das?«, fragte Dorothea. Sie wollte weiter unerschüttert wirken, doch sah ich, wie ihre Lippe kaum merklich zitterte.

»Medora hatte ihn gefunden und ihn zu Gertruds Grab gebracht. Dort verbrachten sie Tage in tiefer Trauer und in tiefer Schuld. Sie erzählten sich von ihr, der Babenbergerin. Von den

Bildern in ihrem Kopf, die sie Medora beschrieben hatte. Und bald begannen die beiden, aus den Bildern Geschichten zu flechten. Und aus den Geschichten wurden Legenden. Legenden von weißen Hirschen. Von Windreitern und Schneehexen. Und vom Nachtvolk. Legenden, die davon berichteten, wie man einen Pakt schloss, um das Land, das man liebte, vor dem Bösen zu schützen.«

»Das Nachtvolk existiert nicht. Es ist eine Legende.«

»Aber ich glaube daran. Ich glaube an diese Legenden. Und dieser Berg, auf dem du jetzt stehst, wird eines Tages vom Glauben versetzt werden. Und dieser Glaube an die Legenden wird weitererzählt, wie Stille Post, wie die Glieder einer Blockchain. In den Ketten liegt das Licht … in eine andere Welt.«

Dorothea fauchte verächtlich und wandte sich von mir ab. An der Tür zur kleinen Hütte drehte sie sich noch einmal zu mir, als wollte sie sich verabschieden.

»Hast du überhaupt eine Vorstellung, wie groß die Schwarze Familie ist?«, fragte sie spöttisch.

»Hast du eine Vorstellung, wie groß das Nachtvolk ist?«

Dorothea lächelte. Aber sie blickte über meine Schulter hinweg, und ich wusste, dass die Ratte des Zweifels in ihr immer tiefer vordrang.

»Ich will ab sofort an die Legenden glauben, an eine andere Welt. Auch wenn du in den Tälern da unten nichts siehst, für mich sind sie bevölkert. Bevölkert mit Vertrauten, die aufgehört haben, den Blick zu senken.«

Ich sah nach unten, und tatsächlich glaubte ich für einen Moment, eine riesige Armee zu sehen, deren Soldaten die Täler füllten bis an den Horizont und alle gleichzeitig den Kopf hoben.

Auch Dorothea dürfte etwas gespürt haben. Zumindest den leichten Windstoß, der von meinem Begleiter ausging, der die ganze Zeit über nicht von meiner Seite gewichen war. Meinem engsten Vertrauten. Meiner Liebe? Aber ich wollte ihn geheim halten, wie Gertrud.

Als Dorothea Ferdinand sah, der mit einem Mal hinter ihr stand, erschrak sie. Er hatte mich die ganze Zeit über begleitet, unentdeckt, wie einst der Fremde Gertrud von Babenberg. Er war im Auto gewesen, das mich vor Prag überholt hatte. Er war unter den Touristen gewesen, die vor Wien die Weinberge bewundert hatten. Er war der Wanderer gewesen, der unten im Tal des Stuhlecks nach dem Weg gefragt hatte. Niemand hatte ihn bemerkt, da niemand wusste, wer er wirklich war und was er die ganze Zeit in seinem Herzen gefühlt hatte.

Was hatte Dorothea gefühlt, als sie in seine Augen geblickt hatte? Dass er am Ende sie und nicht mich verraten hatte? Sie war sich offenbar sicher gewesen, dass er immer an ihrer Seite stehen würde. Nicht an meiner. Nicht an der Seite der Schwachen. Ich ging davon aus, dass Dorothea oder eine der Drohnen Ferdinand längst entdeckt hatten, bevor er entschied, den Almrücken zu verlassen und auf den schmalen Pfad hinabzusteigen, der direkt auf die hintere Seite der Hütte führte. Ein Weg, den sonst nur Gämsen beschritten. Oder Steinböcke, wenn sie besonders mutig waren. Oder Ferdinand.

Im Grunde war Ferdinand ein Krummer wie ich. Aber als ich mich erhoben hatte, war er mir in seinem Inneren gefolgt, auch wenn es nie jemand sah. Niemand außer mir.

»Ferdinand, der ist ein Guter, der kennt sich hier aus in der Gegend. Wie ein Wanderer. Wie Jakob, deine Halluzination, die du ja verleugnest Tag für Tag«, sagte ich.

Ich konnte nachher nicht mehr sagen, ob es Ferdinand war, der sie gestoßen hatte, ob es die Falken waren, die begonnen hatten, die Drohnen anzugreifen, oder ob es das Gleichgewicht war, das sie verloren hatte: Aber plötzlich stürzte Dorothea! Sie fiel in die Tiefe, die sich hinter der Hütte auftat wie ein dunkler, tiefer Schlund. Und mit ihr fiel ein Teil meiner Familie, die ich doch nie wieder hatte verlieren wollen.

Ob ich der Welt die neue Pest erspart hatte, wusste ich nicht. Ich wusste nur, dass ich mich über mich selbst erhoben und den Himmel berührt hatte. Und auch wenn in den Tälern die Augen der Schwarzen Familie erwachten, so war es mein Arm gewesen, der begonnen hatte, die Welt zu verändern. Sie neu zu denken.

{»tag«:

»DREIZEHNTE AUFZEICHNUNG«

»spektrum«: [die beatmungsmaschine
von dorothea almer ist abzuschalten.]
»response«: [none]
»spektrum« [eines tages wird es drei
gesellschaften geben. die ki, die führt,
die natur, die dient. und der mensch,
den keiner mehr braucht.]}

EPILOG. DIE LEGENDE DER BLAUEN BLUME

Vor langer Zeit verirrte sich ein junger Mann im nahen Winter in den kargen Wegen eines Gebirgspasses. Es ist nicht bekannt, um welches Gebirge es sich handelte. Es heißt nur, dass der Junge auf der Flucht vor bösen Männern war. Mit üblen Schreien waren sie hinter ihm her gewesen und hatten gedroht, ihn und seine Familie zu töten, wenn sie ihn zu fassen bekämen. Der Junge aber war geschickt und schlau und nutzte die Schatten und Unebenheiten der Natur, um seine Verfolger abzuschütteln. Er zwängte sich durch schmale, kalte Felsspalten, sprang über wild niederfallende Gebirgsbäche und duckte sich unter schattiges, faules Laub, bis endlich die keuchenden Atemzüge hinter ihm verschwunden waren.

Als er auf eine Anhöhe hinaufkletterte, um wieder den Weg nach Hause zu finden, stellte er fest, dass er sich verlaufen hatte. Irgendwo war er der Welt abhandengekommen. Vom Westen zog ein großes Unwetter auf, das die letzten Tage im Herbst mitbrachten, und der Junge suchte in einer Höhle knapp unter der Baumgrenze Schutz. Als er dort kauerte und in den schweren, eisigen Regen blickte, der vor ihm niederfiel, entdeckte er im Grau der Welt eine kleine blaue Blume. Sie war so unbeschreiblich zart und fein, dass er sie fast übersehen hätte im tiefen Kummer seiner Tage. Auf allen vieren kroch der Junge durch den Regen zur Blume und legte seine beiden Hände schützend über sie. Dabei berührte ihn der Duft der Blume, und ihm war, als wärmte dieser fremde süßliche Geruch seinen zitternden, mageren Körper.

Und was dann geschah, war kaum zu glauben: Vor dem Jungen offenbarte sich ein derart weites grünes Land, dass selbst der Regen innehielt und seine Tropfen wie nasse Punkte vor einem leuchtenden Gemälde standen. Der Junge erhob sich und blickte in die Welt vor seinen Augen. So musste wohl das Paradies aussehen, dachte er und konnte sich kaum sattsehen.

In der Ferne erkannte er einen großen Baum, von dem sechs Wege wegführten. Sein Herz schlug so schnell, dass er Mühe hatte, nicht vor Freude laut aufzulachen und zu springen, so glücklich machte ihn dieser Anblick. Dabei bemerkte er gar nicht, dass seine Verfolger hinter ihm die kalte Anhöhe erreicht hatten. Doch als sie sahen, wie der Regen vor dem Jungen stillstand, fielen sie vor ihm auf die Knie. Als der junge Mann seine Verfolger hinter sich sah, hatte er keine Angst mehr. Er drehte sich zu ihnen um und streckte ihnen die blaue Blume entgegen. Die Männer senkten ihre Waffen und begannen, an der Blüte zu riechen. Dabei fiel auch bei ihnen der Vorhang der alten Welt zu Boden, und sie sahen, was der Junge sah.

Gewandelt von der Schönheit der Welt, kehrten die Männer in das Tal zurück und erzählten, was sie gesehen hatten. Sie berichteten von dem Jungen, der den Regen angehalten hatte, und vom Zauber der Blume, die die Welt verwandelte.

Und so folgten den Worten der Männer immer mehr Menschen dorthin, wo der junge Mann die Blume gefunden hatte. Es wurden mehr und mehr, und bald wagte der Erste, in das große, weite Tal hinabzusteigen und das Paradies zu erkunden, das sich vor ihnen auftat. Der Junge aber, der das Wunder entdeckt hatte, war von dem Augenblick an verschwunden.

Die Zeit schritt voran. Und so hieß es bald von allen entfernten Ecken der Erde, dass durch den Duft einer blauen Blume eine neue Welt entdeckt werden könne. Eine Welt wie eine unbekannte Schöpfung, in der Wunder möglich seien.

Doch nach ein paar Jahren kehrte der junge Mann wieder zurück auf den Berg. Er war keinen Tag gealtert. Ebenso wenig wie die Männer, die ihm seit jenen Tagen wie einem Messias gefolgt waren. Und so hieß es bald, dass durch den Duft der Blume die Unsterblichkeit entdeckt worden sei. Niemand wusste, wo der Junge und die Männer so lange waren.

Doch auch wenn ihre Haut nicht in Falten lag, so lag in ihren Augen eine große Angst. Denn was sie erzählten, war schrecklich. Sie berichteten von einer großen schweigenden Horde, die sich auf den Weg gemacht hatte, die Welt der Menschen zu erobern. Viele nannten diese Unbekannten das »Schweigen«, andere nannten sie das »Nachtvolk«. Angeführt von der Schwarzen Königin.

Was dann genau geschah, weiß niemand mehr. In den Legenden heißt es nur, dass es zu einem großen Krieg zwischen dem Nachtvolk und den Menschen gekommen sei. Einige berichteten davon, dass sich die Natur mit dem Nachtvolk verbündet habe. Sie erzählten von riesigen brennenden Wäldern, in denen es verkohlte schwarze Vögel geregnet habe. Andere berichteten davon, dass das Wasser vergiftet gewesen sei, dass tote, aufgequollene Fische die Flussbetten gefüllt und die Strände der Meere gedampft hätten, und selbst das Meer habe sich schwarz gefärbt und zu kochen begonnen.

Es gibt viele Legenden und Sagen von jener Zeit. Aber alle waren sich einig, dass durch das Nachtvolk ein riesiger Schatten über die Welt gezogen war. Ein Schatten, der von einem großen, dunklen Planeten auf die Erde geworfen wurde. Ein Schatten, in dem alles verdorrte und zu Staub zerfiel. Der Schatten folgte der riesigen schweigenden Horde des Nachtvolkes, das von der Schwarzen Königin angeführt wurde.

Vergeblich hatten die Menschen versucht, gegen das mächtige Volk zu kämpfen. Selbst wenn es gelang, einzelne Gruppen der schweigenden Kreaturen in felsige Schluchten zu locken und mit Steinen und herabdonnernden Felsen zu töten, so waren es immer nur kleine, unbedeutende Siege. Denn die Schwarzen Frauen, die diese Züge anführten, überlebten jeden Angriff, da sie von großen grauen Wölfen bewacht und frühzeitig gewarnt wurden.

Immer weiter zogen sich die Menschen zurück und versteckten ihre Armeen an entlegenen Orten der Natur, die noch nicht vom Nachtvolk erobert worden waren. Oder sie hockten an dunklen, verdorrten Plätzen, die der Schatten bereits heimgesucht hatte, und schmiedeten dort aussichtslose Pläne. Doch dann kamen die Jägerinnen des Nachtvolkes. Sie waren hochgewachsene, stolze junge Frauen, die wie schwarze, dünne Rauchfäden in den Nebeln lauerten und mit ihren schnellen Pfeilen auf die schutzlosen Menschen schossen. Als die Menschen gerade begriffen hatten, dass es keinen Ort mehr gab, an dem sie sich verstecken konnten, griff das Nachtvolk zu seiner größten Waffe. Es war die große Krankheit, die auch das letzte Leben auf dieser Welt fand – selbst wenn es sich in der kleinsten Ritze einer brennenden Burgruine versteckte. Eine schreckliche Stille begleitete die große Krankheit, welche die letzten Atemzüge allen Lebens aus den Körpern der Menschen und Tiere presste, bis nur noch

Kadaver die Wege und Straßen füllten. Selbst die Fliegen lagen wie Staub auf den Leichen, welche die Welt überzogen.

Diesen einseitigen Krieg konnten die Menschen nicht gewinnen. Und doch wurde ein Waffenstillsand vereinbart. Sie nannten ihn den »blauen Frieden«. Es wurde vereinbart, dass die letzten Menschen die blaue Blume vernichten mussten, um nie wieder die andere Welt betreten zu können. Im Gegenzug bewachten weiße Hirsche die lange Grenze zum Paradies. Eine Grenze, die vom Norden bis tief in den Süden verlief. Das Nachtvolk zog sich daraufhin wieder zurück in seine Welt.

An jenen Orten, wo früher die blauen Blumen aus der Erde gewachsen waren, erbauten die Menschen Wachtürme. Denn man fürchtete, dass sich eines Tages das Nachtvolk erneut erheben würde, um in die Welt der Menschen einzudringen.

Was bisher geschah

TANNENFALL – DIE VORGESCHICHTE DER SAGA

DIE GESCHICHTE DES FRANZ LEIDEMANN

Am 28. Juli 1914 erklärt Österreich-Ungarn Serbien den Krieg und reißt somit die ganze Welt in den Abgrund. Der Erste Weltkrieg beginnt.

Wenig später bekommt der Bauer Franz Leidemann einen Einberufungsbefehl nach Graz. Er lebt mit seiner Frau und seinen Kindern in einem abgelegenen Dorf in der Nähe des steirischen Semmerings. Da er kein Geld für die Fahrt hat, beschließt er, durch die Wälder zu gehen. Franz Leidemann hat nichts weiter bei sich als ein kleines Tagebuch, in das er jeden Tag schreibt. Doch bald begreift er, dass er sich verirrt hat. Und je tiefer er in die Wälder eintaucht, umso größer wird seine Angst.

> *26. August 1914: Habe Angst. Stimmen sie, die Sagen und Legenden? Gott stehe mir bei! Habe nur noch Essen für einen Tag.*

Kopfschmerzen und Übelkeit plagen ihn. Er ist benommen und kann kaum laufen. Er stinkt, und sein Körper ist schmutzig. Seine klebrigen Hände riechen nach Rosmarin. Humpelnd erreicht er eine Lichtung, auf der er eine blaue Blume findet. Doch diese Blume verändert ihn, verändert seinen Geist. So schreibt er später wieder in sein Tagebuch:

> *3. September 1914 – Nacht: Der Staub der Blumen klebt an meinen Fingern. Etwas hebt sich vor mir. Ein neuer Weg. Habe Edden gesehen. Viele Menschen und Türme auf den Bergen. Waldläufer überall. Ich muss zu Kräften kommen. Ich muss klar denken.*

Und einen Tag später.

4. September 1914: das Nachtvolk. Es ist überall. Laufe. Laufe.

Später schreibt er, dass er einen Hirsch gesehen habe und ihm gefolgt sei. Eine Woche später ist der Bauer Franz Leidemann tot. Erschossen als Deserteur. Es heißt, er habe sich in den Wäldern verstecken wollen, um sich seiner Pflicht zu entziehen. Sein Freund, Marius Khalberg, glaubt nicht daran, denn Franz Leidemann ist ein guter Mann gewesen. In einer Grazer Kaserne schließt der aus einem alten Adelsgeschlecht stammende Marius mit der flachen Hand für immer die Augen seines Freundes und zieht das blutverschmierte Tagebuch aus dessen verkrampften Fingern.

DIE GESCHICHTE DER FAMILIE KHALBERG

Zwei Jahre später, im Jahre 1916, stirbt Marius' Mutter. Trotz eines einstigen Zerwürfnisses kehrt Marius nach Wien zurück, wo er seine Frau und seine beiden Söhne, Albert und Konrad, zurückgelassen hat.

Doch die Wiedervereinigung ist nicht von langer Dauer. Seine Frau ist wie seine Mutter besessen von Allmachtsphantasien und vom italienischen Faschismus. Als Marius sich weigert, das Erbe seiner Mutter anzutreten und den Vorsitz der Familie Khalberg, der sogenannten Schwarzen Familie, zu übernehmen, kommt es zum endgültigen Bruch. Zu dunkel und undurchsichtig sind ihm die Verstrickungen.

Marius Khalberg kehrt zurück auf den Semmering, wo er eine alte Villa bezieht und sich dem Tagebuch seines toten Freundes Franz Leidemann widmet. Es zieht ihn sofort in den Bann – die blaue Blume, der Weg ins vermeintliche Paradies, Edden, der Hirsch, der wie an einer unsichtbaren Grenze zu einer anderen Welt wacht. Und immer wieder Tannenfall, dieser unbekannte Ort, der irgendwo über einem versteckten Tal liegen muss.

Kurz darauf endet der Krieg, doch bevor eine spürbare Besserung in Sicht ist, erhebt sich ein zweiter über die Welt, und es dauert insgesamt fast dreißig Jahre, bis 1945 der Frieden zaghaft aus seinem Versteck kommt.

Marius' Söhne, die beide die zwei großen Kriege überstehen, sind von gegensätzlicher Natur. Sieht Albert die Versöhnung mit dem einstigen Feind als große Lösung für die Welt, so ist für Konrad das Festhalten am Streben seiner Familie der einzige Weg, damit das völkische Gedankengut – wenn auch im Schatten – eines Tages wieder zur alten Stärke würde auferstehen können.

1946 besucht Konrad Khalberg seinen Vater in dessen karger Berghütte. Die liegt hinter dem Dunkelwald, den die Dorfbevölkerung so nennt, da es dort spuken soll. Es kommt zum Streit, und kurz darauf nimmt Konrad das alte Tagebuch, das sein Vater an jenem ereignisreichen Tag für immer aus der Hand hat fallen lassen, an sich und notiert lapidar:

1946. Habe ihn erschlagen.

Danach aber zieht das Tagebuch auch Konrad in seinen Bann, vor allem die dort beschriebene Beziehung seines Vaters zum Wissenschaftler Dr. Merten, der während des Krieges auf einem hohen Pass neben dem Stuhleck ein unterirdisches Labor betrieben hat. Konrad liest mit großem Interesse, dass nach Dr. Mertens Auffassung halluzinogene Wirkstoffe von Pflanzen wie Meskalin Wahnbilder erzeugen können und vor allem die Wirkstoffe einer geheimnisvollen blauen Blume in der Lage seien, den Königsweg hinein ins Paradies und in die Unsterblichkeit zu weisen. Womöglich, so denkt Konrad, hat dieser Franz Leidemann in seinem Tagebuch etwas niedergeschrieben, was die Welt für immer verändern könnte.

Während sich Konrad Khalberg zunehmend der Jagd widmet, um bei der Dorfbevölkerung keinen Verdacht zu erwecken, begeistert sich auch seine Frau Barbara für diese Idee. Ihre furchtlose Natur, die verwoben ist mit großer Intelligenz und einer eigenwilligen, unstillbaren Neugier, hat Konrad trotz ihrer Herkunft aus offenkundig armen Verhältnissen magisch angezogen.

Doch Barbaras Wissbegier verwandelt sich in Besessenheit, bis sie nicht einmal davor zurückschreckt, Experimente an ihren vier Töchtern durchzuführen. Die »Teufelin«, wie er sie wegen ihrer widerspenstigen Art früher liebevoll genannt hat, glaubt, dass die Verformung des kindlichen Geistes eine neue Wahrnehmung ermögliche und man für den Weg ins Paradies Opfer bringen müsse.

Als Konrad seine hustenden Töchter aus einer engen Höhle zerrt, die voll stechender Rauchschwaden aus verbrannten Wurzeln, bläulichen Blättern und Wasserschierling ist, beschließt er, dem allen für immer einen Riegel vorzuschieben. Er bittet Dr. Merten, die vier kleinen Mädchen aus dem Haus ihrer Mutter zu holen, das Konrad ihr nach der Heirat direkt unter dem Pass auf dem Stuhleck gebaut hatte, auf einer kleinen Insel in einem See inmitten einer weiten, nebeligen Alm.

Für Konrad bricht in dieser Nacht, als Dr. Merten mit den Mädchen über den See davonrudert, eine Welt zusammen, aber er muss seine vier Kinder vor seiner eigenen Frau retten. Sie sollen getrennt voneinander aufwachsen und nie erfahren, was ihre Mutter mit ihnen angestellt hat. Und so schreibt er am 20. Dezember 1974 eine Lüge in das Tagebuch, nur um sicherzugehen, dass seine Frau niemals die Wahrheit erfährt:

Sie sind alle weg. Ich habe sie getötet. Eine nach der anderen. Das Leben hier ist zu gefährlich. Marlene, meine Amsel, Dorothea meine Drossel, Greta, mein Falke, Leonora, meine sanfte Lerche … Lebt wohl!

Als Barbara vom – vermeintlichen – Tod ihrer Kinder erfährt, verfällt sie endgültig dem Wahnsinn und begibt sich jede Nacht auf die Suche nach ihnen in den Wald. Fortan glauben viele Dorfbewohner, Barbara Khalberg sei die Schwarze Frau aus der alten Legende, die schweigend durch die Wälder zieht, um in den Häusern und Hütten nach ihren Kindern zu suchen. Der Legende nach schließen sich ihr alle Männer, Frauen und Kinder an, die wie sie von Schuld geplagt sind, wie ein dunkles Volk. Wie ein Nachtvolk.

Konrad Khalberg, der einst von der Unsterblichkeit und der

Kraft einer völkischen Vision so geblendet gewesen ist, dass er zum Vatermörder wurde, lässt seine einst so geliebte Ehefrau in eine Nervenheilanstalt einliefern und widmet sich fortan in der Hoffnung auf Vergebung der einfachen, reinen, unschuldigen Liebe zur Natur. Und selbst zu Dr. Merten, dem Retter seiner Töchter, verliert er den Kontakt. Am Ende versöhnt sich Konrad mit seinem Bruder Albert, der inzwischen Bürgermeister des Dorfes ist.

Im Jahr 2014 stürzt er bei der Jagd von einem Hochstand – unweit der Stelle, an der einst Franz Leidemann die blaue Blume entdeckt hat. Konrad Khalberg, der Spross dieser großen, mächtigen Schwarzen Familie, stirbt fast unbemerkt im Schatten eines Baumes. In den letzten Jahren seines Lebens hat ihn nur sein Hund Kaja begleitet und der unbeholfene Sonderling Viktor Castor, der sein ganzes Leben lang davon geträumt hatte, einmal selbst zur Jagd zu gehen.

Das Geheimnis um das Tagebuch von Franz Leidemann konnte Konrad Khalberg nie lüften.

DIE GESCHICHTE DES VIKTOR CASTOR

Viktor Castor hat seit hundert Jahren sein Dorf in der Nähe des Semmering nicht verlassen. Der stille Bauernsohn ist jedem Konflikt aus dem Weg gegangen und hat als devoter Gemeindebediensteter ein tristes Dasein gefristet.

Seine Frau Barbara – sie trägt denselben Vornamen wie Konrads Frau – ist die Liebe seines Lebens. Anders als die »Teufelin« ist die Nichte des 1914 als Deserteur erschossenen Bauern Franz Leidemann aber still und genügsam.

In dem Jahr, in dem Konrad Khalberg stirbt, liegt auch Barbara Castor in einem heruntergekommenen Haus im Sterben. Viktor will ihr noch einen letzten Wunsch erfüllen und bringt sie hinauf zum idyllischen Tannenfall – so nennen die beiden jenen Ort, an dem Viktor ihr fast siebzig Jahre zuvor einen Heiratsantrag gemacht hat.

Auf dem Weg dorthin spendet eine geheimnisvolle blaue Blume, die Viktor an der Unfallstelle seines Freundes gefunden hat, seiner Frau Kraft. Doch bevor die beiden Alten an den Ort ihrer Jugend zurückkehren, greift sie plötzlich wie aus dem Nichts ein riesiger, gespenstischer Hirsch an. Stunden später erwacht der zitternde Viktor Castor allein im Wald. Von seiner Frau fehlt jede Spur.

Gemeinsam mit Kaja, dem verängstigten Hund seines verstorbenen Freundes Konrad Khalberg, nimmt er die Fährte des dämonischen Hirsches auf. Dabei dringt er immer tiefer in eine geheimnisvolle Welt ein. Hinter dem sagenumwobenen Dunkelwald entdeckt er unter einem weißen Turm eine versteckte Hütte, die seinem Freund gehört hat. Dort findet er Franz Leidemanns Kriegstagebuch.

Das Tagebuch beschreibt neben Leidemanns Erlebnissen die hundert Jahre währende Suche der Familie Khalberg nach dem mysteriösen Königsweg. Der letzte Eintrag führt Viktor Castor weiter hinauf an den Ort, wo einst Konrad Khalbergs Frau mit ihren Kindern gelebt hat. Auf der gefrorenen Oberfläche eines Bergsees findet der Alte schließlich seine Frau. Sie lebt.

Doch die Freude ist nur von kurzer Dauer, denn seine Frau warnt ihn vor dem Hirsch und bittet ihn, das Tier zu erlegen, damit sie endlich sterben könne. Wie immer in seinem Leben zögert Viktor Castor und schlägt ihr den Wunsch ab: Zu groß ist seine Angst. Da gesteht ihm seine ruhige, genügsame Frau, dass sie ihn nie geliebt habe, da er kein Mann sei, der vorangehe. Sie habe die ganze Zeit seinen Freund Konrad geliebt.

Victor überkommt eine ihm unbekannte Wut, und er beschließt, seiner Frau zu beweisen, dass sie sich in ihm geirrt hat. Er schwört, ihr den Kopf des Hirsches zu bringen. Bekleidet mit einem zerrissenen Mantel aus Wolfspelz und ausgerüstet mit einem Stock und einem Bund der mysteriösen blauen Blume, geht er auf die Jagd und steigt hinauf zum Gipfel des Berges.

Die Suche nach dem Hirsch wird bald zum Kampf gegen seine eigene Vergangenheit, die sich immer klarer vor seinen Augen abzeichnet, je näher er dem Hirsch kommt. Dabei bemerkt Viktor nicht, dass er nicht mehr der Jäger ist, sondern längst schon der Gejagte, denn das Nachtvolk, sagenumwobene Geschöpfe aus den Wäldern, hat sich an seine Fersen geheftet.

Die Reise des alten Viktor Castor führt am Ende zu jenem

Ort, an dem alles begonnen hat. Zur Bärenmauer. Dem Ort, wo sein Freund Konrad durch einen Jagdunfall gestorben ist, demselben Ort, an dem Franz Leidemann einst die blaue Blume entdeckt hatte. Dort trifft Viktor schließlich auf den Hirsch, und es kommt zum Kampf auf Leben und Tod. Durch die Erkenntnisse, die der konfliktscheue Alte auf seinem Weg gewonnen hat, gelingt es ihm, den Hirsch zu besiegen. Aus einem Feigling ist ein Kämpfer geworden. Beseelt mit der größten aller Weisheiten: der Gnade. Denn statt den Hirsch zu töten, lässt er von ihm ab. Doch es ist zu spät. Der Hirsch stürzt in die Tiefe und verendet dort.

Entsetzt und geläutert schleift der alte Jäger seine Trophäe durch das leere Dorf hinauf nach Tannenfall, wo sich ihm die letzten verdrängten Erinnerungen in grausamer Klarheit offenbaren: Er begreift, dass wegen seiner Feigheit viele Menschen gestorben sind. Wie seine eigenen Kinder, die sich aus Gram das Leben genommen haben. Mit Tränen in den Augen bemerkt er zu spät, dass das Nachtvolk ihn längst umkreist hat, wie die Wahrheit, die er fast sein Leben lang verdrängt hatte …

Plötzlich erwacht Viktor Castor in seinem Haus. Die Jagd nach dem Hirsch war eine Halluzination, ausgelöst durch den vernebelnden Duft der mysteriösen Blume. Viktor blickt zu seiner Frau, die in ihrem Bett liegt und auf den Tod wartet – vor ihr am Boden Konrad Khalberg. Der vermeintliche Hirsch, den der alte Mann die ganze Zeit über gejagt hat, war in Wahrheit Konrad. Der Alte wollte sich an ihm rächen, weil der ihm seine Liebe geraubt hatte. Doch nach dem Geständnis seiner Frau, sie würde lieber unter der Hand eines Mörders sterben, als weiter an der Seite eines Feiglings zu leben, ließ der geläuterte Sonderling von den beiden ab.

Er hat dazugelernt und ist bereit, ein neues Leben zu beginnen. Viktor vergibt seiner Frau, bittet mit gesenktem Haupt seinen Nebenbuhler um Vergebung und stellt sich den Behörden. Anschließend wird er in dieselbe Nervenheilanstalt gebracht, in der auch Barbara Khalberg ihr Dasein fristet.

In ihren Augen erkennt der alte Viktor Castor das leidenschaftliche Glühen früher Tage, und so kann er nicht umhin, vor seinem nahen Tod die letzte Wahrheit auszusprechen. Er bittet seinen Pfleger um Papier, um vier Briefe zu schreiben. Er will das Geheimnis, das auf seinem Gewissen lastet, nicht mit in den Tod nehmen:

Schon kurz nachdem Konrad Khalberg die »Teufelin« geheiratet hatte, begriff Viktor Castor, dass er auch seiner Frau nachstellte. Schon damals wollte er sich an Konrad rächen, dabei aber die direkte Konfrontation vermeiden. Also besuchte er seinerseits Konrads Frau und umgarnte sie. Daraus entstand eine bizarre Beziehung zwischen Wahn und Lust, der in den folgenden Jahren vier Kinder entsprungen sind. Vier Töchter.

Im Frühjahr 2014, wenige Tage nachdem Viktor Castor seine Briefe schrieb, stirbt er. Gemeinsam mit Kaja, Konrads Hund.

TEIL 1 DER SAGA: TANNENFALL – DER ERSTE SCHNEE

DIE GESCHICHTE DER MARLENE CASTOR

Eines Tages wird es zwei Gesellschaften geben. Eine, die führt, und eine, die dient. Da es für beide Gesellschaften zu wenige Ressourcen auf dieser Welt geben wird, werden wir der dienenden die Anzahl der Luftzüge vorgeben, die jeder Mensch pro Tag zu sich nehmen darf. Das wird sie sein. Die Neue Ordnung.

Herbst 2019. Seit vier Jahren sucht Marlene Castor nach ihrer Tochter Lya. Die in Potsdam lebende Staatsanwältin war mit Lya auf den Semmering gefahren. Dort hätten sie wieder zueinanderfinden sollen. Doch es kam anders.

Marlene Castor wuchs in der DDR auf und war Eliteschülerin einer kommunistischen Kaderschmiede. Nach der Wende wechselte sie zur deutschen Staatsanwaltschaft. Trotz ihrer psychischen Störungen – sie leidet seit ihrer Kindheit an Halluzinationen – wurde Marlene nach einer kurzen und steilen

Karriere zur Hauptanklägerin gegen die Familie Khalberg, die einflussreichste und vielleicht gefährlichste Familie Europas. Dabei lag das Hauptaugenmerk auf dem sogenannten Spektrum, dem größten und streng vertraulichen Fall der deutschen Staatsanwaltschaft. Seit Jahrzehnten sind Kinder auf mysteriöse Weise verschwunden. Der Generalstaatsanwalt vermutete dahinter eine Art geheimen Umsturzplan der Familie, doch alle Ermittlungen liefen ins Leere. Erst Marlene war mit ihrer Verbissenheit imstande, Licht ins Dunkel zu bringen.

Doch die lodernde Fackel der Leidenschaft, mit der die Staatsanwältin einst für eine bessere Welt gekämpft hatte, war vor vier Jahren längst erloschen. Ihre Ehe mit Paul, dem eifrigen Mitarbeiter eines Pharmakonzerns, war am Ende und die Beziehung zu ihrer Tochter Lya schwer zerrüttet.

»Ihr hättet die Welt verändern können. Und was habt ihr gemacht? Ihr habt sie verraten und an den Kapitalismus verkauft.«

Verkauft. An den Kapitalismus, an den Faschismus, an die Diktatur der Konzerne. Jedes von Lyas Worten war wie ein kleines Feuer, das sich überall in Marlenes dürrer Seele entzündete.

»Du hast uns eine leere Welt hinterlassen, Mutter.«

Kurz nach ihrer Ankunft auf dem Semmering verschwand Lya. Und die große Leere betrat Marlenes Welt wie ein Alptraum, der mittlerweile vier Jahre andauert. Dabei hat Marlene alles versucht, um ihre Tochter wiederzufinden. Und so hört sie am Ende auf ihre Therapeutin, die ihr rät, in einem Floating-Tank eine Art Rückführung zu durchleben. Denn vermutlich habe sie etwas übersehen, was sich verborgen in ihrem Unterbewusstsein versteckt halte. Also steigt Marlene in das warme, blau schimmernde, salzige Wasser des Tanks.

Marlene ist sich sicher, dass ihre Tochter noch lebt, nur vielleicht *woanders*. An einem Ort, der auf keiner Karte zu finden ist. In Tannenfall. Und so schließt sie die Augen und macht sich in der Tiefe ihrer Psyche noch einmal auf die Suche nach der Wahrheit.

Marlene wird zurückversetzt in die Zeit, als Lya und sie gerade erst auf dem Semmering angekommen sind. In die Nacht, als ein dumpfes Geräusch sie aus dem Schlaf reißt. Von ihrem Haus, das Marlene gemietet hat, sieht sie eine große Menschenmenge, die lautlos durch den Wald zieht. Sie ist sich sicher, dass es sich bei dieser Erscheinung nicht um eine ihrer Halluzinationen handelt, sondern um das dunkle Nachtvolk. Sie weckt ihre Tochter, und beide beschließen, sich gemeinsam dorthin zu begeben, wo sie die schweigenden Menschen gesehen haben.

Unterwegs entdeckt Lya vor einer Höhle einen Hirsch. Einen weißen Hirsch. Unmittelbar danach ist sie verschwunden.

Verzweifelt macht sich Marlene auf die Suche nach ihrer Tochter. Ihre Recherchen führen sie zu einem weiteren Fall, bei dem ein Mädchen und dessen Vater ebenfalls auf dem Semmering verschwunden sind. Marlene glaubt, dass es einen Zusammenhang zwischen den beiden Fällen und dem Spektrum gibt. Bald führt eine Spur sie zur Legende der Schwarzen Frau, und Marlene glaubt, dass sie diese Schwarze Frau besiegen muss, damit Lya wieder in ihr Leben tritt. Der Hinweis, wie sie die Schwarze Frau findet, klingt bedrohlich:

»Die weißen Wände in deinem Kopf, das Labyrinth, sie werden dir das Geheimnis verraten, wenn der erste Schnee fällt.«

Mit Hilfe des schweigsamen Bergführers Jakob entdeckt sie schließlich ein altes Tagebuch. Das Tagebuch des Franz Leidemann. Das Kriegstagebuch ist im Laufe der Jahrzehnte durch viele Hände gegangen, und so befinden sich mittlerweile fünf Handschriften darin. Alle zeigen Marlene den Weg in eine andere Welt, in ein neues »Paradies«. So sieht sich Marlene, die zeit ihres Lebens an ihrem Verstand festgehalten hat, gezwungen, loszulassen und ihrer Intuition zu folgen. Fortan verschwimmt ihre Welt mit jedem Augenblick mehr, und sie taucht in unbekannte Gebiete des Semmering ein.

Gejagt von Wölfen, geplagt von eigenen dunklen Erinnerungen, gelingt es Marlene Castor schließlich, das Geheimnis des ersten Schnees zu lüften. Ein Hirsch weist ihr den verschlungenen Weg zu den Höhen, dem Ort, an dem einst das andere verschwundene Mädchen und ihr Vater aufgebrochen sind und an dem Marlene Lya vermutet.

Marlene fühlt sich von den anderen Wesen beobachtet: von Schneehexen – verzerrte Gestalten aus wildem Schneegestöber – und unheimlichen Waldläufern, die mit langen grauen Haaren nackt und still durch den Wald laufen Und kurz bevor der Hirsch die Höhen erreicht – einen Bergkamm, auf dem hohe Rauchsäulen in den dunklen Himmel steigen –, erscheinen im Schneegestöber zwei Gestalten, denen sich Marlene auf eine seltsame Art verbunden fühlt. Die beiden sind es schließlich, die ihr und Jakob eine kleine Höhle zeigen, durch die sie zu den Höhen gelangen.

Und so verschwinden Marlene und Jakob aus dem dichten Schneefall in die steinerne Unterwelt. An derselben Stelle, an der vor hundert Jahren Franz Leidemann die blaue Blume gefunden hat. Und an der Viktor Castor in seiner Phantasie gegen den Hirsch kämpfte, der in Wahrheit Konrad Khalberg war.

Im dunklen, feuchten und kalten Schlund der Höhle steigen Marlene und Jakob durch ein steinernes Labyrinth immer höher, bis sie endlich die stürmischen Höhen erreichen. Von hier sieht die Welt aus, als warte sie auf einen neuen großen Krieg. Als hätten verborgene Generäle Bergmassive wie riesige steinerne Schiffsflotten in Position gebracht. Plötzlich werden sie von Wölfen angefallen. Aber es tauchen auch Hirsche auf und stellen sich den Wölfen entgegen, auch die beiden Gestalten, die Marlene so vertraut schienen, unterstützen ihren Kampf.

Trotzdem sind die Wölfe stärker, und die Schwarze Frau, die mit einem Mal auf den stürmischen Höhen erscheint, schickt sich an, Marlene in die Tiefe zu stürzen. Da taucht Lya im Schatten der Schwarzen Frau auf.

»Weißt du, was die wahre Sünde ist, Mutter? Sein eigenes Wesen zu verraten. Du hast dein Wesen verraten und die ganze Welt zerrissen.«

Diese Worte lassen die vielen kleinen Feuer, die in Marlene brennen, auflodern, worauf sie Lya wütend von sich stößt. Und Lya stürzt in die Tiefe. Das Letzte, was sie sieht, ist das versteinerte Gesicht ihrer Mutter, die sich in die Schwarze Frau verwandelt.

Als Marlene klar wird, dass sie selbst zur Schwarzen Frau geworden ist, löst sich die Welt um sie herum auf.

Marlene steigt aus dem Becken. Die so lange verdrängte und nun gefundene Wahrheit fühlt sich bitter an. Lya ist damals nicht einfach verschwunden, sie ist tot. Und Marlene selbst trägt die

Schuld daran. Daher lebt sie bereits seit Jahren in einem abgeschiedenen Institut in den italienischen Alpen.

Noch bevor sie all das verdauen kann, wird sie mit einer weiteren Wahrheit konfrontiert: Dorothea Almer, ihre Therapeutin, gibt sich als ihre Schwester zu erkennen und verrät ihr, dass es da draußen noch zwei Schwestern gibt. Bei den Experimenten an Marlene, so erzählt Dorothea, sei ihr aufgefallen, dass ihre Halluzinationen zusammenfinden können. Marlenes Halluzination der verstorbenen Lya habe sich in der Rückführung mit Jakob, der Halluzination von Dorothea, verbunden. Und die beiden Gestalten aus dem Schneetreiben, die auf den Höhen gegen die Wölfe der Schwarzen Frau gekämpft hätten, seien die Halluzinationen der anderen beiden Schwestern gewesen.

Für Dorothea Almer steht fest: Sie sind die vier Schwestern, die Dr. Merten in den siebziger Jahren auf Geheiß ihres Vaters Konrad Khalberg voneinander getrennt hat.

Dorothea, nicht nur Therapeutin, sondern Leiterin des Instituts, verlässt mit Marlene Italien und fährt nach Österreich – in den »Herrenhof«, eine versteckt im Wald liegende Nervenheilanstalt. Dort begegnen sie Greta, der schüchternen Grundschullehrerin aus Dresden, und Leonora, der selbstsicheren Künstlerin aus der Schweiz. Auch sie scheinen einem Ruf gefolgt zu sein, der sie nun an diesen Ort und zueinander geführt hat.

Zusammen betreten sie den Herrenhof und sehen zum ersten Mal nach vierzig Jahren ihre Mutter, Barbara Khalberg. Die »Teufelin«. Die alte Frau, kaum mehr ein Bündel Knochen, bittet sie im Angesicht des Todes mit leisen Worten um Vergebung. Kurz darauf entdeckt Marlene eine Schachtel mit Fotografien und macht eine schreckliche Entdeckung: Auf den vergilbten Aufnahmen der Familie Khalberg ist immer wieder auch ihr Mann Paul zu sehen. Plötzlich tritt der letzte Teil der verdrängten Wahrheit zutage: Als Marlene damals herausfand, dass der Pharmakonzern, für den Paul arbeitete, hinter dem Spektrum steckte, waren sie und Lya in die Wälder geflohen – durch die Höhlen bis zu den Höhen. Paul und seine Schergen waren ihnen gefolgt wie Wölfe.

Auf den Höhen hat Paul sie schließlich erwischt und Lya vor

Marlenes Augen in die Tiefe gestoßen. Da Marlene damit nicht fertigwurde, ließ er sie in das Institut in Italien einliefern, das als Teil des Spektrums Experimente an entführten Mädchen und Frauen durchführte. Was er nicht wusste, war, dass Dorothea Almer, die Leiterin des Instituts, Marlenes heimliche Schwester war.

Jetzt stehen die vier Schwestern am Bett ihrer sterbenden Mutter, und draußen kommt Lärm auf. Wenig später ist der Herrenhof umstellt, und Paul steht vor ihnen. Er ist Dorothea und ihrer Patientin, seiner Frau, gefolgt.

Wie einst Konrad Khalberg glaubt Paul an die Wiederauferstehung des Faschismus, nur in einer anderen Form: Der mächtige Teil der Gesellschaft würde Unsterblichkeit erlangen, und zwar durch die Kraft einer anderen Welt, der Welt des Nachtvolkes. Das Tor zu dieser anderen Welt, nach dem die Khalbergs jahrzehntelang gesucht haben, steht nun vor ihm: in Gestalt der vier Schwestern, deren Halluzinationen nur verbunden werden müssen, um den Weg freizulegen.

Doch im Augenblick ihres Todes richtet sich Barbara Khalberg mit letzter Kraft noch einmal auf und schwört ihre vier Töchter darauf ein, mit aller Kraft gegen diese Neue Ordnung zu kämpfen.

Wie in Trance erlebt Marlene Castor, was dann geschieht …

Schließlich stehen die vier Schwestern zusammen in Tannenfall. Marlene ist ergriffen, endlich die so lange unterbewusst gesuchte Familie gefunden zu haben. Und würde sie sich umdrehen, so sähe sie, dass hinter den Schwestern ihre vier Halluzinationen stehen: Lya, Medora, Jakob und Elias. Und sie alle sind bereit, die Welt neu zu denken.

TEIL 3 DER SAGA: TANNENFALL – DIE VERSCHWUNDENE WELT

DIE GESCHICHTE DER DOROTHEA ALMER

Dorothea Almer wächst in Dante auf, einem kleinen, unscheinbaren Fischerdorf zwischen Salerno – einer süditalienischen Stadt, wo die Schnellzüge aus dem Norden ihre Endstation fanden – und der berühmten Amalfiküste im Süden Neapels mit ihren prachtvollen Steilküsten.

Tea, wie sie die Leute im Dorf nennen, hat anfangs große Schwierigkeiten mit ihrer vermeintlichen Muttersprache. Weder spricht noch versteht sie Italienisch. Um ihre wahre Herkunft zu kaschieren, wird die Sprachschwäche mit einer Kopfverletzung nach einem Sturz erklärt.

Doch die widerspenstige und draufgängerische Tea lässt sich nicht unterkriegen, sondern lernt schnell die fremde Sprache. Später in der Schule macht sie ihr unstillbarer Wissensdrang bald zur *prima della classe*. Tea hat keine Freunde, da sich die meisten vor ihrer Intelligenz fürchten. Nur der kleine naturverbundene und stille Giacobbe – er liebt *la poesia* – lässt sich von ihrer dominanten Art nicht einschüchtern. Trotz ihrer scheinbaren Gegensätzlichkeit sind sie untrennbar miteinander verbunden.

Allerdings existiert Giacobbe nur im Kopf der kleinen Tea. Als sie begreift, dass ihr Freund nur eine Halluzination ist – hervorgerufen durch eine Krankheit, die ihr Vater mit vielen Ausflügen ans Meer heilen will –, verschreibt sie sich erst recht dem Lernen. Sie will alles wissen und verstehen, was in ihr und um sie herum geschieht, um nie wieder von einem Trugbild in die Irre geführt zu werden. Nie wieder will sie der *poesia* verfallen.

Dorothea wächst heran, verlässt Dante und geht nach Mailand, wo sie auf der Università degli Studi di Milano Medizin studiert. Dort verliebt sie sich in den österreichischen Neurologen Dr. Almer.

Dr. Almer betreibt neben seiner Lehrtätigkeit eine sogenannte Heilstätte – eine Nervenheilanstalt am Fuße der italienischen Alpen. Fasziniert von seiner Arbeit, beschäftigt sich Dorothea immer mehr mit den psychischen Krankheitsbildern der Patienten.

Als sie Dr. Almer heiratet, verändert sich ihr Leben grundsätzlich. Denn mit einem Mal steht sie inmitten der *Grande Familia*, einem der sechs Zweige der großen, berüchtigten Schwarzen Familie. Sie lässt nicht nur zu, dass sie immer tiefer in deren Machenschaften hineingezogen wird, sie entwickelt zudem den Ehrgeiz, dieser Familie vorzustehen, um an vorderster Front für deren großes Ziel zu kämpfen: die Neuordnung der Welt. Durch diese Ordnung würde die Welt kontrollierbarer sein.

Jahrzehnte später ist Dorothea so gut vernetzt, dass nur mehr eine Person zwischen ihr und dem ersehnten Ziel steht, den Vorsitz zu übernehmen: die Leiterin der Heilstätte im deutschen Seußlitz. Doch kurz vor ihrem großen Triumph erscheint Dorothea ihre alte Halluzination Giacobbe. Er warnt sie vor der Invasion eines mysteriösen Nachtvolkes, dem es als Einziges gelingen könnte, die geplante Neue Ordnung der Schwarzen Familie zu verhindern. Dorothea reist auf den hoch gelegenen Herrenhof in den Dolomiten – ein Spezialinstitut, an dem Experimente an psychisch Kranken durchgeführt wurden. Dort ist eine Frau mit schweren Halluzinationen eingeliefert worden, die ebenfalls vor dem Nachtvolk warnt: Marlene Castor.

Nachdem Dorothea Almer, die zwölfte Vorsitzende der Schwarzen Familie, bei der Konfrontation mit ihrer Schwester Greta Erdsegen in die Tiefe gestürzt ist, bleibt sie wie durch ein Wunder am Leben. Aber sie liegt im Koma, medizinisch versorgt von einer künstlichen Intelligenz. Derweil kämpfen die Zweige der Familie um ihre Nachfolge.

Wird Dorothea auf ewig wie gelähmt und stumm daliegen,

womöglich gefangen in ihrem Kopf, bis die künstliche Intelligenz entscheidet, dass der Schaden irreparabel ist, und die Beatmung einstellt? Oder findet sie noch einmal zurück in die Außenwelt? Und falls ja, wird sie sich verändert haben und gar die Seiten wechseln oder den Kampf der Schwarzen Familie noch erbitterter führen …?

Danksagung

Es war ein langer Weg von der Erstfassung bis zum fertigen Roman. Und mittendrin kam, wie eine Reflexion seitens der Wirklichkeit über die von mir erfundene Geschichte, eine Pandemie, die die Lungen der Menschen attackiert. Natürlich bin ich auch dadurch noch tiefer und ausgestattet mit einer besonders hellen Grubenlampe in die Saga eingetaucht. Ohne Hilfe hätte ich mich dabei aber wohl verirrt. Insofern möchte ich an dieser Stelle einem Menschen ganz besonders danken: meinem Lektor Lothar Strüh. Seine Hartnäckigkeit, seine schamlose Ehrlichkeit, sein Scharfsinn, aber vor allem seine Geduld und sein Vertrauen haben meinen Blick geschärft und mich in die Lage versetzt, meine eigene Geschichte klarer wahrzunehmen und klarer zu erzählen.

Weiter gilt mein Dank auch wieder dem Journalisten Christian Triller, der mich mit seinem tiefen Verständnis für die Themen der Saga unterstützt und mir zudem dabei geholfen hat, mich beim Schreiben nicht von kritischen Phasen entmutigen zu lassen.

Und natürlich danke ich aufs Neue dem Team von Emons für die Geduld und den Glauben an dieses Projekt: Herrn Hejo Emons, Frau Ulrike Emons, Frau Franziska Emons-Hausen, Frau Steinmetz, Frau Rahnfeld, Frau Simandi, Frau Gaberdan, Frau Naumann, Frau Schmidt, Frau Schäfer, Frau Olk und allen anderen.

Als die zweite Fassung vollendet war und sich die ersten Lockerungen rund um Corona abzeichneten, begriff ich mehr als je zuvor, dass es meine Familie ist, die mir die Kraft zum Schreiben gibt. Ich liebe euch und danke euch von ganzem Herzen, dass ihr in dieser schweren Zeit für mich da wart. Anna, Larissa, Alma – ihr seid mein wahres Licht. Mit euch sind alle Wunder möglich.

Jetzt, da ich diese Zeilen schreibe, ist die alte Welt, wie wir sie alle kannten, verschwunden. Und auch wenn viele hoffen, dass die Normalität zurückkehrt, sie wird eine andere sein. Aber egal, was kommt, es wird gut sein und wird das Leben immer besser machen. Von Tag zu Tag. Davon bin ich überzeugt.

Schließen möchte ich mit einem Zitat von Dante Alighieri: »Und dann traten wir hinaus und sahen die Sterne wieder.«

Passt auf euch auf und bleibt gesund!

Potsdam, 17. Juli 2020

BERNHARD HOFER
TANNENFALL
Alpen Krimi
emons:

Teil 1 der Saga
Die Geschichte der Marlene Castor

Bernhard Hofer
TANNENFALL. DER ERSTE SCHNEE.
Hardcover, 304 Seiten
ISBN 978-3-7408-0636-1

Staatsanwältin Marlene Castor zieht sich nach einem beruflichen Rückschlag mit ihrer Tochter Lya in die Abgeschiedenheit der Berge zurück, doch die Ruhe währt nicht lange. Bei einem gemeinsamen Ausflug verschwindet Lya. Eine fieberhafte Suche beginnt. Die wenigen Spuren verweisen immer wieder auf den mysteriösen Ort Tannenfall, um den sich zahllose Legenden ranken und von dem niemand weiß, wo genau er zu finden ist. Gemeinsam mit dem schweigsamen Bergführer Jakob begibt sich Marlene auf eine Reise, die sie weit über die Grenzen des eigenen Verstandes und tief in die eigene Psyche führt.